古典文獻研究輯刊

十二編

曾永義 主編

第 6 冊

文化詩學視域下的魏晉南北朝志怪小說研究（上）

張振雲 著

國家圖書館出版品預行編目資料

文化詩學視域下的魏晉南北朝志怪小說研究（上）／張振雲
著 -- 初版 -- 新北市：花木蘭文化出版社，2015〔民104〕
目 4+264 面；19×26 公分
（古典文學研究輯刊 十二編：第6冊）
ISBN 978-986-404-404-7（精裝）
1. 志怪小説 2. 六朝志怪
820.8   104014981

ISBN- 978-986-404-404-7

古典文學研究輯刊
十二編 第 六 冊   ISBN：978-986-404-404-7

文化詩學視域下的魏晉南北朝志怪小說研究（上）

作 者 張振雲
主 編 曾永義
總 編 輯 杜潔祥
副總編輯 楊嘉樂
編 輯 許郁翎
出 版 花木蘭文化出版社
社 長 高小娟
聯絡地址 235 新北市中和區中安街七二號十三樓
電話：02-2923-1455 ／傳眞：02-2923-1452
網 址 http://www.huamulan.tw 信箱 hml 810518@gmail.com
印 刷 普羅文化出版廣告事業
初 版 2015 年 9 月
全書字數 543649 字
定 價 十二編 26 冊（精裝）新台幣 48,000 元

文化詩學視域下的魏晉南北朝志怪小說研究（上）

張振雲　著

作者簡介

　　張振雲，女，1972 年生，山東德州人。北京師範大學文學博士，現任教於山東財經大學文學與新聞傳播學院，主要講授「文學概論」、「古代文論」、「西方文論」等文學理論課程，主要學術研究方向爲古代文論。目前主要學術成果：讀研期間參加的國家社科項目《二十世紀中國作家心態史》以及校級科研課題《中國古代文藝心理學》的寫作；獨立發表的論文數篇；參編《中國文學精要》一書和一本專著《文學理論的基本問題與現代視野》。

　　本書爲 2005 年博士論文拓展而成。

提　　要

　　本書主體內容共五部分。

　　首先，從釐清古代「小說」和「志怪」詞義與用法入手，認爲魏晉南北朝時期的「小說」延續漢代的用法，仍然指非主流、非官方意識形態的言論、學說，具有極強的邊緣意味。在其時文人士子手中被演繹成爲一種言說方式和書寫筆法，用以表現其「越名教任自然」的精神訴求。

　　第二，「志怪」由記述怪異內容轉而昇華爲一種反常規、求自由的語言遊戲，作爲「小說」筆法之一種，成爲其時文人士子「人的自覺」與「文的自覺」的一種體現。本書將一般所謂的此時期的志怪小說稱爲志怪「小說」或志怪書。

　　第三，探討玄學和志怪之內在的、隱秘的關聯。本書認爲，玄學和志怪在「歧出」之性質、對生死和時空的超越等方面都可互相發明，甚至玄學的方法都在志怪書中有所體現。二者以互文的關係構建著那個時代整個文化有機體的「大文本」。

　　第四，探討佛教與志怪之關係。佛教的興盛必須借助本土文化。其時的清談風習是上層社會傳播佛教志怪故事的主要渠道。中土的佛教志怪書撰者在記錄、整理佛教志怪故事時，往往流露出明顯的本土文化爲體、佛教文化爲用的本末意識，這與其知識結構、思想意識中本土文化爲主體有關，也是玄學崇本息末的方法之體現。

　　第五，從文化大、小傳統的角度發現魏晉南北朝志怪書的狂歡意味。原創於民間的志怪故事被文人士子轉換成書面語言，民間敘事融合精英階層的書寫趣味，便有了志怪書的出現。文人士子之所以熱衷撰寫志怪故事，主要目的仍在於試圖學習民間文化中隱含的社會規則，重建新的、建康的社會秩序，爲自己的靈魂尋找到終極歸宿。

謹以此書獻給我最親愛的父親，
希望在那個遙遠世界的父親仍然能以我為他的驕傲。

序

李春青

　　振雲的博士論文終於要出版了，這對她、對我來說都是一件很值得慶賀的事情。俗話說十年磨一劍，從博士論文答辯到現在，振雲的這部論文整整修改了十年之久！從當初的 20 餘萬字，到現在的洋洋 40 萬言，其中的甘苦只有作者自己知道。當真是工夫不負有心人，經過了長期的打磨、加工，這篇論文已經從一篇明顯生澀、單薄的博士論文變成了一部成熟、厚重的學術專著。作為當年的指導教師，我由衷地感到驚喜與欣慰。

　　振雲是 2002 年考取北師大文藝學專業博士研究生的。北師大文藝學學科歷屆都有不少極為出色的學生，這使得有些剛剛進入這個學科讀書的學生頗有壓力。記得振雲入學半年多的時候曾因學業繁重而失眠，看到別的同學在課堂、讀書會或平時交流中侃侃而談，知識面廣、閱讀量大，她產生了很強的自卑感，她希望能靠努力向同學們看齊，但越是用功，就越是失眠，而失眠又導致讀書效果欠佳，似乎進入了一種惡性循環之中。記得有一次她愁眉苦臉地向我訴說自己的困境，居然提出退學的想法。我愕然之餘，只有安慰與鼓勵。我說你的基礎並不差，在山東師大讀碩士研究生專攻古代文論，現在對西方一些新的理論不大熟悉，這並不奇怪。做學問原本就是各有所長，我們不能以自己的長處和別人的短處相比，也不應該拿別人的長處來比自己的短處。作為博士生，關鍵還是在於寫出一篇像樣的博士論文來。在我的勸說與鼓勵之下，振雲終於振作精神，沉下心來，默默讀書，專攻魏晉志怪小說，兩年半之後終於拿出一篇有相當學術水準的博士論文來，不僅順利通過答辯，而且得到很高的評價。

　　振雲的這部在其博士論文的基礎上修改加工而成的著作對魏晉志怪小說進行了深入研究，其可稱道者有三：其一，對志怪小說產生的文化心理原因進行了深入探究。例如對中國源遠流長的巫術文化傳統及其思維方式與志怪

小說的密切關聯、延續數百年的儒家比興傳統對志怪小說形成的重要影響等，都進行了精闢的分析。二是對玄學之於志怪小說興起的影響進行了令人信服的闡發，揭示了玄學的生死觀、時空觀在志怪小說中的具體表徵。其三是條分縷析地闡述了佛教文化與志怪小說之間的複雜關聯。對於魏晉六朝名士與對佛學的熱衷、佛學與玄學的深層聯繫、佛學在志怪小說中的呈現等等具體問題進行了細緻梳理與剖析。這三個方面都關涉到中國思想史的重大問題，與古代思想文化的源流與走向密切相關。從這幾個角度觀之，志怪小說也就成為中國古代思想文化的獨特表徵，而對志怪小說的研究也就成為深入揭示中國傳統文化深層意蘊的一個重要視角。

多年來，北京師範大學文藝學研究中心一直在倡導文化詩學的研究方法，導師們在課堂上介紹文化詩學的基本特點與操作路徑，學生們也就在論文的寫作中加以實踐，振雲的這篇論文也是如此。可以說這部著作是較好地運用了文化詩學的研究方法的。在中國古代文論研究領域，文化詩學方法的根本之點就在於通過大量散見於經史子集中的文獻材料，構建一種作為研究對象的文學現象賴以產生、存在與演變的文化空間（或者稱為文化語境），進而深入梳理文學現象與這一文化空間之間的動態關係。這種研究的目的是揭示或呈現作為研究對象的文學現象在生成過程的複雜關聯性，換言之，是通過對文學現象生成軌跡的梳理，呈現一定的時空中文化的整體性，或云整體的文化狀況。因此，文化詩學研究方法在根本上乃是把某種文學現象作為一種文化整體性的表徵，借助於文學研究而進入到文化闡釋之中。也可以說，是揭示某一文學現象的文化蘊涵及其生成的文化歷史動因。如此說來，文化詩學並不能完成所有的文學研究任務，而只是在一定層面上具有自己的適用性。例如，文化詩學就無法解決文學的審美問題，因此，它不能替代審美詩學的功能與作用。細讀振雲的這部書稿，我們不難看出，她是在極力踐行文化詩學的研究方法。可以說，她的這部著作是從志怪小說的角度敞開了魏晉文人的豐富的精神世界。

振雲為人善良、淳樸，待人接物沒有半點虛偽矯飾，立身行己頗有古風，這是難能可貴的。現在她已經成為名副其實的學者，希望她在此基礎上持之以恒、繼續探索，不斷取得新的成績！

2015 年 6 月 21 日於北京京師園

目
次

導　論

一、魏晉南北朝志怪小說的研究歷程、現狀及新嘗試

在幾乎所有版本的中國古代文學史類書籍中，魏晉南北朝志怪小說一直是被輕描淡寫地一筆帶過〔註1〕，有的甚至將之完全「遺忘」〔註2〕。文學史編寫中所佔極少的章節比例說明了一個非常明顯的事實：魏晉南北朝志怪小說是一個被習慣性地「冷落」的角落。從客觀因素來看，這種「冷落」緣於魏晉南北朝志怪小說自身：首先，從文類體裁而言，在古代文學史上，小說

〔註 1〕文學史版本：參見陳玉堂編著、黃山書社 1986 年版的《中國文學史書目提要》以及吉平平、黃曉靜編著、遼寧大學出版社 1992 年版的《中國文學史著版本概覽》，此外，上述兩書未提及的文學通史版本主要有：游國恩等主編、北京人民文學出版社 1964 年出版的《中國文學史》；北京師範大學中文系古典文學教研室編寫、北京師範大學出版社 1984 年出版的《簡明中國文學史》；郭預衡主編、北京師範學院出版社 1992 年出版的《中國古代文學史長編》；錢基博著、北京中華書局 1993 年版本《中國文學史》；中國大百科全書出版社上海分社 1994 年編著出版的《中國文學史通覽》；白本松等主編、河南大學出版社 1995 年出版的《簡明中國文學史稿》；史仲文、胡曉林主編、北京人民出版社 1995 年出版的《新編中國文學史》；韓兆琦等主編、北京師範大學出版社 1996 年出版的《中國文學史》；章培恒、駱玉明年主編、復旦大學出版社 1996 出版的《中國文學史》；袁行霈主編、北京高等教育出版社 1999 年出版的《中國文學史》；朱希祖主編、臺北學海出版社 1999 年出版的《中國文學史要略》；中國社會科學院文學研究所編著、北京人民文學出版社 1962 年版、2001 年重印的《中國文學史》；江增慶編著、臺北五南圖書出版公司 2001 年出版的《中國文學史》；張明非主編、廣西師範大學出版社 2004 年出版的《中國文學史》；此處強調魏晉南北朝志怪小說在整個古代文學史所佔的比重，「幾乎所有版本」指文學通史的版本，不包括斷代史以及分體史。

〔註 2〕比如：北京師範大學中文系古典文學教研室編寫、北京師範大學出版社 1984 年出版的《簡明中國文學史》。

的地位、成就遠不及詩詞歌賦，敘事文體遠不及抒情文體的發達。魯迅先生曾說到：「中國之小說自來無史；有之，則先見於外國人所作之中國文學史中，而後中國人所作者中亦有之，然其量皆不及全書之什一，故於小說仍不詳」〔註3〕；其次，從小說文體內部而言，魏晉南北朝志怪無論形式、技巧、內容、思想似乎都難與後代成熟的小說創作相提並論，甚至一度被驅逐出小說的「邊境」〔註4〕。因此，如果對古代的文學發展史做縱橫、整體的把握，魏晉南北朝志怪小說無論從哪個角度衡量，都只能是邊緣的邊緣。再從主觀因素來看，這種「習慣性冷落」源於一種「悠久」的傳統，這個傳統開始於「小說」產生之初，其實質是人們主觀意識中的一種成見，這種成見是魏晉南北朝志怪小說遭受「冷遇」的深層主導因素。既然追溯到「小說」產生之初，就必須站在中國文化而不是中國文學的角度去審視、認識「小說」。在中國文化發展史上，「小說」一詞的原初意義並不是指文體，而是指與「小道」、「小言」相聯、與「大道」、「大言」相對的瑣屑之言。「小說」一詞最早出現於《莊子・外物》：「飾小說以干縣令，其於大達亦遠矣。」魯迅先生在《中國小說史略》中指出：「小說之名，昔者見於莊周之云『飾小說以干縣令』，然案其實際，乃謂瑣屑之言，非道術所在，與後來所謂小說者不同。」〔註5〕莊周之後，班固《漢書・藝文志・諸子略》所錄諸子十家，末爲「小說家」。作爲一「家」之名目，「小說」開始具有類似「文體」的功能意義，班固也似乎將「小說」與儒、道等家相提並論，有擡高之意，然實爲「欲抑先揚」之伎。班固列「十五家」小說之後曰：「小說家者流，蓋出於稗官。街談巷語，道聽塗說者之所造也。孔子曰：『雖小道，必有可觀者焉！致遠恐泥，是以君子弗爲也。』」〔註6〕其中，「雖小道」一句實非孔子所言，而是出自孔子的學

〔註3〕魯迅：《中國小説史略》，上海，上海古籍出版社，1998年版，「序言」。

〔註4〕鄭振鐸著《插圖本中國文學史》第十九章「故事集與笑談集」中說：「在唐以前，我們可以說是沒有小說。漢以前的所謂『小說』，幾乎全部都已亡佚，遺文極少，看不出其性質何若。漢以後的所謂『小說』，卻只是宇宙間異物奇事的斷片的記載和短篇的渾樸少趣的故事的傳錄而已。前者是《山海經》一流的《神異經》、《十州記》。他們根本上不能列入小說之林。……後者較有小說的格局，但卻都是樸樸質質的片斷的敘述和記載，一點描狀的風趣都沒有；所以只是『故事』，不是『小說』。」（見鄭振鐸著：《插圖本中國文學史》，北京，人民文學出版社，1957年版，第223～224頁。）

〔註5〕魯迅：《中國小説史略》，上海，上海古籍出版社，1998年版，第1頁。

〔註6〕（漢）班固：《漢書・藝文志・諸子略》，《漢書藝文志講疏》（顧實講疏），上海，上海古籍出版社，1987年版，第165～166頁。

生子夏之口。而且，子夏所說的「小道」並非即指「小說」，班固「偷梁換柱」，以孔子之「小道」斷指「小說」，舉著孔子的「亡靈」爲自己「小說非君子所爲」的觀點搖旗吶喊，又言「諸子十家，其可觀者九家而已」〔註7〕，致使「小說」即使在成爲文體類別之後，最初的語詞含義中的貶義色彩始終像是褪不掉的「胎記」，在以後兩千多年的發展中，一直被官方意識形態打入「冷宮」，並使文人視之爲眼中心中的「小道」而恥於言之爲之，即使言之爲之，亦不過「正史之餘」〔註8〕的談資、「遊戲筆端」〔註9〕的「消遣」〔註10〕，仍不能登大雅之堂。直到明清，此種輕視小說的觀念仍占主流，《聊齋志異》的作者蒲松齡科場不第，《紅樓夢》的作者曹雪芹仕進無門，便是例證。蒲松齡甚至在《聊齋自誌》中無奈地感歎「集腋爲裘，妄續幽冥之錄；浮白載筆，僅成孤憤之書。寄託如此，亦足悲矣。」〔註11〕吳敬梓作《儒林外史》，其友人程晉芳爲之感慨道：「吾爲斯人悲，竟以稗說傳。」〔註12〕再至清末，情勢遽變，小說的地位從「邊緣的邊緣」飆升到「中心的中心」。黃人在《小說林發刊詞》中言：「昔之視小說也太輕，而今視小說又太重也。昔之於小說也，博弈視之，俳優視之，甚至鴆毒視之，妖孽視之；言不齒於縉紳，名不列於四部。私衷酷好，而閱必背人；下筆誤徵，則群加嗤鄙……今也反是：出一小

〔註7〕　（漢）班固：《漢書·藝文志》，同上。另：《漢書》是班固撰寫的，但對於《藝文志》，班固則明確說是依據劉歆《七略》刪其要而成，《七略》又是依據劉向《別錄》而成。班固對各略的書目排列非常謹慎，偶而增加或減少幾種，都要加注說明，可見各略的序（即《七略·輯略》的內容）也應當是劉向、劉歆的觀點。《漢志》的觀點應該說是代表了西漢中後期學術界的普遍看法。

〔註8〕　見明·笑花主人《今古奇觀序》：「小說者，正史之餘也。」墨憨齋批點，同治六年新刻繡像本，轉引自孫遜、孫菊園編《中國古典小說美學資料彙粹》，上海，上海古籍出版社，1991年版，第12頁。

〔註9〕　見宋·陳振孫《直齋書錄解題》：「稗官小說，昔人固有爲之矣，遊戲筆端，資助談柄，猶賢乎已可也。」《直齋書錄題解》，上海，上海古籍出版社，1987年版，第336頁。

〔註10〕　見西陽野史《新刻續編三國志引》：「夫小說者，乃坊間通俗之說，固非國史正綱，無過消遣於長夜永晝，或解悶於煩劇憂愁，以豁一時之情懷耳。」轉引自孫遜、孫菊園編《中國古典小說美學資料彙粹》，上海，上海古籍出版社，1991年版，第10頁。

〔註11〕　（清）蒲松齡著，任篤行輯校：《聊齋志異》（全校會注集評本），濟南，齊魯書社，2000年版，第30頁。

〔註12〕　程晉芳：《懷人詩》，轉引自李漢秋編《儒林外史研究資料》，上海，上海古籍出版社，1984年版，第9頁。

說，必自尸國民進化之功；評一小說，必大倡謠俗改良之旨。」〔註13〕梁啓超便是以小說作爲「謠俗改良」的「利器」，發出革命綱領性的論點：「欲新一國之民，不可不先新一國之小說。故欲新道德，必新小說；欲新宗教，必新小說；欲新政治，必新小說；欲新風俗，必新小說；欲新學藝，必新小說；乃至欲新人心，欲新人格，必新小說。何以故？小說有不可思議之力支配人道故。」〔註14〕小說的這種地位的劇變與當時的社會政治形勢有直接關係。當時正值西風東漸，中西對比，小說在西方文學中地位頗高，因此被一代學人視爲西方社會進步與強大的鏡象，同時西方的文學理論促使國人更加認識到小說文體的通俗易懂、易於流傳的特性：「舉凡宙合之事理，有爲人群所未悉者，莊言以示之，不如微言以告之；微言以告之，不如婉言以明之；婉言以明之，不如妙譬以喻之；妙譬以喻之，不如幻境以悅之：而自來小說大家，皆具此能力者也。」〔註15〕於是，小說成爲當時知識分子啓發民眾、謀求強國的啓蒙工具，小說創作成爲知識分子的一種主體訴求。其時，梁啓超未完成的《新中國未來記》、魯迅的白話小說《狂人日記》等即是例證。且不言小說因此而有的工具性，小說地位由此得以改善是有目共睹的事實。但是，不能否認，在學術研究領域，對於中國古典小說的偏見仍然普遍存在，正如夏志清《中國古典小說史論》所言：「在文學革命期間，一般人都覺得傳統小說雖用的是白話，在藝術和思想方面卻並無多大的貢獻。……胡適雖對研究中國小說頗有熱忱，他自己也還是看出這些作品藝術上的粗劣。……人們可以說，他們像胡適一樣，早年就非常喜愛中國傳統小說，但是一旦接觸到西方小說，他們就不得不承認西方小說創作態度的嚴肅和技巧的純熟。」〔註16〕夏志清更引鄭振鐸之言曰：「我也曾發願要寫作一部中國小說提要，並在上海《鑒賞周刊》上連續的刊布二十幾部小說的提要。但連寫了五六個星期之後，便覺得有些頭痛，寫不下去。那些無窮無盡的淺薄無聊的小說，實在不能使我感到興趣。」〔註17〕而「在那個時候，其他研究中國小說的謹嚴學者也都

〔註13〕黃人：《小說林發刊詞》，《小說林》，1907 年第 1 期。

〔註14〕梁啓超：《論小說與群治之關係》，《飲冰室文集》（卷十），臺北，臺灣中華書局，1983 年版，第 6 頁。

〔註15〕陶曾祐：《論小說之勢力及影響》，《月月小說》，1903 年第 8 號。

〔註16〕夏志清：《中國古典小說史論》，南昌，江西人民出版社，2001 年版，第 3～4頁。

〔註17〕夏志清：《中國古典小說史論》，南昌，江西人民出版社，2001 年版，第 4頁。

有這種不耐煩的感覺。」〔註18〕這種對中國古典「小說」的整體偏見的持續也就導致了古典小說尤其是魏晉南北朝志怪小說研究的一度冷清和滯後。但是，隨著中國小說創作的繼續發展以及西方小說理論和觀念的不斷引進與吸收、運用，中國小說的藝術水準漸次提升，引起人們越來越熱切的關注，關於小說以及小說史的研究也較之前有了起色。而且，越來越多的學者意識到了中國傳統小說與西方小說的不同，開始立足於中國傳統文化的視域重新認識古典小說的價值，一直到今天，關於小說的研究成果踵事增華，佳作迭出，魏晉南北朝志怪小說的研究也水漲船高，研究成果的質量與數量均不斷上升。

　　在魏晉南北朝志怪小說的研究中，魯迅吸收唐代段成式《酉陽雜俎》首次將「志怪」與「小說」合稱以及明代胡應麟《少室山房筆叢》把「志怪」歸為「小說家」之一類的思想〔註19〕，並進一步發揮，第一個把「志怪」與「志人」並題為古代小說之分類，〔註20〕為以後的魏晉南北朝志怪小說的整理與研究廓清了基本思路。同時，魯迅注重從社會生活關繫上溯本窮源，闡明六朝小說的出來及演進，亦從思想文化影響層面進行探討、分析，挖掘六朝小說的特殊文化蘊含。陳平原在《作為文學史家的魯迅》一文中說道：「魯迅並非研究文學的專門家，就其興趣與知識結構而言，更接近中國古代的『通人』或者西方的『人文主義者』。」〔註21〕魯迅先生研究小說史的深刻之處，正在於他能站在整個國家甚至整個人類的精神歷程的向度和高度，高屋建瓴地把握社會思想、文化甚至民間的人情世態對小說產生的種種影響。比如從張皇鬼神、稱道靈異的宗教氛圍分析六朝特多鬼神志怪書的原因，從當時人

〔註18〕夏志清：《中國古典小說史論》，南昌，江西人民出版社，2001年版，第4頁。

〔註19〕見唐・段成式《酉陽雜俎・自序》：「固役而不恥者，抑志怪小說之書也。」（《酉陽雜俎》，北京，中華書局，1981年版，第1頁。）胡應麟《少室山房筆叢・九流緒論下》：「小說家一類，又自分數種。一曰志怪：《搜神》、《述異》、《宣室》、《酉陽》之類是也。」（《少室山房筆叢》，北京，中華書局，1958年版，第374頁。）

〔註20〕魯迅《中國小說的歷史的變遷》第二講的標題即為「六朝時之志怪與志人」。香港：三聯書店，1958年版。另注：魯迅在《中國小說史略》以及《中國小說的歷史的變遷》中所言的「六朝」，指的是「自晉迄隋」（見《中國小說史略》，上海，上海古籍出版社，1998年版，第24頁），從其提及的志怪作品看，含括魏晉南北朝時期，魯迅將顏之推列為隋朝，然按顏之推生卒年限（531年～591年），以及其志怪作品內容多記晉代和南北朝間事，故本文將顏之推劃為北朝。

〔註21〕陳平原：《陳平原小說史論集》，石家莊，河北人民出版社，1997年版，第1761～1762頁。

們以爲鬼神乃皆實有的思想意識指出六朝志怪書的「實錄」性質。在魯迅先生奠定的研究基礎上，之後的魏晉南北朝志怪小說的研究成績斐然：王國良、汪紹楹、李劍國、李豐楙、洪順隆、劉葉秋、吳禮權、俞汝捷、陳文新、王曉平、王連儒、謝明勳、日本學者前野直彬、竹田晃、小南一郎等人致力於此領域的研究，或循魯迅的路子，或專注考證、治史，或從文類史角度作系統梳理。大致說來，可分爲五條途徑：一是個別作品的微觀研究，從事文本的輯證校勘。二是根據時代的發展，對志怪類型的演進考辨源流，評騭得失。三是通過還原志怪小說產生的歷史語境，並利用其時的典籍資料，考證作者的生平思想，校正小說創作的原始情況。四是通過分析志怪小說的內容，闡明其中的宗教、思想、文化因素的影響。五是做某個志怪故事母題或者具體範圍、具體意象的研究。比如冥界研究、幽靈研究、變形母題研究、異類婚戀研究、精怪研究等等。〔註22〕此外，還有很多關於六朝文學的整體研究涉及到了志怪小說的話題，或將六朝文學與其時地理、歷史著述加以聯繫、比較，或從宗教角度探討六朝文學的特徵，雖然只是點到爲止地談及六朝文學的志怪特徵，但對魏晉南北朝志怪小說的整體研究也有很大的啓發意義。此類成果亦頗豐富，恕不一一羅列。

在文本層面的材料整理與批評日臻豐富、成熟之後，對魏晉南北朝志怪小說的研究觸角開始超越平面的「純文學」的研究而向內或向外伸展。向內即指語言、敘事的轉向，借鑒語言哲學、敘事批評理論，在文本質料、創作手段的更細微處做大文章，將志怪小說與其他文類比較，探索志怪小說的書寫成規、文類功能，或者從其情節單元、故事類型的傳承演變、綜合轉化，發現此一文類的特色。向外即指將志怪小說當作一種文化生產，借鑒人類學、文化學、社會學以及宗教等的理論成果，追溯作品生成的社會文化條件，分析同類作品間的互文關係以及作品創作、傳播與閱讀的動態過程，發現志怪小說與其他層面的文化現象及其變遷之間的對話關係，對魏晉南北朝志怪小說做一種文化的剖析。誠然，這兩種研究角度不盡相同，但是，二者也並非互不兼容。在具體的論述過程中，兩種方法可以形成互動，因爲二者終究源於一個出發點——志怪小說的文本。而且，兩種方法本身都在人類文化的大範疇之中，在人類文化發展的過程中，某一個小小的語言現象就可能折射出一個大的文化背景。比如，魏晉南北朝時期志怪書中方言與口語的運用較爲

〔註22〕資料甚多，恕不一一列舉，詳見論文「附錄」中「參考文獻」部分。

普遍，而在同時期的詩歌辭賦領域，卻正在進行著所謂「四聲八病」這一劃時代的聲律「改革」。這種似乎背道而馳的一雅一俗的文學語言走向，既與小說和詩賦的文體特性相關，也因當時官學衰落、私學興盛，民間故事的傳播和流行缺少了以往的嚴格限制，得到某種程度的鼓勵，其所操持的語言特色和故事本身一起被文人吸收，遂形成志怪「小說」文本中方言與口語的保留。而且，此時的文人一方面在苦心孤詣進行聲律藝術的專門的「精緻」研究，一方面又對粗糙、俚俗的民間方言產生某種程度的認同，並在文本書寫中對口語加以運用，這種「雅樂」與「鄭聲」同臺競技的現象，也反映了當時文人士子的玄學思維模式。魏晉玄學最根本的特點是融合了儒道兩家原本似乎對立的思想，形成一種獨特的非儒非道、即儒即道的生存哲學。劉勰在《文心雕龍》中就充分運用了這種「同之與異，不屑古今，擘肌分理，唯務折衷」〔註 23〕的思維方式。儘管劉勰「按轡文雅之場，環絡藻繪之府」〔註 24〕，持論主要針對當時所謂的正統文體，但是，這種思維模式的開放天性和包容品格，也勢必擴大文人士子的視野，使其關注到民間的志怪故事，從而一併影響到志怪「小說」的書寫語言。如果再深入挖掘，這種語言現象還可以追溯到時人在世變格局中的求生本能。魏晉南北朝是「中國政治上最混亂、社會上最苦痛的時代」〔註 25〕，按照魯迅先生的說法，則應該屬於「想做奴隸而不得」〔註 26〕的時代。做奴隸已經喪失了大半的人格，連做奴隸都不得則是幾乎連生存的機會都要喪失。這樣的「要人命」的時代，人們的求生本能必然會因為死亡的壓力而產生更大的反壓力，這種壓力和反壓力彌漫於整個社會，包括民間和上層社會階層。如何釋放這種雙向的壓力？生存的現狀和危機迫使魏晉南北朝所有心靈陷入一場關於生命的反思。這場屬於整個時代的反思，在不同的社會階層產生出不同的文化景觀，民間表現為濃厚的宗教氛圍和大量的淫祀；文人士子則揮塵談玄、服藥養生、飲酒縱慾，皇室貴冑則醉心於政權的爭奪。文人士子除了做名士，必然還要以寫文章為表達心聲之主

〔註 23〕（南朝・梁）劉勰著，范文瀾注：《文心雕龍注》，北京，人民文學出版社，1958 年版，第 727 頁。

〔註 24〕（南朝・梁）劉勰著，范文瀾注：《文心雕龍注》，北京，人民文學出版社，1958 年版，第 727 頁。

〔註 25〕宗白華：《美學散步》，上海，上海人民出版社，1981 年版，第 208 頁。

〔註 26〕魯迅在《燈下漫筆》中，將中國的歷史劃分為兩個時代：「想做奴隸而不得的時代」和「暫時做穩了奴隸的時代」。《魯迅全集》（第一卷），北京，人民文學出版社，1973 年版，第 197 頁。

要途徑，然而，以往傳統的文體已經不能滿足人們內心的情感抒發，此種境況下情緒的強烈和感受的複雜，只有在詩歌辭賦之外，借助形式自由的、無規範約束的民間的「志怪體」書寫才能一吐爲快。同時，求生的本能儘管強烈，但仍然藏在潛意識深層，這種遠離意識中心的欲望，和同樣遠離權力與話語中心的民間志怪故事之間，有著某種天然的親近感，在魏晉南北朝現實的生存環境激發下，二者「同聲相應」，夾帶民間方言和口語的志怪書寫遂成爲文人在正統詩文之外的另一種不可或缺的主體訴求。

綜上所述，我們可以發現，對魏晉南北朝志怪「小說」的研究，並不局限於單一的方法，向內的挖掘和向外的開拓可以形成更活躍的雙向互動，而在這雙向的互動中，志怪「小說」的字裏行間便可以映照出一種活生生的文化景觀。這種從文本出發、放大文本的研究思路和方法，即屬所謂的文學的「文化研究」或曰「文化詩學」。那麼，對文本進行這樣的「文化研究」能否果眞可以開出新的境界？具體操作中是否還存在其本身必然帶有的缺陷和弊端呢？如果有，應該怎樣克服這些缺陷和弊端呢？

二、關於「文化詩學」及其在魏晉南北朝志怪小說研究中的應用

任何一種理論的形成和發展，都是有其特定的淵源的。從改革開放之初到今天中國的和平崛起，從經濟的騰飛到文化的速成，從「精英意識」到「去經典化」，在這諸種日新月異的發展變化中，我們和世界的交融日益密切，我們的日常生活、學術文化也勢必受到越來越大的西方文化的影響。時代環境使然，對文學的文化研究或曰「文化詩學」理論的接受與吸收，也就順理成章了。那麼，作爲被我們「拿來」的文學理論，「文化詩學」本身淵源又如何呢？

當經濟與科技的發展使全球日益成爲一個緊密聯結、不可分割的整體，不同國家地域之間的文化交流隨之愈加密切，而不同文化之間的對比、差異尤其讓人們好奇興奮，文學研究的文化轉向便藉此發生。在西方文論界，俄國形式主義、英美新批評、語義學、符號學及結構主義等批評理論皆以文本爲中心，對文本進行細緻的解剖、研究，此固然有其合理性，但其也最終使文學文本成爲「手術臺」上的「學術與技術的斷片」，零散而失去了生機，走向文學闡釋的窮途末路。然而，「山重水複疑無路，柳暗花明又一村」，「全球化」語境中的「文化」新熱點給困境中的文論一線生機。「文化詩學」（cultural poetics）便是這樣一種「置之死地而後生」的文學批評理論和思潮。「文化詩

學」發源於美國，最初叫做「新歷史主義」（new historicism）。1982 年格林布萊特在《文類》（Genre）學刊上發表文章，將運用新的歷史主義觀點研究英國文藝復興的一組文章稱爲「新歷史主義」。以格林布萊特爲首的美國新歷史主義強調將歷史意識的恢復作爲文化研究和文學批評的重要方法論原則，強調在歷史意識、歷史情境中去解讀文化文本或文化語碼的現實意義，歷史視野和文化審視使這一流派成爲一種新的「歷史—文化詩學」。格林布萊特在《文藝復興的自我塑造：從莫爾到莎士比亞》中通過對莫爾、廷德爾、魏阿特、斯賓塞、馬洛、莎士比亞等六位文藝復興作家的個人化研究，揭示了這些作家在表達觀念、感情以及自身欲求時所涉及到的社會約束、文化成規、自我的塑造過程及其表達方式，並剖析了在「歷史中的文本」和「文本中的歷史」裏權力運作的複雜機制。

但是，由於同時對於文化、歷史和一系列其他有助於闡釋文本的因素的廣泛關注，格林布萊特和他的追隨者後來認爲「文化詩學」這一術語比「新歷史主義」更確切地描述了他們分析文本的方法，於是，學界便沿用了「文化詩學」的稱謂。文化詩學理論指向文化人類學。從格林布萊特和其他新歷史主義理論家的論著看，他們是以文化人類學的方式將整個文化當作其研究對象，而不是像新批評等理論僅僅研究文化中被我們視作文學的部分。它的根本特徵是衝破文學而跨向歷史學、人類學、政治學、藝術學乃至經濟學等廣闊的社會生活領域。〔註 27〕文化詩學將文學研究從作品的形式、技巧、結構、語言、符號等文本形式的技術化、科學化研究的困境拉回到人文精神的生地，將之前割斷的文學與人——作者與讀者（包括批評者）、文學與現實生活以及文化語境的關係重新黏合、再生，開拓出文學研究的「新大陸」。這種文化轉向既是時勢使然，更是文學研究本身發展的必然趨勢。

然而，我們對「文化詩學」的接受並不是嚴格按照西方文論發展的路線一脈相承的。我們的文論研究並沒有像西方文論那樣經歷過語言學、敘事學、結構主義等批評理論的成熟發展階段，我們對西方文論的接受明顯存在著「代溝」。而且，我們沒有經歷西方「文化詩學」之所以產生的社會環境，更重要的是，「新歷史主義」的文化研究本身也並非完美無缺。所以，我們必須立足

〔註 27〕 （美）斯蒂芬・格林布拉特：《〈文藝復興自我造型〉導論》，見中國社會科學院外國文學研究所《世界文論》編輯委員會編：《文藝學和新歷史主義》，北京，社會科學文獻出版社，1993 年版，第 79～80 頁。

自身的發展狀況，面對當前面臨的實際問題，有選擇地加以吸收，使西方的「文化詩學」完成必要的「東方轉向」，只有如此，才能眞正達到「他山之石可以攻玉」的效果。童慶炳先生在 2004 年 6 月 27 日至 6 月 29 日召開的「全球化時代的文學研究」國際學術研討會上做了題爲《文化詩學的根由與旨趣》的演講。在演講中，童先生首先分析了當前的文化現狀中存在的消費主義、享樂主義、拜金主義、拜物主義傾向，然後指出：「『文化詩學』的基本訴求是通過對文學文本和文學現象的解析，提倡深度的精神文化，提倡人文關懷，提倡詩意的追求，批判社會文化中一切淺薄的俗氣的不顧廉恥的醜惡的和反文化的東西。這就是我們提倡『文化詩學』的現實根由，也可以說是『文化詩學』的首要的旨趣。」〔註 28〕同時，童先生強調：我們必須是在「詩情畫意」的前提下來關懷現實。我們所講的「詩情畫意」的前提是指什麼呢？這就是文本及其語言。語言永遠是文學的第一要素。「文化詩學」的基本根據是文學作爲文化的一種，它本身不但不會消失，而且其相對的獨立性也不會消失。文學有三個向度：語言的向度，審美的向度和文化的向度，因此文學不能不是這三個向度同時展開。詩情畫意的文學本身包含了神話、宗教、歷史、科學、倫理、道德、政治、哲學等文化含蘊。在優秀的文學作品中，詩情畫意與文化含蘊是融爲一體的，不能分離的。「文化詩學」的構思就是要全面關注這三個向度，從文本的語言切入，揭示文本的詩情畫意，挖掘出某種積極的文化精神，用以回應現實文化的挑戰或彌補現實文化精神的缺失，抑或糾正現實文化的失範。〔註 29〕童先生立論植根於現實，情繫於社會，學術追求與社會責任緊密相連。當下的文化詩學，並不是把文學文本與文化視爲不相干的「兩張皮」，也不是簡單的將之捆綁在一起。恰恰相反，我們把文學和文化視爲一個有機的整體。正如錢穆先生在《中國文學論叢》中所言：「一民族文字文學之成績，每與其民族之文化造詣，如影隨形，不啻一體之兩面。……非切實瞭解其文字與文學，即不能深透其民族之內心而把握其文化之眞源。」〔註 30〕「文化乃指人類生活多方面的一個綜合體而言，而文學則是文化體系

〔註 28〕《文化詩學的根由與旨趣》是童慶炳先生在「全球化時代的文學研究」國際學術研討會上的演講稿。後發表於《東方叢刊》（2006 年第 1 期），標題是《文化詩學──文學理論的新格局》。
〔註 29〕童慶柄：《文化詩學──文學理論的新格局》，《東方叢刊》，2006 年，第 1 期。
〔註 30〕錢穆：《中國文學論叢》，北京，生活・讀書・新知三聯書店，2002 年版，第 1 頁。

中重要之一部門。欲瞭解某一民族之文學特性，必於其文化之全體系中求
之。換言之，若我們能瞭解得某一民族之文學特性，亦可對於瞭解此一民族
之文化特性有大啓示。」〔註31〕「我常想，一部理想的文學史，必然該以這
一民族的全部文化史來做背景，而後可以說明此一部文學史之內在精神。反
過來講，若使有一部夠理想的文學史，眞能勝任而愉快，在這裡面，也必然
可以透露出這一民族的全部文化史的內在眞義來。因於言爲心聲，文學出於
性靈，而任何一民族的文化業績，其內在基礎，則必然建築在此一民族之性
靈深處。」〔註32〕錢穆先生所言是基於對中國文學和文化的深刻、充分的理
性研究之上的體悟，對我們後學來講，既是對客觀事實的闡述，也是發自肺
腑、語重心長的忠告。所以，我們現在所謂的「文化詩學」是在充分認識文
學和文化關係的基礎上，通過把文本放回到其所產生的歷史文化語境，從文
化視角對文本進行研究，充分挖掘文本中的文化內涵，發現文本和歷史、文
化之間更爲隱秘而緊密的聯繫，在此複雜的聯繫中提煉出文本話語的意義系
統及其生成模式，既豐富了文本的內在，又開拓了文本的外延。同時，文化
詩學也不是拋棄以往的研究成果，而是將其作爲知識背景在放大了的文本中
加以運用。

　　明確了文化詩學的「綱領」，如何在實踐中具體操作呢？以古代文論和文
學爲例。指向古代文學文本的文化研究恰恰契合了「新歷史主義」的名稱。
立足當下的現實，接受西方的文論思想，同時反思自己的傳統，我們發現，
兩千多年前的中國，早已有「文化詩學」的基因。《孟子・萬章下》中說：「一
鄉之善士，斯友一鄉之善士；一國之善士，斯友一國之善士；天下之善士，
斯友天下之善士。以友天下之善士爲未足，又尙論古之人。頌其詩，讀其書，
不知其人，可乎？是以論其世也。是尙友也。」〔註33〕「知人」，就是瞭解作
者本人的家庭、經歷、性格、心理等小環境，「論世」就是瞭解作者所生活的
社會大環境，也就是瞭解作者本人小環境形成的外部原因及文本生成的更深
層動因。這個「論世」之「世」，和我們所謂的「文化詩學」之「文化」，在
內涵上有很大的相似性。誠然，我們需要以開闊的胸襟和積極主動的心態學

〔註31〕錢穆：《中國文學論叢》，北京，生活・讀書・新知三聯書店，2002 年版，第
　　　　28 頁。
〔註32〕錢穆：《中國文學論叢》，北京，生活・讀書・新知三聯書店，2002 年版，第
　　　　95 頁。
〔註33〕（宋）朱熹撰：《四書章句集注》，北京，中華書局，1983 年版，第 324 頁。

習異域的先進理論和思想，但是，我們的傳統並不能因此變得毫無價值。孟子的「知人論世」是我們自己的文論經典，其中必有能隨著時代不斷豐富充實的基因。王國維對「知人論世」的方法就十分推崇，他結合「以意逆志」，把二者作為解詩的訣竅：「善哉，孟子之言詩也。……顧意逆在我，志在古人，果何修而能使我之所意不失古人之志乎？此其術，孟子亦言之曰：『誦其詩，讀其書，不知其人可乎？是以論其世也。』是故由其世以知其人，由其人以逆其志，則古詩雖有不能解者寡矣。」〔註34〕陳寅恪先生的「文史互證」，即以詩證史、以史解詩的學術方法，也是對「知人論世」的繼承和發揮。在陳寅恪早期的研究中，文學不僅僅被當作文學，更是社會風俗、宗教、倫理、經濟、政治制度、軍事、民族關係的多重文本。而且，作為文學的文本和作為文化的文本並不是牽強、機械地附會和拼接，而是水乳交融地凝彙在一起。反觀我們的前輩所做的「文化研究」，與西方現代的「新歷史主義」相比較，更具歷史唯物主義的先進性。「新歷史主義」是作為新批評、結構主義等文本闡釋的替代性方法而出現的，它倡導一種「新」的歷史觀，宣稱所有的歷史都是主觀的，是被人借用「建構的想像力」寫出來的。在此基礎上，新歷史主義批評家把歷史文本化和話語化，把歷史視作與文學具有同構性的敘事性話語。有學者把新歷史主義告別形式主義和結構主義之後對歷史的重新發現看作向馬克思主義歷史意識的回歸，但是，因為其在唯物與唯心關鍵問題上的錯誤認識，這種回歸注定只能半途而廢。

面對西方文學理論的「侵入」，反觀自己的悠久傳統，我們該做何取捨？在揚棄自己傳統的基礎上進行中西對話、古今對話是唯一的選擇。楊義先生在《中國古典小說史論》曾明確指出：「我國小說文體概念的出現，已有兩千年的歷史，它的命名和耶穌一樣古老，它不需要採用西方千百年後才出現的小說觀念來規範自己的想像力和表現形式。勿須懷疑，我們需要西方現代小說觀念作為研究的參照系，這是絕對必需的；但是參照系不能代替本體認定，這也同樣不容懷疑，不然就可能造成研究偏離本體，影響它的科學品格。」〔註35〕此段話中，楊義先生將「已有兩千年的歷史」的「小說」視為「文體概念」，準確與否，姑且不論，但這段話對我們理解中國古老的「小說觀念」

〔註34〕（清）王國維：《玉溪生年譜會箋序》，《觀堂集林》，上海，上海書店，1989年版，第二十三卷，第 23 頁。

〔註35〕楊義：《中國古典小說史論》，北京，人民出版社，1998 年版，第 2 頁。

很有啓發，與上述「文化詩學」的方法同樣提醒我們，在理解魏晉南北朝志怪「小說」時，在借鑒西方相關理論的同時，務必重視中國古代的「小說」觀念異於西方現代小說觀念的內涵及其所由產生的文化語境。李春青先生在《文化詩學視野中的古代文論研究》一文中也強調：「我們借鑒西方人的學術見解並不是以它的標準來衡量我們的文論話語，也不是用我們的文論話語印證別人觀點的普適性。我們是要在異質文化的啓發下形成新的視點，以發現新的意義空間。」〔註36〕爲了避免因爲闡釋者和被闡釋者語境的不同從而在研究中發生中西、古今意義的「錯位」，李春青先生指出：要擺脫這種困境，首先要做的是「眞正弄懂古人究竟是如何思考和表述的，其與我們究竟有何差異，然後用描述的方式而不是命名的方式盡可能地呈現出古人本來要表述的意義。在此基礎上再運用我們的思維方式與話語形式對其進行分析與闡發，也就是要建立一種中介，從而使古人的話語與現代話語貫通起來。」〔註37〕李先生的論述是針對古代文論而言的，但是，同樣作爲「文化詩學」方法論的應用研究，又同屬中國古代的歷史文化範圍，魏晉南北朝志怪「小說」研究完全可以加以借鑒。而我們運用「文化詩學」的方法探討魏晉南北朝志怪「小說」的「全部秘密」，其中最關鍵也最困難的，就是「眞正弄懂古人究竟是如何思考和表述的」，這是貫通古、今的前提，也是正確闡釋魏晉南北朝志怪「小說」的前提。何謂「眞正弄懂古人究竟是如何思考和表述的」？「即如『詩言志』這個古老的、人人耳熟能詳的詩學命題，如果出於不同的文化語境，同樣也會有迥然不同的含義。例如它如果是西周初期以前就產生的，那麼那個『志』字就可能是聞一多所說的『記憶、記錄』之義；如果是西周後期產生的，這個『志』就可能是聞一多所說的『懷抱』之義；如果是春秋時期『賦詩』大興之時產生的，則『詩言志』很可能是『賦詩言志』的另一種說法，與通常我們理解的『詩言志』之含義是判然有別的。所以如果想知道『詩言志』的本義，就非重建文化語境不可。」〔註38〕「重建文化語境」並非易事，在這裡，我們可以借鑒西方哲學家維特根斯坦的某些觀點。比如，維特根斯坦說：「『有意義地說出的話歸根到底不僅有一個表面，還有其深度！』總而言之，這就是說，當把話有意義地說出來時，總是發生了一件與單純的說出

〔註36〕李春青：《文化詩學視野中的古代文論研究》，《文學評論》，2001年第6期。
〔註37〕李春青：《文化詩學視野中的古代文論研究》，《文學評論》，2001年第6期。
〔註38〕李春青：《詩與意識形態》，北京，北京大學出版社，2005年版，第5頁。

不同的事。」〔註39〕「對我們來說在如此這般的環境中說一個語句是自然的，而孤立地說這個語句則是不自然的。我們是否該說，每當我們自然地說一個語句時，總有一種特殊的感覺伴隨著語句的說出呢？」〔註40〕具體到本書的寫作，首先要做到的就是弄清楚魏晉南北朝時期，是哪一種「環境」讓人們「自然地說出」「志怪」和「小說」這些詞語及相關語句的？人們在說出這些詞語和語句的同時釋放出何種「特殊的感覺」？「說」的同時「發生」了哪些「不同的事」？「志怪」和「小說」的「深度」究竟如何？弄清楚「志怪」和「小說」這兩個語詞以及與之相關的語句背後的這些「潛臺詞」，才能盡可能還原、接近魏晉南北朝志怪書所產生的、客觀的歷史文化語境，而不是站在現代的文化背景上，以現代的文化知識觀念爲標準，憑藉對歷史的想當然的主觀臆測「自說自話」。

我們所置身於其中的今天，文化具有了越來越濃厚的商業氣息和越來越露骨的媚俗之態，文學和文學批評也日益消解精英意識，一味迎合大眾，甚至以之爲一種時尚。而我們的古代文學作品，尤其是作爲學術研究對象的古代文本，卻被逼到了邊緣的邊緣。看一看書店中不斷更新的書籍，各種花樣翻新的新型開本、文字中不時躍入眼簾的照片、插圖以及字號大小、字間距、行間距、頁邊距都恰到好處的排版印刷，每一頁的邊邊角角都把讀者的眼睛照顧得舒服至極。而相對於這頗具「人性化」的現代讀本，古代讀本堪稱對讀者的「折磨」：筆畫複雜而陌生的繁體字、攔腰斬斷閱讀視線的豎排印刷、深邃費解的簡短字句……然而，從「文化詩學」的角度，這些讓人頭疼的視覺阻礙卻都是「有意味的形式」，這種被現代語言文本所摒棄的東西，恰恰最好地還原了一個古代文化的「文本形式語境」，而這個似乎不起眼的環節，也正是我們進入歷史文化大環境的最初「入口」。在我們的理論界還沉浸在「審美」、「主體性」和「語言」的話語狂歡的時候，西方的「文化詩學」讓我們注意到了「文化研究」這樣一種在現代語境中綜合闡釋文本的方法，同時也喚醒了我們對自己的傳統「文化批評」的記憶，衡量比較中西兩種「文化研究」，我們可以發現，在合理吸收西方理論成果的同時，傳統的基因是更爲重要的東西。比如前面所述的「知人論世」說，孟子原本是把它當作「尚友」的

〔註39〕 （奧）維特根斯坦著，李步樓譯：《哲學研究》，北京，商務印書館，1996 年版，第 235 頁。

〔註40〕 （奧）維特根斯坦著，李步樓譯：《哲學研究》，北京，商務印書館，1996 年版，第 236 頁。

方法，絲毫沒有建構文學批評方法論的主觀意圖。但是，今天，我們把它當作一種文本接受和闡釋方法，並與「文化詩學」彼此融通時，也應該學習借鑒這種注重生命體驗的方式，以交友一般的感性而活潑的狀態和古人對話，正如程子所言讀《論語》、《孟子》的方法：「凡看《語》、《孟》，且須熟讀玩味。須將聖人言語切己，不可只做一場話說。人只看得二書切己，終身儘多也。」〔註41〕亦如金聖歎在《杜詩解》中所說：「讀書尙論古人，須將自己眼光直射千百年上，與當日古人提筆一刹那傾精神，融成水乳，方能有得。」〔註42〕程子所謂「切己」，金聖歎所謂「眼光直射」、「融成水乳」，均是以讀古人之書爲體驗古人生命的渠道，將抽象的語言文字、道德說教還原爲感性生動的生活場景，對古人的生活、價值觀念感同身受，由此求得古人之意，也證成自身之涵養氣質。這種注重生命體驗和生活體驗的方式，恰恰契合了我們中華民族傳統的不同於西方技術性和工具性的、只重「認知」的文化精神，因此，若能夠和古人「神交」，我們對文本的文化研究不僅能更加接近古人的靈魂，也會變得更加生動流暢。

　　此外，我們不能否認另一種可能，即：西方的「文化詩學」在很大程度上是因爲厭倦結構主義等形式批評愈演愈烈，才轉而將注意力集中在歷史文化的範圍。這種喜新厭舊的學術作風會帶進所謂的「文化詩學」，以致矯枉過正，成爲將文學文本「泛文化」、「泛歷史」的「隱患」，從而不知不覺「走出文學自身」，造成對文學文本的「過渡闡釋」。這種擔憂並非多餘。因此，我們在用「文化詩學」的方法闡釋古代文學文本時，必須自覺避免這種「過渡闡釋」，時刻提醒自己切記文學的三個向度：語言、審美和文化。特別是在對古代某一文學體裁形式發展初期的文本進行文化研究時，這種提醒尤顯重要。比如六朝時期的志怪「小說」。從「小說」的內容，我們可以讀出六朝時期兵荒馬亂的時代背景、瞬息萬變的政治風雲、揮塵清談放誕不羈的魏晉風度、儒佛道玄並駕齊驅的思想環境、龐雜泛濫蔚爲大觀的鬼神信仰……簡樸粗糙的文字裏簡直承載了太多的東西。但是，從小說體裁角度，六朝志怪明顯處在小說發展的初期，和豐富的文化內涵相比，那種由簡單的敘述、直白的語言、稚拙的技巧、史傳寫作的痕迹以及作者「一如今日之記新聞」〔註43〕

〔註41〕（宋）朱熹撰：《四書章句集注》，北京，中華書局，1983年版，第44頁。
〔註42〕陳德芳校點：《金聖歎評唐詩全編》，成都，四川文藝出版社，1999年版，第522頁。
〔註43〕魯迅：《六朝之志怪與志人》，《中國小說的歷史的變遷》，《魯迅全集》（第九卷），北京，人民文學出版社，2005年版，第318頁。

的幾乎爲零的小說文體意識構建起來的文本，卻很容易讓人忽略。然而，「某些有重大意義的藝術形式只有在藝術發展的不發達階段才是可能的」。〔註44〕恰恰是在這種缺乏修飾的敘事中，遠古的人類記憶和現實的歌哭悲喜直接衝出想像的閘門，在我們面前展現了一個神秘、親切、充滿生命體驗、交織著人影、鬼影、仙影、神影的世界。這是一種完全不同於現在的所謂「身體寫作」的直接和眞實，那裡面充滿了尋找靈魂依歸的執著和熱情，充滿了讓人感動的樸實和眞誠。當我們從這種近乎單調的敘事中感覺到撲面而來的生命氣息，那恰恰是由尚不成熟的體裁形式以它獨有的風格傳達到我們的心靈。文體本身的成熟會帶給我們美的享受，但不成熟的文體卻會像一個發育不成熟的嬰兒，更爲直接地喚醒我們心中永不泯滅的關於生命的喜悅和感動。所以，在這個意義上，和體裁成熟的小說作品相比，六朝志怪並不缺乏審美因子，我們沒有理由耽於文化透視而忘記其文本的存在。

　　總之，在中西對話、古今對話中接受「文化詩學」的理論成果，然後運用到具體的文本闡釋中，是我們今天文學批評的新的嘗試。本書的寫作即試做此種嘗試，在對魏晉南北朝志怪「小說」的批評研究中，借鑑前人的成果和經驗，力圖闡明魏晉南北朝時期的文人何以會選擇志怪「小說」這樣一種邊緣文體完成自己的主體訴求，以嘗試釐清魏晉南北朝志怪「小說」由邊緣向中心的敘事話語轉型的發生歷程及其蘊含的內在的生存欲望，揭示在變動的時代環境中，傳統知識分子的求存本能以及在此本能影響下的主體訴求的內部開解與民間轉向，以此爲中國古代小說研究貢獻一點自己的成績，同時，也希望自己書稿的寫作能夠爲「文化詩學」的理論提供一次實踐的支持。

　　本書的大致思路是：首先作「小說」與「志怪」的辨證，釐清在魏晉南北朝時期「小說」和「志怪」究竟所指爲何，時人如何運用「小說」和「志怪」。其次，關注魏晉南北朝時期最令人矚目的兩大本土文化景觀——玄學和志怪，從二者的關係入手，分析玄學理論與志怪書寫的淵源以及彼此之間的兼容貫通、互相發明。又次，結合魏晉南北朝時期的「生活形式」——主要是玄學的文化大背景論述佛教與志怪「小說」的關係。再次，從文化之大傳統與小傳統出發，分析志怪書寫中民間小傳統與文人士子所代表的大傳統之

〔註44〕馬克思：《〈政治經濟哲學批判〉導言》，《馬克思恩格斯選集》（第二卷），北京，人民出版社，1972 年版，第 113 頁。

間的彼此認同與融合。最後，以今日新聞報導中的怪異故事與魏晉南北朝時期的志怪書中的怪異故事比較，進一步論證魏晉南北朝時期的志怪書與今日之小說觀念的距離，重新反省魏晉南北朝志怪書的文體性質及其內在魅力。

第一章 「小說」之辨證──語義中的邊緣底色及其文化意義

今人眼中的小說是一種文體，這毋須多言。本文在此要說的是，在今人眼中，小說只是一種文體。而實際情況是：作為文化有機體的一部分，作為一種不斷發展變化的事物，小說並不只是一種文體，更確切地說，在中國古代，小說曾經不是文體。當我們把小說作為一個靜止的文體範疇的概念，我們也只需要沉默。但是，當我們把小說作為一個動態的演變過程，就會發現，在一個被稱為「詩的國度」的文化語境中，小說本身的發生、發展的歷程又恰似一部「小說」，其中的跌宕起伏需要太多的「傾訴」。

以今天的研究視角，魏晉南北朝志怪無疑被劃定在小說的「領地」，在文體角度而言，「小說」無疑是魏晉南北朝志怪依託的「第一背景」，那麼，在闡釋魏晉南北朝志怪之前，弄清「小說」這個「第一背景」的完整、真實的面目，是非常重要而且必要的。

一、「現代小說觀」──現代的「小說」觀念

「小說」這個詞語，是頗為「大眾化」的，幾乎凡是認字的人都知道什麼是「小說」，甚至有很多人知道「小說」的英文是「novel」、「fiction」或者「story」。《現代漢語詞典》中這樣解釋「小說」：「一種敘事性的體裁，通過人物的塑造和情節、環境的描述來概括地表現社會生活的矛盾。一般分為長篇小說、中篇小說和短篇小說。」〔註1〕在大多數的文學理論著作或教材中，

〔註1〕《現代漢語詞典》，北京，商務印書館，1983年版，第1269頁。

「小說」的概念界定亦不出此範圍〔註2〕。比如：童慶炳先生主編的《文學概論新編》在第一章「文學作品的體裁及其分類」中，將「小說」列爲「獨立型文學體裁」，並這樣界定「小說」：「小說是一種以人物形象創造爲中心的敘事性文學樣式，這種文學樣式通過人物、情節和環境的刻畫、描寫以反映社會生活。因此，人物、情節和環境是小說的不可或缺的三個要素。小說在整體地廣闊地反映複雜的社會生活方面具有獨特的長處，爲其它文學形式所不及。隨著社會生活的日益豐富和發展，容量較大的小說在文學諸樣式中的地位日益顯得重要，成爲最受群眾歡迎的文學樣式。因此黑格爾把小說稱爲『近代市民階級的史詩』。」書中這樣歸納小說的特徵：1、性格刻畫豐富、細緻。2、情節結構完整、複雜。3、環境描寫具體、生動。小說的分類則有三種：長篇小說、中篇小說、短篇小說。〔註3〕絕大多數的文論著作或教程均持此種小說觀念，我們姑且稱之爲「現代小說觀」。因爲，這種關於「小說」的觀念基本形成於中國的現代化進程之初，並且自形成之日直到現在，在包括專業人士在內的中國人的觀念中占主流地位，只有在少數的文論著作或者教材中簡單提及中國古代「小說」的概念內涵及其演變。比如：孫子威主編、華東師範大學出版社 1989 年出版的專業基礎理論教程《文學原理》中，在指出「小

〔註 2〕 參見童慶炳主編《文學理論教程》（北京，高等教育出版社，2004 年版）、王確主編《文學理論教程》（北京，人民教育出版社，2003 年版）、趙炎秋、毛宣國主編《文學理論教程》（長沙，嶽麓書社，2000 年版）、余三定主編《文學概論》（南京，南京大學出版社，2004 版）、王一川《文學理論》（成都，四川人民出版社，2003 年版）、朱國能著《文學概論》（臺灣，里仁書局，2003 年版）、許鵬主編《文學概論》（北京，中國人民大學出版社，2003 年版）、楊春時等著《文學概論》（北京，人民文學出版社，2002 年版）、張雙英著《文學概論》（臺北，文史出版社，2002 年版）、顧祖釗著《文學原理新釋》（北京，人民文學出版社，2002 年版）、王元驤著《文學原理》（桂林，廣西師範大學出版社，2002 年版）、姚文放主編《文學概論》（南京，南京大學出版社，2000 年版）、劉甫田、徐景熙主編《文學概論》（北京，高等教育出版社，2000 年版）、童慶炳主編《文學概論》（北京，科學出版社，1998 年版）、教材編寫委員會編《文學概論》（北京，開明出版社，1998 年版）、曾慶元編著《文藝學原理》（武漢，武漢大學出版社，1998 年版）、畢桂發、胡山林主編《文學概論》（北京，中國人事出版社，1998 年版）、鄔豪生主編《文學原理》（桂林，廣西師範大學出版社，1993 年版）、楊振鐸《文學原理新編》（昆明，雲南大學出版社，1991 年版）、孫耀煜主編《文學理論教程》（北京，人民文學出版社，1991 年版）、陸學明、戴恩允主編《文學原理新編》（長春，吉林教育出版社，1988 年版）等。

〔註 3〕 童慶炳主編：《文學概論新編》，北京，北京師範大學出版社，1995 年版，第 131～136 頁。

說是一種用散文形式寫成、具有一定長度的敘事性的虛構作品」之後，談到了小說的在中國古代的起源與演變：「在中國，『小說』一詞最早見於《莊子·外物》篇……是指無關道術的瑣屑言談。」接著，從桓譚《新論》、班固《漢書·藝文志》到魏晉南北朝志怪小說、唐傳奇、宋話本、元明清的章回小說、白話小說的萌芽，編者做了大致的梳理，並簡要說明了「小說」演進過程中由「向來不算文學」到「文學之最上乘」的地位轉變。〔註4〕此外，羅寧的《中國古代的兩種小說概念》一文，也對中國古代「小說」的本來面目及其發展做了闡明和梳理，對古代小說研究有很大的啟發意義。〔註5〕在此，筆者無意做出孰優孰劣的評判，「現代小說觀」的普及和流行與近現代時期的西學東漸不無關係，也與小說體裁本身的發展密切相關，作為文化的一個有機組成部分，「小說」觀念的這種變化無疑是一種「文明」的進步，是與時代的發展相適應的。所以，在今天的文化語境，以今人的眼光看「小說」，必然會有上述諸多的文論著作和教材所認同的小說概念。而且，在「人文日新」節奏加快的今天，隨著小說創作實踐的發展，小說的形式、內容、創作方法等等都會以更快的速度不斷變化，因此，關於「什麼是小說」的觀念也必然隨之發生變化，今日的「現代小說觀」也不是一成不變的，而是不斷豐富、不斷更新的。

　　「生活始終朝著未來，而悟性則經常向著過去」。〔註6〕要真正理解事物，必須明瞭事物發展的來龍去脈，因為在每一個不同的階段，同一個事物的意義都有變化的可能。所以，當我們的研究對象鎖定在古代小說的範圍，我們就不能簡單地以今天的「現代小說觀」來定位研究對象，更不能想當然地以為古代的小說一如今天的小說，在創作、接受、理論等方面均「原本如此」。我們看到的是小說發展到現在的「這一幕」，但是，我們還應該知道小說發展的「前一幕」，否則，我們對小說的認識就有可能發生「歷史的錯位」，從而被自己蒙蔽了雙眼。那麼，關於「小說」的「故事」的「前一幕」又是怎樣的呢？

〔註4〕孫子威主編：《文學原理》，武漢，華中師範大學出版社，1989年版，第179～183頁。

〔註5〕羅寧：《中國古代的兩種小說概念》，《社會科學研究》，2003年，第2期。

〔註6〕（以色列）阿巴·埃班著，閻瑞松譯：《猶太史》，北京，中國社會科學出版社，1986年版，第1頁。

二、「古代小說觀」——古代的「小說」觀念

（一）上古之「小說」觀

1、「小說」：「小」與「說」的組合

德國哲學家杜勒魯齊曾經說過：「從起源中理解事物，就是從本質上理解事物。」〔註7〕那麼，一個概念的內涵，其淵源往往可以追溯到表述此一概念的詞語的語詞含義。所以，從語詞的角度切入，應該能夠得出古代「小說」的本來面目。從詞彙構成來看，今天的做爲文體概念的「小說」一詞，是一個不可拆分的完全合成詞，「小」和「說」只能合在一起才能產生其作爲「一種敘事體文學樣式」的文體概念的意義。如果將二者分開來，則二者只能表示與合成詞「小說」不同的、彼此之間也完全不同的各自的含義。而古代的、最初的「小說」一詞，卻是一個可以拆分的偏正式合成詞，「小」和「說」各自可以獨立成詞，而合成之後的「小說」含義則爲二者詞義的組合，其中，「小」字作爲修飾詞，「小說」意爲「小的談說」。既然是兩個字各自含義的組合，那麼，合爲一詞的「小說」的意義中必然保留了「小」和「說」的含義。「小」和「說」在古代又都有什麼含義呢？

「小」的含義古今大致相同。《說文解字》寫「小」字爲「ノ｜丶」，釋義曰：「小，物之微也。從八、｜，見而八分之。」〔註8〕段注曰：「八，別也。象分別之形，故解從八爲分之。……凡榴物分之則小。」〔註9〕《漢語大字典》收錄了《說文解字》之外的「小」字的多種古字寫法，並加以解釋說：「商承祚《殷虛文字類編》：『卜辭作三點，示微小之意，與古金文同。』按：甲骨文『小』象沉沙小物狀，與少本爲一字，後分化爲二字。」〔註10〕綜合《漢語大字典》、《漢語大辭典》、《辭源》、《辭海》關於「小」的解釋，「小」字在古代的含義主要有：1、細、微，與「大」相對。又指細微的事物。如：《尙書·康誥》：「怨不在大，亦不在小。」〔註11〕《孟子·梁惠王上》：「然

〔註7〕 轉引自（日）川勝義雄：《六朝貴族制社會的成立》，載劉俊文主編《日本學者研究中國史論著選譯》第4卷，北京，中華書局，1992年版，第6頁。

〔註8〕 （漢）許愼撰，（清）段玉裁注：《說文解字注》，上海，上海古籍出版社，1981年版，第48頁。

〔註9〕 （漢）許愼撰，（清）段玉裁注：《說文解字注》，上海，上海古籍出版社，1981年版，第48頁。

〔註10〕 徐中舒主編：《漢語大字典》，湖北、四川辭書出版社，1986年版，第560頁。

〔註11〕 （漢）孔安國傳，（唐）孔穎達正義：《尙書正義》：上海，上海古籍出版社，2007年版，第535頁。

則小固不可以敵大。」〔註12〕《論語·衛靈公》：「小不忍則亂大謀。」〔註13〕
2、低微。如：《孟子·萬章下》：「不辭小官。」〔註14〕又指地位低下或者品
質不好的人。如：《詩·邶風·柏舟》：「憂心悄悄，慍於群小。」鄭玄箋：「群
小，眾小人在君側者。」〔註15〕《世說新語·容止》：「庾長仁與諸弟入吳，
欲住亭中宿。諸弟先上，見群小滿屋，都無相避意。」〔註16〕3、狹隘，不足。
如：《禮記·表記》：「義有長短小大。」〔註17〕孔穎達疏：「小謂所施狹近也。」
〔註18〕4、短暫。如：《莊子·逍遙遊》：「小知不及大知，小年不及大年。奚
以知其然也？朝菌不知晦朔，蟪蛄不知春秋，此小年也。」〔註19〕成玄英疏：
「言齡命短促，故謂之小年。」〔註20〕5、以之爲小，輕視。如：《左傳·昭
公十八年》：「國之不可小，有備故也。」〔註21〕《孟子·盡心上》：「孔子登
東山而小魯，登太山而小天下。」〔註22〕曹丕《典論·論文》：「文人相輕，
自古而然。傅毅之于班固，伯仲之間耳，而固小之。」〔註23〕6、特指「陰」
和「陰」所象徵的事物。如：《易·泰》：「泰：小往大來，吉亨。」〔註24〕孔
穎達疏：「陰去故『小往』，陽長故『大來』。」〔註25〕朱熹注：「小，謂陰；

〔註12〕 （宋）朱熹撰：《四書章句集注》，北京，中華書局，1983年版，第211頁。
〔註13〕 （宋）朱熹撰：《四書章句集注》，北京，中華書局，1983年版，第167頁。
〔註14〕 （宋）朱熹撰：《四書章句集注》，北京，中華書局，1983年版，第314頁。
〔註15〕 （漢）毛亨傳，鄭玄箋，（唐）孔穎達疏：《毛詩正義》，北京，北京大學出版
社，1999年版，第116頁。
〔註16〕 （南朝·宋）劉義慶撰，徐震堮著：《世說新語校箋》，北京，中華書局，1984
年版，第342頁。
〔註17〕 （漢）鄭玄注，（唐）孔穎達疏：《禮記正義》，北京，北京大學出版社，1999
年版，1474頁。
〔註18〕 （漢）鄭玄注，（唐）孔穎達疏：《禮記正義》，北京，北京大學出版社，1999
年版，第1475頁。
〔註19〕 （清）郭慶藩撰，王孝魚點校：《莊子集釋》，北京，中華書局，1961年版，第11頁。
〔註20〕 （清）郭慶藩撰，王孝魚點校：《莊子集釋》，北京，中華書局，1961年版，
第12頁。
〔註21〕 （周）左丘明傳，（晉）杜預注，（唐）孔穎達正義：《春秋左傳正義》，北京，
北京大學出版社，1999年版，第1377頁。
〔註22〕 （宋）朱熹撰：《四書章句集注》，北京，中華書局，1983年版，第356頁。
〔註23〕 （清）嚴可均輯：《全上古三代秦漢三國六朝文》，北京，中華書局，1958年
版，第1097頁。
〔註24〕 （魏）王弼注，（唐）孔穎達疏：《周易正義》，北京，北京大學出版社，1999
年版，第66頁。
〔註25〕 （魏）王弼注，（唐）孔穎達疏：《周易正義》，北京，北京大學出版社，1999
年版，第66頁。

大，謂陽。」〔註26〕7、年幼，年幼的人。如：《詩·小雅·楚茨》：「既醉既飽，小大稽首。」鄭玄箋：「小大，猶長幼也。」〔註27〕《北史·楊逸傳》：「其老小殘疾不能自存活者，又於州門造粥餇之。」〔註28〕《世說新語·言語》：「小時了了，大未必佳。」〔註29〕又引申爲小輩。8、稍、略。如：《孟子·盡心下》：「其爲人也小有才。」〔註30〕9、自稱的謙詞。由以上所列含義，可知「小」不僅僅指對物質、物體的物理測量結果以及人對於器物之大小的視覺體驗的客觀描述，更指這種量度和描述中帶有的「輕視」的情感色彩，這種情感色彩顯然緣於古代人「以大爲尊」的價值觀和「以大爲美」的審美觀。

什麼叫「大」呢？《說文解字》釋「大」曰：「天大，地大，人亦大焉。象人形。」段注曰：「可以參天地，是爲大。」〔註31〕《說文解字》釋「天」：「天，顚也。至高無上。從一大。」段注曰：「顚者，人之頂也。以爲凡高之偁。……至高無上，是其大無有二也，故從一大。」〔註32〕可見，對「大」的肯定和讚美其實是人對自身的肯定和讚美。

那麼，在古人的觀念中，什麼是「美」呢？《說文解字》訓「美」曰：「美，甘也。從羊大。羊在六畜主給膳也。美與善同意。」段注云：「甘部曰，美也，甘者，五味之一，而五味之美皆曰甘。引申之凡好皆謂之美。羊大則肥美。……周禮，膳用六牲，始養之曰六畜。將用之曰六牲。馬牛羊豕犬雞也。膳之言善也。羊者祥也，故美從羊。」〔註33〕《說文解字》訓「甘」曰：「甘，美也，從口含一，一，道也。」段注云：「羊部曰：美，甘也。甘爲五味之一，而五味之可口皆曰甘。食物不一，而道則一。所謂味道之腴也。」〔註34〕可見，《說

〔註26〕 蕭漢明著：《〈周易本義〉導讀》，濟南，齊魯書社，2003 年版，第 95 頁。
〔註27〕 （漢）毛亨傳，鄭玄箋，（唐）孔穎達疏：《毛詩正義》，北京，北京大學出版社，1999 年版，第 823 頁。
〔註28〕 （唐）李延壽：《北史》（卷四十一），北京，中華書局，1974 年版，第 1498 頁。
〔註29〕 （南朝·宋）劉義慶撰，徐震堮著：《世說新語校箋》，北京，中華書局，1984 年版，第 31 頁。
〔註30〕 （宋）朱熹撰：《四書章句集注》，北京，中華書局，1983 年版，第 371 頁。
〔註31〕 （漢）許慎撰，（清）段玉裁注：《說文解字注》，上海，上海古籍出版社，1981 年版，第 492 頁。
〔註32〕 （漢）許慎撰，（清）段玉裁注：《說文解字注》，上海，上海古籍出版社，1981 年版，第 1 頁。
〔註33〕 （漢）許慎撰，（清）段玉裁注：《說文解字注》，上海，上海古籍出版社，1981 年版，第 146 頁。
〔註34〕 （漢）許慎撰，（清）段玉裁注：《說文解字注》，上海，上海古籍出版社，1981 年版，第 202 頁。

文》中「美」、「甘」互訓，從日常的飲食口味到高深精微的「道」，從形而下到形而上，「美」都是以「大」爲基本的衡量標準。再如《呂氏春秋・侈樂》中說：「大鼓、鍾聲、管簫之音，以巨爲美」〔註35〕。既然「大」能夠超越「器」的物質性而達至精神上的快感和滿足，那麼，把自己以爲美和善的、「大」的東西獻給自己所信奉、崇拜的神靈和祖先，以表達自己的敬意或者與之分享，則是理所當然。《說文解字》釋「祭」曰：「祭，祭祀也。從示。以手持肉。」〔註36〕祭祀所用之「肉」，必然是「大」而「美」的。因此，「大，肥也」〔註37〕，「大，以肥美者特爲戀，所以祭也」〔註38〕。由此，「以大爲美」的觀念由人間延伸到神界，並因此帶有了一絲超人間的神秘和威力。

《說文解字》對「美」的解釋，是古代普遍的「崇大」觀念的集中反映。這種「崇大」的觀念在古代典籍中無處不見。如道家思想以「道」爲萬事萬物的終極淵源和本體，爲天地間所有生物的「母體」，它沒有行迹卻存於萬事萬物之中，人和萬物都要遵守「道」的運行原則。這樣一種無所不在、生養天地宇宙的「道」，便是大的。而能體現此一「大道」的物，也是大的。如：《老子》第十八章：「大道廢，有仁義。」《老子》第二十五章：「有物混成，先天地生。寂兮寥兮，獨立而不改，周行而不殆，可以謂天地母。吾不知其名，強字之曰『道』，強爲之名曰『大』。大曰逝，逝曰遠，遠曰反。故『道』大，天大，地大，人亦大。域中有四大，而人居其一焉。」《老子》第三十四章：「大道泛兮，其可左右。萬物恃之以生而不辭，功成而不有。衣養萬物而不爲主，可名於小；萬物歸焉而不爲主，可名爲大。以其終不自爲大，故能成其大。」《老子》第三十五章：「執大象，天下往。往而不害，安平太。」《老子》第三十八章：「大丈夫處其厚，不居其薄；處其實，不居其華。」《老子》第四十一章：「大白若辱；大方無隅；大器晚成；大音希聲；大象無形。」《老子》第四十五章：「大成若缺，其用不弊。大盈若沖，其用不窮。大直若屈，大巧若拙，大辯若訥。」《老子》第六十三章：「聖人終不

〔註35〕陳奇猷校釋：《呂氏春秋校釋》，上海，學林出版社，1984年版，第265～266頁。

〔註36〕（漢）許慎撰，（清）段玉裁注：《說文解字注》，上海，上海古籍出版社，1981年版，第3頁。

〔註37〕（漢）揚雄撰，（宋）司馬光集注，劉韶軍點校：《太玄集注》，北京，中華書局，1998年版，第179頁。

〔註38〕（漢）鄭玄注，（唐）賈公彥疏：《儀禮注疏》，北京，北京大學出版社，1999年版，第488頁。

爲大，故能成其大。」〔註39〕整部《老子》，不僅僅是原「道」之本體、解「德」之功用的冷靜的哲思，還不失爲一曲熱情洋溢的「大」的讚歌。《莊子》與《老子》爲「同道」，也極力肯定和讚歎「大」之美。《逍遙遊》篇：「小知不及大知，小年不及大年。」《大宗師》篇：「夫大塊載我以形，勞我以生，佚我以老，息我以死。」《在宥》篇：「大人之教，若形之於影，聲之於響。有問而應之，盡其所懷，爲天下配。」《天道》篇：「夫天地者，古之所大也，而黃帝堯舜之所共美也」。《外物》篇：「飾小說以干縣令，其於大達亦遠矣。」《知北遊》篇：「天地有大美而不言，四時有明法而不議，萬物有成理而不說。」《則陽》篇：「天地者，形之大者也；陰陽者，氣之大者也。」〔註40〕再看儒家的經典《論語》。《泰伯》篇：「子曰：『大哉堯之爲君也！巍巍乎！唯天爲大，唯堯則之。』」《子罕》篇：「達巷黨人曰：『大哉孔子！博學而無所成名。』」《季氏》篇：「孔子曰：『君子有三畏：畏天命，畏大人，畏聖人之言。』」《子張》篇：「子夏曰：『大德不踰閑，小德出入可也。』」同篇又云：「子貢曰：『……賢者識其大者，不賢者識其小者。』」〔註41〕又如《孟子》。《孟子‧公孫丑上》曰：「我善養吾浩然之氣。……其爲氣也，至大至剛。」〔註42〕《孟子‧盡心下》曰：「充實之謂美，充實而有光輝之謂大。」〔註43〕儒家典籍《詩經》屢次出現「碩」字，也體現出以大爲美的審美觀。如《衛風‧碩人》是讚美衛莊公夫人的一首詩。《說文解字》釋「碩」曰：「碩，頭大也。」段注曰：「引申爲凡大之偁。《釋詁》《毛傳》皆曰：碩，大也。《簡兮傳》曰：碩人大德也。」〔註44〕方玉潤《詩經原始》曰：「《碩人》，頌衛莊姜美而賢也。」〔註45〕《碩人》首句曰：「碩人其頎，衣錦褧衣。」鄭玄箋注曰：「碩，大也。言莊姜儀表長麗俊好頎頎然。」正義曰：「以碩爲大德，錦

〔註39〕以上《老子》例句均見陳鼓應著：《老子注譯及評介》，北京，中華書局，1984年版。
〔註40〕以上《莊子》例句均見（清）郭慶藩撰，王孝魚點校：《莊子集釋》，北京，中華書局，1961年版。
〔註41〕以上《論語》例句均見（宋）朱熹撰：《四書章句集注》，北京，中華書局，1983年版。
〔註42〕（宋）朱熹撰：《四書章句集注》，北京，中華書局，1983年版，第231頁。
〔註43〕（宋）朱熹撰：《四書章句集注》，北京，中華書局，1983年版，第370頁。
〔註44〕（漢）許慎撰，（清）段玉裁注：《說文解字注》，上海，上海古籍出版社，1981年版，第417頁。
〔註45〕（清）方玉潤撰，李先耕點校：《詩經原始》，北京，中華書局，1986年版，第176頁。

衣爲在塗之服。」〔註 46〕再如《衛風・考槃》寫一位隱居的賢人獨善其身、自得其樂的生活。《詩經原始》解釋全詩之義曰:「《考槃》,贊賢者隱居自樂也。」〔註 47〕其詩曰:「碩人之寬……碩人之薖……碩人之軸。」〔註 48〕《陳風・澤陂》描述一位女子在水澤邊思念自己心儀的情人:「有美一人,碩大且卷。……有美一人,碩大且儼。」〔註 49〕可以看出,無論儒家還是道家,無論知識階層的學術理論還是平民百姓的歌謠,都以「大」來說明和修飾自以爲美好的事物或品性,以「大」或含義相近的字詞來抒發對美好事物的由衷的讚美之情。

如上所述,「天地有大美而不言」,這種「大美」即是中國文化傳統所追求的宇宙整體的和諧。作「大人」、「大聖」、求「大美」是古人矢志不渝的至誠至尊的信念。由此可見,古人對「大」的肯定源於唇齒間的甘美享受和對人類自身存在的尊重,既充盈著感官的快感,又富含深邃的哲思,承載著「善」、「美」、「崇高」、「神秘」等意義,能達成精神上的愉悅和滿足信仰需求。因此,「大」遠遠不只是一個筆畫簡單的漢字,更代表一種正面的、主流的價值觀念,也成爲古代人建構宇宙體系和社會秩序的最根本的標準和尺度。「以大爲美」的觀念不僅爲古人提供了味覺享受以及引申出來的視覺、聽覺享受,更提供了一種安身立命的精神依託和生命存在的歸宿感。「小」與「大」相對,在長期的歷史文化的積累和沉澱中,對「大」的肯定勢必意味著對「小」的否定,對「大」的肯定觀念的形成也就意味著對「小」的否定的觀念的形成,由此,也便有了上述「小」字涵義的產生和約定俗成。

再看「說」。《說文解字》釋「說」曰:「說釋也。從言兌聲。一曰談說。」段注曰:「說釋即悅懌。說悅釋懌皆古今字。許書無悅懌二字也。說釋者,開解之意。故爲喜悅。采部曰;釋,解也。兒部曰:兌,說也。本周易。此從言兌,會意。」又注「一曰談說」四字:「此本無二字二音。疑後增此四

〔註 46〕 （漢）毛亨傳,鄭玄箋,（唐）孔穎達疏:《毛詩正義》,北京,北京大學出版社,1999 年版,第 221～222 頁。

〔註 47〕 （清）方玉潤撰,李先耕點校:《詩經原始》,北京,中華書局,1986 年版,第 174 頁。

〔註 48〕 （清）方玉潤撰,李先耕點校:《詩經原始》,北京,中華書局,1986 年版,第 174 頁。

〔註 49〕 （清）方玉潤撰,李先耕點校:《詩經原始》,北京,中華書局,1986 年版,第 290 頁。

字。」〔註50〕則《說文》釋「說」爲「開解、喜悅」之義。「本周易」即指本於《周易》「兌」卦。「兌」卦卦辭曰:「兌:亨,利貞。」「正義曰:兌,說也。《說卦》曰:『說萬物者莫說乎澤。』以兌是象澤之卦,故以『兌』爲名。澤以潤生萬物,所以萬物皆說;施於人事,猶人君以恩惠養民,民無不說也。惠施民說,所以爲亨。以說說物,恐陷諂邪,其利在於貞正。故曰『兌,亨利貞』。」〔註51〕《周易‧說卦》又曰:「『兌爲澤,……爲巫,爲口舌。』……正義曰:『爲巫,取其口舌之官也。爲口舌,取西方於五事爲言,取口舌爲言語之具也。』」〔註52〕《說文解字繫傳》釋「說」義曰:「說,釋也。一曰談說。從言兌聲。臣鍇曰:說之亦使悅懌也。」〔註53〕由上述《說文解字》的相關解釋看,「說」在構詞上與「兌」有關,「兌」爲口舌,口舌爲言語之具,則「說」有談說之義。「說」還與「悅」相通,指開解人心、使人喜悅之義。又「說之亦使悅懌」,即開解人心可由言說實現。由此推之,則在古人而言,說即言說、談說,是一種述說心意的方式,並具有開解人心、使人喜悅的談說效果。南朝梁劉勰在《文心雕龍‧論說》以「說」爲一種文體:「說者,悅也;兌爲口舌,故言資悅懌。……夫說貴撫會,張弛相隨,不專緩頰,亦在刀筆。……凡說之樞要,必使時利而義貞;進有契於成務,退無阻於榮身。自非譎敵,則唯忠與信。披肝膽以獻主,飛文敏以濟辭,此說之本也。」〔註54〕劉勰強調「說」區別於其他文體的獨特的表現手段、技巧以及其說服力、感染力的談說效果,同時更強調「成務」「榮身」「獻主」「濟辭」的現實功用。《文心雕龍義證》引《文體明辨序說》曰:「按字書:說,解也,述也,解釋義理而以己意述之也。說之名起於《說卦》,漢許慎作《說文》,亦祖其名以命篇。……要之傳於經義,而更出己見,縱橫抑揚,以詳贍爲上而已。」〔註55〕詹鍈先生則以劉勰所論之「說」與陸機「說煒燁而譎誑」之

〔註50〕（漢）許慎撰,（清）段玉裁注:《說文解字注》,上海,上海古籍出版社,1981年版,第93頁。

〔註51〕（魏）王弼注,（唐）孔穎達疏:《周易正義》,北京,北京大學出版社,1999年版,第234頁。

〔註52〕（魏）王弼注,（唐）孔穎達疏:《周易正義》,北京,北京大學出版社,1999年版,第334頁。

〔註53〕（南唐）徐鍇撰:《說文解字繫傳》,北京,中華書局,1987年版,第45頁。

〔註54〕（南朝‧梁）劉勰著,詹鍈義證:《文心雕龍義證》,上海,上海古籍出版社,1989年版,第707頁、715頁、719頁。

〔註55〕（南朝‧梁）劉勰著,詹鍈義證:《文心雕龍義證》,上海,上海古籍出版社,1989年版,第708頁。

「說」皆指「游說」:「陸機和劉勰論『說』體的時候,都是就游說來立論的。……《論說》篇裏所提出的對說的風格要求是專就游說的文章來談的。」〔註56〕很明顯,劉勰所論之「說」的文體意義,仍然由「說」的語詞意義引申而來,無論是「傳於經義而更出己見」還是用於游說,無論「譎敵」還是「獻主」,無論「煒燁譎誑」還是「唯忠與信」,都不出「言資悅懌」的根本義。劉義慶撰有《世說新語》,「此書《宋書》本傳不載,《隋志》及《新舊唐志》及《南史》但稱《世說》」,「新書」「新語」為後人所加。〔註57〕魯迅先生有《〈世說新語〉與其前後》一文,亦以為後人增「新語」二字以區別於漢代劉向之《世說》。〔註58〕魯迅先生解釋「世說」之義曰:「記人間事者已甚古,列禦寇韓非皆有錄載,唯其所以錄載者,列在用以喻道,韓在儲以論政。若為賞心而作,則實萌芽於魏而盛大於晉,雖不免追隨俗尚,或供端摩,然要為遠實用而近娛樂矣。」〔註59〕魯迅結合魏晉時代文化背景以及《世說新語》之內容,強調「說」的娛樂性,仍然顯見釋「說」為「悅」的最初詞義。綜合以上對「說」的解釋,我們可以這樣界定:「說」是一種表達心聲、吐露心意的「言說方式」或者「表達形式」,有開解人心的娛樂效果,故區別於較為嚴肅的說教或較為專業的學理性表達。同時可以看出,「說」之最初的詞義中已經蘊含了今日小說文體的某些基本因素,演變為今日「小說」之文體名稱實屬必然。但是,在考察魏晉南北朝「小說」時,仍然要回到魏晉南北朝的文化語境,也即必須以「說」最初階段的釋義和用法為論證依據。

「小」與「說」意義已經明瞭,「小說」的詞義也就真相大白了。作為偏正組合,「小說」除了指稱一種言語表達,更暗示了一種帶著情感色彩的判斷,以「小」飾「說」,其中的否定、貶低意味不言而喻。正如楊義先生《中國古典小說史論》從「小說」語義學內涵所做的分析和總結:「『小』字有雙重意義:一種屬於文化品位,它所蘊含的是『小道』;一種屬於文體形式,它的表現形態是『殘從小語』。這裡自然含有某種對小說歧視的成分。……『說』字

〔註56〕 (南朝・梁)劉勰著,詹鍈義證:《文心雕龍義證》,上海,上海古籍出版社,1989年版,第720~721頁。

〔註57〕 (南朝・宋)劉義慶撰,徐震堮著:《世說新語校箋》,北京,中華書局,1984年版,「前言部分」第1頁。

〔註58〕 魯迅:《中國小說史略》,上海,上海古籍出版社,1998年版,第38頁。

〔註59〕 魯迅:《中國小說史略》,上海,上海古籍出版社,1998年版,第37頁。

的語義就更爲微妙，起碼可以從三個層面加以闡釋。首先是文體形態層面，有說故事或敘事之義。……其次的語義屬於表現形態，『說』有解說而趨於淺白通俗之義。《說文解字》曰：『說，釋也。』就是這層意思。……其三的語義屬於功能形態，『說』與『悅』相通，有喜悅或娛樂之義。」〔註60〕「由此可見，『小說』名目的確立，是一博學的學者群進行精心的語義選擇的結果。它包容了這種文體基本特徵的故事性、通俗性和娛樂性，……處於正統文學總體結構的邊緣地位，它沒有受到眞正的重視和嚴格的界定。」〔註61〕楊義先生對「小說」涵義的總結值得借鑒。但是，從語義學角度重新理解「小說」內涵僅僅是一個好的開始，我們仍然需要進一步借助「文化詩學」的方法，回到相關的歷史語境，從其時人們對「小說」一詞的使用中尋找更爲深奧的「玄機」。

2、「小說」一詞在漢代之前與漢代的不同用法

「小說」一詞的第一次出現是在《莊子·外物》：

> 任公子爲大鉤巨緇，五十犗以爲餌，蹲乎會稽，投竿東海，旦旦而鉤，期年不得魚。已而大魚食之，牽巨鉤，錎沒而下，驚揚而奮鬐，白波若山，海水震蕩，聲侔鬼神，憚赫千里。任公子得若魚，離而腊之，自制河以東，蒼梧已北，莫不厭若魚者。已而後世輇才諷說之徒，皆驚而相告也。夫揭竿累，趣灌瀆，守鯢鮒，其於得大魚難矣。飾小說以干縣令，其於大達亦遠矣，是以未嘗聞任氏之風俗，其不可與經於世亦遠矣。〔註62〕

唐代成玄英疏「飾小說以干縣令，其於大達亦遠矣」曰：「干，求也。縣，高也。夫修飾小行，矜持言說，以求高名令問者，必不能大通於至道。」〔註63〕這一段文字，莊子以其慣用的寓言手法，以任公子所得大魚喻指道家的理論及其玄妙旨趣，釣得大魚即悟通「大道」，達到「大達」的境界，「輇才諷說之徒」喻指持異於「大道」的其他學說的人，「鯢鮒」喻指其他學說的具體言論，即「小說」。《莊子》中又有「小言」之稱。《莊子·齊物》曰：「大

〔註60〕楊義：《中國古典小說史論》，《楊義文存》第 6 卷，北京，人民出版社，1998年版，第 3～4 頁。

〔註61〕楊義：《中國古典小說史論》，《楊義文存》第 6 卷，北京，人民出版社，1998年版，第 4 頁。

〔註62〕（清）郭慶藩：《莊子集釋》，北京，中華書局，1961 年版，第 925 頁。

〔註63〕（清）郭慶藩：《莊子集釋》，北京，中華書局，1961 年版，第 927 頁。

知閑閑，小知間間；大言炎炎，小言詹詹。」〔註64〕成玄英疏曰：「炎炎，猛烈也。詹詹，詞費也。夫詮理大言，猶猛火炎燎原野，清蕩無遺。儒墨小言，滯於競辯，徒有詞費，無益教方。」〔註65〕李頤釋「詹詹」云：「小辯之貌。」〔註66〕《莊子·列禦寇》云：「與汝遊者又莫汝告也，彼所小言，盡人毒也。」〔註67〕郭象注：「細巧入人爲小言。」陸德明《釋文》曰：「《小言》言不入道，故曰小言。」〔註68〕可見，「小言」與「小說」近義，均指遠離「大道」、不能「大達」的言談論說，《莊子》以此指稱異於自己的其他各家的學說。莊子何以如此貶低其他學派的理論言說呢？春秋中葉，維繫貴族利益的典章制度趨於崩潰，貴族階層在文化教育上享有的特權也發生轉移，「學在官府」變而爲「學在四夷」。官學衰落，私學逐漸興盛，文化教育得到更大範圍的普及，私人授徒講學風氣日盛，「士」階層得以壯大。其時諸多的諸侯國爲了增強各自的國力，紛紛招賢納士，「士人」也就趁此走上政治舞臺，爲所「事」的君主出謀劃策，奔走呼號，並著書立說，游說辯難，甚至互相攻訐貶抑，鼓吹自己的觀點，小視別人的學說。正如《莊子·天下篇》所言：「天下大亂，賢聖不明，道德不一，天下多得一察焉以自好。譬如耳目鼻口，皆有所明，不能相通。猶百家眾技也，皆有所長，時有所用。」〔註69〕雖然《莊子》以爲其時法教多端，百家穿鑿，皆爲「不該不徧」的「一曲之說」，〔註70〕但是，畢竟由此形成了自由、多元的「百家爭鳴」的文化環境。正是在這種寬鬆又熱衷競爭的學術氣氛中，各家學派都充滿自信和激情，《莊子》以自己的學說爲「大道」，以他人的學說爲「小說」，但在當時其他的各家學說看來，《莊子》所謂的「大道」也不過是「得一察焉以自好」的「小說」而已。

「小說」一詞第二次出現是在漢代。「小」的貶義色彩依舊，但是衡量標準有所變化。先秦時期，百家爭鳴，張揚自家之說，貶低他人理論，幾乎凡是異己的都可視爲「小」的。除了《莊子》中的「小說」，《論語·子張》中子夏所言「君子不爲」的「小道」，〔註71〕《荀子·正名》中所言「小家珍說」，

〔註64〕 （清）郭慶藩：《莊子集釋》，北京，中華書局，1961年版，第 51 頁。
〔註65〕 （清）郭慶藩：《莊子集釋》，北京，中華書局，1961年版，第 52 頁。
〔註66〕 （清）郭慶藩：《莊子集釋》，北京，中華書局，1961年版，第 52 頁。
〔註67〕 （清）郭慶藩：《莊子集釋》，北京，中華書局，1961年版，第 1040 頁。
〔註68〕 （清）郭慶藩：《莊子集釋》，北京，中華書局，1961年版，第 1041 頁。
〔註69〕 （清）郭慶藩：《莊子集釋》，北京，中華書局，1961年版，第 1069 頁。
〔註70〕 （清）郭慶藩：《莊子集釋》，北京，中華書局，1961年版，第 1069 頁。
〔註71〕 （宋）朱熹撰：《四書章句集注》，北京，中華書局，1983年版，第 188 頁。

〔註 72〕亦均是此意。到了漢代，統治者憑藉政治權柄「罷黜百家，獨尊儒術」，將儒家學說定於一尊，把以六經爲代表的儒家思想推廣爲所謂的正統觀念，「大」與「小」的衡量標准由此明確、固定下來，並被加以規範化、統一化。在絕大多數情況下，「小」用來描述、形容不合儒家經義之說。如前引子夏所謂「小道」，《論語》文本並沒有明言「小道」所指範圍和對象爲何，但是到漢代，一律解釋爲儒家之外的、非正統的學說和書籍。如《後漢書・蔡邕傳》注引鄭玄注「小道」曰：「小道，如今諸子書也。」〔註 73〕《漢書・宣元六王傳》載：東平思王劉宇「上疏求諸子及《太史公書》，上以問大將軍王鳳，對曰：『臣聞諸侯朝聘，考文章，正法度，非禮不言。今東平王幸得來朝，不思制節謹度，以防危失，而求諸書，非朝聘之義也。諸子書或反經術，非聖人，或明鬼神，信物怪；《太史公書》有戰國縱橫權譎之謀，漢興之初謀臣奇策，天官災異，地形阨塞：皆不宜在諸侯王。不可予。不許之辭宜曰：「《五經》聖人所制，萬事靡不畢載。王審樂道，傅相皆儒者，旦夕講誦，足以正身虞意。夫小辯破義，小道不通，致遠恐泥，皆不足以留意。諸益於經術者，不愛於王。」』對奏，天子如鳳言，遂不與。」〔註 74〕大將軍王鳳顯然以「小道」爲《五經》之外的學說和書籍，其居朝廷和諸侯王之立場，言之鑿鑿，理直而氣壯，凸顯了「小道」（即「小說」）一詞之用法背後的政治強勢。再如西漢揚雄「少而好學……自有大度，非聖哲之書不好也；非其意，雖富貴不事也。」〔註 75〕《漢書》本傳載其作《法言》之緣由曰：「雄見諸子各以其知舛馳，大氐詆訾聖人，即爲怪迂，析辯詭辭，以撓世事，雖小辯，終破大道而或眾，使溺於所聞而不自知其非也。……故人時有問雄者，常用法應之，譔以爲十三卷，象《論語》，號曰《法言》。」〔註 76〕所以揚雄《法言》一書「繼迹孟、荀，次於經傳」〔註 77〕，一方面宣揚儒家學說，一方面批評五經之外

〔註 72〕　（清）王先謙撰，沈嘯寰、王星賢點校：《荀子集解》，北京，中華書局，1988 年版，第 429 頁。

〔註 73〕　程樹德撰，程俊英等點校：《論語集釋》，北京，中華書局，1990 年版，第 1308 頁。

〔註 74〕　（漢）班固撰：《漢書》（卷八十），北京，中華書局，1962 年版，第 3324～3325 頁。

〔註 75〕　（東漢）班固：《漢書》（卷八十七），北京，中華書局，1962 年版，第 3514 頁。

〔註 76〕　（東漢）班固：《漢書》（卷八十七），北京，中華書局，1962 年版，第 3580 頁。

〔註 77〕　黃侃《法言義疏後序》，見汪榮寶撰，陳仲夫點校：《法言義疏》，北京，中華書局，1987 年版。

的不經之說。比如《法言‧學行》中言：「視日月而知眾星之蔑也，仰聖人而知眾說之小也。」〔註78〕則除儒家之外的眾說均為「小說」。《法言‧吾子》曰：「好書而不要諸仲尼，書肆也。好說而不要諸仲尼，說鈴也。」李軌注云：「鈴以諭小聲，猶小說不合大雅。」〔註79〕《法言‧寡見》曰：「或問：《五經》有辯乎？曰：惟《五經》為辯。說天者莫辯乎《易》，說事者莫辯乎《書》，說體者莫辯乎《禮》，說志者莫辯乎《詩》，說理者莫辯乎《春秋》。捨斯，辯亦小矣。」宋人宋咸注「捨斯辯亦小矣」曰：「捨五經皆小說也。」〔註80〕《寡見篇》又曰：「鷦明沖天，不在六翮乎？拔而傅尸鳩，其累矣夫。」李軌注曰：「拔鷦明之翼以傅尸鳩，不能沖天，適足為累耳。諭授小人以大位而不能成大功也。又言學小說不能成大儒。」〔註81〕又如《後漢書‧桓譚傳》載桓譚上疏，勸諫皇帝以仁義正道為本，遠離「奇怪虛誕」之說：「今諸巧慧小才伎數之人，增益圖書，矯稱讖記，以欺惑貪邪，詿誤人主，焉可不抑遠之哉！……陛下宜垂明聽，發聖意，屏群小之曲說，述《五經》之正義，略𧸐同之俗語，詳通人之雅謀。」〔註82〕至此，「小說」的含義及其運用已經不限於不同學說之間的競爭，而是由學術領域轉向政治領域，並且政治色彩逐漸壓過學術色彩。百家爭鳴的先秦時期，各學說之間儘管有自我與他者的「大小之辯」，但是無論「小」或者「大」都不過意指學術領域中地位平等的「一家之言」，各家都還保有「爭」的權利。到漢代獨尊儒術，儒家之外的其他各家不僅被視為「小說」，甚至連「爭」的權利都失去了，「百家爭鳴」變成「一家獨鳴」。在《莊子》中，「小說」是指《莊子》思想之外的其他學說，「小說」一詞是他指的。《莊子》完全有權利稱異己的學說為「小說」。但是，漢代以及其後，只有作為官方意識形態的儒家學說才保留有「小說」的「他指權」，儒家之外的各家便都成了「他者」，對儒家思想之外的理論觀點來說，「小說」只能用以自指，即使和儒家學說對抗，也仍然只能以「小說」的身份和名義進行。也因此，直到今天，即使「小說」已經發展成

〔註78〕汪榮寶撰，陳仲夫點校：《法言義疏》，北京，中華書局，1987年版，第21頁。
〔註79〕汪榮寶撰，陳仲夫點校：《法言義疏》，北京，中華書局，1987年版，第74頁。
〔註80〕吳迪主編：《揚子法言》，《欽定四庫全書儒學薈要》，北京，世界圖書出版公司，2006年版，第962頁。
〔註81〕汪榮寶撰，陳仲夫點校：《法言義疏》，北京，中華書局，1987年版，第228頁。
〔註82〕（南朝‧宋）范曄撰，（唐）李賢等注：《後漢書》，北京，中華書局，1965年版，第960頁。

爲極爲成熟的、主要的文學體裁，也仍然是以「小說」自指，未能重新更換一個更響亮、更有尊嚴的稱謂。可以說，在漢代，政治權力的參與促使以儒家學說爲核心的官方意識形態形成並確定下來，其他學說則被政治權力中心和官方意識形態疏離，一律被視爲「小說」，被打壓、排擠，失去了原有的話語權。

「小說」一詞第二次正式出現，是西漢末年劉歆所編《七略》中提出的「小說家」一詞，後來班固《漢書・藝文志》整理、吸收劉歆的《七略》中之《諸子略》，「諸子」十家中列「小說家」一目。「小說」開始有了目錄學的意義，並由此開始了文類意義的萌芽。同時，班固本人有著強烈的儒家正統思想觀念，《漢書》的編纂亦由開始的私修轉爲後來的奉旨官修，所以，從個人認識到國家意志，《漢書》無疑是儒家正統思想的雙重版本。〔註 83〕「小說家」一目後附有「結語」曰：「小說家者流，蓋出於稗官。街談巷語，道聽塗說者之所造也。孔子曰：『雖小道，必有可觀者焉！致遠恐泥，是以君子弗爲也。』」「諸子略」後亦有「總結語」曰：「諸子十家，其可觀者九家而已。」隨後總論九家，「小說家」隻字不提。〔註 84〕由此來看，劉歆、班固均對「小說家」一目持明顯的歧視與排斥態度，這種態度無疑來自對作爲非儒家正統和非官方意識的「小說」的認識和理解，因此，作爲目錄名稱的「小說」中顯然也最大程度地保留著作爲邊緣意識的「小說」一詞的內涵，以致在「小說」完全「進化」爲文類概念後，仍然不能擺脫卑微的「出身」，只能暫且屈居末流，直到清末學界和思想界、政界同時掀起「小說界革命」才得以「翻身」（詳見導論部分）。

〔註 83〕 《後漢書・班固傳》載：「父彪卒，歸鄉里。固以彪所續前史未詳，乃潛精研思，欲就其業。既而有人上書顯宗，告固私改作國史者，有詔下郡，收固繫京兆獄，盡取其家書。先是扶風人蘇朗僞言圖讖事，下獄死。固弟超恐固爲郡所覈考，不能自明，乃馳詣闕上書，得召見，具言固所著述意，而郡亦上其書。顯宗甚奇之，召詣校書部，除蘭臺令史，與前睢陽令陳宗、長陵令尹敏、司隸從事孟異共成《世祖本紀》。遷爲郎，典校秘書。固又撰功臣、平林、新市、公孫述事，作列傳、載記二十八篇，奏之。帝乃復使終成前所著書。」見（南朝・宋）范曄撰，（唐）李賢等注：《後漢書》，北京，中華書局，1965年版，第 1333～1334 頁。

〔註 84〕 （漢）班固編撰，顧實講疏：《漢書藝文志講疏》，上海，上海古籍出版社，1987 年版，第 165～166 頁。

（二）中古之「小說」觀〔註85〕

魏晉南北朝時期，「小說」概念依然緊承先秦兩漢的內涵，對「小說」的貶抑和排斥隨處可見。但是，隨著漢代政權的衰落和儒家「獨尊」地位的動搖，加之魏晉南北朝時期部分帝王及玄學名士對「小說」的採錄和推廣，使得時人對「小說」的態度發生微妙的轉變，對之的「打壓」相對減輕。在相對寬鬆的文化環境中，「小說」遂得以某種程度的發展，開始了從邊緣向中心的靠攏，成為魏晉南北朝時期文人士子中一種較為流行的言說載體。同時，其內容的不斷豐富亦為之後「小說」文類或者體裁意義的發展夯實了基礎。

1、漢代「小說」觀念的延續

自漢代始，在中央集權制的封建思想統治和文化教育體制之下，獨尊儒術、小視他說的觀念在士人階層中深深紮根，綿延甚久。到了魏晉南北朝，儘管儒家思想的權威地位有所動搖，但並沒有完全崩潰，此時期的士人階層仍然以儒家思想為家風養成及家學教育的「重頭戲」，世家大族更是要仰仗儒學的精神根基維繫家族的宗法結構、門戶地位以及家族的生存發展。如南鄉武陰范氏，自范汪始，就崇尚儒學。《世說新語・排調》注引《范汪別傳》云：「通敏多識，博涉經籍，致譽於時。」〔註86〕范江尤擅禮學，《通典》載錄其很多議喪禮之文。〔註87〕范汪之子范甯「崇儒抑俗」甚過其父，甚至認為「時以浮虛相扇，儒雅日替」，其源即在王弼、何晏，「二人之罪深於桀紂。」〔註88〕

〔註85〕 此處之「中古」，襲用劉師培先生《中國中古文學史講義》和王瑤先生《中古文學史論》的用法，指自漢末到梁陳之間的歷史階段，主要指魏晉南北朝時期。為了與前一個標題「上古之『小說』觀」對稱，故以「中古」代替「魏晉南北朝」。王瑤先生在《中古文學史論》「初版自序」中特別解釋「中古」一詞：「本書所討論的各問題的時代，起於漢末，迄於梁陳。……名為《中古文學史論》，是沿用劉師培《中古文學史》的習慣稱法，並沒有特別的意思。……昔人之所以常用『八代』『六朝』這些字樣，也正表示出這四百多年的文學史是有它底共同時代特徵的，是一個歷史的自然分期。」（見王瑤《中古文學史論》，北京，北京大學出版社，1986 年版，「初版自序」部分。）另外，劉躍進先生《歸於平淡後的思考——談中古文學研究的兩項基礎性工作》一文中也認為：「所謂中古文學，約定俗成，一般是指魏晉南北朝文學。」（劉文見《社會科學管理與評論》，1999 年第 4 期）

〔註86〕 （南朝・宋）劉義慶撰，徐震堮著：《世說新語校箋》，北京，中華書局，1984 年版，第 431 頁。

〔註87〕 見（唐）杜佑撰，王文錦等點校：《通典》，北京，中華書局，1988 年版。

〔註88〕 （唐）房玄齡等：《晉書》（卷七十五），北京，中華書局，1974 年版，第 1984 頁。

范甯任豫章太守，在郡「大設庠序」，「並取郡四姓子弟，皆充學生，課讀《五經》。」〔註89〕范甯作有《春秋穀梁傳集解》，序謂該書係范汪昇平末年免官居吳，率門生故吏、兄弟子侄研講六籍，次及三傳，敷陳而成集解，〔註90〕所以，此書可視爲范氏家學著作。范甯子范泰爲太學博士，「博覽篇籍，好爲文章」〔註91〕，熱衷議禮興學之事〔註92〕。范泰之子范曄，「少好學，博涉經史，善爲文章」〔註93〕。范氏四世歷經晉南北朝，始終以儒學傳家。而儒學之中，禮學更成爲魏晉南北朝時期的顯學，之所以如此，根本原因便是世家大族試圖通過禮學，尤其是喪服禮作爲家族凝聚力的強化手段。清人皮錫瑞曾云：「論古禮最重喪服，六朝人尤精此學，爲後世所莫逮。」〔註94〕《喪服》爲《儀禮》中至爲重要的一篇，「所以別出成爲一時顯學者，正因當時門第制度鼎盛，家族間之親疏關係，端賴喪服資識別，故喪服乃維繫門第制度一要項。」〔註95〕此外，因爲格外重家族門第倫理道德觀念，「忠」、「孝」漸趨分離，《孝經》尤爲南北朝人重視。《顏氏家訓》云：「自荒亂以來，諸見俘虜。雖百世小人，知讀《論語》、《孝經》者，尚爲人師；雖千載冠冕，不曉書記者，莫不耕田養馬。以此觀之，安可不自勉耶？若能常保數百卷書，千載終不爲小人也。」〔註96〕由此可見，其時文人士子心中傳統儒家思想觀念仍然根深蒂固。同時，作爲新思潮的玄學也是從儒家思想起家，本質上不過是一種經過改造的「新儒學」，至於「越名教任自然」的「激烈派」士人，如阮籍、嵇康等，表面上不信禮教，反對禮教，甚而毀壞禮教，

〔註89〕（唐）房玄齡等：《晉書》（卷七十五），北京，中華書局，1974 年版，第 1988 頁。

〔註90〕（晉）范甯集解，（唐）楊士勗疏：《春秋穀梁傳注疏》，（清）阮元校刻《十三經注疏》本，北京，中華書局影印，1980 年版，《監本附音春秋穀梁傳注疏序》，第 4 頁。

〔註91〕（南朝・梁）沈約：《宋書》（卷六十），北京，中華書局，1974 年版，第 1623 頁。

〔註92〕（南朝・梁）沈約：《宋書》（卷六十），北京，中華書局，1974 年版，《范泰傳》。

〔註93〕（南朝・梁）沈約：《宋書》（卷六十九），北京，中華書局，1974 年版，第 1819 頁。

〔註94〕（清）皮錫瑞：《經學通論》（三），北京，中華書局，1954 年版，第 39 頁。

〔註95〕錢穆：《中國學術思想史論叢》（三），臺灣，東大圖書有限公司，1981 年版，第 139 頁。

〔註96〕（北齊）顏之推撰，王利器集解：《顏氏家訓集解》，上海，上海古籍出版社，1980 年版，第 145 頁。

但「至於他們的本心，恐怕倒是相信禮教，當作寶貝，比曹操、司馬懿們要迂執得多。」〔註97〕所以，以儒經爲參照標準的「小說」觀仍然以其慣性存在、流行於士子文人思想意識中。如徐幹《中論‧務本》「心通乎短言小說之文」〔註98〕、《魏略》「俳優小說」〔註99〕、王微所言「小兒時尤粗笨無好……至二十左右，方復就觀小說，往來者見牀頭有數帙書，便言學問，試就檢，當何有哉。」〔註100〕、丘巨源所言「議者必云筆記賤伎，非殺活所待；開勸小說，非否判所寄」〔註101〕等等，其所言「小說」均指非儒家、非正統的「小家」之言。值得注意的是，在這裡，徐幹所言的「小說」和「短言」是共同修飾「文」的定語，「短言」說明「文」的形式特點，「小說」則強調了「文」的內容或者功用不是「經國之大業」，以「絲竹歌謠之和」、「琱琢彩色之章」、「辯慧切對之辭」、「射御書數之巧」、「俯仰折旋之容」與「短言小說之文」對舉，更強調了耳、目、口、心、手、體此六種由表層的技巧所致的停留於感官層面的體驗，稱之爲「詳於小事而察於近物者」、「詳於小事而略於大道，察於近物而闇於遠圖」，內無補於身心，外無補於世道，此爲「人君之大患」。〔註102〕如此看來，徐幹《中論》此處的「小說」凸顯的仍然是「小說」作爲一種價值觀念的邊緣性質。而《三國志‧魏志》卷二十一《王粲傳》裴松之注引的《魏略》同樣流露了這種非文類的「小說」的觀念。其文曰：「時五官將博延英儒，亦宿聞（邯鄲）淳名，因啓淳欲使在文學官屬中。會臨菑侯（曹）植亦求淳，太祖遣淳詣植。植初得甚喜，延入坐，不先與談。時天暑熱，植因呼常從取水自澡訖，傅粉。遂科頭拍袒，胡舞五椎段，跳丸擊劍，誦俳優小說數千言訖，謂淳曰：『邯鄲生何如邪？』於是乃

〔註97〕 魯迅：《魏晉風度及文章與藥及酒之關係》，《魯迅全集》（第三卷），北京，人民文學出版社，1973 版，第 502 頁。

〔註98〕 《中論‧務本》：「耳聽乎絲竹歌謠之和，目視乎琱琢彩色之章，口給乎辯慧切對之辭，心通乎短言小說之文，手習乎射御書數之巧，體驁乎俯仰折旋之容。」見吳迪主編：《中論卷》，《欽定四庫全書儒學薈要》，北京，世界圖書出版公司，2006 年版，第 1240 頁。

〔註99〕 （晉）陳壽撰，（南朝‧宋）裴松之注：《三國志》（卷二十一），北京，中華書局，1959 年版，第 603 頁。

〔註100〕 （南朝‧梁）沈約：《宋書》（卷六十二），北京，中華書局，1974 年版，第 1669 頁。

〔註101〕 （南朝‧梁）蕭子顯：《南齊書》（卷五十二），北京，中華書局，1972 年版，第 894 頁。

〔註102〕 吳迪主編：《中論卷》，《欽定四庫全書儒學薈要》，北京，世界圖書出版公司，2006 年版，第 1239～1240 頁。

更著衣幘，整儀容，與淳評說混元造化之端，品物區別之意，然後論羲皇以來賢聖名臣烈士優劣之差，次頌古今文章賦誄及當官政事宜所先後，又論用武行兵倚伏之事。……及暮，淳歸，對其所知歎植之材，謂之『天人』。而於時世子未立。太祖俄有意於植，而淳屢稱植材。」〔註103〕可以看出，在曹植而言，其所誦「小說」只是和「胡舞」、「跳丸」、「擊劍」相類的一種娛樂項目。而且，曹植在誦讀「俳優小說」前後特意以判然有別的著裝和打扮出現，分明表示了「小說」與「混元造化之端」的「大道」以及有關「羲皇以來賢聖名臣烈士」之正論的雅俗朱紫之別。尤其值得注意的是，在曹植的觀念中，「小說」是明確劃在「古今文章」範圍之外的。所以，曹植強調的也是「小說」的非正統性和邊緣性。不僅曹植的「小說」觀念如此，文中和曹植一起以「小說」消遣並和曹植高談闊論的邯鄲淳，本身即三國時期的名士，性情滑稽，博學多才。既然「植亦求淳」，且「初得甚喜」，從文中記述又可見二人言談極為投機，彼此激賞，因此，邯鄲淳必然有著和曹植相近甚至相同的審美觀和價值觀。而且，以此推斷，作為同時代的人，作為同一條材料的編纂者、徵引者，《魏略》的作者以及引《魏略》的裴松之應該熟悉甚至有可能持有相同的「小說」觀。

徐幹是漢魏年間的文學家，「建安七子」之一。曹丕《典論・論文》稱其為文長於辭賦，雖「時有齊氣，然粲之匹也。」〔註104〕徐幹少年潛心典籍，「未至弱冠，學五經悉載於口」，而且在《中論》一書中對儒家仁義道德觀念和政治學說崇信至極，〔註105〕其對傳統儒家思想可謂「一往情深」。因此，徐幹的思想和人生價值觀，以儒家正統思想為主。曹植是漢魏之際文學界的「領軍人物」，但其卻以為「辭賦小道，固未足以揄揚大義，彰示來世也」，而崇尚在政治上「建永世之業，流金石之功」。〔註106〕王微、丘巨源亦皆當時之飽學之士、文章翹楚，他們的觀點足以能夠影響、代表當時普遍流行的「小說」觀念。

又如：《顏氏家訓・歸心篇》言：「善惡之行，禍福所歸。九流百氏，皆同此論，豈獨釋典為虛妄乎？」所謂「九流」，即《漢書・藝文志》所言的儒

〔註103〕（晉）陳壽撰，（南朝・宋）裴松之注：《三國志》（卷二十一），北京，中華書局，1959 年版，第 603 頁。

〔註104〕（清）嚴可均輯：《全上古三代秦漢三國六朝文》，北京，中華書局，1958 年版，第 1097 頁。

〔註105〕參見（漢）徐幹著，徐湘霖校注：《中論校注》，成都，巴蜀書社，2000 年版。

〔註106〕（南朝・梁）蕭統編，（唐）李善注：《文選》，北京，中華書局，1977 年版，第 594 頁。

家、道家、陰陽家、法家、名家、墨家、縱橫家、雜家、農家、小說家共十家中去掉「小說家」後的「其可觀者，九家而已」。〔註107〕「九流」一詞的習慣性使用，也暴露了其時文人士子對「小說」的習慣性的貶低和輕視，可見，班固《漢書・藝文志》的「小說」觀仍然左右著其後歷代文人士子的思想。這種「小說」觀確也符合顏之推在《顏氏家訓》「文章」篇中的文學思想：「夫文章者，原出五經：詔命策檄，生於《書》者也；序述論議，生於《易》者也；歌詠賦頌，生於《詩》者也；祭祀哀誄，生於《禮》者也；書奏箋銘，生於《春秋》者也。朝廷憲章，軍旅誓誥，敷顯仁義，發明功德，牧民建國，施用多途。至於陶冶性靈，從容諷諫，入其滋味，亦樂事也。行有餘力，則可習之。……吾家世文章，甚為典正，不從流俗。」〔註108〕從中可知，顏之推歷仕四朝，輾轉南北，又「歸心」釋教，但依然堅持傳統儒家的正統文學思想。

　　事實上，在之後的唐宋元明清的漫長時期，「小說」作為普通詞語、意指非正統的邊緣之辭的的觀念一直被沿襲下來。比如唐代：李善《進文選表》曰：「殺青甫就，輕用上聞。享帚自珍，緘石知謬。敢有塵於廣內，庶無遺於小說。」〔註109〕李邕《兗州曲阜縣孔子廟碑》中曰：「故夫子之道，消息乎兩儀；夫子之德，經營乎三代。豈徒小說，蓋有異聞。」〔註110〕且不言李善、李邕所言「小說」各自所指為何，但就其用法，則其輕視「小說」的態度自不待言。白居易《策林四・黜子書》曰：「仲尼沒而微言絕，七十子喪而大義乖。大義乖，則小說興；微言絕，則異端起。於是乎歧分派別，而百氏之書作焉。……斯所謂排小說而扶大義，斥異端而闡微言，辨惑嚮方，化人成俗之要也。」〔註111〕前文提及《莊子・天下篇》曾言「天下大亂，賢聖不明，道德不一」導致「不該不徧」的「百家眾技」「時有所用」，白樂

〔註107〕（北齊）顏之推撰，王利器集解：《顏氏家訓集解》，上海，上海古籍出版社，1980年版，第354～355頁。

〔註108〕（北齊）顏之推撰，王利器集解：《顏氏家訓集解》，上海，上海古籍出版社，1980年版，第221、251頁。

〔註109〕（南朝・梁）蕭統編，（唐）李善注：《文選》，北京，中華書局，1977年版，第3頁。

〔註110〕周紹良等主編：《全唐文新編》長春，吉林文史出版社，2000年版，第2965頁。

〔註111〕（唐）白居易著，顧學頡校點：《白居易集》，北京，中華書局，1979年版，第1361～1362頁。

天此言以《莊子》的口吻、腔調，把《莊子》服膺的「大道」換成了「仲尼之大義」，順便把莊學也歸入了「小說」。又如宋代：宋咸《進重廣注〈揚子法言〉原表》中曰：「雖祕藏之多，俾加於采正；在小說之異，罔忽於棄遺。」〔註112〕宋咸與揚子《法言》的論調保持高度一致。《麟臺故事殘本》「修纂」篇載宋眞宗與王欽若、楊億論編纂《冊府元龜》之事曰：「朕編此書，欲著明歷代君臣德美之事，爲將來法。……此書本欲存君臣鑑戒，所以經史之外，異端小說咸所不取。」〔註113〕自帝王至文人士子均將「小說」視爲「經史之外」的「異端」和「棄遺」的對象，其「小說」觀亦泛指不合儒家思想以及官方意識形態的不經之說。再如明清時期：葉敬池刻本《醒世恒言》中可一居士作序曰：「六經國史之外，凡著述皆小說也。而尚理或病於艱深，修詞或傷於藻繪，則不足以觸里耳而振恒心，此《醒世恒言》四十種，所以繼《明言》、《通言》而刻也。」〔註114〕劉廷璣《女仙外史》更是斷言：「自來小說，從無言及大道。」〔註115〕清代的盧文弨、陸繼輅也持有此觀念。除了前引《顏氏家訓·文章篇》的注解可見一斑之外，再如《顏氏家訓·風操》曰：「別易會難，古人所重；江南餞送，下泣言離。有王子侯，梁武帝弟，出爲東郡，與武帝別，帝曰：『我年已老，與汝分張，甚以惻愴。』數行淚下。侯遂密雲，赧然而出。」〔註116〕《集解》引清人盧文弨曰：「《語林》（《藝文類聚》二九、《御覽》四八九引）：『有人詣謝公別，謝公流涕，人了不悲。既去，左右曰：「向客殊自密雲。」謝公曰：「非徒密雲，乃是旱雷。」』案：以不雨泣爲密雲，止可施於小說，若行文則不可用之，適成鄙俗耳。」又引清人陸繼輅《合肥學舍札記》三：「密雲，蓋當時里俗語，戲謂不哭也。」〔註117〕可見，在盧文弨和陸繼輅看來，「密雲」是「里俗語」，具有調侃的意味，只能用於「鄙

〔註112〕吳迪主編：《揚子法言》，《欽定四庫全書儒學薈要》，北京，世界圖書出版公司，2006年版，第924頁。

〔註113〕（宋）程俱撰，張富祥校證：《麟臺故事校證》，北京，中華書局，2000年版，第295～296頁。

〔註114〕（明）馮夢龍編著，顧學頡校注：《醒世恒言》，北京，人民文學出版社，1956年版，第863頁。

〔註115〕《江西廉使劉廷璣在園品題》，見（清）呂熊著，楊鍾賢校點：《女仙外史》，天津，百花文藝出版社，1985年版，第1108頁。

〔註116〕（北齊）顏之推撰，王利器集解：《顏氏家訓集解》，上海，上海古籍出版社，1980年版，第91頁。

〔註117〕（北齊）顏之推撰，王利器集解：《顏氏家訓集解》，上海，上海古籍出版社，1980年版，第92頁。

俗」的「小說」，不可用於正式的「行文」。綜上所述，從先秦到明清，作為普通詞語的「小說」的語義內涵以及在此基礎上形成的古代的「小說」觀念在文人士子的意識深處代代傳承下來，一直沒有消失過。而清代小說《蜃樓志》中羅浮居士所題之序則可以作為自先秦至清代的「小說」觀念及其發展的總結：「小說者何別乎大言？言之也。一言乎小，則凡天經地義、治國化民，與夫漢儒之羽翼經傳、宋儒之正誠心意，概勿講焉；一言乎說，則凡遷固之瑰偉博麗，子雲、相如之異曲同工，與夫豔富辯裁清婉之殊科，《宗經》、《原道》、《辨騷》之異制，概勿道焉。其事為家人父子、日用飲食、往來酬酢之細故，是以謂之小；其辭為一方一隅、男女瑣碎之閒談，是以謂之說。」〔註118〕此段話點明了古代「小說」非正統、非正式、俚俗隨意、生活化的特點，但是，話語間流露出的不再是對「小說」的一味歧視，對「小說」的評價和態度變得更為客觀甚至帶有了肯定意味。

　　西方哲學家維特根斯坦在他的《哲學研究》中說過：「一個字詞的意義是它在語言中的用法，而一個名稱的意義有時是由指向它的擁有者來解釋的。」〔註119〕在中國古代，尤其自漢迄明清的漫長時期，在絕大多數情況下，「小說」一詞的意義就是用來指稱遠離政治權力中心、遠離以儒家思想為核心的官方意識形態的的邊緣言說。其中不容忽視的是，在古代「小說」的這種「用法」中，政治權力的參與起了絕對重要的作用，從班固《漢書‧藝文志》開始，對「小說」打擊最重的一拳來自官方標榜的「孔子」，而「孔子曰」則是權力中心話語的主要句型，後由「小說」乃至「異端」的語詞指稱則愈見官方意識形態及其所代表的統治階層的霸道和專制。在詞語使用的背後，隱匿著權力的使用，詞語的用法就是權力用法的延伸。因此，中國古代「小說」觀念的形成和沿用表面是一種文類或者一種言語表達方式的演變過程，實際體現的卻是歷代文人在意識深層對政治權力中心和主流文化的認同和趨附，及其對邊緣群體和邊緣文化的否定和疏離。這種否定和疏離甚至會使文人成為其犧牲品──諸如上述蒲松齡、吳敬梓等人無奈而心酸的「自我否定」和「自動疏離」。

〔註118〕（清）羅浮居士：《蜃樓志序》，轉引自孫遜、孫菊園編《中國古典小說美學資料彙粹》，上海，上海古籍出版社，1991年版，第14頁。

〔註119〕（英）維特根斯坦著，湯潮、范光棣譯：《哲學研究》，北京，生活‧讀書‧新知三聯書店，1992年版，第31頁。

2、文化狂歡中的「小說」轉型：作為一種書寫筆法

（1）「小說」轉型的內在機制與政治、文化背景

政治作為一種權力，其能量雖然無比巨大，但是，語言的領域遠遠大於權力的領域。作為詞語的「小說」產生於先秦的學術之爭，學術的領域才是「小說」的「故鄉」，當權力強化了它的「異己」的屬性，它的「故鄉」便轉移到了民間，並隨之成為官方與民間、中心與邊緣彼此較量和對話的一個「平臺」。如前所述，《漢書・藝文志》作為漢代主流意識形態的重要載體，或有意或無意地將子夏所言置換為更有權威性的「孔子曰」〔註120〕，憑著官方的權力，打著孔子的「幌子」，以儒家思想學說的名義，將「小說」打入「十八層地獄」。但是，事實上，「小說」本身未必「小」，只是官方的一種「用法」而已，不過，因為官方壟斷了「小說」一詞的解釋權，不被其認可的思想學說只能被貼上「小說」的標籤，別無選擇。但是，「解鈴還需繫鈴人」，「孔孟之道」還可以作為拯救「小說」的「救世主」，把「小說」從世界的邊緣——「地獄」拯救到世界的中心——「人間」。所以，古代「小說」地位的逐漸提高和向文類以至文體意義的過渡和轉變，同樣依賴於儒家思想和以儒家思想為主流的官方意識形態。必須指出的是，這種依賴並非指中心場域對邊緣場域的認同和接受，而是中心場域的放鬆警惕甚至自行消解給「小說」的翻身提供了良機。如果中心場域的放鬆警惕不是針對「小說」的一種暗藏玄機的文化「策略」，那麼，與其說是居於中心的「孔孟之道」對「小說」的邊緣「救贖」，不如說是「孔孟之道」自身中心地位的瓦解和崩潰給了「小說」一個「無中心」的生存環境和空間。《漢書・藝文志》在對「小說」做了「君子弗為」的「小道」的定位之後，似乎覺得話語專制太過明顯，且與「子曰」之「雖小道，必有可觀焉」有所乖違，又不能隨意改動已經被自己奉為「金玉之言」

〔註120〕「雖小道，必有可觀者焉，致遠恐泥，是以君子弗為也。」此句話，朱熹撰《四書章句集注》載為「子夏曰」，且集注中隻字未提孔子，似乎根本沒有「孔子曰」抑或「子夏曰」之爭議。顧實的《漢書藝文志講疏》曰：「今《論語》作子夏曰，不作孔子曰。子夏亦述孔子語。如有子曰：『君子務本，本立而道生。』《說苑》作孔子曰，即其例也。」程樹德《論語集釋》亦為「子夏曰」，但「考證曰」部分除了提到《漢書・藝文志》記為「孔子曰」外，《後漢書・蔡邕傳》載蔡邕所上封事中也提到「若乃小能小善，雖有可觀，孔子以為『致遠恐泥』，君子故當志其大者。」劉向、班固、蔡邕均為漢代人，後二者均記此句話為「孔子曰」，劉向又有「孔子曰：『君子務本，本立而道生』」之言，則漢代記為「孔子曰」亦有可能，非班固有意易「子夏曰」為「孔子曰」。但也只是一種推測。所以此處言「或有意或無意」。

並且昭示天下的「子曰」文本，為了自圓其說，又加了下面幾句：「然亦弗滅也。閭里小知者之所及，亦使綴而不忘。如或一言可採，此亦芻蕘狂夫之議也。」〔註121〕「芻蕘」一詞出自《詩經・大雅・板》：「我言維服，勿以為笑。先民有言：『詢於芻蕘。』」〔註122〕《毛詩序》認為：「《板》，凡伯刺厲王也。」〔註123〕即這首詩是大臣諷諫厲王之作。《說文解字》釋「芻」曰：「芻，刈草也。」〔註124〕又釋「蕘」曰：「蕘，草薪也。」段注曰：「『草』字依《詩》釋文補。《大雅》『詢於芻蕘』，毛曰：『芻蕘，薪采者。』按《說文》謂物，《詩》義謂人。」〔註125〕《荀子・大略》曰：「天下、國有俊士，世有賢人。迷者不問路，溺者不問遂，亡人好獨。《詩》曰：『我言維服，勿用為笑。先民有言，詢於芻蕘。』言博問也。」〔註126〕方玉潤《詩經原始》釋「芻蕘」曰：「芻蕘，採薪者。言古人尚詢及芻蕘，況僚友乎？」〔註127〕則「芻蕘」本指草民樵夫。鄭玄箋注曰：「服，事也。我所言，乃今之急事，女無笑之。古之賢者有言，有疑事當與薪採者謀之。匹夫匹婦或知及之，況於我乎！」正義曰：「以樵採之賤者，猶當與之謀，況我與汝之同僚，不得棄其言也？」〔註128〕唐代劉知幾《史通》「採撰篇」曰：「故作者惡道聽塗說之違理，街談巷議之損實。……夫以芻蕘鄙說，刊為竹帛正言，而輒與《五經》方駕，《三志》競爽，斯亦難矣。」〔註129〕寥寥短言，劉氏作為官方意識形態和主流文化代言人的優越感溢於言表。「狂夫」一詞出自《詩經・齊風・東方未明》：「折柳樊圃，狂夫瞿

〔註121〕 （漢）班固：《漢書・藝文志・諸子略》，《漢書藝文志講疏》（顧實講疏），上海，上海古籍出版社，1987年版，第165～166頁。

〔註122〕 （漢）毛亨傳，鄭玄箋，（唐）孔穎達疏：《毛詩正義》，北京，北京大學出版社，1999年版，第1146頁。

〔註123〕 （漢）毛亨傳，鄭玄箋，（唐）孔穎達疏：《毛詩正義》，北京，北京大學出版社，1999年版，第1144頁。

〔註124〕 （漢）許慎撰，（清）段玉裁注：《說文解字注》，上海，上海古籍出版社，1981年版，第44頁。

〔註125〕 （漢）許慎撰，（清）段玉裁注：《說文解字注》，上海，上海古籍出版社，1981年版，第44頁。

〔註126〕 （清）王先謙撰，沈嘯寰、王星賢點校：《荀子集解》，北京，中華書局，1988年版，第499頁。

〔註127〕 （清）方玉潤撰，李先耕點校：《詩經原始》，北京，中華書局，1986年版，第530頁。

〔註128〕 （漢）毛亨傳，鄭玄箋，（唐）孔穎達疏：《毛詩正義》，北京，北京大學出版社，1999年版，第1146～1147頁。

〔註129〕 （唐）劉知幾撰，（清）浦起龍通釋，王煦華整理：《史通通釋》，上海，上海古籍出版社，2009年版，第109頁。

瞿。」〔註130〕此詩主旨，據《毛詩序》曰：「《東方未明》，刺無節也。朝廷興居無節，號令不時，挈壺氏不能掌其職焉。」〔註131〕正義曰：「柳是柔脆之物，以手折而爲藩，無益于禁，以喻狂夫不任挈壺之職也。……而今狂夫瞿瞿然志無所守，分日夜則參差不齊，告時節則早晚失度，故責之也。」〔註132〕《說文》釋「狂」曰：「狂，狾犬也。」段注曰：「假借之爲人病之偁。」〔註133〕又釋「狾」曰：「狾，狂犬也。」段注曰：「《左傳·哀十二年》：國狗之瘈，無不噬也。杜云，瘈，狂也。按今《左傳》作瘈，非古也。許所見作狾。」〔註134〕《左傳·哀公十二年》載：「長木之斃，無不摽也。國狗之瘈，無不噬也。而況大國乎？」孔穎達正義曰：「長木，喻吳國大也。狗瘈，喻吳失道也。國狗猶家狗。言家畜狂狗，必齧人也。」〔註135〕由「狂」到「狾」、「瘈」、「國狗之瘈」再到「狂夫瞿瞿」，則「狂」本指咬人的病狗、瘋狗，後「假借之爲人病之偁」，引申爲妨賢害能，又指失職、愚笨之人。如《史記·趙世家》曰：「狂夫之樂，智者哀焉；愚者所笑，賢者察焉。」〔註136〕《史記·淮陰侯列傳》：「廣武君曰：臣聞智者千慮，必有一失；愚者千慮，必有一得。故曰：『狂夫之言，聖人擇焉』。」〔註137〕後來唐代白居易在《爲人上宰相書一首》中也用「狂夫」指稱粗野愚笨之人：「不棄狂夫之言者，然後嘉謨可聞也。」〔註138〕可見，「芻蕘」、「狂夫」本指身份、地位低賤之人，因其地位低賤，其言談論說也相應地被認爲鄙陋淺薄，繼而所有鄙俗淺陋之說均以「芻蕘鄙說」、「狂夫之言」、「芻蕘狂夫之議」等稱謂之。但是，作爲官方及其主流文化「代言

〔註130〕 （漢）毛亨傳，鄭玄箋，（唐）孔穎達疏：《毛詩正義》，北京，北京大學出版社，1999 年版，第 338 頁。

〔註131〕 （漢）毛亨傳，鄭玄箋，（唐）孔穎達疏：《毛詩正義》，北京，北京大學出版社，1999 年版，第 337 頁。

〔註132〕 （漢）毛亨傳，鄭玄箋，（唐）孔穎達疏：《毛詩正義》，北京，北京大學出版社，1999 年版，第 338～339 頁。

〔註133〕 （漢）許慎撰，（清）段玉裁注：《說文解字注》，上海，上海古籍出版社，1981 年版，第 476 頁。

〔註134〕 （漢）許慎撰，（清）段玉裁注：《說文解字注》，上海，上海古籍出版社，1981 年版，第 476 頁。

〔註135〕 （周）左丘明傳，（晉）杜預注，（唐）孔穎達正義：《春秋左傳正義》，北京大學出版社，1999 年版，第 1666 頁。

〔註136〕 （漢）司馬遷：《史記》（卷四十三），北京，中華書局，1959 年版，第 1807 頁。

〔註137〕 （漢）司馬遷：《史記》（卷九十二），北京，中華書局，1959 年版，第 2618 頁。

〔註138〕 （唐）白居易著，顧學頡校點：《白居易集》，北京，中華書局，1979 年版，第 957 頁。

人」的知識階層既與統治階層保持高度一致，又間或向民間靠攏，試圖爲平民百姓保留一點話語權，先將「芻蕘狂夫之議」整體上定位爲難登大雅之堂的鄙俗之說，以無上的政治及主流文化的權威確定、規定「芻蕘狂夫之議」、「小說」、「小道」等此類詞語及其用法的貶義色彩，再轉而言明其「如或一言可採」，故「亦弗滅也」。話語之間，彷彿「芻蕘狂夫之議」等「小說」的生滅全在其掌控之中。這種充滿專制氣味和等級意識同時又透露出妥協意向的語詞用法，表現出知識階層在爭取政治靠山並爲其代言的同時又試圖維持官方與民間之最基本的平衡的努力，也表現出其欲借助民間力量與統治者形成某種程度上的疏離或抗衡以維護其作爲知識擁有者的自尊的意圖。另外，桓譚雖然勸諫皇帝「屏群小之曲說」，但是又認爲「小說家」有「可觀之辭」。《文選》載江文通《擬李都尉從軍詩》有兩句曰：「袖中有短書，願寄雙飛燕。」李善注引《桓子新論》曰：「若其小說家，合叢殘小語，近取譬論，以作短書。治身理家，有可觀之辭。」〔註139〕桓譚對「小說」的取捨同樣體現出知識階層對皇權既依附又游離以及對民間文化既歧視又拉攏的態度。

當權力運用語言實行統治，其統治策略也會和語言本身達成一定程度的妥協。作爲官方意識形態的「孔孟之道」，依然保留了理論本身的某種言說權力，而這種保留會在某種程度上對權力的運作形成相應的制約。作爲學術思想的「孔孟之道」，因爲本身沒有限制打壓異己學說的能力和權力，所以在對異己學說的態度上並非水火不容從而必置之死地而後快。而且，儒家學說提倡「中庸」，處世的大原則是「無可無不可」、「無過無不及」，既反對「道聽塗說」，認爲「道聽而塗說，德之棄也」〔註140〕，又主張「多聞」：如《論語·爲政》曰：「多聞闕疑，愼言其餘，則寡尤。」〔註141〕《述而》曰：「多聞擇其善者而從之，多見而識之，知之次也。」〔註142〕《季氏》曰：「益者三友……友直，友諒，友多聞，益矣。」〔註143〕孟子論事理則講究「權變」，〔註144〕

〔註139〕（南朝·梁）蕭統編，（唐）李善注：《文選》，北京，中華書局，1977年版，第444頁。

〔註140〕（宋）朱熹撰：《四書章句集注》，北京，中華書局，1983年版，第179。

〔註141〕（宋）朱熹撰：《四書章句集注》，北京，中華書局，1983年版，第58頁。

〔註142〕（宋）朱熹撰：《四書章句集注》，北京，中華書局，1983年版，第99頁。

〔註143〕（宋）朱熹撰：《四書章句集注》，北京，中華書局，1983年版，第171頁。

〔註144〕比如：《孟子·離婁上》中曰：「男女授受不親，禮也；嫂溺援之以手者，權也。」（見（宋）朱熹撰：《四書章句集注》，北京，中華書局，1983年版，第284頁。）

同樣不持極端態度。孔孟的言論本身就給「孔孟之道」的學習者和擁護者樹立了一種榜樣，使其對待「小說」不至於一棍子打死，而作為國家意識形態和政治權柄的「孔孟之道」，必然是其學術層面的理論學說在國家秩序的建構和國家機器的運轉上的體現，而在學術層面向意識形態層面轉換時，理論學說所依據的思維方法也一併被轉換到治國平天下的策略和法令的制定中。所以，作為國家意識形態的「孔孟之道」同樣也只能在官方意識形態和主流文化的「領地」上對「小說」發布「驅逐令」，而不會也無法進而剝奪「小說」在民間的留守，也因此，劉歆《七略》、班固《漢書‧藝文志》儘管謂「諸子十家，其可觀者九家而已」，但終究為「小說」留了一席之地，專列「小說」為一家，只是自欺欺人地「視之不見」而已。

至魏晉南北朝時期，儒學喪失獨尊的絕對優勢，其它的學說思想得以擡頭，文化、文藝都呈現出多元化特點。湯用彤先生在《魏晉玄學論稿》中指出：「關於魏晉思想的發展，粗略分為四期：（一）正始時期，在理論上多以《周易》、《老子》為根據，用何晏、王弼作代表。（二）元康時期，在思想上多受《莊子》學的影響，『激烈派』的思想流行。（三）永嘉時期，至少一部分人士上承正始時期『溫和派』的態度，而有『新莊學』，以向秀、郭象為代表。（四）東晉時期，亦可稱『佛學時期』。」〔註 145〕從湯用彤先生的論述看，在整個魏晉時期的思想舞臺上，儒學似乎一直處於「隱身」狀態，處於活躍狀態的是莊老道家和佛學。到南北朝時期，官方設四館、合三教，〔註 146〕儒學與其它思想、學科「利益均攤」。北朝儘管相對重視儒家思想，但是，在整個南北局勢中畢竟勢力微弱，並不能代表當時的主流，更不能「正式代表著傳統的中國」〔註 147〕。總之，魏晉南北朝時期的思想文化發展重新呈現出一種類似先秦時期的「爭鳴」局面。這種多元文化景觀的形成，主要有兩個原

〔註 145〕湯用彤：《魏晉玄學論稿》，上海，上海古籍出版社，2001 年版，第 120 頁。
〔註 146〕《資治通鑒》「南朝宋元嘉十五年」載：「豫章雷次宗好學，隱居廬山。嘗徵為散騎侍郎，不就。是歲，以處士徵至建康，為開館於雞籠山，使聚徒教授。帝雅好藝文，使丹楊尹廬江何尚之立玄學，太子率更令何承天立史學，司徒參軍謝元立文學，並次宗儒學為四學。」（〈宋〉司馬光編著，〈元〉胡三省音注：《資治通鑒》卷一百二十三，北京，中華書局，1956 年版，第 3868 頁。）梁、陳時期，由於梁武帝公開宣佈儒、釋、道三教並行，三教合流的趨勢更為明顯。
〔註 147〕錢穆先生在《國史大綱》曾講到：「東晉南渡，長江流域遂正式代表著傳統的中國。」見錢穆：《國史大綱》，北京，商務印書館，1996 年版，第 237 頁。

因：一是學術內部的更新，二是政治環境的影響。在學術方面，漢武帝「罷
黜百家，獨尊儒術」的結果一方面促成了大一統的相對穩定的政治格局，另
一方面也限制了儒家思想的進一步發展從而導致其不可避免的僵化。儒學作
爲評判是非、治世爲人的最高準則，既是經典又是法典的雙重身份使得儒生
只能無條件地學習、接受、遵從，於是經義詮釋、章句訓詁逐步發達。同時，
且不言儒學和其他學術思想之間的難以互通有無，單單兩漢經學本身的偏重
家法，也使內部的不同學術觀點之間缺乏必要的交流。儒學在政治的金字塔
塔尖上得到了至高無上的權威，也被剝奪了發展、改造自身的權利和機會。
這諸種原因必然使儒學逐漸失去生命力，最終一度陷入發展的低谷。但是，「上
帝在此處關上了門，又會在別處開一扇窗」。出現在這扇「窗」裏的，便是道
家思想。東漢末年，馬融、鄭玄等儒學大師打破章句訓詁的框框，融合今古
經，博及群書，引道釋儒，發揮義理，發動了道家思想在學術體制中的反動。
〔註148〕另外，桓譚、王充等人亦運用道家思想對漢代的讖緯神學進行批判，
使道家學說進一步擴大了聲勢，爲魏晉玄學的產生打好了基礎。正如錢穆先
生所言：「漢儒之學，用力雖勤，而溺於迷信，拘於尊古，至其末流，弊益彰
著。王充則對此潮流而下銳利之宣戰書者也。其著述傳後者爲《論衡》。……
其對於當時傳統思想，爲有力之攻擊者凡四：一爲反對天人相應陰陽災變之
說，一爲反對聖人先知與神同類之說，……一爲反對尊古卑今之論，一爲反
對專經章句之學，……而其轉移三百年學術思想，開後來之新局者，則在退
孔、孟而進黃、老，輕聞見而重心知。其影響於當時之學術界者甚大。王符
著《潛夫論》，仲長統著《昌言》，崔寔著《政論》，劉劭著《人物志》，應劭
著《風俗通義》，皆『指訐時短，討摘物情』，棄章句而慕『超奇』，有王氏之
風焉。外如蔡邕，王朗，孔融，王粲，曹植，阮籍，其人言論行事，皆足以
鼓盪一時，爲人心所歸仰；而莫不捨兩漢之舊風，慕王氏之新趨。」〔註149〕
錢穆先生甚至斷言：「今魏晉南朝三百年學術思想，亦可以一言蔽之，曰『個

〔註148〕關於鄭玄等漢儒採用道家的思想，如：中國古代的宇宙論，多與道家有關，
　　　　　特別是宣夜說和渾天說更與老、莊思想密不可分。兩漢時期，渾天說已佔據
　　　　　優勢。楊雄、桓譚、張衡、蔡邕、鄭玄等並所依用。又如：《易傳》所推闡的
　　　　　宇宙論，主要以天圓地方的"蓋天說"爲依據。漢代的易學家和科學家則普遍
　　　　　接受了先秦道家的宇宙說，建立和完善了"渾天說"的天體結構理論，如楊雄
　　　　　的《太玄》，張衡的《渾天儀注》，鄭玄的《易緯注》等。參見周立升《〈周易
　　　　　參同契〉的丹道易學》，《周易研究》，2002 年第 1 期。
〔註149〕錢穆：《國學概論》，北京，九州出版社，2011 年版，第 125～136 頁。

人自我之覺醒』是已。此其端，肇自王充。」〔註150〕就政治環境而言，漢代獨尊儒術統一思想之後，「道統」、「學統」逐漸屈從於「政統」，作為思想和學術主體的知識分子雖然也不遺餘力地宣傳儒家思想，但其宣傳本質上是其對政治權力的依附或者是統治者對其實行的籠絡、利用，其自身存在的主體性缺失，他們雖然身為官方意識形態或主流文化的代言人，卻沒有真正屬於自己的「話語權力」。尤其是漢末以來，黨錮之禍等事件的打擊以及社會的長期動亂，使知識階層不敢也無意復言政事。之後的曹魏及司馬集團對文人士子的殘酷扼殺也使得魏晉時期的知識分子繼續保持對政治的疏遠和偏離，加之舊的社會秩序的癱瘓和傳統儒家的價值評判標準的失效，也為人們思想的解放和言行之自由提供了條件，開闢了空間。於是在託言老莊、寄意玄遠中，在由趨附「政統」到遠離政治、避禍全身的遊戲規則的轉變中，知識階層發現了家國之外的自然和「政統」背後的自我，並隨之發生了價值取向的轉換。

在這一場從社會政治到文化思想的「大換血」中，士人對儒家典籍的接受發生了由經學義理的闡發到文學鑒賞的向度轉變，而同時對道家經典的接受也由一己的情感慰藉需要和語詞的援引進升到了理論思想的研討、學術結構的重建以及社會倫理規範的設計〔註151〕的高度。這場「名教」與「自然」從中心到邊緣、從邊緣到中心的角色換位，奠定了整個魏晉南北朝時期文化思想的「狂歡」基調。〔註152〕

如果把魏晉南北朝的文化景觀比喻為歷史在這個時期的「狂歡敘事」，那麼，在這個歷史的「敘事文本」中，一直被置於邊緣的「小說」便有了言說的「合法性」，即使仍然被加以「區別」對待，但至少從此成為一種「敘事手法」被加以運用。如前面提到的曹植會見邯鄲淳時，先是「取水自澡訖，傳粉」，不拘禮節誦「俳優小說」，然後又「更著衣幘，整儀容」，正襟危坐論文武之道，便是一幕典型的「狂歡」場景。曹植以侯王之尊和建安文學代表人物的身份加入此「狂歡」之中，足見「小說」自身的魅力及其於魏晉南北朝

〔註150〕錢穆：《國學概論》，北京，九州出版社，2011年版，第144～145頁。

〔註151〕參見馬曉樂：《魏晉時期〈莊子〉的傳播與接受》，《山東教育學院學報》，2004年第1期；陸理原《從經學到文學——魏晉南北朝〈詩經〉研究角度的轉變》，《廣西社會科學》，2004年第1期。

〔註152〕此處所謂的「中心」與「邊緣」的換位並非是分明的兩極的轉換，更多的應該是兩者界閾的融合，是「中心」和「邊緣」的彼此消解從而趨向「一體化」。這種「一體化」體現的平等和自由恰恰是一種狂歡精神。

時期在上層社會和文人階層中的地位及流行勢頭。同時，曹植在《與楊德祖書》中也曾表明了自己對「小說」的肯定態度：「夫街談巷說，必有可采。擊轅之歌，有應風雅。匹夫之思，未易輕棄也。」李善注曰：「《漢書》曰：『小說家者，街談巷語，道聽塗說之所造也。』」〔註153〕曹植沒有像班固那樣對來自於街巷草野的「小說」採取鄙夷不屑的態度，而是積極地從正面肯定其價值，而且，把民間匹夫匹婦街談巷說的創作和「風雅」作了肯定的聯繫，這種「大膽之舉」無疑是對班固以來的「小說」觀的有力反撥，而這種反撥的原因，除了其時思想學術之整體環境的影響，當與其自身抑鬱不得志的政治處境相關，其在學術或文化角度對傳統的反撥與其在政治上對權力中心的反動相呼應。與曹植「小說」觀「同聲相應」的還有干寶。在《搜神記序》中，干寶自述其寫作《搜神記》的原由和目的，認為：「衛朔失國，二傳互其所聞；呂望事周，子長存其兩說，若此比類，往往有焉」，然而「國家不廢注記之官，學士不絕誦覽之業」就是因為其「所失者小」而「所存者大」，所以，「羣言百家，不可勝覽；耳目所受，不可勝載。今粗取足以演八略之旨，成其微說而已。幸將來好事之士錄其根體，有以遊心寓目而無尤焉。」〔註154〕這裡，干寶所言「微說」既然來自「羣言百家」和「耳目所受」，而且具有「遊心寓目」之功能，顯然與曹植所誦「小說」本質上相通，兩人對「小說」的態度在當時也具有一定的代表性。

（2）由殷芸《小說》看其時的「小說」觀

南朝人殷芸專門作《小說》一書〔註155〕，《隋書・經籍志》收錄此書曰：「《小說》十卷。」其注又曰：「梁武帝敕安右長史殷芸撰。梁目三十卷。」〔註156〕可知此書是殷芸受帝王之命所撰。唐人劉知幾在《史通・雜說》中說道：「劉敬叔《異苑》稱：晉武庫失火，漢高祖斬蛇劍穿屋而飛，其言不經。

〔註153〕（南朝・梁）蕭統編，（唐）李善注：《文選》，北京，中華書局，1977年版，第594頁。

〔註154〕（晉）干寶撰，汪紹楹校注：《搜神記》，北京，中華書局，1979年版，第2頁。

〔註155〕殷芸《小說》在歷代典籍著錄中又有《殷芸小說》、《商芸小說》的稱謂。所謂「商芸」，蓋宋時為了避宋太祖趙匡胤之父趙弘殷之諱，以「商」代「殷」。殷芸《小說》於明代亡佚，魯迅《古小說鉤沈》輯得佚文135條，余嘉錫本輯得154條，今人周楞伽又在前人基礎上增加至163條，詳加校勘，並為之作注，1984年由上海古籍出版社出版。

〔註156〕（唐）魏徵等撰：《隋書》（卷三十四），北京，中華書局，1973年版，第1011頁。

故梁武帝令殷芸編諸《小說》。」〔註157〕清人姚振宗《隋書經籍志考證》稱：
「此殆是梁武帝作通史時，凡不經之說爲通史所不取者，皆令殷芸別集爲小
說。是《小說》因通史而作，猶通史之外乘。」〔註158〕亦有學者認爲以上兩
條引語在史料上還存有疑問之處，並不能完全相信。但是，我們關注的是史
料中透露出的「小說」觀，其「小說」觀分明是與歷代的「小說」觀一脈相
承的。據引語所言，殷芸《小說》所記內容均爲「不經之說」，爲正史之書所
不錄，此說正與《漢書·藝文志》所言「小說家者流，蓋出於稗官，街談巷
語，道聽塗說者之所造也」的斷語相合。不同的是，魏晉南北朝人並不像劉
歆、班固之流對「小說」恥言之、恥爲之，而是樂此不疲地談論之、記錄之，
魏晉的清談之風在大暢玄學、佛理之時，無意中也爲「小說」的傳播提供了
一種「聚談」的環境和氛圍。殷芸「性倜儻，不拘細行」，當屬「名士」群體，
且「勵精勤學，博洽群書」，曾任散騎常侍、尚書左丞、中書舍人、國子博士、
昭明太子侍讀、秘書監、司徒左常史、東宮學士省等職〔註159〕，爲梁時的重
要文士。而且，殷芸還與當時的其他文士如裴子野、劉顯、劉之遴、阮孝緒、
顧協、韋棱、劉孝綽、王筠、到溉、到治、陸倕、任昉、劉苞、劉孺、張率
等人皆有交遊。〔註160〕其中，任昉、劉之遴、顧協等人也都撰寫過類似《小
說》的作品。〔註161〕這些足以說明，在南朝時期，文人名士之中依然風行魏
晉時的博物好奇、嗜談「小說」的習尚，更重要的是，「小說」已經完全打入
「帝王」——官方的視野，雖然爲「通史所不取」，但畢竟得到了較以往更多
的重視。另外，殷芸《小說》所錄的內容皆注出處，余嘉錫《殷芸小說輯證》
中說到：「考芸所纂集，皆取之故書雅記，每條必注書名。」〔註162〕據周楞伽
本統計，殷芸《小說》共引古書大約有 44 種，其中明確注明出處的主要包括

〔註157〕（唐）劉知幾撰，趙呂甫校注：《史通新校注》，重慶，重慶出版社，1990 年
版，第 930 頁。
〔註158〕（清）姚振宗：《隋書經籍志考證》，《二十五史補編》，北京，中華書局，1955
年版，第 5537 頁。
〔註159〕（唐）姚思廉：《梁書》（卷四十一），北京，中華書局，1973 年版，第 596
頁。
〔註160〕參見《梁書》之《任昉傳》、《明山賓傳》、《裴子野傳》、《劉孝綽傳》、《王筠
傳》以及《南史》之《到溉傳》、《裴子野傳》、《陸倕傳》、《劉孝綽傳》、《任
昉傳》、《阮孝緒傳》。
〔註161〕任昉有《述異記》二卷，顧協有《璅語》一卷（《梁書·顧協傳》作十卷），
劉之遴有《神錄》五卷，裴子野有《類林》三卷。
〔註162〕余嘉錫：《余嘉錫文史論集》，長沙，嶽麓書社，1997 年版，第 259 頁。

《異苑》（13 條）、《世說新語》（21 條）、《西京雜記》（10 條）、《幽明錄》（6 條）、《語林》（11 條）、《沖波傳》（7 條）、《笑林》（4 條）、《郭子》（3 條）、《東方朔傳》（3 條）、《鄭玄別傳》（2 條）、《李膺家傳》（7 條）、《司馬徽別傳》（2 條）、《說苑》（1 條），還有少量輯自其他人物別傳、地理記之類的書，極少數沒有明確出處。由此可知，其時談論記錄「小說」的人的確不在少數，而且，彼此傳抄引用，又可見其興趣之濃，確實已經在文人士子甚至帝王貴族之間形成一種蔚然的風氣。而魏晉南北朝時期的「小說」觀，也因為殷芸《小說》之書名及內容的「現身說法」，得到更加明確的界定，即：魏晉南北朝時期的「小說」，除了延續《漢志》中「小說家」分類的目錄學和文類的意義之外，更多的仍然是指「街談巷語」、「道聽塗說」的「非正統」的言說，但是，魏晉南北朝時期的「小說」已經由「君子不為」的「小道」變成「君子好為」的「小道」。「小說」以它的「邊緣木色」滲入到中心話語系統，成為上層文人甚至貴族階層熱衷的言說方式，這恰恰說明「小說」在魏晉南北朝時期的「狂歡」意味。正如明代胡應麟所言：「子之浮誇而難究者。莫大於眾說。眾說之中。又有博於怪者、妖者、神者、鬼者、物者、名者、言者、事者。《齊諧》、《夷堅》博於怪。《虞初》、《瑣語》博於妖。令升、元亮博於神。之推、成式博於鬼。曼倩、茂先博於物。湘東、魯望博於名。義慶、孝標博於言。夢得、務觀博於事，李昉、曾慥、禹錫、宗儀之屬。又皆博於眾說者也。總之。胘談隱迹。鉅細兼該。廣見洽聞。驚心奪目。而淫俳間出。詭誕錯陳。張、劉諸子。世推博極。此僅一斑，至郭憲、王嘉。全構虛詞。亡徵實學，斯班氏所以致譏。子玄因之絕倒者也。」〔註163〕胡應麟筆下的「眾說」場景可謂熱鬧非凡，而其「浮誇難究」、「胘談隱迹」、「詭誕錯陳」等特點，尤其是鬼、神、怪、妖之「出場」，點明了「眾說」其實皆為「小說」。而且，胡氏所述之「眾說」，不但回響在魏晉南北朝，更是上至漢代下及宋元，一直在上層文人士子中紛紜繚繞，餘音不絕。「小說」之所以雖一直被歧視卻久傳不衰的原因，胡應麟也作了分析：「子之為類，略有十家。昔人所取凡九，而其一小說弗與焉。然古今著述，小說家特盛。而古今書籍，小說家獨傳。何以故哉？怪力亂神，俗流喜道，而亦博物所珍也。玄虛廣莫，好事偏攻，而亦洽聞所昵也。談虎者矜誇以示劇，而雕龍者閒掇之以為奇。辯鼠者論據以成名，而捫虱者類資之以送日。至於大雅君子，心知其妄，而口競傳之。且斥

〔註163〕（明）胡應麟：《少室山房筆叢》，北京，中華書局，1958 年版，第 502 頁。

其非，而暮引用之。猶之淫聲麗色，惡之而弗能弗好也。夫好者彌多，傳者彌眾，傳者日眾，則作者日繁，夫何怪焉？」〔註164〕由此，「小說」雖自產生之初尤其是漢代以後一直被歧視、壓制，但其自有「注定」不衰不滅的「天賦異稟」，亦自有其發生、發展的歷史脈絡，而魏晉南北朝時期「小說」之興盛，不過其中必然的階段，不過其時之社會環境尤其契合了「小說」的生長基因和內在特性而已。

（3）子書、史傳以及地理雜記類書的「小說化」傾向

殷芸《小說》所引之書，除了少數著錄於《隋志》子部小說家外，大多著錄於《隋志》的「史部」中的「地理記」和「雜傳」類。在劉知幾《史通》中，殷芸所引之書則多列於瑣言、雜記、逸事類。可以見出，魏晉南北朝時期所謂的「小說」仍然與史書、傳記、子書有著「割不斷理還亂」的聯繫。魏晉南北朝時期，小說書的大量出現，主要依賴於此類內容材料的增多和發現，對材料的發現源於當時人們的好奇心態、博學風尚以及清談的需要，而材料的增多則源於當時子書、史書以及地理雜記類書的「小說化」傾向。

魏晉南北朝時期，子書創作漸成風氣。劉勰《文心雕龍·諸子》論及子書，認為「諸子者，入道見志之書。太上立德，其次立言……迄至魏晉，作者間出，讕言兼存，璅語必錄，類聚而求，亦充箱照軫矣。」〔註165〕其時子書如徐幹《徐氏中論》、王肅《王子正論》、傅玄《傅子》、顧譚《顧子新語》、唐滂《唐子》、蘇彥《蘇子》、宣舒《宣子》、陸雲《陸子》、孫綽《孫子》、符朗《符子》、劉晝《劉子》、梁元帝《金樓子》等等，不一而足。王琳《試論魏晉南北朝子書撰作風貌的階段差異》云：「從《隋書·經籍志》子部的有關著錄，以及某些《隋志》未著錄的子書來看，即使略而不計其中的小說家、兵家、天文家、曆數家、五行家、醫方家著述，從嚴擇錄雜家著述，其數量就已逾150種，盛況足可與周代子書相匹。」〔註166〕此時期子書的興盛，與其時儒教束縛減弱後「人的自覺」有關。如葛洪《《抱朴子外篇自敘》》曰：「洪年二十餘，乃計作細碎小文，妨棄功日，未若立一家之言，乃草創子書。……

〔註164〕（明）胡應麟：《少室山房筆叢》，北京，中華書局，1958年版，第374頁。
〔註165〕（南朝·梁）劉勰著，范文瀾注：《文心雕龍注》，北京，人民文學出版社，1958年版，第307～308頁。
〔註166〕王琳：《試論魏晉南北朝子書撰作風貌的階段差異》，《山東師範大學學報》（人文社會科學版），2010年第55卷第5期。

念精治五經，著一部子書，令後世知其爲文儒而已。」〔註167〕曹丕《典論・論文》曰：「蓋文章經國之大業，不朽之盛事。年壽有時而盡，榮樂止乎其身，二者必至之常期，未若文章之無窮。是以古之作者，寄身於翰墨，見意於篇籍，不假良史之辭，不託飛馳之勢，而聲名自傳於後。……日月逝於上，體貌衰於下，忽然與萬物遷化，斯志士之大痛也。融等已逝，唯幹著論，成一家言。」〔註168〕在《與吳質書》中，曹丕曰：「偉長獨懷文抱質，恬淡寡欲，有箕山之志，可謂彬彬君子矣。著《中論》二十餘篇，成一家言。辭義典雅，足傳於後。此子爲不朽矣。」〔註169〕曹丕流露出的這種「立言」以求個人之不朽的強烈渴望以及對徐幹以《中論》得「不朽」的讚賞和羨慕，足以代表其時知識階層的共同心聲。葛洪《抱朴子》佚文中也有稱賞陸雲《陸子》之言曰：「《陸子》十篇誠爲快書者。其辭之富者，雖覃思不可損也；其理之約者，雖潛筆腐毫不可益也。」〔註170〕甚至有因欲作子書未成抱恨而亡者，如《太平御覽》卷六零二引《抱朴子》佚文曰：「陸平原作子書未成，吾門生有在陸君軍中，常在左右，說陸君臨亡曰：『窮通，時也。遭遇，命也。古人貴立言，以爲不朽，吾所作子書未成，以此爲恨耳。』」〔註171〕葛洪亦爲陸機欲作子書未成而深感遺憾，曰：「余謂仲長統作《昌言》未竟而亡，後董襲撰次之，桓譚《新論》未備而終，班固謂其成《琴道》。今才士何不贊成陸公子書？」〔註172〕從葛洪、陸機作子書的動機以及葛洪、曹丕等的言論看，魏晉南北朝時期子書的寫作，其目的顯然已經不同於戰國時諸子的論說以干政，而是偏重於追求個人的成名與不朽，注重個體生命價值的實現。也正因此，子書創作中相對缺乏經國大論和高深精妙的哲思義理，而傾向於個人化的「讕言」、「瑣語」的表達方式，內容多謂妄言、雜論、逸事，極具「小說」特點，有

〔註167〕王明著：《抱朴子內篇校釋》，北京，中華書局，1985年版，第377、378頁。

〔註168〕（南朝・梁）蕭統編，（唐）李善注：《文選》，北京，中華書局，1977年版，第720～721頁。

〔註169〕（南朝・梁）蕭統編，（唐）李善注：《文選》，北京，中華書局，1977年版，第591頁。

〔註170〕（宋）李昉等撰：《太平御覽》，北京，中華書局，1960年版（影印本），卷六〇二，第2709頁。

〔註171〕（宋）李昉等撰：《太平御覽》，北京，中華書局，1960年版（影印本），卷六〇二，第2709頁。

〔註172〕（宋）李昉等撰：《太平御覽》，北京，中華書局，1960年版（影印本），卷六〇二，第2710頁。

些更記述神仙怪異之事，又頗類志怪書。《抱朴子》之《內篇》弘揚道教神仙思想自不待言，《金樓子》之《志怪篇》亦不必說，清人馬國翰《玉函山房輯佚書》收錄陸機《陸氏要覽》佚文 1 卷，內容亦頗有志怪書之風。如：「列子御風，常以立春歸乎八荒，立秋遊乎風穴。是風至則草木發生，去則搖落，謂之離合風。」又曰：「昔羽山有神人焉，逍遙於中嶽，與左元放共遊薊子訓所，坐欲起，子訓應欲留之，一日之中三雨，今呼五月三雨，亦為留客雨。」〔註173〕此兩條儼然神仙傳，其神怪內容和「小語」、「短書」的形式與志怪「小說」無異。

再如史書、雜傳的撰寫，同樣存在「小說化」的傾向。魏晉南北朝時期，政局動蕩，綱常失守，國家對史書的編撰失去了有效的控制，民間史書撰寫熱情高漲，使其時史書數量驟增，史學一度興盛。正如錢穆先生所言：「魏、晉、南北朝，雖尚清談玄言，但同時史學鼎盛。」〔註174〕據《隋書・經籍志・史部》載錄，整個魏晉南北朝時期，史著多達 800 餘部，數量遠遠超過秦漢時期的 200 餘部。〔註175〕再如兩晉，梁啓超先生曾指出：「兩晉、六朝，百學蕪穢而治史者獨盛，在晉尤著。讀《隋書・經籍志》及清丁國鈞《補晉書藝文志》可見也。故吾常謂，晉代玄學之外惟有史學。」〔註176〕據清人湯球的輯佚和校勘，晉祚雖短，史書竟多達二十餘部。〔註177〕不僅史書修撰數量激增，而且雜史比例有所增加，同時，私人撰史也較為流行，如王隱《晉書》、孫盛《晉陽秋》、何法盛《晉中興書》、習鑿齒《漢晉春秋》、臧榮緒《晉書》、魚豢《魏略》、陳壽《三國志》、司馬彪《續漢書》、華嶠《後漢書》等亦皆為

〔註173〕轉引自王琳《試論魏晉南北朝子書撰作風貌的階段差異》，《山東師範大學學報》（人文社會科學版），2010 年第 55 卷第 5 期。

〔註174〕錢穆：《中國歷史研究法》，北京，生活・讀書・新知三聯書店，2001 年版，第 90 頁。

〔註175〕李小樹：《魏晉南北朝民間史學活動探論》，《學術論壇》，2000 年第 5 期。

〔註176〕梁啓超：《中國歷史研究法》，上海，上海古籍出版社，1998 年版，第 16 頁。

〔註177〕晉季史書中，屬紀傳體的《晉書》共有：王隱《晉書》、虞預《晉書》、朱鳳《晉書》、謝沈《晉書》、何法盛《晉中興書》、謝靈運《晉書》、蕭子顯《晉史草》、鄭忠《晉書》、梁庾銑《東晉新書》、蕭子雲《晉書》、沈約《晉書》、臧榮緒《晉書》十二部。其中臧榮緒所編《晉書》一百一十卷，志傳俱備，是比較完整的。另有以編年體撰寫的十一家：即陸機《晉紀》、干寶《晉紀》、曹嘉之《晉紀》，習鑿齒《漢晉春秋》、鄧粲《晉紀》、孫盛《晉陽秋》、劉謙之《晉紀》、王韶之《晉紀》、徐廣《晉紀》、檀道鸞《續晉陽秋》、郭季產《續晉紀》，總共合計有二十三部。

私撰，由此，夾雜民間傳聞瑣事勢必成爲當時史書寫作的趨勢。所以，雖然史書數量極豐富，但此時期史書撰寫卻頗受後世史學家詬病。如劉知幾《史通·書事》曰：「王隱、何法盛之徒所撰晉史，乃專訪州閭細事，委巷瑣言，聚而編之，目爲鬼神傳錄。其事非要，其言不經。異乎《三史》之所書，《五經》之所載也。」〔註178〕又言：「自魏、晉已降，著述多門，《語林》、《笑林》、《世說》、《俗說》，皆喜載調謔小辯，嗤鄙異聞，雖爲有識所譏，頗爲無知所說，而斯風一扇，國史多同。至如王思狂躁，起驅蠅而踐筆，畢卓沉湎，左持螯而右杯，劉邕榜吏以膳痂，齡石戲舅而傷贅，其事蕪穢，其辭猥雜。」〔註179〕以「蕪穢」「猥雜」定位此時期某些史書的內容、言辭，可見劉氏批評態度之激烈。《史通·採撰》則曰：司馬遷《史記》、班固《漢書》「此並當代雅言，事無邪僻，故能取信一時，擅名千載。但中世作者，其流日煩，雖國有冊書，殺青不暇，而百家諸子，私存撰錄，寸有所長，實廣聞見。其失之者，則有苟出異端，虛益新事。……嵇康《高士傳》，好聚七國寓言，玄晏《帝王紀》，多採六經圖讖，引書之誤，其萌於此矣。至范曄增損東漢一代，自謂無愧良直，而王喬鳧履，出於《風俗通》，左慈羊鳴，傳於《抱朴子》。朱紫不別，穢莫大焉。……晉世雜書，諒非一族，若《語林》、《世說》、《幽明錄》、《搜神記》之徒，其所載或詼諧小辯，或神鬼怪物。其事非聖，揚雄所不觀；其言亂神，宣尼所不語。皇朝新撰《晉史》，多採以爲書。夫以干、鄧之所糞除，王、虞之所糠秕，持爲逸史，用補前傳，……雖取說於小人，終見嗤於君子矣。」〔註180〕劉氏作爲史學家，持論「正大方嚴」〔註181〕，對魏晉南朝史書撰寫多引鬼神異端之說的風氣，字裏行間充滿鄙夷和惋惜。同時，其對此「不良風氣」的詳加列舉也眞實地展現了魏晉南朝史書撰寫的大致情形，道出了其時史書撰寫的鮮明特徵。撰史如此，注史亦如此。如裴松之注《三國志》，《四庫提要》評價曰：「《袁紹傳》中之胡母班，本因爲董卓使紹而見，乃注曰『班嘗見太山府君及河伯，事在《搜神記》，語不多載』，斯已贅矣。……

〔註178〕（唐）劉知幾撰，（清）浦起龍釋，《史通通釋》，上海，上海古籍出版社，1978年版，第230頁。

〔註179〕（唐）劉知幾撰，（清）浦起龍釋，《史通通釋》，上海，上海古籍出版社，1978年版，第231頁。

〔註180〕（唐）劉知幾撰，（清）浦起龍釋，《史通通釋》，上海，上海古籍出版社，1978年版，第116～117頁。

〔註181〕（唐）劉知幾撰，（清）浦起龍釋，《史通通釋》，上海，上海古籍出版社，1978年版，第118頁。

《鍾繇傳》中乃引陸氏《異林》一條，載繇與鬼婦狎昵事。《蔣濟傳》中引《列異傳》一條，載濟子死爲泰山伍伯，迎孫阿爲泰山令事。此類鑿空語怪，凡十餘處。」〔註182〕

爲史書、雜傳、子書等的寫作的「小說化」傾向「錦上添花」的是地理類記、志。由於五胡擾華、王室播遷，人們因避亂而不斷遷徙流動，所以，其時人具有較爲敏感、自覺的地域意識，也由此瞭解、熟悉了很多地域的風物人情，同時受博物好奇風尚的影響，其時地理類書也一度興盛，而且，也多記述怪誕不經的內容。唐代大型地理總志《括地志》有五百五十卷，「其書稱述經傳，山川城冢，皆本古說，載六朝時地理書甚多。」〔註183〕

《隋書·經籍志（二）》史部地志、地記類載錄陸澄《地理書》曰：「《地理書》一百四十九卷，錄一卷。陸澄合《山海經》已來一百六十家，以爲此書。」〔註184〕陸澄《地理書》其書已佚，但先秦兩漢地理書較少，故其所載「一百六十家」中絕大多數當出自魏晉南北朝時期。《隋書·經籍志（二）》亦載任昉《地記》曰：「《地記》二百五十二卷，梁任昉增陸澄之書八十四家，以爲此記。」〔註185〕又曰：「《地理書抄》二十卷，陸澄撰。《地理書抄》九卷，任昉撰。《地理書抄》十卷，劉黃門撰。」〔註186〕唐代劉知幾《史通·書志》曰：「自沈瑩著《臨海水土》，周處撰《陽羨風土》，厥類眾夥，諒非一族。是以《地理》爲書，陸澄集而難盡；《水經》加注，酈元編而不窮。」〔註187〕由以上資料可知魏晉南北朝時期的地理書撰述極盛。在這些卷帙浩繁的地理書中，私撰地記著述亦多，「今可考知的篇目尚有約二百種之多」〔註188〕。如萬震著《南州異物志》、朱育撰《會稽土地記》、朱應撰《扶南異物志》、沈瑩撰《臨海異物志》、薛瑩撰《荊揚已南異物志》、晏謨撰《齊地記》、譙周撰《三巴記》、《巴蜀異物志》、雷次宗撰《豫章記》、常璩撰《華陽國志》、西涼段龜龍撰《涼州記》等。有些地方志、記多爲本

〔註182〕《四庫全書總目》（卷第45），北京，中華書局，1960年版，第403頁。
〔註183〕譚其驤主編：《清人文集地理類彙編》（第1冊），杭州：浙江人民出版社，1986年版，第139頁。
〔註184〕（唐）魏徵等：《隋書》（卷三十三），北京，中華書局，1973年版，第983頁。
〔註185〕（唐）魏徵等：《隋書》（卷三十三），北京，中華書局，1973年版，第984頁。
〔註186〕（唐）魏徵等：《隋書》（卷三十三），北京，中華書局，1973年版，第984頁。
〔註187〕（唐）劉知幾撰，（清）浦起龍釋：《史通通釋》，上海，上海古籍出版社，1978年版，第74頁。
〔註188〕王琳：《六朝地記：地理與文學的結合》，《文史哲》，2012年第1期。

地人所撰，所以對所記述的風物景致或人文現象難免有虛誇、美化的嫌疑。
而且，很多地理志、記中又屢屢出現充滿怪異色彩的奇聞、奇物、逸事傳
說，《太平御覽》、《太平廣記》等大型類書中對此多有收錄。如記述異物者：
《太平御覽》收錄晉裴淵《廣州記》曰：「新寧郡東溪甚饒蛟，及時害人，
曾於魚梁上得之。其長丈餘，形廣如楯，修頸小頭，胸前赭，背上青班，
脇邊若錦。」〔註189〕又「獸部」之「兩頭獸」類載宋盛弘之《荊州記》曰：
「武陵郡西有陽山。山有獸如鹿，前後有頭。常以一頭食，一頭行，山中
有時見之者。」〔註190〕又載：「酈善長注《水經》曰：『西蜀封溪縣猩猩人
面獸形，能言語。』」〔註191〕那些直接以「異物志」為書名的地理書，其
所記異物更是豐富詳盡。如譙周《異物志》載：「涪陵多大龜。其甲可以卜，
其綠中又似瑇瑁。俗名曰靈又。」〔註192〕《涼州異物志》載：「姜賴之墟，
今稱龍城，恒溪無道，以感天庭，上帝赫怒，溢海盪傾。剗鹵千里，蒺藜
之形，其下有鹽，累棊而生。」又曰：「鹽山二嶽，三色為質。赤者為丹，
黑者如漆，小大從意。鏤之寫物，作獸辟惡，佩之為吉。戎鹽可以療疾。」
〔註193〕除了記異物，這些地記、地志還記述一些帶有情節的傳聞故事。如
《華陽國志》曰：「鄧芝見猿抱子在樹上，引弩射之，中猿母。其子為拔箭，
以茮塞瘡。芝乃歎息，投弩水中。」〔註194〕盛弘之《荊州記》曰：「宜都
夷陵縣南勾將山下有三泉。傳云：本無此泉，居者苦於汲水。有一女子，
孤貧。忽有一乞人，瘡痍竟體，村人無不稱惡。此女哀矜，飼之。乞人乃
腰中出刀，刺山下三處，即飛泉湧出。」〔註195〕

〔註189〕（宋）李昉等撰：《太平御覽》，北京，中華書局，1960 年版（影印本），卷
　　　　九〇三，第 4134 頁。

〔註190〕（宋）李昉等撰：《太平御覽》，北京，中華書局，1960 年版（影印本），卷
　　　　九一三，第 4047 頁。

〔註191〕（宋）李昉等撰：《太平御覽》，北京，中華書局，1960 年版（影印本），卷
　　　　九〇八，第 4026 頁。

〔註192〕《文選》卷四左思《蜀都賦》李善注引，見（南朝‧梁）蕭統編，（唐）李善
　　　　注：《文選》，北京，中華書局，1977 年版，第 76 頁。

〔註193〕（宋）李昉等撰：《太平御覽》（卷八十二），北京，中華書局，1960 年版（影
　　　　印本），第 3840 頁。

〔註194〕（宋）李昉等撰：《太平御覽》，北京，中華書局，1960 年版（影印本），卷
　　　　九一〇，第 4032 頁。

〔註195〕（宋）李昉等撰：《太平御覽》，北京，中華書局，1960 年版（影印本），卷
　　　　七十，第 332 頁。

　　上述地理書所記內容，與魏晉南北朝志怪書所記內容毫無二致，以致劉知幾評價此時期地理書時，再次流露出其評價同時期史書時的鄙夷和不屑：「人自以爲樂土，家自以爲名都，競美所居，談過其實。又城池舊迹，山水得名，皆傳諸委巷，用爲故實，鄙哉！」〔註196〕杜佑《通典・州郡典序》也認爲此類地理書「誕而不經，徧記雜說」，「皆自述鄉國靈怪，人賢物盛。參以他書，則多紕謬」。〔註197〕但是，魏晉南北朝地理書記物豐富、怪異，處處充滿對想像力的刺激，雖然與官修地志中的平實客觀的疆域界限、行政區劃、人口數量、男女比例等實用性的記載大異其趣，卻因其充滿想像力的描述與文賦有了關聯。左思作《三都賦》即徵引了大量此種方志中的內容。左思在《三都賦序》中說到：「余既思摹二京而賦三都。其山川城邑，則稽之地圖；其鳥獸草木，則驗之方志。」〔註198〕個人化的私人撰述，使得魏晉南北朝時期的地理類書在取材、表達上都自由、隨意，撰者又多文才過人，加之整個時代「狂歡敘事」的氛圍，此類地理書的「小說化」傾向、「類志怪」特色在所難免。

　　尤爲「出格」的是晉代張華。其極負盛名的《博物志》一書，「天地之高厚，日月之晦明，四方人物之不同，昆蟲草木之淑妙者，無不備載。」〔註199〕除了記載山川動植、殊方異族，《博物志》還記載了許多故事性很強的傳說。尤其值得注意的是，張華在《博物志》卷八「史補」中，又給我們展示了「小說」的強韌的「生命力」。「史補」中載燕太子丹故事曰：「燕太子丹質於秦，秦王遇之無禮，不得意，思欲歸。請於秦王，王不聽，謬言曰：『令烏頭白，馬生角，乃可。』丹仰而歎，烏即頭白；俯而嗟，馬生角。秦王不得已而遣之，爲機發之橋，欲陷丹。丹驅馳過之，而橋不發。遁到關，關門不開，丹爲雞鳴，於是眾雞悉鳴，遂歸。」〔註200〕此段故事中「烏頭白，馬生角」的傳說早在司馬遷時就有了，而且，司馬遷在《史記》卷八十六《刺客列傳》中對此予以否定和批評：「世言荊軻，其稱太子丹之命，『天雨粟，馬生角』

〔註196〕（唐）劉知幾撰，（清）浦起龍釋：《史通通釋》，上海，上海古籍出版社，1978年版，第276頁。

〔註197〕杜佑撰，王文錦等點校：《通典》，北京，中華書局，1988年版，第4451頁。

〔註198〕（南朝・梁）蕭統編，（唐）李善注：《文選》，北京，中華書局，1977年版，第74頁。

〔註199〕（晉）張華撰，范甯校證：《博物志校證》，北京，中華書局，1980年版，第149頁。

〔註200〕（晉）張華撰，范甯校證：《博物志校證》，北京，中華書局，1980年版，第95頁。

也，太過。又言荊軻傷秦王，皆非也。」〔註201〕應劭在《風俗通義》亦專門針對此種傳聞設「正失」篇，篇中的小序解題曰：「傳言失旨，圖景失形。眾口鑠金，積毀消骨，久矣其患之也。……故糾其謬曰正失也。」〔註202〕「正失」篇載「燕太子丹」故事曰：「燕太子丹仰歎，天為雨粟，烏白頭，馬生角，厨中木象生肉足，井上株木跳度瀆。俗說：燕太子丹為質於秦，始皇執欲殺之，言能致此瑞者，可得生活；丹有神靈，天為感應，於是遣使歸國。」然後，應劭「正失」曰：「謹按：《太史記》：燕太子質秦，始皇遇之益不善，丹恐而亡歸；歸求勇士荊軻、秦武陽，函樊於期之首，貢督亢之地圖，秦王大悅，禮而見之，變起兩楹之間，事敗而荊軻立死。始皇大怒，乃益發兵伐燕，燕王走保遼東，使使斬丹以謝秦，燕亦遂滅。丹畏死逃歸耳，自為其父所戮，手足圮絕，安在其能使雨粟，其餘云云乎？原其所以有茲語者，丹實好士，無所愛悋也，故閭閻小論飾成之耳。」〔註203〕但是，應劭的良苦用心卻沒有得到應有的響應，到了晉時的張華，這個傳聞不但沒有因為「正失」而湮滅，反而愈加詳盡生動起來，以至又被張華寫入「史補」篇中。張華本人在魏晉時期可謂「炙手可熱」的人物，他於魏末曾經任佐著作郎，入西晉後，「名重一世，眾所推服，晉史及儀禮憲章並屬於華，多所損益，當時詔誥皆所草定，聲譽益盛，有台輔之望焉。」〔註204〕張華不但有超人的政治才幹，而且「博物洽聞，世無與比」〔註205〕。《晉書》本傳載：「華強記默識，四海之內，若指諸掌。武帝嘗問漢宮室制度及建章千門萬戶，華應對如流，聽者忘倦，畫地成圖，左右屬目。帝甚異之，時人比之子產。」〔註206〕張華身為政界要人，令名遠播，又博聞多通，而且「辭藻溫麗」〔註207〕，以此身份、地位、才華記

〔註201〕 （漢）司馬遷：《史記》（卷八十六），北京，中華書局，1982年版，第2538頁。
〔註202〕 （漢）應劭撰，王利器校注：《風俗通義校注》，北京，中華書局，1981年版，第59頁。
〔註203〕 （漢）應劭撰，王利器校注：《風俗通義校注》，北京，中華書局，1981年版，第90～92頁。
〔註204〕 （唐）房玄齡等：《晉書》（卷三十六），北京，中華書局，1974年版，第1070頁。
〔註205〕 （唐）房玄齡等：《晉書》（卷三十六），北京，中華書局，1974年版，第1074頁。
〔註206〕 （唐）房玄齡等：《晉書》（卷三十六），北京，中華書局，1974年版，第1070頁。
〔註207〕 （唐）房玄齡等：《晉書》（卷三十六），北京，中華書局，1974年版，第1068頁。

錄、傳播這種「失旨」、「失形」的傳聞，並將之列爲史料，其「名人效應」有類於曹植「誦俳優小說」，對其時「小說」發展之影響可想而知。當然，張華、曹植之所以能如此重視「小說」，也有賴於當時較爲寬鬆、自由的文化大環境。

（4）「小說」的邊緣本色與狂歡意味

我們再借引劉知幾《史通・雜述》中的一段文字，對魏晉南北朝時期整體文化景觀的「小說化」傾向做綜合考察。劉氏曰：「偏記小說，自成一家。而能與正史參行，其所由來尚矣。爰及近古，斯道漸煩。史氏流別，殊途並騖。權而爲論，其流有十焉：一曰偏紀（一作「記」，後同），二曰小錄，三曰逸事，四曰瑣言，五曰郡書，六曰家史，七曰別傳，八曰雜記，九曰地理書，十曰都邑簿。」〔註208〕劉氏將此十類統稱爲「小說」。之後，劉氏詳盡列舉十類之例證。偏紀如陸賈《楚漢春秋》，小錄如戴逵《竹林名士》、王粲《漢末英雄》，逸事如葛洪《西京雜記》、顧協《瑣語》、謝綽《拾遺》，瑣言如劉義慶《世說》、裴榮期《語林》，郡書如陳壽《益部耆舊》、虞預《會稽典錄》，家史如揚雄《家諜》、殷敬《世傳》，別傳如劉向《列女》、梁鴻《逸民》，雜記如祖臺（即祖臺之）《志怪》、干寶《搜神》、劉義慶《幽明》、劉敬叔《異苑》，地理書如盛弘之《荊州記》、常璩《華陽國志》、辛氏《三秦》，都邑簿如潘岳《關中》、陸機《洛陽》、《三輔黃圖》、《建康宮殿》。〔註209〕然後，劉知幾對此十類著述分別做了批評：偏紀、小錄之書，皆「皆言多鄙樸，事罕圓備，終不能成其不刊，永播來葉，徒爲後生作者削稿之資焉。」逸事者，「及妄者爲之，則苟載傳聞，而無銓擇。由是眞僞不別，是非相亂。如郭子橫之《洞冥》，王子年之《拾遺》，全構虛詞，用驚愚俗。此其爲弊之甚者也。」瑣言者，「及蔽者爲之，則有詆訐相戲，施諸祖宗，褻狎鄙言，出自牀第，莫不昇之紀錄，用爲雅言，固以無益風規，有傷名教者矣。」郡書者，「矜其鄉賢，美其邦族；……其有如常璩之詳審，劉昞之該博，而能傳諸不朽，見美來裔者，蓋無幾焉。」家史者，「事惟三族，言止一門，正可行於室家，難以播於邦國。……苟薪構已亡，則斯文亦喪者矣。」別傳者，「如寡聞末學之流，則深所嘉尚；至於探幽索隱之士，則無所取材。」雜記者，「及謬者爲之，則

〔註208〕 （唐）劉知幾撰，（清）浦起龍釋：《史通通釋》，上海，上海古籍出版社，1978年版，第273頁。

〔註209〕 （唐）劉知幾撰，（清）浦起龍釋：《史通通釋》，上海，上海古籍出版社，1978年版，第273～275頁。

苟談怪異，務述妖邪，求諸弘益，其義無取。」地理書者，「人自以爲樂土，家自以爲名都，競美所居，談過其實。又城池舊迹，山水得名，皆傳諸委巷，用爲故實，鄙哉！」都邑薄者，「及愚者爲之，則煩而且濫，博而無限。……遂使學者觀之，瞀亂而難紀也。」〔註210〕劉知幾的「小説」概念，包含上述十類著述，而此十類著述中，涉及我們所謂的史書、子書、地理書以及志怪書，而劉氏對這些著述的總體評價並不高，基本界定爲虛誕不實、言多鄙樸、有傷名教，故將其總歸爲「小説」。可見，劉氏「小説」觀念，依然延續古代「小説」之「非大道」、「不經之說」的含義，而其此番詳盡的論證，也完整、眞實地再現了魏晉南北朝時期波及各類著述的、彌漫整個文化體系的「小説化」傾向。

綜觀以上論述，可以看出，「小説」之源於語詞的「非大道」的涵義在歷史演變過程中並沒有消失，至魏晉南北朝時期，反而成爲文人士子熱衷的一種極爲流行的著述筆法，而這種筆法也正得之於它本身褪不掉的邊緣意味。運用此種筆法，文人士子們在史書、子書、地理方志等各文類的書寫中肆意「狂歡」，使得此時期的文化「看臺」幾乎成爲一個「小説」的「大賣場」，既映襯出其時官方意識形態和主流文化的淡化、無力甚至缺失，也嘲弄了有史以來的一切以「大道」自居的言談論說。但是，我們要時刻記住的是，「小説」雖然有著衝擊、消解中心話語的力量，但是，卻還不能使自己成爲一個新的「中心話語系統」。然而，也正因爲這種「無中心」的狀態，「狂歡」才是眞正的「狂歡」，平等、自由的精神才能得到眞正的體現，所以，從這個意義上講，「漢魏以來，群言彌繁」〔註211〕、「眾說」紛紜恰恰是眞正的狂歡場景。

誠然，我們同樣不能迴避的是，「小説」在作爲「非大道」的邊緣角色、作爲一種書寫筆法的同時，也在悄然地向「文類」、「文體」的方向演進。自從《漢志》列「小説家」一目，「小説」就獲得了目錄學的意義，爲以後向文類、文體的發展邁出了第一步。《漢志》以後，歷代所修書籍目錄，無論官修還是私人編撰，都列有「小説家」。唐宋之後，隨著唐傳奇、宋話本等敘事類作品的產生和發展，「小説」的文類內涵逐漸突出。但是，人們在使用「小説」時，仍多與「雜家」、「諸子」、「短書」、「傳記」、「偏記」、「小錄」等連用、

〔註210〕（唐）劉知幾撰，（清）浦起龍釋：《史通通釋》，上海，上海古籍出版社，1978年版，第275～276頁。

〔註211〕楊明照撰：《抱朴子外篇校釋》（下），北京，中華書局，1997年版，第101頁。

并用、互用，「小說」作爲文類的含義、邊界依然模糊不清，而且，其「非大道」的涵義也依然較爲鮮明。除了上述《史通·雜述》所言之外，再比如：《史通·表曆》曰：「若諸子小說，編年雜記，如韋昭《洞紀》、陶弘景《帝王年曆》，皆因表而作，用成其書。既非國史之流，故存而不述。」〔註212〕《史通·敘事》曰：「至如諸子短書，雜家小說，論逆臣則呼爲問鼎，稱臣寇則目以長鯨。……置於文章則可，施於簡冊則否矣。」〔註213〕此指「雜家小說」類著述之「潤色之濫」，有失史書本旨。李肇《唐國史補·序》曰：「昔劉餗集小說，涉南北朝至開元，著爲傳記。予自開元至長慶撰《國史補》，慮史氏或闕則補之意，續《傳記》而有不爲。言報應，敘鬼神，徵夢卜，近帷箔，悉去之；紀事實，探物理，辨疑惑，示勸誡，采風俗，助談笑，則書之。」〔註214〕李肇之《國史補》，係繼劉餗《隋唐嘉話》而作，但是《隋唐嘉話》中有「言報應，敘鬼神，徵夢卜，近帷箔」之類內容，李肇以此爲「小說」，明確表示「不爲」之。《唐闕史·序》亦曰：「故自武德、貞觀而後，吮筆爲小說小錄、稗史野史、雜錄雜紀者，多矣。」〔註215〕至宋代，「小說」又成爲「說話」中的一類，又被稱爲「銀字兒」。如灌園耐得翁所著《都城紀勝》中曰：「說話有四家：一者小說，謂之銀字兒，如煙粉靈怪傳奇；說公案，皆是搏拳提刀趕棒及發跡變態之事；說鐵騎兒，謂士馬金鼓之事。」〔註216〕明以後，「小說」又泛指話本，如郎瑛撰《七修類稿》卷二十二「辯證」類中曰：「小說起宋仁宗，蓋時太平盛久，國家閒暇，日欲進一奇怪之事以娛之，故小說得勝頭回之後即云話說趙宋某年，閭閻淘真之本之起亦曰：『太祖太宗眞宗帝，四帝仁宗有道君』，國初瞿存齋過汴之詩有『陌頭盲女無愁恨，能撥琵琶說趙家。』皆指宋也。若夫近時蘇刻幾十家小說者，乃文章家之一體，詩話、傳記之流也，又非如此之小說。」〔註217〕此處郎瑛所謂的「小說」既泛指講奇怪的故

〔註212〕（唐）劉知幾撰，（清）浦起龍釋：《史通通釋》，上海，上海古籍出版社，1978年版，第54～55頁。

〔註213〕（唐）劉知幾撰，（清）浦起龍釋：《史通通釋》，上海，上海古籍出版社，1978年版，第178頁。

〔註214〕（唐）李肇：《唐國史補》，上海，上海古籍出版社，1979年版，第3頁。

〔註215〕（唐）高彥休：《唐闕史》，陳尚君、楊國安整理，車吉心總主編：《中華野史·唐朝卷》，北京，中國戲劇出版社，2002年版，第795頁。

〔註216〕（宋）灌園耐得翁所著《都城紀勝·瓦舍中伎》，轉引自孫遜、孫菊園編《中國古典小說美學資料彙粹》，上海：古籍出版社，1991年版，第7頁。

〔註217〕（明）郎瑛撰：《七修類稿》，上海：上海書店出版社，2001年版，第229頁。

事以供娛樂消遣的「話本」，又爲「文章家之一體」。之後，「小說」又與戲曲有了關聯。如清人梁章矩《歸田瑣記》卷七「小說」條曰：「小說九百，本自虞初，此子部之支流也。而吾鄉村裏輒將故事編成七言，可彈可唱者，通謂之小說。」〔註218〕梁章矩所言「小說」指由故事改編成的「可彈可唱」的七言唱詞，近似「戲文」。到清末民初，蔣瑞藻《小說考證》中也言及戲曲。而在歷代著錄的「小說家」名目裏，也同樣沒有一定之規。比如《新唐書·藝文志》中「小說家」收錄有辯訂、箴規類的著作，《宋史·藝文志》「小說家」甚至還有花木譜錄之類摻雜其中。由此可見，自產生之初以迄清代，「小說」雖然歷代傳承不衰，且「好者彌多，傳者彌眾，作者日繁」，但其含義一直沒有明確、固定下來，相應地，「小說家」所指也一直混雜不清，沒有統一的界定標準。

統觀而言，在中國古代，作爲目錄或者文類的「小說」基本沒有統一、固定的標準，不僅隨時代變化，亦因人因書而異。既然沒有一定的界定標準，也就沒有相應的「小說」文類的系統理論形成，在這樣的發展形態基礎上，「小說」向「文體」演變就更加困難。所以，中國古代的「小說」，本身就是一個「混沌」的概念，遠未「進化」成界定清晰的、純粹的文體類別。如果我們非要依據現代的小說文體的概念來把這個「混沌」的「小說」「鑿出七竅」，那麼，也許就像《莊子·應帝王》中的「混沌」一樣，「小說」作爲古代文化有機體的一部分，就會發生「壞死」，甚至導致整個文化「肌體」的生命萎縮。或者說，用作爲成熟的文體的現代小說的概念爲標準，從人物、情節、場景、敘述視角、文本時間、典型、敘事手法等方面去分析、衡量古代「小說」，無異於爲其宣判「死刑」，而且，也會使我們對其時的文化語境產生極大的盲區。也許由此出發，我們才能夠理解魯迅極力稱道魏晉文學的「自覺」，卻單單把「六朝小說」劃出，以爲六朝人「無意爲小說」的做法。但是，魯迅也是以「現代小說觀」來衡量「六朝小說」的。事實上，當時的人根本沒有現代小說的文體概念，當然不能有意識地去寫已經「自覺」的小說。然而，如果把「小說」還原到魏晉南北朝時期的語境，瞭解當時的人們如何理解和使用「小說」的，懂得其時的「小說」不是作爲文類而是作爲一種書寫筆法，那麼，可以斷言，其時「小說」的「創作」卻已經是非常「自覺」而且非常成熟了。值得注意的是，在「小說」發展歷程中，唯一一點歷

〔註218〕（清）梁章鉅：《歸田瑣記》，北京，中華書局，1981年版，第132頁。

久不變的是：無論如何發展，「小說」一如既往地秉承著最初的語詞含義。所以，在中國古代的文化語境中，「小說」其實一直具有語詞、文類的雙重指涉，在其成爲文類、文體概念之後，其最初的語詞的含義仍然像是散不盡的幽靈，與文體概念的「小說」如影隨形。即使清末梁啓超諸人使「小說」地位急劇攀升，但其更根本的原因，也仍然是因爲「小說」作爲一種「邊緣態」〔註 219〕，擁有著「民間」這一廣闊的最具革命性的陣地，擁有這個陣地，現代化的「啓蒙」才能波瀾壯闊地進行，而發揮著「現代化啓蒙」之功用的「小說」，也使得當時的文化有了一點「狂歡」色調。

從發展成熟的文體到最初的語詞意味著從中心再次退回到邊緣，這種回歸也可以與現代工業文明向原始自然的回歸相譬喻，重新領略大自然的原始生命力，會讓我們更容易省察到現代文明的弊端，從而促使我們及時改進。而回到「小說」的語詞意義層面，追溯「小說」的原生狀態，我們則會領略到古代文化、文學的更爲深邃的內涵及其內在的生機，我們會意識到諸如語言與權利的關係、小說與「大道」的持久較量，而就是在這種較量中，文學乃至文化得以不斷發展。而且，現代的文化和文學無論多麼「成熟」、「發達」，也仍然不能脫離與古代文化、文學的血脈聯繫。重回古代的文化語境，重新審視古代的「小說」，重新認識那些「小說」的作者們，也許會給現代的文學以及文學家甚至整個知識階層帶來些許有意義的啓示。

鑒於本章的論述，考慮到「小說」一詞的語義淵源、其在魏晉南北朝時期的特殊意義以及其與當今小說體裁的內在關聯，筆者借鑒魯迅先生在《中國小說史略》中「六朝之鬼神志怪書」〔註 220〕和《中國小說的歷史的變遷》中「志怪之書」〔註 221〕的稱謂，在本書中將今人所謂的魏晉南北朝時期的志怪小說稱爲「志怪書」或「志怪『小說』」。

〔註 219〕此處的「邊緣態」，是筆者自造的詞語。這個「詞語」是一個表示進行時的狀態詞。既能說明古代「小說」的邊緣地位，也生動地說明了這種地位是一種時刻存在、始終如一的狀態。
〔註 220〕《中國小說史略》中第五篇、第六篇的標題，見魯迅：《中國小說史略》，上海，上海古籍出版社，1998 年版，第 24、32 頁。
〔註 221〕魯迅：《中國小說的歷史的變遷・六朝時之志怪與志人》，《魯迅全集》（第九卷），北京，人民文學出版社，2005 年版，第 317 頁。魯迅先生在此篇中也有「六朝志怪的小說」或「六朝的志怪小說」等說法，但又指出「六朝人之志怪，卻大抵一如今日之記新聞，在當時並非有意做小說」，則其用「小說」一詞，意蓋仍指其在本篇中說到的「小說書」而非現代的文體層面的「小說」。

第二章 「志怪」之辨證──作爲「小說」筆法之一種的「志怪」

一、《莊子》中的志怪：由怪異内容到言說方式再到思維模式

　　似乎是一種歷史的「巧合」，「志怪」一詞同樣最早出現在《莊子》中。《莊子·逍遙遊》日：

> 北冥有魚，其名爲鯤。鯤之大，不知其幾千里也。化而爲鳥，其名爲鵬。鵬之背，不知其幾千里也；怒而飛，其翼若垂天之雲。是鳥也，海運則將徙於南冥。南冥者，天池也。《齊諧》者，志怪者也。《諧》之言曰：「鵬之徙於南冥也，水擊三千里，摶扶搖而上者九萬里，去以六月息者也。」野馬也，塵埃也，生物之以息相吹也。天之蒼蒼，其正色邪？其遠而無所至極邪？其視下也，亦若是則已矣。〔註1〕

　　在這段文字中，莊子講了一個關於鯤鵬的故事，並以「齊諧」爲故事的出處，來印證自己所言不虛。莊子介紹「齊諧」說：「齊諧者，志怪者也。」後人解釋「齊諧」，一說爲書名，一說爲人名。〔註2〕但是，無論書名還是人

〔註1〕（清）郭慶藩撰，王孝魚點校：《莊子集解》，北京，中華書局，1961 年版，第 2～4 頁。

〔註2〕《莊子內篇集解補正》中：「司馬彪云：『齊諧，人姓名。』簡文云：『書名。』……武按：言齊諧者，記載怪異之事者也。以作書名爲允。俞樾云：『按下文』諧之言曰「，若是書名，不得但稱諧。』然《文心雕龍》有《諧隱篇》，是諧即隱也。劉向《新序》，言齊宣王發隱書而驗之。齊諧，即隱書之類，亦即齊之諧書也。書名諧，何得不可但稱諧乎？另，崔譔、成玄英等亦以爲『齊諧』爲人名。」見（清）劉武：《莊子內篇集解補正》，北京，中華書局，1987 年版，第 3 頁。

名，都不影響它的「志怪」品質，即記述怪異之事的言説方式。《莊子》中引用「齊諧」以爲旁證，足以説明莊子對這種志怪方式的肯定和認同，同時側面暗示了莊子在闡述自己的思想觀點時，似乎也在有意地運用這種志怪的言説方式。在《莊子》中，所「志」之「怪」幾乎俯拾即是：在《逍遙遊》中，鯤鵬的故事出現 3 次；還有楚之南「以五百歲爲春，五百歲爲秋」的「冥靈」；「以八千歲爲春，八千歲爲秋」的「大椿」；「以久特聞」的彭祖；「御風而行」的列子；「肌膚若冰雪，淖約若處子。不食五穀，吸風飲露。乘雲氣，御飛龍，而遊乎四海之外。其神凝，使物不疵癘而年穀熟」、「物莫之傷，大浸稽天而不溺，大旱金石流土山焦而不熱」的藐姑射之山的神人。在《齊物論》中，莊周夢蝶與蝶夢莊周。在《人間世》中，「頤隱於臍，肩高於頂，會撮指天，五管在上，兩髀爲脇」的支離疏。在《大宗師》中，「登高不慄，入水不濡，入火不熱」、其息以踵的「眞人」；「道」可以「神鬼神帝，生天生地」，以致「狶韋氏得之，以挈天地；伏戲氏得之，以襲氣母；維斗得之，終古不忒；日月得之，終古不息；堪坏得之，以襲崑崙；馮夷得之，以遊大川；肩吾得之，以處大山；黃帝得之，以登雲天；顓頊得之，以處玄宮；禺強得之，立乎北極；西王母得之，坐乎少廣，莫知其始，莫知其終；彭祖得之，上及有虞，下及及五伯；傅説得之，以相武丁，奄有天下，乘東維，騎箕尾，而比於列星」；「子之年長矣，而色若孺子」的女偊；「曲僂發背，上有五管，頤隱於齊，肩高於頂，句贅指天」的子輿。在《天地》中，黃帝遺失玄珠，使分別代表心智、視力、聽力的知、離珠、喫詬索珠而不得，使沒有心智、沒有視力、沒有聽力的、懵懵懂懂的象罔去尋找，卻如願得之。在《秋水》中，河伯與北海若的對話；楚國的神龜；「發於南海而飛於北海，非梧桐不止，非練實不食，非醴泉不飲」的南方之鳥鵷鶵。在《至樂》中，髑髏顯夢於莊子並與莊子辯論；由車前草而烏足而蝴蝶而竈馬而幹餘骨而斯彌而蠍蠓而頤輅，以及「久竹生青寧，青寧生程，程生馬、馬生人」〔註3〕的生物之間跨種屬的變化。在《達生》中，皇子告敖所謂的各種鬼：水污之中的鬼——「履」、竈中的鬼——「髻」、戶內糞壤之中的鬼——「雷霆」、東北方牆下跳躍的鬼——「倍阿鮭蠪」、住在西北方牆下的鬼——「泆陽」、水鬼——「罔象」、丘陵中的鬼——「峷」、大山裏的山鬼——「夔」、郊野中的野鬼——「彷徨」、草

〔註3〕（清）郭慶藩撰，王孝魚點校：《莊子集釋》，北京，中華書局，1961 年版，第 625 頁。

澤中「其大如轂，其長如轅，紫衣而朱冠。其爲物也，惡聞雷車之聲，則捧其首而立。見之者殆乎霸」的鬼──「委蛇」。在《則陽》中，戴晉人所講的「有國於蝸之左角者曰觸氏，時相與爭地而戰，伏尸數萬，逐北旬有五日而後反」的「虛言」。在《外物》中，「萇弘死於蜀，藏其血，三年而化爲碧」；「任公子爲大鉤巨緇，五十犗以爲餌，蹲乎會稽，投竿東海，旦旦而釣，期年不得魚。已而大魚食之，牽巨鉤，陷沒而下騖，揚而奮鬐，白波若山，海水震蕩，聲侔鬼神，憚赫千里。任公子得若魚，離而腊之，自制河以東，蒼梧已北，莫不厭若魚者」的故事；神龜託夢宋元君。在《天下》中，天下之辯者就以下論題與惠施展開辯論：「卵有毛，雞三足，郢有天下，犬可以爲羊，馬有卵，丁子（蛤蟆）有尾，火不熱，山出（有）口，輪不碾地，目不見，指不至，至不絕，龜長於蛇，矩不方，規不可以爲圓，鑿不圍柄，飛鳥之景未嘗動也，鏃矢之疾而有不行不止之時，狗非犬，黃馬驪牛三，白狗黑，孤駒未嘗有母，一尺之捶，日取其半，萬世不竭」〔註4〕……於是，「汪洋闢闔、儀態萬方，晚周諸子之作，莫能先也」〔註5〕的行文氣勢、琳琅滿目、刺激視覺的怪異形象和誇張離奇、超越時空的豐富想像，使《莊子》由子書儼然變成了一本志怪書。無怪乎陸德明《經典釋文·序錄》曾云：「《漢書·藝文志》『《莊子》五十二篇』，即司馬彪、孟氏所注是也。言多詭誕，或似《山海經》，或類《占夢書》，故注者以意去取。」〔註6〕

　　《莊子》以看似怪誕無稽的鯤鵬故事作爲全書開篇，引出奇妙、深奧的「逍遙遊」之義，終篇《天下》又明申莊學的思想和風格曰：「芴漠无形，變化无常，死與生與，天地並與，神明往與！芒乎何之，忽乎何適，萬物畢羅，莫足以歸，古之道術有在於是者。莊周聞其風而悅之，以謬悠之說，荒唐之言，无端崖之辭，時恣縱而不儻，不以觭見之也。以天下爲沈濁，不可與莊語，以卮言爲曼衍，以重言爲眞，以寓言爲廣。獨與天地精神往來而不敖倪於萬物。」〔註7〕由上述《莊子》中的怪異敘事和《天下》篇中的「夫子自道」

〔註4〕上述引文皆見（清）郭慶藩撰，王孝魚點校：《莊子集釋》，北京，中華書局，1961年版。
〔註5〕魯迅：《漢文學史綱要》，上海，上海古籍出版社，2005年版，第16頁。
〔註6〕陸德明《經典釋文·序錄·莊子》，（清）郭慶藩撰，王孝魚點校：《莊子集釋》，北京，中華書局，1961年版，第4頁。
〔註7〕（清）郭慶藩撰，王孝魚點校：《莊子集釋》，北京，中華書局，1961年版，第1098～1099頁。

可以看出，《莊子》全書這種「人物土地，皆空言無事實」〔註 8〕的「志怪」筆法無疑是作者的自覺行為。而這種自覺的「志怪」書寫，卻是為了闡明一種嚴謹而博大精深的道理，發揚一種任眞、悲壯的處世精神。《天下》篇又曰：「其書雖瓌瑋而連犿无傷也。其辭雖參差而諔詭可觀。彼其充實不可以已，上與造物者遊，而下與外死生无終始者為友。其於本也，弘大而辟，深閎而肆，其於宗也，可謂稠適而上遂矣。雖然，其應於化而解於物也，其理不竭，其來不蛻，芒乎昧乎，未之盡者。」〔註 9〕《莊子》以寓言、重言、卮言貫穿全書，最終卻仍不免要來一番鄭重其事的「眞情告白」，全書本是或諧或隱、或志怪或志奇的「謬悠之說，荒唐之言，无端崖之辭」，最終卻仍以一番「莊語」傾盡內心的苦衷。這自始至終、「正言若反」的字裏行間，除了逍遙遊放、齊同萬物、自由自然的高蹈境界，剩下的只是亂世的「沈濁」、淒涼和救世、避世的用心。正如班固《漢書・藝文志》「諸子略」小序所言：「諸子十家，其可觀者九家而已。皆起於王道既微，諸侯力政，時君世主，好惡殊方，是以九家之術，蠭出並作，各引一端，崇其所善，以此馳說，取合諸侯。其言雖殊，辟猶水火，相滅亦相生也。」〔註 10〕所以，與其說《莊子》引用的是「齊諧」的鯤鵬故事，不如說「引用」了「齊諧」的「志怪」筆法，而這種志怪的筆法恰恰是《莊子》於「王道既微」之際，馳說「天地一指、萬物一馬」的「大道」，突破人生困頓、指向逍遙齊物之「大達」境界的「通衢」，是「輇才諷說之徒」憑以「干縣令」的「小說」所望塵莫及的。更重要的是，在《莊子》這一對人生、社會和宇宙的玄思及表述中，「志怪」已經超越了言說方式和書寫筆法的工具層面，滲透進《莊子》思想的內部，成為《莊子》作者的思維模式和思想結晶。「著書十餘萬言，大抵寓言，人物土地，皆空無事實。」〔註 11〕洋洋十萬言，不談人間實事卻樂此不疲地「志怪」，不正透漏出《莊子》作者對人間世的厭惡和不願啟齒嗎？不正表達了作者對逍遙境界的濃情想像和無限嚮往嗎？而且，書中處處極力標榜、樹立為至高理想的人格範式——「乘天地之正，而御六氣之辯，以遊无窮者，彼且惡乎待哉」的、

〔註 8〕 魯迅：《漢文學史綱要》，上海，上海古籍出版社，2005 年版，第 16 頁。

〔註 9〕 （清）郭慶藩撰，王孝魚點校：《莊子集釋》，北京，中華書局，1961 年版，第 1099 頁。

〔註 10〕 （漢）班固編撰，顧實講疏：《漢書藝文志講疏》，上海，上海古籍出版社，1987 年版，第 166～167 頁。

〔註 11〕 魯迅：《漢文學史綱要》，上海，上海古籍出版社，2005 年版，第 16 頁。

「物莫之傷」的「至人」、「神人」，不正是一種超出現實人間的逍遙「神怪」嗎？《莊子》中「齊物」、「無待」思想的提出，不正是緣於要消除人世間的是非不平，去掉人心中生死、福禍、名利得失的過度期待，還人一種輕鬆自由的生存方式的初衷嗎？理想緣於現實中的某種匱乏。莊子生活的時代，「天下有道，聖人成焉；天下無道，聖人生焉。方今之時，僅免刑焉！」〔註12〕求得生命的存活這一最基本的要求卻幾乎成為最高的奢望，遑論其他物質和精神的需求了，可見其時現實匱乏的程度何其嚴重！然而，《莊子》卻尋到了一片自由而充實的「樂土」。而在這一追尋的歷程中，「志怪」無疑是《莊子》作者在面對現實的匱乏和無奈時，以期超越現實、達成內心和諧的突破口，並成為了《莊子》自由和超越精神的一種標誌。至此，我們可以看到，在《莊子》中，用以「干縣令」的「小說」是蒙污心靈、無緣「大達」的「遮蔽」，而要為人的心靈「去蔽」，便需借助於「志怪」的超越性思維，以達到「無待」、「澄明」的自由境界。「志怪」成就了《莊子》，同時，《莊子》也成就了「志怪」。正是在《莊子》中，「志怪」在使人的心靈得以「去蔽」的同時，也成功地為自身「去蔽」——從「子不語怪、力、亂、神」的「陰影」中「勝利大逃亡」，在莊學「天地精神」的燭照下，成為正統學說無力面對現實匱乏時的唯一出路。

二、志怪的文化淵源：儒道同源之原始思維

（一）列維‧布留爾的原始思維與巫術理論

除了在《莊子》中的首次「登場」，「志怪」作為一種言說方式，其實有著更為深厚的文化淵源。劉葉秋在《源遠流長的志怪小說》一文中指出：「探尋志怪發展的軌跡，則神話傳說開其端，諸子寓言廣其路，史傳雜記內的怪異敘述，為其先河。商周巫術與秦漢神仙之說，復益其波瀾，於是志怪書以之形成。」〔註13〕劉葉秋的說法可謂切中肯綮。然而，劉氏仍然是站在文學體裁的角度，以作為文學體裁的「志怪」為出發點，所以，其所言的「神話」也必然是指作為文學體裁的神話。如果我們放寬思路，把神話作為一種原始思維，也許可以挖掘出「志怪」更為深遠的文化淵源。當然，這種從思維角度出發的溯源，與劉葉秋關於文學體裁的軌跡探尋並不完全衝突，只是論述

〔註12〕 （清）郭慶藩撰，王孝魚點校：《莊子集釋》，北京，中華書局，1961年版，第183頁。

〔註13〕 劉葉秋：〈源遠流長的志怪小說〉，見程毅中編：《神怪情俠的藝術世界——中國古代小說流派漫話》，北京，中共中央黨校出版社，1994年版，第11～40頁。

的角度不同而已。劉葉秋先生側重從神話體裁到志怪小說體裁的演變，本文則嘗試論述從神話思維到志怪書寫的內在必然。

本文所謂的「神話思維」，是指產生和保存我們所謂的神話的原始思維。「原始思維」的概念來自法國人類學家列維‧布留爾的《原始思維》一書。列維‧布留爾認為，神話在現代人和原始人心中的意義完全不同。「在我們所認識的神話中，我們首先感到興趣的和我們力圖理解與解釋的東西，乃是故事的內容本身、事件的聯繫、情節的發展、故事的線索、主人公或神話動物的驚險遭遇以及諸如此類。……這樣做則是不顧原邏輯的和神秘的思維在趨向上與我們不同的事實。……這個思維主要不是對神話的實際內容感到興趣。原始人不是把這個內容看成一種孤立的東西；……包圍著故事的實際內容的神秘因素完全攫住了他，吸引了他的注意，使他產生情感。只是這種因素才給神話賦予了價值，賦予了社會意義。」〔註14〕同時，「由於互滲律在原始思維中還佔優勢，所以伴隨著神話的是與它所表現的那個神秘的實在的極強烈的互滲感。」〔註15〕這裡所說的「原邏輯的和神秘的思維」即原始思維，遵循互滲律的運行原則，是原始人認識、理解世界並以之與世界相處的思維機制。正是原始思維使原始人關注神話中我們不會關注的「神秘因素」，但也正是這種「神秘因素」才使神話成其為「神話」而不是一般的敘事文學。在《原始思維》的序言中，列維‧布留爾在申明「原始」一詞的相對意義後，指出：原始思維的趨向根本不同於我們的思維，「它的過程以截然不同的方式進行著。凡是在我們尋找第二性原因的地方，凡是在我們力圖找到穩固的前行因素（前件）的地方，原始思維卻專門注意神秘因素。它無處不感到神秘原因的作用。」〔註16〕在「原始人的思維中的集體表象及其神秘的性質」一章中，列維‧布留爾又重申：「原始人的集體表象與我們的表象或者概念是有極深刻差別的，……一方面，我們很快會見到，它們沒有邏輯的特徵。另方面，它們不是真正的表象，它們表現著，或者更正確地說，它們暗示著原始人在所有時刻中不僅擁有客體的映象並認為它是實在的，而且還希望著

〔註14〕 （法）列維‧布留爾（Lucien Lévy-Brühl），丁由譯：《原始思維》（Primitive Mentality），北京，商務印書館，1981 年版，第 436～437 頁。

〔註15〕 （法）列維‧布留爾（Lucien Lévy-Brühl），丁由譯：《原始思維》（Primitive Mentality），北京，商務印書館，1981 年版，第 437 頁。

〔註16〕 （法）列維‧布留爾（Lucien Lévy-Brühl），丁由譯：《原始思維》（Primitive Mentality），北京，商務印書館，1981 年版，第 2 頁。

或者害怕著與這客體相聯繫的什麼東西，它們暗示著從這個東西里發出了某種確定的影響，或著這個東西受到了這種影響的作用。這個影響時而是力量，時而是神秘的威力，視客體和環境而定，但這影響始終被原始人認為是一種實在，並且構成他的表象的一個主要部分。假如用一個詞來標記那些在不發達民族的智力活動中佔有如此重要地位的集體表象的這個一般特性，我就要說這種智力活動是神秘的。……『神秘的』這個術語含有對力量、影響和行為這些為感覺所不能分辨和覺察的但仍然是實在的東西的信仰。換句話說，原始人周圍的實在本身就是神秘的。」〔註17〕所以，「原始人絲毫不像我們那樣來感知，……不管在他們的意識中呈現出的是什麼客體，它必定包含著一些與它分不開的神秘屬性，當原始人感知這個或那個客體時，他是從來不把這客體與這些神秘屬性分開來的。」〔註18〕同時，原始人也根本不需要去尋找解釋，「這種解釋已經包含在他們的集體表象的神秘因素中了。」〔註19〕在「互滲律」一章中，列維·布留爾揭示了這種神秘因素產生作用的原則：「在原始人的思維的集體表象中，客體、存仕物、現象能夠以我們不可思議的方式同時是它們自身，又是其他什麼東西。它們也以差不多同樣不可思議的方式發出和接受那些在它們之外被感覺的、繼續留在它們裏面的神秘的力量、能力、性質、作用。」〔註20〕這種使原始人的思維的表象「既是自身又是其他什麼東西」的、支配這些表象的關聯和前關聯的原則就是「互滲律」。因此，根據其內涵表現出來的神秘及表象關聯的互滲原則，原始人的思維可以叫做「神秘的思維」或者「原邏輯的思維」，「如果單從表象的內涵來看，應當把它叫做神秘的思維；如果主要從表象的關聯來看，則應當叫它原邏輯的思維。」〔註21〕總而言之，在列維·布留爾看來，「原始思維」是一種始終和邏輯思維同在的原邏輯思維，其表象的生成和彼此之間的關聯

〔註17〕 （法）列維·布留爾（Lucien Lévy-Brühl），丁由譯：《原始思維》（Primitive Mentality），北京，商務印書館，1981 年版，第 27～28 頁。

〔註18〕 （法）列維·布留爾（Lucien Lévy-Brühl），丁由譯：《原始思維》（Primitive Mentality），北京，商務印書館，1981 年版，第 34 頁。

〔註19〕 （法）列維·布留爾（Lucien Lévy-Brühl），丁由譯：《原始思維》（Primitive Mentality），北京，商務印書館，1981 年版，第 36 頁。

〔註20〕 （法）列維·布留爾（Lucien Lévy-Brühl），丁由譯：《原始思維》（Primitive Mentality），北京，商務印書館，1981 年版，第 69～70 頁。

〔註21〕 （法）列維·布留爾（Lucien Lévy-Brühl），丁由譯：《原始思維》（Primitive Mentality），北京，商務印書館，1981 年版，第 71 頁。

與我們的邏輯思維的深刻差別體現在：神秘性以及神秘性的互滲。比如，江、河、雲、風以及東西南北的方位等自然現象甚至日常使用的器具，在我們看來只是認知的客體，在原始人眼中卻是完全不同的東西，他們看到的不僅是這些物的物理的存在，還看到了這些物理的存在中所暗示或帶有的神秘屬性，這些神秘屬性和這些物理存在一起構成原始思維的表象。同樣的物理存在會因為時間和地點的不同而具有不同的神秘功能或者效力，因而會成為原始人眼中的不同表象。原始思維以神秘性及其互滲為最終的原則，強大的「互滲」作用使原始人有一種強烈的與他人、他物的「共生感」，而這種「共生感」是原始人生存與生活的最直接、最顯層的支配因素，表現為好惡等自然的基本情感。因此，原始人其實是以或欣喜或恐懼的種種強烈的情感去體驗和自身休戚相關以至於連成一體的現象界，而不是像我們一樣憑藉理性思維形成表象然後去感知和認識此一表象。可以說，「神秘」和「情感」是原始思維最基本的特徵。

原始思維遵循「互滲律」的原則而進行，「最純粹的形式的原始思維包含著個體與社會集體之間以及社會集體與周圍集體之間的可感覺和可體驗的互滲。這兩種互滲彼此間緊密聯繫著，其一的變化也在另一身上反映出來。」〔註 22〕因為這種互滲，原始人根本感覺不到自己作為個體的存在，也根本沒有集體的概念，他們只知道並且只相信他們每個都屬於某種圖騰或者其他某種神秘的力量，他們因為這個圖騰或這種神秘力量而共生共存，此外別無他物。但是，當人類的經驗越來越多，當原始思維一度遵循的互滲律不足以解釋更多的經驗現象，人類的思維便開始受到新的挑戰。互滲律不再具有原來那種維繫群體共生的力量，神秘的共生感減弱，個體意識開始產生，個人開始把自己與其他人、他物以及群體區分開來。但是，互滲並沒有完全消失，它以另一種形式進行，人不再是直接「體驗」到互滲，而是通過其他一些中介來實現。比如，「波羅羅人將不再斷言他們是金剛鸚鵡了，他們將說他們的祖先曾經是金剛鸚鵡，他們具有和金剛鸚鵡同樣的本質，他們死後會變成金剛鸚鵡，除了嚴格規定的場合（如圖騰祭祀等等），他們禁止殺死金剛鸚鵡和吃它的肉，等等」〔註 23〕。也即依然被迫

〔註 22〕 （法）列維‧布留爾（Lucien Lévy-Brühl），丁由譯：《原始思維》（Primitive Mentality），北京，商務印書館，1981 年版，第 432 頁。
〔註 23〕 （法）列維‧布留爾（Lucien Lévy-Brühl），丁由譯：《原始思維》（Primitive Mentality），北京，商務印書館，1981 年版，第 433 頁。

切需要但不再被直接感覺到的互滲開始靠「不斷增加的宗教或巫術儀式、神聖的和有神的人和物、祭司和秘密社團的成員們舉行的儀式、神話等等來獲得。」〔註 24〕這裡，原始思維已經開始醞釀關於信仰的觀念的萌芽，於是，在這種逐漸形成的觀念信仰及其思維方式的作用下，我們稱之爲宗教或巫術儀式的東西以及神話開始產生並不斷增加。比如，當原始人說自己就是金剛鸚鵡時，二者共生，二位一體，但當共生感減弱，他們意識到自己的存在並將自己和金剛鸚鵡在某種程度上區分開，轉而說自己的祖先是金剛鸚鵡時，他們就已經在編造神話了，他們和金剛鸚鵡的互滲也通過這個神話間接達成。而且，這樣的神話在巫術儀式中被重複使用並不斷被增飾和改動，因爲神話是巫師們常用常新的「活的證據」：「神話不是過去的死物，不只是流傳下來的不相干的故事，乃是活的力量，隨時產生新現象隨時給巫術提供新證據的活的力量。」〔註 25〕「巫術是溝通荒古藝術的黃金時代與現今流行的奇行異能兩者之間的橋梁。所以巫術公式充滿了神話的典據，而在宣講了之後，便發動了古來的權能，應用到現在的事物。」〔註 26〕神話被巫師用在巫術儀式中，以提升巫術的效用以及巫師的威嚴和聲望，也因此，最初的神話主要由巫師保存下來。正如茅盾所說：「神話既創造後，就依附著原始信仰的宗教儀式而保存下來，且時時有自然的修改和增飾。那時文字未興，神話的傳佈全恃口誦，而祭神的巫祝當此重任。」〔註 27〕

「以巫師的行動爲來源的妖術或巫術」是「經常佔據著原始人的思維的那些看不見的力量」之一〔註 28〕，因此，列維・布留爾還從原始思維的角度考察了原始民族的巫師（或「巫醫」）的產生過程。當互滲需要由媒介幫助達成時，巫師就應運而生了。而「巫師」之所以能成爲互滲媒介，是因爲他

〔註 24〕（法）列維・布留爾（Lucien Lévy-Brühl），丁由譯：《原始思維》（Primitive Mentality），北京，商務印書館，1981 年版，第 433 頁。

〔註 25〕（英）馬林諾夫斯基著，李安宅譯：《巫術科學宗教與神話》，北京，中國民間文藝出版社，1986 年版，第 71 頁。

〔註 26〕（英）馬林諾夫斯基著，李安宅譯：《巫術科學宗教與神話》，北京，中國民間文藝出版社，1986 年版，第 71 頁。

〔註 27〕茅盾：《中國神話研究初探》，上海，上海古籍出版社，2005 年版，第 20 頁。

〔註 28〕（法）列維・布留爾（Lucien Lévy-Brühl），丁由譯：《原始思維》（Primitive Mentality），北京，商務印書館，1981 年版，第 377 頁。

們經過了特殊的成年禮的考驗，從而使自己具有了與神秘力量聯繫的能力。行成年禮期間，他們會被禁止飲食一直到不省人事甚至成為「死人」，這是「指導著成年禮的神殺死了他們，然後又讓他們再生。」〔註29〕「黎明時，眾神之一來到洞口，發現這個人睡著了，他用一隻看不見的矛刺他，從脖子後面穿過去，刺穿舌頭，在舌頭上留下一個大孔，從口裏刺出來……另一隻矛刺穿腦袋，把兩隻耳朵刺個對穿，犧牲者倒下去死了，立刻把他擡進洞的深處。……神在洞裏從這人的身體中掏出所有的內臟，把它們全都換成新的，這以後，儀式成功地結束了，現在他再生了，但是處在一種精神錯亂的狀態中。……在幾天內，他的舉止仍然有些異樣，直到有一天早晨人們發現他橫過鼻梁用炭灰摻油畫了一條寬帶。這時，精神錯亂的一切症狀都消失了，大家立刻公認一個新的巫醫出現了。」〔註30〕巫醫或巫師們所必須經過的這些儀式以及儀式過程中昏迷不醒的「死亡」狀態，是「他們與自己的部族、圖騰、祖先的本質上神秘的實在互滲所必需的。」〔註31〕而這些儀式的最終目的就是「要使參加者與神秘的實在互滲，使他們與某些神靈聯繫，或者更確切地說與它們互滲。須知巫師或巫醫的力量正是來源於他所掌握的這樣一種特權，即在他請求下，他可以與神秘力量聯繫以此來掌握秘密，而普通人只有通過他的工作的結果才能知道這些神秘力量。」〔註32〕隨著社會生活的不斷豐富和思維的繼續發展，神秘的互滲逐漸具有了意識形態的性質。「當社會集體認為那些最重要的互滲是借助中間環節或者『媒介』來保持而不是更直接地被感知和實現的時候，這種變化就在集體的思維中反映出來。比如說，假如某個部落裏，由某個家族或者某個人、首領、巫醫充當季節序代、正常降雨、保持良種等等事項的『主管人』——簡言之，充任一個與部族生活息息相關的現象的周期更替的管理者的角色，則這種集體表象將是特別神秘的，它將在極高程度上保持著原邏輯思維所固有的特徵。這樣一來，集中在這些作為媒介、被選定的工具的人身上的互滲，其本身就成了意識形

〔註29〕 （法）列維・布留爾（Lucien Lévy-Brühl），丁由譯：《原始思維》（Primitive Mentality），北京，商務印書館，1981年版，第346頁。

〔註30〕 （法）列維・布留爾（Lucien Lévy-Brühl），丁由譯：《原始思維》（Primitive Mentality），北京，商務印書館，1981年版，第346～347頁。

〔註31〕 （法）列維・布留爾（Lucien Lévy-Brühl），丁由譯：《原始思維》（Primitive Mentality），北京，商務印書館，1981年版，第349頁。

〔註32〕 （法）列維・布留爾（Lucien Lévy-Brühl），丁由譯：《原始思維》（Primitive Mentality），北京，商務印書館，1981年版，第349頁。

態的東西。」〔註33〕這種意識形態的東西的產生則意味著人類思維開始趨向於把神秘的實在與不那麼神秘的實在區分開來，進而把那些充當神秘力量和互滲媒介的實在與不具備此功能的實在等區分開來。這種區分又意味著神秘力量的替代物和互滲媒介更加吸引人們的注意力，更加受到人們的關注和崇敬。於是，接下來「劇情」便是被關注和被崇敬的巫的「功能」漸漸演化爲巫的「權力」，「巫」開始向「王」轉化。

（二）中國儒、道思想中的巫術觀念、原始思維與志怪筆法

1、中國的巫術文化及其互滲律思維

在我國的古代典籍中，也記錄著豐富多彩的「巫」的觀念和文化，與列維·布留爾的論述互相發明。《說文解字》釋「巫」曰：「巫，祝也。女能事無形，以舞降神者也。象人兩袖舞形。與工同意。」〔註34〕釋「覡」曰：「覡，能齊肅事神明者，在男曰覡，在女曰巫。」〔註35〕釋「工」曰：「巧飾也。象人有規矩，與巫同意。」〔註36〕段注曰：「直中繩，二平中準，是規矩也。……巫事無形，亦有規矩。」〔註37〕從許慎的解說上看，「巫」、「覡」顯然是負責與神進行溝通的角色，是特定時刻充當某種神秘力量的互滲媒介。「工」的字義也和「巫」相關。沿著《說文解字》「工」字釋義中段注所謂「凡言某與某同意者，皆謂字形之意有相似者」〔註38〕的思路，我們再分別考察《說文解字》中「｜」、「丄」、「丅」、「王」的釋義。《說文》釋「｜」曰：「｜，下上通也。引而上行讀若囟，引而下行讀若退。」〔註39〕段注曰：「可上可下，故

〔註33〕（法）列維·布留爾（Lucien Lévy-Brühl），丁由譯：《原始思維》（Primitive Mentality），北京，商務印書館，1981年版，第440～441頁。
〔註34〕（漢）許慎撰，（清）段玉裁注：《說文解字注》，上海，上海古籍出版社，1981年版，第201頁。
〔註35〕（漢）許慎撰，（清）段玉裁注：《說文解字注》，上海，上海古籍出版社，1981年版，第201～202頁。
〔註36〕（漢）許慎撰，（清）段玉裁注：《說文解字注》，上海，上海古籍出版社，1981年版，第201頁。
〔註37〕（漢）许慎撰，（清）段玉裁注：《說文解字注》，上海，上海古籍出版社，1981年版，第201頁。
〔註38〕（漢）许慎撰，（清）段玉裁注：《說文解字注》，上海，上海古籍出版社，1981年版，第201頁。
〔註39〕（漢）许慎撰，（清）段玉裁注：《說文解字注》，上海，上海古籍出版社，1981年版，第20頁。

日下上通。」〔註40〕《說文》釋「二」曰:「二,高也。此古文⊥。指事也。」〔註41〕段注曰:「指事者,不泥其物而言其事,⊥丁是也。天地爲形,天在上,地在下。地在上,天在下,則皆爲事。」〔註42〕《說文》釋「二」曰:「二,底也。丁,篆文下。」〔註43〕《說文》釋「王」曰:「王,天下所歸往也。董仲舒曰:『古之造文者,三畫而連其中謂之王。三者,天地人也。而參通之者,王也。』孔子曰:『一貫三爲王。』」〔註44〕有學者聯繫《說文解字》上述漢字的解釋,從古代「天梯」神話的角度解釋「巫」,認爲:「工」字之上下兩橫即指代天、地,中間的豎畫則象連通天地的天梯之形。整個「工」字表示天梯連接天地,上下相通。「巫」則表示緣天梯登天並與神靈交通的人。「王」則指參通天、地、人三者的「天下所歸往」的人。「巫」、「王」二字乃本是一字之分化,一如巫、王身份之分化。〔註45〕此說亦強調「巫」的上通天神下接俗世的媒介功能,此媒介功能並延伸演化而爲人主之功能。《說文解字》的釋義從字形切入,契合古漢字的象形、指事的特徵,其對「巫」及相關漢字的解釋,較爲集中地反映了中國早期社會的巫的觀念。《國語》即以爲上古時期的「巫」就是具備某種素質的「降神」之人。《國語·楚語》中載:「昭王問於觀射父,曰:『《周書》所謂重、黎實使天地不通者何也?若無然,民將能登天乎?』對曰:『非此之謂也。古者民神不雜,民之精爽不攜貳者,而又能齊素衷正,其智能上下比義,其聖能光遠宣朗,其明能光照之,其聰能聽徹之,如是則明神降之,在男曰覡,在女曰巫。是使制神之處位次主,而爲之牲器時服,而後使先聖之後之有光烈……於是乎有天地神民類物之官,是謂五官,各司其序,不相亂也。民是以能有忠信,神是以能有明德,民神異業,敬而不瀆,故神降之嘉生,民以物享,禍災不至,求用不匱。及少皞之衰也,九黎亂德,民神雜糅,不可方物。夫人作享,家爲巫史,無有要質。

〔註40〕 (漢)許愼撰,(清)段玉裁注:《説文解字注》,上海,上海古籍出版社,1981年版,第20頁。

〔註41〕 (漢)許愼撰,(清)段玉裁注:《説文解字注》,上海,上海古籍出版社,1981年版,第1頁。

〔註42〕 (漢)許愼撰,(清)段玉裁注:《説文解字注》,上海,上海古籍出版社,1981年版,第1頁。

〔註43〕 (漢)許愼撰,(清)段玉裁注:《説文解字注》,上海,上海古籍出版社,1981年版,第2頁。

〔註44〕 (漢)許愼撰,(清)段玉裁注:《説文解字注》,上海,上海古籍出版社,1981年版,第9頁。

〔註45〕 李道和:《釋「巫」》,《民間文學論壇》,1997年第3期。

民匱於祀，而不知其福。烝享無度，民神同位。民瀆齊盟，無有嚴威。神狎民則，不蠲其爲。嘉生不降，無物以享。禍災荐臻，莫盡其氣。顓頊受之，乃命南正重司天以屬神，命火正黎司地以屬民，使復舊常，無相浸瀆，是謂絕地天通。』」〔註46〕此段文字中，觀射父明確指出「巫」的產生、「資質」及其職能。巫是「民之精爽不攜貳者」，「齊素衷正」，具有超出常人的「智」「聖」「明」「聰」，這是巫的必要的「資質」，「如是則明神降之」。觀射父所言的巫的這些素質，與列維‧布留爾講述的巫師必須經過「假死新生」的儀式才能具有充當互滲媒介的條件和能力，二者體現出的思維是一致的，也即巫本身必須具有某種特殊的素質才能和神秘力量聯繫。借助「合格」的「巫」，人們才能實現與神的有序交通，「民神異業，敬而不瀆」，從而求得「禍災不至，求用不匱」的生活。後來，「民神雜糅」，「家爲巫史」，「民瀆齊盟……神狎民則」，人和神之間的交通變得雜亂無章而且互相輕侮。此時之「巫」的「資質」和「降神」功能都已經失去最初的水準，不能再保證「明神降之」，遂有後來顓頊命重、黎分屬神、民，「絕地天通」，人、神才各安其分，恢復原來的秩序與祥和。

《山海經》中亦有山海縹緲中「巫」於天地之間「上下升降」的身影。《山海經‧海外西經》中曰：「巫咸國在女醜北，右手操青蛇，左手操赤蛇，在登葆山，群巫所從上下也。」〔註47〕《大荒西經》曰：「有靈山，巫咸、巫即、巫肦、巫彭、巫姑、巫眞、巫禮、巫抵、巫謝、巫羅十巫，從此升降，百藥爰在。」〔註48〕《大荒南經》有言曰：「大荒之中，有不姜之山，……又有登備之山。」郭璞注「登備之山」曰：「即登葆山，群巫所從上下。」〔註49〕郭璞又云：群巫上下爲「採藥往來」。袁珂案語：「郭注蓋本《大荒西經》『十巫從此升降，百藥爰在』爲說，然細究之，『採藥』只是群巫所作次要工作，其主要者，厥爲下宣神旨，上達民情。登葆山蓋天梯也，『群巫所從上下』者，『上下』於此天梯也。」〔註50〕《海內西經》中曰：「開明東有巫彭、巫抵、巫陽、巫履、巫凡、巫相。夾窫窳之尸，皆操不死之藥以距之。窫窳者，蛇

〔註46〕 徐元浩撰，王樹民、沈長雲點校：《國語集解》，北京，中華書局，2002 年版，第 512～515 頁。。

〔註47〕 袁珂校注：《山海經校注》，上海，上海古籍出版社，1980 年版，第 219 頁。

〔註48〕 袁珂校注：《山海經校注》，上海，上海古籍出版社，1980 年版，第 396 頁。

〔註49〕 袁珂校注：《山海經校注》，上海，上海古籍出版社，1980 年版，第 369 頁。

〔註50〕 袁珂校注：《山海經校注》，上海，上海古籍出版社，1980 年版，第 219 頁。

身人面，貳負臣所殺也。」〔註51〕郭璞注曰：「皆神醫也。」袁珂案語曰：「《大荒西經》云：『大荒之中，有靈山，巫咸、巫即、巫盼、巫彭、巫姑、巫真、巫禮、巫抵、巫謝、巫羅十巫，從此升降，百藥爰在。』十巫中有巫彭，即此巫彭也。……十巫與此六巫名皆相近，而彼有『百藥爰在』，此有『夾窫窳之尸，皆操不死之藥以距之』語，巫咸、巫彭又爲傳說中醫道創始者，此經諸巫神話要無非靈山諸巫神話之異聞也。故郭璞注以爲『皆神醫也』；然細按之，毋寧曰，皆神巫也。此諸巫無非神之臂佐，其職任爲上下於天、宣達神旨人情，至於採藥療死，特其餘技耳。操不死神藥以活窫窳，當亦奉神之命，非敢專擅也。郭氏《圖贊》云：『窫窳無罪，見害貳負；帝命群巫，操藥夾守；遂淪弱淵，變爲龍首。』是能得其情狀者。」〔註52〕《山海經》中「巫」極多，袁注亦可謂深得其理。「巫」的原始功能就在於充當一種神秘力量，作爲「互滲」的媒介，升降於神、人之間，上通下達，從而使人得到神靈的護祐，滿足生存的諸種願望。

這種有關「巫」的描述，除了上述的《國語》、《山海經》，在其他古代典籍中亦比比皆是。如，《尚書·商書》「伊訓篇」云：「敢有恒舞于宮，酣歌于室，時謂巫風。」漢人孔安國傳曰：「事鬼神曰巫。」〔註53〕《楚辭》中也不乏這種「巫」的觀念，比如《離騷》的巫咸降神、《招魂》的巫陽下招等。茅盾先生認爲《招魂》《大招》即以巫詞成篇：「按原始社會風俗，人死後以巫招魂。……招魂的巫在行使職務時，大概有一套刻板的話語，照例誦讀一遍；《大招》或者就是此等巫詞的寫定本。……至於《招魂》一篇，或者竟是屈原所作，惟篇中自『乃下招曰……』起至『亂曰』止，恐即爲當時流行之巫詞，而屈原依成例取以成篇。」〔註54〕《楚辭集注》釋《九歌》曰：「昔楚南郢之邑，沅湘之間，其俗信鬼而好祀，其祀必使巫覡作樂，歌舞以娛神。蠻荊陋俗，詞既鄙俚，而其陰陽人鬼之間又或不能無褻慢淫荒之雜。原既放逐，見而感之，故頗爲更定其詞，去其泰甚。」〔註55〕張光直在《中國青銅時代》

〔註51〕 袁珂校注：《山海經校注》，上海，上海古籍出版社，1980 年版，第 301 頁。

〔註52〕 袁珂校注：《山海經校注》，上海，上海古籍出版社，1980 年版，第 301～302 頁。

〔註53〕 （漢）孔安國傳，（唐）孔穎達正義：《尚書正義》：上海，上海古籍出版社，2007 年版，第 305 頁。

〔註54〕 茅盾：《中國神話研究初探》，上海，上海古籍出版社，2005 年版，第 164 頁。

〔註55〕 （宋）朱熹撰，朱傑人等主編：《朱子全書》（第十九冊），上海古籍出版社、安徽教育出版社，2002 年版，第 46 頁。

中認爲：「《楚辭》和《山海經》都屢提到兩龍兩蛇，並以龍蛇爲通天地的配備，都是非常値得注意的。《山海經》很可能便是『古代的一部巫覡之書』。而《楚辭・九歌》與祭祀巫舞的關係也是很密切的。」〔註56〕

　　綜合以上相關典籍的記錄、解釋和論述，可以推知，中國的巫的觀念和文化雖然沒有直接彰示其思維原理，但是，關於巫的素質、功能的觀念與列維・布留爾的論述是大致吻合的。正如張光直先生對「巫覡」的解釋：「中國古代文明中的一個重大觀念，是把世界分成不同的層次，其中主要的便是『天』和『地』。不同層次之間的關係不是嚴密隔絕、彼此不相往來的。中國古代許多儀式、宗教思想和行爲的很重要的任務，就是在這種世界的不同層次之間進行溝通。進行溝通的人物就是中國古代的巫、覡。」〔註57〕結合列維・布留爾關於原始思維的分析以及我國本有的巫文化可知，「巫」應該是世界範圍的文化現象，不同地域、不同部落的巫，其功能大致相同，即擔任人與神祕力量之間的互滲、交通的媒介，其功能體現出的思維也是共通的，即遵循互滲律的原始思維。

2、官方主流話語體系中的巫術內容與神怪底色

（1）政治與巫術的合謀

　　「巫」因爲其互滲功能漸漸成爲擁有和神交通的特權的階層，這種因「神」而有的特權會隨著社會的發展演變成王權。英國人類學家弗雷澤在其被譽爲「人類早期巫術、宗教、神話、儀式和習俗的百科全書」的巨著《金枝》中說過：「在很多地區和民族中，巫術都曾聲稱它具有能爲人們的利益控制大自然的偉力。假如確曾如此，那麼巫術的施行者必然會在對他們的故弄玄虛深信不疑的社會中成爲舉足輕重的有影響的人物。他們當中的某些人，靠著他們所享有的聲望和人們對他們的畏懼，攫取到最高權力，從而高踞於那些易於輕信的同胞之上，這是不足爲怪的。事實上，巫士們似乎常常發展爲酋長或國王。」〔註58〕「總的來說，我們似乎有理由推引出這樣的看法：在世界很多地區，國王是古代巫師或巫醫一脈相承的繼承人。一旦一個特殊的巫師階層已經從社會中被分離出來並被委以安邦治國的重任之後，這

〔註56〕張光直：《中國青銅時代》，北京，生活・讀書・新知三聯書店，1983年版，第325頁。

〔註57〕張光直：《考古學專題六講》，北京，文物出版社，1986年版，第4頁。

〔註58〕（英）詹・喬・弗雷澤著，徐育新等譯、校：《金枝》，北京，中國民間文藝出版社，1987年版，第128頁。

些人便獲得日益增多的財富和權勢，直到他們的領袖們脫穎而出、發展成為神聖的國王。」〔註59〕弗雷澤的論斷不僅適用於他所舉證的非洲尼羅河上游部落、南美、澳大利亞中部部落等地，也同樣適用於我國的上古社會。正如張光直先生曾經指出的：「古代，任何人都可借助巫的幫助與天相通。自天地交通斷絕之後，只有控制著溝通手段的人，才握有統治的知識，即權力。」〔註60〕因此，「通天的巫術，成為統治者的專利，也就是統治者施行統治的工具。……統治階級也可以叫做通天的階級，包括有通天本事的巫覡與擁有巫覡亦即擁有通天手段的王帝。事實上，王本身即常是巫。」〔註61〕

的確，在我國古代的典籍中，帝王本身即巫或者兼職巫事的例子舉不勝舉。西漢揚雄《法言·重黎卷》曰：「昔者姒氏治水土，而巫步多禹。」晉代李軌注云：「姒氏，禹也。治水土，涉山川，病足，故行跛也。禹自聖人，是以鬼神、猛獸、蜂蠆、蛇虺莫之螫耳，而俗巫多效禹步。」〔註62〕漢代張衡在《西京賦》中有「東海黃公。赤刀粵祝。冀厭白虎。卒不能救。挾邪作蠱。於是不售。」三國時吳人薛綜注曰：「東海有能赤刀禹步，以越人祝法厭虎者，號黃公。」〔註63〕又神仙道教代表人物葛洪在《抱朴子·仙藥》中詳細說明了「禹步」的步法：「禹武法：前舉左，右過左，左就右。次舉右，左過右，右就左。次舉左，右過左，左就右。如此三步，當滿二丈一尺，後有九跡。」〔註64〕可見，「禹步」即是一種「巫步」，禹在人們的心目中不僅是夏王朝的王者，同時也是俗巫傚仿的大巫，具有超過一般巫師的非凡神力。夏禹的兒子啟也同樣具有「巫」的身份和神力。《山海經·海外西經》載：「大樂之野，夏后啟于此儛九代；乘兩龍，雲蓋三層。左手操翳，右手操環，佩玉璜。」〔註65〕袁珂引清人郝懿行注疏云：「九代，疑樂名也。《竹書》云：『夏帝啟十年，帝巡狩，舞九韶于大穆之野。』《大荒西經》亦云：『天穆之野，啟始歌《九招》。』招即韶也。疑九代即《九招》矣。又《淮南·齊俗訓》云：『夏

〔註59〕（英）詹·喬·弗雷澤著，徐育新等譯、校：《金枝》，北京，中國民間文藝出版社，1987 年版，第 138 頁。

〔註60〕張光直：《美術·神話與祭祀》，瀋陽，遼寧教育出版社，1988 年版，第 33 頁。

〔註61〕張光直：《考古學專題六講》，北京，文物出版社，1986 年版，第 107 頁。

〔註62〕汪榮寶撰，陳仲夫點校：《法言義疏》，北京，中華書局，1987 年版，第 317 頁。

〔註63〕（漢）張衡：《西京賦》，（三國·吳）薛綜注，見（南朝·梁）蕭統編，（唐）李善注：《文選》，北京，中華書局，1977 年版，第 491 頁。

〔註64〕王明著：《抱朴子內篇校釋》，北京，中華書局，1985 年版，第 209 頁。

〔註65〕袁珂校注：《山海經校注》，上海，上海古籍出版社，1980 年版，第 209 頁。

后氏其樂夏籥《九成》。』疑九代本作九成，今本傳寫形近而譌也。」袁珂案語曰：「郝說是也。九代確當是樂名。……陳夢家《商代的神話與巫術》（《燕京學報》第二十期）一文略謂：『即《九隸》。隸，象又持牛尾。《九歌》：「成禮兮會鼓，傳芭兮代舞。」即隸舞也。』說亦可供參考。」〔註66〕張光直也認爲九代即是巫舞，他說：「夏后啓無疑爲巫，且善歌樂。」〔註67〕「這個珥兩青蛇、乘兩龍而上賓於天的夏后啓是將天上的九辯九歌帶到民間的英雄，亦即將樂章自神界取入民間的巫師。」〔註68〕《太平御覽》中也有類似的記述：「《史記》曰：『昔夏后啓筮，乘龍以登於天，枚占於皋陶，皋陶曰：吉而必同，與神交通，以身爲帝，以王四鄉。』」〔註69〕「與神交通，以身爲帝，以王四鄉」幾句更加明確了夏啓王者兼巫師的雙重身份。又如商湯。《呂氏春秋·順民》曰：「昔者湯克夏而正天下，天大旱，五年不收，湯乃以身禱於桑林，曰：『余一人有罪，無及萬夫。萬夫有罪，在余一人。無以一人之不敏，使上帝鬼神傷民之命。』於是剪其髮，酈其手，以身爲犧牲，用祈福於上帝，民乃甚悅，雨乃大至。則湯達乎鬼神之化，人事之傳也。」〔註70〕《尸子》曰：「湯之救旱也，乘素車白馬，著布衣，身嬰白茅，以身爲牲，禱於桑林之野。當此時也，絃歌鼓舞者禁之。」〔註71〕。蕭統《文選》卷十五《思玄賦》李善注引《淮南子》曰：「湯時大旱七年，卜用人祀天。湯曰：我本卜祭爲民，豈乎自當之。乃使人積薪，剪髮及爪，自潔居柴上，將自焚以祭天。火將然，即降大雨。」〔註72〕此外，《荀子》中亦有「禹跳，湯偏」、「禹十年水，湯七年旱」、「湯旱而禱」的典故〔註73〕。可見，王者兼巫師確爲古代社會的事實。

〔註66〕 袁珂校注：《山海經校注》，上海，上海古籍出版社，1980 年版，第 209 頁。
〔註67〕 張光直：《中國青銅時代二集》，臺北，聯經出版社，1991 年出版，第 63 頁。
〔註68〕 張光直：《中國青銅時代》，北京，生活·讀書·新知三聯書店，1983 年版，第 324 頁。
〔註69〕 （宋）李昉等撰：《太平御覽》（卷八十二），北京，中華書局，1960 年版（影印本），第 383 頁。
〔註70〕 陳奇猷校釋：《呂氏春秋校釋》，上海，學林出版社，1984 年版，第 479 頁。
〔註71〕 李守奎、李軼譯注：《尸子譯注》，哈爾濱，黑龍江人民出版社，2003 年版，第 81 頁。
〔註72〕 （南朝·梁）蕭統編，（唐）李善注：《文選》，北京，中華書局，1977 年版，第 218 頁。
〔註73〕 分別見《荀子》的《非相》篇、《富國》篇、《大略》篇，《荀子集解》（〈清〉王先謙撰，沈嘯寰、王星賢點校）北京，中華書局，1988 年版，第 75 頁、195 頁、504 頁。

（2）巫術、神話與歷史：「想不到分」

從巫師向王者演變的過程中，巫的本領和知識由與神交通的互滲資本變成了統治者手中的權力，由一種為公眾服務的話語系統變成了為統治者所操控的話語霸權，巫術故事或巫師所掌握、利用的神話故事的主角也變成了現實中的王者或者王者的祖先。於是，神話變成了歷史，神話所承載的神秘思維也隨之滲透進歷史及其文化的演繹之中。即使是「子不語怪、力、亂、神」〔註74〕、「無稽之言，不見之行，不聞之謀，君子慎之」〔註75〕的儒家，亦難以褪盡思維中的神秘底色。比如《詩經》中：《商頌·玄鳥》曰：「天命玄鳥，降而生商。」〔註76〕孔穎達疏曰：「《玄鳥》詩者，祀高宗之樂歌也。……詩人述其事而作此歌焉，以高宗上能興湯之功，下能垂法後世，故經遠本玄鳥生契。」〔註77〕此句追溯商王祖先，源自商之始祖有娀氏之女簡狄吞五色燕卵而生契的神話。《大雅·生民》追述周始祖后稷之事，同樣充滿神異色彩並包含無比崇敬的情感：「厥出生民，時維姜嫄。生民如何？克禋克祀，以弗無子。履帝武敏歆，攸介攸止；載震載夙，載生載育，時維后稷。誕彌厥月，先生如達。不坼不副，無菑無害。以赫厥靈，上帝不寧。不康禋祀，居然生子。誕寘之隘巷，牛羊腓字之。誕寘之平林，會伐平林；誕寘之寒冰，鳥覆翼之。鳥乃去矣，后稷呱矣。實覃實吁，厥聲載路。誕實匍匐，克岐克嶷，以就口食。藝之荏菽，荏菽旆旆，禾役穟穟，麻麥幪幪，瓜瓞唪唪。」〔註78〕這一段詩句，講述后稷的出生以及成長的經歷。《毛詩序》曰：「《生民》，尊祖也。后稷生於姜嫄，文、武之功起於后稷，故推以配天焉。」〔註79〕《魯頌·閟宮》亦曰：「赫赫姜嫄，其德不回。上帝是依，無災無害。彌月不遲，是生后稷，降之百福：黍稷重穋，

〔註74〕（宋）朱熹撰：《四書章句集注》，北京，中華書局，1983年版，第98頁。

〔註75〕（清）王先謙撰，沈嘯寰、王星賢點校：《荀子集解》，北京，中華書局，1988年版，第432～433頁。

〔註76〕（漢）毛亨傳，鄭玄箋，（唐）孔穎達疏：《毛詩正義》，北京，北京大學出版社，1999年版，第1444頁。

〔註77〕（漢）毛亨傳，鄭玄箋，（唐）孔穎達疏：《毛詩正義》，北京，北京大學出版社，1999年版，第1442頁。

〔註78〕（漢）毛亨傳，鄭玄箋，（唐）孔穎達疏：《毛詩正義》，北京，北京大學出版社，1999年版，第1055～1067頁。

〔註79〕（漢）毛亨傳，鄭玄箋，（唐）孔穎達疏：《毛詩正義》，北京，北京大學出版社，1999年版，第1055頁。

稙稺菽麥。」〔註80〕在《山海經》中，亦有關於后稷的文字，如《西山經》中：「西望大澤，后稷所潛也。其中多玉，其陰多榙木之有若。」〔註81〕又曰：「又西三百七十里，曰樂遊之山。桃水出焉，西流注于稷澤，是多白玉。」〔註82〕袁珂引郭璞注曰：「后稷生而靈知，及其終，化形遯此澤而爲之神，亦猶傳說騎箕尾也。」引畢沅注曰：「即稷澤，稷所葬也。」〔註83〕《中山經》中：「又東五百里，曰槐山，谷多金錫。」袁珂案語：「畢沅本槐山作稤山，云稤當爲稅，稅即稷字古文，稷山在今山西省稷山縣，后稷播時百穀於此，遂以名山。」〔註84〕《海內西經》中：「后稷之葬，山水環之。在氐國西。」〔註85〕袁珂案語：「《海內經》云：『西南黑水之閒，有都廣之野，后稷葬焉。其城方三百里，蓋天地之中，素女所出也。爰有膏菽、膏稻、膏黍、膏稷，百穀自生，冬夏播琴。鸞鳥自歌，鳳鳥自儛，靈壽實華，草木所聚。爰有百獸，相群爰處。此草也，冬夏不死。』敘寫后稷葬所景物，至爲詳盡，實有人間樂園之槪。……《西次三經》云：『槐江之山，實惟帝之平圃，西望大澤，后稷所潛也。』……蓋關於后稷死的神話之異聞，猶鯀潛羽淵也。所謂『潛』者，乃化形遯身於水泉之地，非郭注『傳說騎箕尾』之比也。至於《淮南子·墜形篇》云：『后稷壠在建木西，其人死復蘇，其半魚在其閒。』則后稷死後，既已埋葬，復化形爲異物，實兼『葬』與『潛』二說而爲一也。」〔註86〕從《山海經》到《詩經》、《淮南子》，關於后稷的文字無不充滿神話意味，而后稷作爲一個神話傳說人物，既出現於神話書、雜家著作中，也出現在儒家經籍中。而孔子在對《詩》進行整理校訂以及以此爲基本教材授徒講學時〔註87〕，對涉及后稷神奇身世的詩歌並不加以排斥，反而對這些神一般的祖先充滿了「高山仰止，景行行止」的崇敬和求其降福的美好期待，正

〔註80〕（漢）毛亨傳，鄭玄箋，（唐）孔穎達疏：《毛詩正義》，北京，北京大學出版社，1999年版，第1407頁。

〔註81〕袁珂：《山海經校注》，上海，上海古籍出版社，1980年版，第45頁。

〔註82〕袁珂：《山海經校注》，上海，上海古籍出版社，1980年版，第49頁。

〔註83〕袁珂：《山海經校注》，上海，上海古籍出版社，1980年版，第46頁。

〔註84〕袁珂：《山海經校注》，上海，上海古籍出版社，1980年版，第134頁。

〔註85〕袁珂：《山海經校注》，上海，上海古籍出版社，1980年版，第291頁。

〔註86〕袁珂：《山海經校注》，上海，上海古籍出版社，1980年版，第291頁。

〔註87〕關於孔子是否參與《詩》的著述、整理等工作，本文擇取李春青先生的觀點。見李春青：《詩與意識形態》，北京，北京大學出版社，2005年版，第183頁。

如《論衡‧奇怪篇》所言:「儒者稱聖人之生,不因人氣,更稟精於天。禹母吞薏苡而生禹……禼母吞燕卵而生禼……后稷母履大人跡而生后稷。」〔註88〕可見儒家思想的根基裏面也是有和《山海經》、《淮南子》同樣一脈相承的「神話」基因,這種「祖先非人」的神怪思維深深蟄根在古代人們的意識之中,不僅表現在祖先崇拜和祭祖的風俗儀式裏,也深遠地影響著由此而起的社會政治及思想文化的發展歷程。正如顧頡剛先生在《中國上古史研究講義》中所言:「漢武帝固然是表彰《六藝》的人,但他的理想中的最高成就是什麼?不是『接神仙人蓬萊士,高世比德於九皇』嗎?董仲舒固然是請罷黜百家的人,但他的肚子裏裝滿的是什麼?不是『陰陽,五行,三統,四法』嗎?……他嘴裏唸的固是《六藝》之文,但心裏想的卻是《六藝》所不曾有的東西。」〔註89〕

至《史記》的撰寫亦難免如此。顧頡剛先生談到司馬遷的上古史觀:「因其不同乖異,得不到一個究竟,所以寧可缺着,……凡是上古的事情,他都不勉強充做知道,有可疑的則直加以刪芟。」〔註90〕並盛讚司馬遷「用這種嚴正的態度來批評歷史材料的,自古以來他還是第一個……他的打破傳統信仰的膽量不該欽佩嗎?」〔註91〕但是又不得不指出:「一個人終究是人,不是超人,所以雖以司馬遷的執拗,敢特立於時代之外,也免不了受些時代的影響。」〔註92〕所以,在《史記》中,司馬遷一邊極力表白自己「《禹本紀》言『河出崑崙,崑崙其高二千五百餘里,日月所相避隱爲光明也。其上有醴泉、瑤池』。今自張騫使大夏之後也,窮河原,惡睹本紀所謂崑崙者乎?故言九州山川,《尚書》近之矣。至《禹本紀》、《山海經》所有怪、物,余不敢言之也」〔註93〕,一邊情不自禁地祖述著《山海經》中「黃帝」、「顓頊」、「帝嚳」、「后稷」的「怪、物」世系,難逃天命觀念和神秘思維的怪圈,因此而有諸如「生而神靈,弱而能言」〔註94〕、「幽明之占,死生之說」〔註95〕、「土德之瑞」

〔註88〕黃暉撰:《論衡校釋》,北京,中華書局,1990 年版,第 156～157 頁。

〔註89〕顧頡剛:《中國上古史研究講義》,北京,中華書局,1988 年版,第 141～142 頁。

〔註90〕顧頡剛:《中國上古史研究講義》,北京,中華書局,1988 年版,第 139 頁。

〔註91〕顧頡剛:《中國上古史研究講義》,北京,中華書局,1988 年版,第 140 頁。

〔註92〕顧頡剛:《中國上古史研究講義》,北京,中華書局,1988 年版,第 142 頁。

〔註93〕(漢)司馬遷:《史記》(卷一百二十三),北京,中華書局,1982 年版,第 3179 頁。

〔註94〕(漢)司馬遷:《史記》(卷一),北京,中華書局,1982 年版,第 1 頁。

〔註95〕(漢)司馬遷:《史記》(卷一),北京,中華書局,1982 年版,第 6 頁。

〔註 96〕、「載時以象天，依鬼神以制義」〔註 97〕等的神怪敍事和「豈非天哉，豈非天哉」〔註 98〕等的曠世感歎。比如三代後的《秦本紀》中，即有「玄鳥隕卵」的「無稽之言」：「秦之先，帝顓頊之苗裔孫曰女脩。女脩織，玄鳥隕卵，女脩吞之，生子大業。……大業娶少典之子，曰女華。女華生大費。……大費生子二人，一曰大廉，實鳥俗氏；二曰若木，實費氏。……大廉玄孫曰孟戲、中衍，鳥身人言。」〔註 99〕甚至連儒家的至聖先師孔子也在司馬遷的筆下談怪論神了。《史記·孔子世家》載：「季桓子穿井得土缶，中若羊，問仲尼云『得狗』。仲尼曰：『以丘所聞，羊也。丘聞之，木石之怪夔、罔閬，水之怪龍、罔象，土之怪墳羊。』吳伐越，墮會稽，得骨節專車。吳使使問仲尼：『骨何者最大？』仲尼曰：『禹致羣神於會稽山，防風氏後至，禹殺而戮之，其節專車，此爲大矣。』吳客曰：『誰爲神？』仲尼曰：『山川之神足以綱紀天下，其守爲神，社稷爲公侯，皆屬於王者。』客曰：『防風何守？』仲尼曰：『汪罔氏之君守封、禺之山，爲釐姓。在虞、夏、商爲汪罔，於周爲長翟，今謂之大人。』客曰：『人長幾何？』仲尼曰：『僬僥氏三尺，短之至也。長者不過十之，數之極也。』於是吳客曰：『善哉聖人！』」〔註 100〕此段記述中，孔子關於神、怪的知識異常豐富，並由此贏得他人的稱賞。可見，《論語》所謂「子不語怪、力、亂、神」，正如朱熹所注：鬼神之事「有未易明者，故亦不輕以語人」〔註 101〕，不輕言之，而非完全排斥。

《左傳》亦然。如記莊公八年事曰：「冬，十二月，齊侯遊於姑棼，遂田於貝丘。見大豕，從者曰：『公子彭生也。』公怒，曰：『彭生敢見！』射之，豕人立而啼。公懼，隊於車，傷足喪屨。反，誅屨於徒人費。弗得，鞭之，見血。走出，遇賊於門，劫而束之。費曰：『我奚御哉！』袒而示之背，信之。費請先入，伏公而出，鬥死於門中。石之紛如死於階下。遂入，殺孟陽於床。曰：『非君也，不類。』見公之足於戶下，遂弒之，而立無知。」〔註 102〕這段

〔註 96〕 （漢）司馬遷：《史記》（卷一），北京，中華書局，1982 年版，第 6 頁。
〔註 97〕 （漢）司馬遷：《史記》（卷一），北京，中華書局，1982 年版，第 11 頁。
〔註 98〕 （漢）司馬遷：《史記》（卷十六），北京，中華書局，1982 年版，第 760 頁。
〔註 99〕 （漢）司馬遷：《史記》（卷五），北京，中華書局，1982 年版，第 173～174 頁。
〔註 100〕 （漢）司馬遷：《史記》（卷四十七），北京，中華書局，1982 年版，第 1912
～1913 頁。
〔註 101〕 （宋）朱熹撰：《四書章句集注》，北京，中華書局，1983 年版，第 98 頁。
〔註 102〕 （周）左丘明傳，（晉）杜預注，（唐）孔穎達正義：《春秋左傳正義》，北京，
北京大學出版社，1999 年版，第 233～234 頁。

記述，怪誕而有些驚悚，分明是一則志怪故事，完全可以不做任何修改而全文移植到《搜神記》等志怪書中。又記昭公七年事曰：「鄭子產聘於晉。晉侯疾，韓宣子逆客，私焉，曰：『寡君寢疾，於今三月矣，並走群望，有加而無瘳。今夢黃熊入於寢門，其何厲鬼也？』對曰：『以君之明，子為大政，其何厲之有？昔堯殛鯀於羽山，其神化為黃熊，以入於羽淵，實為夏郊，三代祀之。晉為盟主，其或者未之祀也乎？』韓子祀夏郊。」〔註103〕這種怪異的夢境在志怪書中比比皆是。故王充《論衡・案書》篇既言「公羊高、穀梁寘、胡毋氏皆傳《春秋》，各門異戶，獨《左氏傳》為近得實。」〔註104〕又不得不承認其「言多怪，頗與孔子不語怪力相違返也。呂氏春秋亦如此。〔註105〕」東晉范甯《〈春秋穀梁傳〉集解・序》言：「左氏豔而富，其失也巫。」〔註106〕唐人楊士勳疏曰：「云其失也巫者，謂多敘鬼神之事，預言禍福之期；申生之託狐突，荀偃死不受含，伯有之屬，彭生之妖是也。」〔註107〕柳宗元《非〈國語〉序》曰：「《左氏》《國語》，其文深閎傑異，固世之所耽嗜而不已也。而其說多誣淫，不概於聖。」〔註108〕又曰「左氏惑於巫而尤神怪之，乃使遷就附益以成其說，雖勿信之可也。」〔註109〕可見，《左傳》的神怪色彩向所公認，而儒家所謂的遠鬼神的違心之言亦昭然若揭。

顧頡剛先生在《中國上古史研究講義》中談到《山海經》內容的真實性及其研究價值時，將之和儒家學說做了比較，認為：「以前我們把儒家的古籍看慣了，只覺得古人真是這樣道貌岸然的，古事真是這樣有條有理的。不知道這類的古人古事，都是民眾建立偶像于先，而儒者乃選取其中的有力者用了自己的思想改變他們的外貌于後。我們只看見後來的一幕，沒有看見前面的一幕，遂至上了他們的當，以為後來的一幕是實事而前面的一幕是謊話。……論起實事來，民眾的和儒家的都不真。論起傳說來，民眾的卻是第

〔註103〕（周）左丘明傳，（晉）杜預注，（唐）孔穎達正義：《春秋左傳正義》，北京，北京大學出版社，1999年版，第1243～1246頁。
〔註104〕黃暉撰：《論衡校釋》，北京，中華書局，1990年版，第1163頁。
〔註105〕黃暉撰：《論衡校釋》，北京，中華書局，1990年版，第1164頁。
〔註106〕（晉）范甯集解，（唐）楊士勳疏：《春秋穀梁傳注疏》，上海，上海古籍出版社，1990年版，第5頁。
〔註107〕（晉）范甯集解，（唐）楊士勳疏：《春秋穀梁傳注疏》，上海，上海古籍出版社，1990年版，第5頁。
〔註108〕（唐）柳宗元：《柳宗元集》，北京，中華書局，1979年版，第1265頁。
〔註109〕（唐）柳宗元：《柳宗元集》，北京，中華書局，1979年版，第1291～1292頁。

一次的面目而儒家的已是第二次的面目了。……所以《山海經》的話是民眾對於宇宙的想像所構成的謊話，而《堯典》的話是儒者用了民眾的謊話加以『人化、聖化』的謊話。」〔註110〕在分析了《史記》、《漢書》、《淮南子》等古籍中關於「泰」、「泰皇」、「泰帝」的記載後，說道：「他究竟是神呢？還是人呢？……以前既有五帝，斯有冠於五帝之前的泰帝；既有三皇，斯有冠於三皇之前的泰皇；既有上帝，斯有人帝；既有上皇，斯有人皇：他們高興稱他爲帝就稱帝，高興稱他爲皇就稱皇，高興把上帝拉下世間來就拉，高興把人帝捧上天去也就捧；在這個時候，大家嘴裏的古史和神話是不分的，不是他們不肯分，實在是他們也想不到分。」〔註111〕顧頡剛先生的論述給我們呈現了所謂的歷史眞實和神話傳說的淵源關係，儒家古籍源出神話的事實和古籍撰寫中「想不到分」的神話無意識，充分說明後世所謂的儒家不言「怪、力、亂、神」的、「道貌岸然」的主流文化傳統竟然與「志怪」的邊緣傳統同出一祖，只是「直至宣帝以後，張敞、匡衡一班富有理智的儒者出來，方始把儒家中的怪誕之說漸漸清了出去。這些東西被清之後，只得改變方針，依附了道家而生存，成就了後世的道教。」〔註112〕這也就是爲什麼儒家不言志怪卻難脫志怪，而道家處位邊緣卻「野火燒不盡」的根本原因吧。

顧頡剛先生所謂的中國古史與神話「想不到分」的現象，仍然可以歸因於列維・布留爾所謂的遵循互滲律的原始思維：「即使在我們這樣一些民族中，對互滲的需要仍然無疑比對認識的渴望和對符合理性要求的希望更迫切更強烈。在我們這裡，對互滲的需要紮根更深，它的來源更爲久遠。……而且，與理性要求相符合的實際的知識永遠是不完全的知識。它經常求助於一個拖得更遠的認識過程，並使人覺得，似乎靈魂是在追求一種比簡單的知識更爲深刻的東西，它將使這種東西更圓滿和更完善。」〔註113〕「更爲深刻的東西」是與靈魂或心靈相關的，而理性的知識也許能在某種程度上解決認識的問題，但未必能最終解決靈魂的問題，工具理性和人文理性也許會相交，但永遠是兩條線。事實上，自以爲離神話更遠的現代邏輯思維所帶給現代人

〔註110〕顧頡剛：《中國上古史研究講義》，北京，中華書局，1988 年版，第 36～37 頁。

〔註111〕顧頡剛：《中國上古史研究講義》，北京，中華書局，1988 年版，第 56 頁。

〔註112〕顧頡剛：《中國上古史研究講義》，北京，中華書局，1988 年版，第 121 頁。

〔註113〕（法）列維・布留爾（Lucien Lévy-Brühl），丁由譯：《原始思維》（Primitive Mentality），北京，商務印書館，1981 年版，第 451 頁。

的，更多的是越來越精準的理性的知識、日新月異的科技的發展以及更舒適的物質享受，而不是心靈或靈魂的安穩。相反，人們遇到了更多更複雜的關於人生、存在諸多事關靈魂的困惑，我們仍然不能圓滿回答《天問》中的問題，也仍然不能弄清楚我們最古老的歷史究竟是何面目。幸運的是，現代人的大腦中，原始思維並沒有消失，「即使我們這樣的民族中間，受互滲律支配的表象和表象的關聯也遠沒有消失。它們或多或少獨立地存在著，受到了或多或少的損害，但並沒有被根除，而是與那些服從於邏輯定律的表象並行不悖的。……實際上，我們的智力活動既是理性的又是非理性的。在它裏面，原邏輯的和神秘的因素與邏輯的因素共存。」〔註114〕所以，當理性知識和理性思維不能勝任人的精神「導師」時，古老而強大的原始思維就會「挺身而出」，給困惑的我們以更有效的啓迪和安慰。錢穆先生曾指出：「言中國學術者，有一伏流焉，即陰陽五行家言是也。其說遠肇古初先民，迷信傳說，及六國鄒衍，推附之以儒、道精義，而其學乃大成。迄於秦漢，方士、經生，相爲結合，以迎媚時主，而其學乃大盛。東漢以降，儒術漸替，莊老代興，而陰陽家言之依附滋長如故也。」〔註115〕錢穆先生以「陰陽五行家言」爲中國學術中一股貫穿始終的伏流，和列維・布留爾所謂的原始思維之與現代邏輯思維並行不悖，所見略同。錢穆先生則更具體地指出原始思維在中國學術中的某個時段表現爲陰陽五行觀念。所以，顧頡剛先生所謂古史中歷史與神話「想不到分」的現象，其原因就是：自古至今，人類思維中的原始思維和現代邏輯思維共生共存，中國文化中的天道與人道、嚴肅的學術與陰陽五行觀念、理智與怪誕從一開始就雜糅並生在一起。幾千年之後的我們遇到關於靈魂的困惑時，仍然會求助於原始思維，仍然會情不自禁地去希求那些「神秘的因素」給我們一個終極答案，那麼，記錄著我們漫長的文明進程的「道貌岸然」的歷史裏有一些「謊話」並彌漫著神秘、怪異的氣息也就可以理解了。所以，當古代的人們追求「更爲深刻的東西」的過程中遇到困惑而理性的知識無力應對時，便會向原始思維「回歸」，「對互滲的需要」便使得「究天人之際」卻「敬鬼神而遠之」的儒者難拒心中一直潛藏著的「志怪」衝動，於是會不知不覺說出口是心非、自相矛盾的話來。比如在中國古代文化中，「麟

〔註114〕（法）列維・布留爾（Lucien Lévy-Brühl），丁由譯：《原始思維》（Primitive Mentality），北京，商務印書館，1981 年版，第 452 頁。
〔註115〕錢穆：《國學概論》，北京，九州出版社，2011 年版，第 189 頁。

之爲靈昭昭也」〔註116〕，而孔子見麟「反袂拭面，涕沾袍」，〔註117〕慨歎「吾道窮矣」〔註118〕。又如《論語》所記孔子「鳳鳥不至，河不出圖，吾已矣夫」的感歎〔註119〕，即是他的儒家學說體系面對現實無計可施時向意識深處神怪思維的回歸，而魏晉南北朝時期整個社會從上到下鬼神思想的活躍、民間的巫風淫祠以及志怪書的異軍突起也同樣是儒學在歷史進程中面臨危機時必然的人心所嚮。同時，這種儒道同源的論證也恰好解釋了魏晉南北朝時期玄學思想融合儒道的可能性之根本所在。

3、儒、道之相通：巫文化之同源；志怪筆法與比興傳統

余英時先生在《新春談「心」》一文中談及中國的「心學」，認爲「在中國的思想傳統中，『心』始終被看作一切精神價值的源頭，從先秦到晚清都是如此。」在先秦時期，《論語・雍也》中孔子讚揚顏回「其心三月不違仁」〔註120〕，《孟子・盡心上》講盡心知性而知天，講存心養性而事天，講「君子所性，仁義禮智根於心」〔註121〕，《莊子》講「隨其成心而師之，誰獨且無師乎」〔註122〕，講「唯道集虛。虛者，心齋也」〔註123〕，《韓非子・揚權》講「去喜去惡，虛心以爲道舍」〔註124〕等等，均是和宋、明以來的「陸王心學」同樣在「心」上下「功夫」的學說構想。余英時先生指出，戰國時期的「心學」是在與「巫」文化的長期的奮鬥中成立的：

> 我們讀了先秦各家對於「心」的種種構想，不能不得出一個結
> 論：原來他們是從古代「巫」的文化背景中奮鬥出來的。「巫」是

〔註116〕（唐）韓愈撰，馬其昶校注，馬茂元整理：《韓昌黎文集校注》，上海，上海古籍出版社，1986年版，第41頁。

〔註117〕（漢）公羊壽傳，（漢）何休解詁，（唐）徐彥疏：《春秋公羊傳注疏》，北京，北京大學出版社，1999年版，第622頁。

〔註118〕（漢）公羊壽傳，（漢）何休解詁，（唐）徐彥疏：《春秋公羊傳注疏》，北京，北京大學出版社，1999年版，第624頁。

〔註119〕（宋）朱熹撰：《四書章句集注》，北京，中華書局，1983年版，第111頁。

〔註120〕（宋）朱熹撰：《四書章句集注》，北京，中華書局，1983年版，第86頁。

〔註121〕（宋）朱熹撰：《四書章句集注》，北京，中華書局，1983年版，第355頁。

〔註122〕（清）郭慶藩撰，王孝魚點校：《莊子集釋》，北京，中華書局，1961年版，第56頁。

〔註123〕（清）郭慶藩撰，王孝魚點校：《莊子集釋》，北京，中華書局，1961年版，第147頁。

〔註124〕（清）王先慎撰，鍾哲點校：《韓非子集解》，北京，中華書局，1961年版，第48頁。

天、神或上帝與人之間的媒介，他們自稱有特殊的精神能力和訓練，可以與天上的神靈溝通，並且有法力使天神下降，附在他們身上，指示人間一切吉凶禍福的變化。「巫」為了迎神，必須先把自己的身體洗濯乾淨，衣著也必須鮮麗，這樣才能使「神」有一個暫時停留的地方。《楚辭‧雲中君》：「浴蘭湯兮沐芳，華采衣兮若英，靈連蜷兮既留」，便是描寫降神附體的一幕。戰國各派思想家已不相信「巫」有此神通，更不肯承認「巫」有獨霸天人或神人之間溝通的權威。他們因此展開了一場對「巫」的尖銳交鋒。《莊子‧應帝王》中關於壺子（列子的老師）與神巫季咸之間鬥法，便是以寓言方式透露出當時新舊思潮的激蕩。這是中國古代思想史上一場推陳出新的革命，其結果則是各學派的興起，各家立說雖各不同，但所建立的「心學」卻有兩點共同之處：第一是將作為精神實體的「道」代替了「巫」所信奉的人格「神」；第二是用「心」代替了「巫」的功能，成為「天」、「人」之間溝通的樞紐。明乎此，我們才能懂莊子「心齋」的涵義：「心」是「道」的集聚之地，所以必須打掃得一塵不染，正如「巫」迎「神」先要沐浴更衣一樣，否則「道」便留不住了。《莊子‧知北遊》所說「汝齋戒，疏瀹而心」，同指此而言。《管子‧內業》的「精舍」和韓非的「道舍」也強調「心」為「道」居留之地。儒家也大致接受了這一觀點，所以漢代經師修道講學之地稱之為「精舍」。〔註 125〕

　　余英時先生的論述可謂精闢，為中國思想傳統找到了由「巫」而「心」的源頭和中軸。余先生所言先秦「心學」從古代巫的文化背景中「奮鬥」出來，恰是邏輯思維從原始思維中蛻化、演進的情形。「戰國各派思想家已不相信『巫』有此神通，更不肯承認『巫』有獨霸天人或神人之間溝通的權威」，展現的是邏輯思維在發展初期極力擺脫原始思維進而力圖主宰人類思想的、充滿野心又略帶輕狂的姿態。儘管在這種對「巫」的反抗中，「巫」的角色受到了極大的衝擊和挑戰，但是，「巫」的神怪思維早已成為了人的意識中第一層難以褪盡的底色，成為人的思維機制中也許會退居幕後但永遠不會缺席的重要一環。正如聞一多先生在《神話與詩》中明言巫教是道家思想

〔註 125〕余英時：《新春談「心」》，《文匯報》，2005 年 2 月 9 日，第 5 版。更詳盡、精彩的內容可參考余英時先生的著作《論天人之際——中國古代思想起源試探》。

的「前身」:「我常疑心這哲學或玄學的道家思想必有一個前身,而這個前身很可能是某種富有神秘思想的原始宗教,或更具體點講,一種巫教。這種宗教,在基本性質上,恐怕與後來的道教無大差別,雖則在形式上與組織上盡可截然不同。……《莊子》書裏實在充滿了神秘思想,這種思想很明顯是一種古宗教的反影。……他所謂的『神人』或『真人』,實即人格化了的靈魂。」〔註 126〕從「巫」的淵源考量,儘管先秦各家都演而為「心學」,道家卻比儒家顯得更為誠實,也因而更加接近人的「最初一念之本心」。顧頡剛先生更是認為早期道家比儒家高明:「我覺得那時的儒者和方士倒沒有什麼分別;而道家的見識則確在他們之上,看《莊子》和《淮南子》可知。」〔註 127〕《莊子》中的「神人」觀念、「逍遙」境界以及鯤鵬化生、「登高不慄,入水不濡,入火不熱」〔註 128〕等不合理性邏輯的大量志怪書寫無不彰顯著一種超時空的神秘思維。在這種超越正常時空的書寫中,恰恰顯露了作者心中對現實和理性的思維方式、思維習慣的不滿以及試圖超越理性思維的願望和努力。除了生動的形象、場景的描繪,《莊子》中的抽象哲理同樣體現了對理性邏輯思維的反思和超越。比如「坐忘」,即「墮肢體,黜聰明,離形去知,同於大通」〔註 129〕,「忘掉」身體與物質層面的存在,「忘掉」所謂的知識、聰明,就是「虛心以為道舍」,就是「心齋」,如此,才能放眼宇宙,心懷自然,達到「天地與我並生,萬物與我為一」的高妙境界。很顯然,「坐忘」體現出的是對理性知識以及理性思維的毫不客氣的否定,「齊物」則是對理性知識和理性思維的無限超越。然而,否定和超越理性思維之後,人類的思維又將去向何方?《莊子》給我們的啟示是:向原始思維回歸。值得注意的是,回歸不是歷史和文明的倒退,而是一種螺旋式的上升。我們完全可以把《莊子》的「齊物」境界視為原始思維運作下人與自然界神秘因素的「互滲」、共生的另一種更高的表現,是原始思維的「互滲」、共生感經過理性邏輯思維鍛造、打磨後的「升級版」,二者是兩種思維相隔遙遠時空的彼此呼應,更是兩種思維共生共存的生動例證。那麼,《莊子》為什麼要否定和超越理

〔註 126〕聞一多:《神話與詩》,上海,上海人民出版社,2006 年版,第 120、121、122 頁。

〔註 127〕顧頡剛:《中國上古史研究講義》,北京,中華書局,1988 年版,第 121 頁。

〔註 128〕(清)郭慶藩撰,王孝魚點校:《莊子集釋》,北京,中華書局,1961 年版,第 226 頁。

〔註 129〕(清)郭慶藩撰,王孝魚點校:《莊子集釋》,北京,中華書局,1961 年版,第 284 頁。

性知識和理性思維轉而向原始思維中尋找智慧？《莊子》對理性知識和理性思維的否定和超越，當源於對現實社會環境的極度不滿。《莊子》這樣描述其時的現實社會環境：「方今之世，僅免刑焉」〔註130〕、「竊鉤者誅，竊國者諸侯」〔註131〕、「天下大亂，賢勝不明，道德不一」〔註132〕。而世事之所以如此紛亂，是因為「上誠好知而無道，則天下大亂矣。……甚矣夫好知之亂天下也！」〔註133〕「知夫德之所蕩而知之所為出乎哉？德蕩乎名，知出乎爭。名也者，相軋也；知也者，爭之器也。二者兇器，非所以盡行也。」〔註134〕可見，《莊子》之所以要「黜聰明」、「去知」，是因為這些理性的「聰明」和「知」是世事紛亂、人心不安的「兇器」和「罪魁禍首」。由此，莊學的智慧緣起亂世之社會環境，因為看不到未來，所以向過去轉身，撿拾過去的經驗並且點石成金，將遠古的神話及其思維機制昇華成為莊學的精髓，即：用志怪的筆法描繪逍遙的境界，用「坐忘」的方法體悟新的「共生」。而在之後的、堪稱「亂世」的魏晉南北朝時期，莊學之所以大受歡迎，也恰恰是因為《莊子》與「亂世」的人情、心境相應。雖然年代相隔遙遠，但既同屬「亂世」，又都「本信巫」〔註135〕，所以，「同病相憐」又「他鄉遇故知」，魏晉南北朝人與莊學可謂「相見恨晚」，以至有「學者以老莊為宗而黜《六經》」〔註136〕，嵇康甚至在《難自然好學論》中「以六經為蕪穢，以仁義為臭腐」〔註137〕。兩者的交匯既體現在玄學的產生與流行，體現在任達放誕、不拘禮教的魏晉風度，也體現在小說筆法與志怪書寫的一度張揚。於是，在儒學的主流話語幾盡「失語」之時，《莊子》這樣的「小說」得以翻

〔註130〕（清）郭慶藩撰，王孝魚點校：《莊子集釋》，北京，中華書局，1961年版，第183頁。

〔註131〕（清）郭慶藩撰，王孝魚點校：《莊子集釋》，北京，中華書局，1961年版，第350頁。

〔註132〕（清）郭慶藩撰，王孝魚點校：《莊子集釋》，北京，中華書局，1961年版，第1069頁。

〔註133〕（清）郭慶藩撰，王孝魚點校：《莊子集釋》，北京，中華書局，1961年版，第359頁。

〔註134〕（清）郭慶藩撰，王孝魚點校：《莊子集釋》，北京，中華書局，1961年版，第135頁。

〔註135〕魯迅：《中國小說史略》，上海，上海古籍出版社，1998年版，第24頁。

〔註136〕（晉）干寶：《晉紀總論》，《文選》（蕭統撰，李善注），卷四十九，北京，中華書局，1977年版，第692頁。

〔註137〕殷翔、郭全芝注：《嵇康集注》，合肥，黃山書社，1986年版，第267頁。

身，並以「魏晉玄學」的面目得以再現廟堂之高，被專設以「玄學館」，並與「儒學館」、「史學館」、「文學館」並列，四館並列頗有點戰國稷下學宮的味道，而《莊子》之學也有了在魏晉南北朝的「還鄉」之旅。

但是，魏晉玄學與先秦道家畢竟是不同時代的產物，自然帶有各自所屬時代的烙印。魏晉玄學與先秦「原版」莊學的根本不同在於它是中國傳統思想在經歷了漢代「獨尊儒術」階段後的產物，因此，有一個儒學的接受背景以及與此背景相應的儒學的理論預設。而更重要的不同則在於，較之先秦莊學，魏晉玄學被更好地付諸了實踐，從而成爲一種更爲活生生的哲學。魏晉南北朝人不只是用大腦形而上地接受莊學思想，更是用實實在在的形而下的生活和整個的人生來實踐莊學。他們的吟嘯清談、佯醉裝癡都有著莊學的思想背景，是莊學在這個特定時代的一種變奏。他們表現出來的「魏晉風度」在歷史的畫卷中卓然獨標，這不恰恰是《莊子》的「志怪」筆法在人生實踐中的發揮嗎？他們的任誕與放縱儘管備受訾病，但在歷史人文發展的角度考量，不也是對《莊子》中「逍遙遊」境界的、有些無奈又有些悲壯的嘗試和努力嗎？遊仙詩、步虛詞的堂皇登場以及此一時期文人志怪書創作的勃興，不是魏晉玄學思潮影響下文人士子對主流詩文創作的一種極具反叛性的超越嗎？

就「志怪」而言，儒道兩家除了在歷史、思想文化層面以及思維層面的內在的相通，在表現手法層面，也有相通之處，即志怪作爲一種書寫筆法，還可以納入「比興」的文學傳統中。「比興」的手法源自儒家典籍《詩經》，是《詩經》「六義」之一。錢穆先生以比興爲中國文學表達的主要技巧，更以之爲一種文學傳統和人生境界：「《詩經》三百首，即分賦比興三體。而比興二體，實爲此下中國文學表達之主要方式與主要技巧。其實比興即是萬物一體天人合一之一種內心境界，在文學園地中之一種活潑眞切之表現與流露。不識比興，即不能領略中國文學之妙趣與深致。而比興實即是人生與自然之融凝合一，亦即是人生與自然間之一種抽象的體悟。此種體悟，既不屬宗教，亦不屬科學，仍不屬哲學，毋寧謂之是一種藝術。此乃一種人生藝術也。中國文化精神，則最富於藝術精神，最富於人生藝術之修養。而此種體悟，亦爲求瞭解中國文化精神者所必當重視。」〔註138〕在《國學概論》中，錢穆先生又指出老莊思想與儒家均「以自然現象，比類之於人事」：「《易·繫辭傳》

〔註138〕錢穆：《中國文學論叢》，北京，生活·讀書·新知三聯書店，2002年版，第43頁。

以陰陽言形上原理，《呂氏春秋・十二紀》及《管子・幼官》諸篇以陰陽言政治，《小戴》《冠義》、《鄉飲酒義》、《樂記》諸篇以陰陽言禮樂人生，其他不勝縷舉。大抵以自然現象，比類之於人事，則莊、老之自然，與儒家禮樂，同出一貫。」〔註139〕「以自然現象，比類之於人事」即文學中之「比興」在思想文化中之反映，故錢穆先生以比興爲中國文學與文化傳統，以之爲中國文化精神，而這種文化精神，爲儒道各家所共有。就《莊子》而言，其「志怪」筆法當亦是一種比興。從全書結構看，《莊子》以鯤鵬神話之「怪」起興，引出「有待」「無待」的話題，拉開全書的「序幕」，由此「借題發揮」，點明逍遙、自由的大義。從細節而言，《莊子》之「比興」手法的運用也絲毫不遜色於《詩經》，比如以「眞人」「神人」「至人」之「怪」比逍遙自由的心靈境界，以「混沌被鑿七竅而死」比「自然本性」之殤，以曳尾塗中的魚兒比眞實、自由的生命存在，以「東西跳梁」的狸狌比汲汲於功利的俗人，以大瓠之種、不龜手之藥興中兼比說明物之大用，以夢蝶的恍惚夢境比物化的道理，以沉魚落雁之容、朝三暮四之狙說明「齊物」之要義，以「庖丁解牛」比「依乎天理」順隨自然之智慧……此類以「怪」寫「實」的「比興」手法不勝枚舉。而《莊子》整本書以「謬悠之說，荒唐之言」表達嚴肅、深沉的悲憫情懷，所指向的也正是「萬物一體天人合一」、「人生與自然之融凝合一」的「逍遙」境界。

總之，無論儒家還是道家，抑或是其他各家學說，其最深處的根源都不外乎原始思維運作下的神話、巫術以及稍後的宗教，所以，從整個中國文化的縱橫兩方面考察，從各家思想內容及其表達方式考察，彼此都是相通兼容的，尤其是儒道兩家思想學說，作爲中國文化傳統的主要組成部分，更是鮮明地體現了其思維的同源性和表達的相似性。

〔註139〕錢穆：《國學概論》，北京，九州出版社，2011 年版，第 63 頁。

第三章 「志怪」作爲反常規、求自由的 「語言遊戲」──玄學與志怪的共 生與「反串」

一、「生活形式」──魏晉南北朝的歷史語境

（一）維特根斯坦的語言哲學與「生活形式」

「生活形式（Lebensform or form of life）」的概念源自維特根斯坦的後期語言哲學。如前所述，維特根斯坦主張「語詞的意義即用法」，也「言而有信」地沒有給我們任何關於「生活形式」的定義。所以，從維特根斯坦對「生活形式」的諸種用法中發現其「生活形式」的內涵或許是唯一有效的途徑。在他的後期代表作《哲學研究》中，維特根斯坦僅僅有五次明確提到「生活形式」，但是，不能否認的是，「生活形式」在維特根斯坦後期哲學中充當了相當重要的角色，而且，「生活形式」總是和「語言」同時被提及。維特根斯坦這樣運用「生活形式」這一詞語：

> 人們很容易想像一種僅僅由戰鬥中的命令和報告組成的語言。
> ──或者想像一種僅僅由問題和是或否的答覆表述所組成的語言。
> 以及無數其他的語言。──想像一種語言就意味著想像一種生活形式。〔註1〕

〔註1〕 （奧）維特根斯坦著，李步樓譯：《哲學研究》，北京，商務印書館，1996 年版，第 12 頁。

在這裡，「語言遊戲」一詞的用意在於突出下列這個事實，即語言的述說乃是一種活動，或是一種生活形式的一個部分。〔註2〕

「那麼你就是在說，人們的一致決定了何者為真，何者為假？」——為真的和為假的乃是人類所說的東西；而他們互相一致的則是他們所使用的語言。這不是意見上的一致而是生活形式的一致。〔註3〕

是不是只有能講話的人才會希望？只有那些已學會使用語言的人才會希望？這就是說，構成希望的諸現象乃是這種複雜的生活形式的諸多變體罷了。〔註4〕

必須接受的東西、給與我們的東西，乃是——人們可以說——生活形式。〔註5〕

在維特根斯坦的哲學著作中，與「生活形式」大致相當的概念還有：「世界」、「世界圖景」、「生活事實」。如維特根斯坦在《邏輯哲學論》中說：「世界就是所發生的一切東西」〔註6〕；「世界是事實的總和，而不是物（das Ding）的總和」〔註7〕，「因為事實的總和既決定一切所發生的東西，又決定一切未發生的東西。」〔註8〕「世界圖景」出自《論確定性》一書中。維特根斯坦說：「我得到我的世界圖景並不是由於我曾經確信其正確性，也不是由於我現在確信其正確性。不是的：這是我用來分辨真偽的傳統背景。」〔註9〕「描述這幅世界圖景的命題也許是一種神話的一部分，其功用類似於一種遊戲的規

〔註2〕（奧）維特根斯坦著，李步樓譯：《哲學研究》，北京，商務印書館，1996年版，第17頁。
〔註3〕（奧）維特根斯坦著，李步樓譯：《哲學研究》，北京，商務印書館，1996年版，第132頁。
〔註4〕（奧）維特根斯坦著，李步樓譯：《哲學研究》，北京，商務印書館，1996年版，第265頁。
〔註5〕（奧）維特根斯坦著，李步樓譯：《哲學研究》，北京，商務印書館，1996年版，第345頁。
〔註6〕（奧）維特更斯坦著，郭英譯：《邏輯哲學論》，北京，商務印書館，1985版，第22頁。
〔註7〕（奧）維特更斯坦著，郭英譯：《邏輯哲學論》，北京，商務印書館，1985版，第22頁。
〔註8〕（奧）維特更斯坦著，郭英譯：《邏輯哲學論》，北京，商務印書館，1985版，第22頁。
〔註9〕（奧）維特根斯坦著，涂紀亮譯：《論確定性》，保定，河北教育出版社，2003年版，第208頁。

則，這種遊戲可以全靠遊戲而不是靠任何精確的規則學會。」〔註 10〕在維特根斯坦看來，「世界圖景」即我們認識、接受「世界」的傳統背景，和「生活形式」一樣是我們「必須接受的東西」。對「世界圖景」的描述即一種語言遊戲，而這種遊戲就是我們進行著同時學習著的生活形式。在《心理學哲學評論》中，維特根斯坦又使用了「生活事實」一詞：「與那些不可分析的、特殊的和不確定的東西相同，我們以這種或那種方式進行的活動，例如，懲罰某些行動，以某種方式確定事態，發出命令，作報告，描繪顏色，對別人的情感發生興趣，都是事實。可以說，那些被接受下來的、被給予的東西，都是生活事實。」〔註 11〕生活形式是「必須接受的東西、給與我們的東西」，生活事實是「那些被接受下來的、被給予的東西」，那麼，「生活事實」即「生活形式」。

從以上維特根斯坦關於「生活形式」以及相關詞語的用法中，我們可以推知，「生活形式」與「語言遊戲」密切相關，一種語言代表著一種生活形式，「生活形式」又被稱爲「世界」、「世界圖景」、「生活事實」，是我們必須接受並置身其中賴以生存的一切，在時間向度上則包括過去、現在和未來的一切。人們用語言描述、命名生活形式，就是語言遊戲，而這種語言遊戲本身又是生活形式的一部分。生活形式是語言遊戲所依託的背景，也是語言遊戲賴以進行的基礎。很顯然，就「生活形式」而言，維特根斯坦強調其現實性和實踐性，強調其作爲「語言遊戲」之土壤和背景以及對「語言遊戲」的有機整合的意義。就「語言遊戲」而言，與「生活形式」的實踐性相呼應，也強調其動態性本質。與「語詞的意義即用法」的表述一樣，「語言遊戲」的命名也強調了語言的動態性。首先，語言是一種遊戲，遊戲是一種活動，語言只有在語言活動中即被使用時才有意義；其次，語言被使用時伴隨著相應的行動，這些行動與語言活動交織在一起，同時發生，同時結束。維特根斯坦說：「我也將把由語言和行動（指與語言交織在一起的那些行動）所組成的整體叫做『語言遊戲』。」〔註 12〕「事實上我們用語句做大量的各種各樣的事情。」

〔註 10〕 （奧）維特根斯坦著，涂紀亮譯：《論確定性》，保定，河北教育出版社，2003年版，第 208 頁。

〔註 11〕 （奧）維特根斯坦著，涂紀亮譯：《心理學哲學評論》，保定，河北教育出版社，2003 年版，第 164～165 頁。

〔註 12〕 （奧）維特根斯坦著，李步樓譯：《哲學研究》，北京，商務印書館，1996 年版，第 7 頁。

〔註 13〕也正如美國普通語言學家 Dwight L. Bolinger 所指出的：「其它行爲都自成一統。而語言卻貫穿在所有這些活動之中，幾乎從不停止。我們單獨學習走路，但我們無法那樣來學習語言；語言必須作爲其它活動的一部分得到發展。」〔註 14〕語言本身具有動態特質，又可以自如地貫穿於人的其他活動中，覆蓋了人的活動的所有方面，因此，語言和語言活動最忠誠、最全面、最完滿地體現著生活形式，亦如《周易・繫辭上》所言：「極天下之賾者存乎卦，鼓天下之動者存乎辭。」〔註 15〕反過來，我們對某種語言的理解和運用也是以理解與其相應的生活形式爲基礎的。「我們是否對一個與世隔絕的原始部落的某個詞做出正確的理解和翻譯，這取決於我們是否理解那個詞在這個部落的全部生活中所起的作用；這就是說，取決於它被使用的時機，取決於在通常情況下與這個詞相伴出現的那種情緒表達，取決於這個詞所引發的印象，如此等等。」〔註 16〕「如果獅子能講話，我們也不能理解它。」〔註 17〕因爲我們不瞭解獅子的生活形式，當然也不能理解獅子用來描述它們的「生活事實」的語言遊戲和詞語意義。同樣地，我們要準確理解「小說」和「志怪」在魏晉南北朝時期的含義，也要先充分瞭解其時人們的「生活形式」，瞭解「小說」和「志怪」這兩個詞在當時被使用的確切情況，以及其時人們使用這兩個詞語時的「相伴出現的情緒表達」。

總之，維特根斯坦的後期語言哲學給我們的啓發是：生活形式不但是語言以及語言遊戲的背景，更是語言以及語言遊戲賴以產生和發展的土壤、根基，是語言和語言活動的深層語法，決定語言遊戲的基本規則。而語言也不是靜止的、被動地等待人們使用的符號，語言的本質是一種動態的行爲，語言遊戲最誠實、最大限度地凝聚著生活形式，也積極地再現人們全部的「生活事實」，是一種總是伴隨著情緒或充滿情感的表達行爲。維特根斯坦將語言

〔註 13〕 （奧）維特根斯坦著，李步樓譯：《哲學研究》，北京，商務印書館，1996 年版，第 20 頁。

〔註 14〕 轉引自陳嘉映《在語言的本質深處交談——海德格爾和維特根斯坦對語言的思考》，《語言與哲學》（第四章第四節），北京，三聯書店，1996。

〔註 15〕 （魏）王弼注，（唐）孔穎達疏：《周易正義》，北京，北京大學出版社，1999 年版，第 293 頁。

〔註 16〕 （奧）維特根斯坦著：《哲學研究》。轉引自涂紀亮《「生活形式」與「生活世界」》，《雲南大學學報》（社會科學版），第 2 卷第 4 期。

〔註 17〕 （奧）維特根斯坦著，李步樓譯：《哲學研究》，北京，商務印書館，1996 年版，第 341 頁。

的使用置於人們眞實、具體而豐富多彩的日常生活中,使人們對語言的理解更爲生動、深切,更具「現場感」。他所強調的「生活形式」的實踐性也許更多地是指精神活動的實踐性,而不是最爲根本的生產性的物質實踐,但是,我們可以揚其長避其短,我們可以在時刻提醒自己物質生產這一「生活事實」的根本意義的同時,吸收、借鑒維特根斯坦關於語言與「生活形式」的觀點和表達方式,補充、完善「文化詩學」的方法,爲魏晉南北朝志怪「小說」尋找更爲準確、合理的闡釋。

(二)魏晉南北朝時期的「生活形式」與「語言遊戲」

維特根斯坦不是一個語言學家,而是一個哲學家,他研究語言是爲了幫助哲學擺脫困境,「哲學之病的一個主要原因——偏食:人們只用一個類型的例子來滋養他們的思想。」〔註18〕從語言入手,維特根斯坦爲在哲學邏輯中迷失的語言找到回「家」的路,同時也使因爲誤用語言而在形而上學的「高地」畫地爲牢的哲學重新回到了「生活形式」之眞實而堅實、親切而寬廣的懷抱,這樣一種回歸既爲哲學自身找到了生路,也給哲學找到了「文化親友團」,使哲學與宗教、藝術甚至民俗、日常生活的方方面面融合在一起,彼此發明,共同成就著人類歷史文化的大敘事。這種不同文化現象之間的親和與匯流體現了一種平等、自由的狂歡精神,這種狂歡精神在動蕩不安的亂世尤其顯豁,也尤其使人感到歷史大敘事的蕩氣迴腸。魏晉南北朝時期便是這樣一個「中國政治上最混亂,社會上最苦痛」的亂世,誠如干寶所言:「及國家多難,宗室迭興」〔註19〕,「禮法刑政,於此大壞,如室斯構而去其鑿契,如水斯積而決其隄防,如火斯畜而離其薪燎也。國之將亡,本必先顛,其此之謂乎!」〔註20〕國之將亡的前夕,一切都癲狂而混亂,興奮而不安。因此,此一時期「生活形式」的方方面面,如政治、哲學、藝術、宗教以及民間習俗、日常生活體驗等等,無不折射著一種狂歡情緒,而這種狂歡情緒又因爲與人類記憶深處的原始思維遙相呼應,像是一座休眠甚久即將噴發的火山,呈現出一種不同尋常的深沉和熱烈。魏晉南北朝時期的生活形式,便彌漫、

〔註18〕 (奧)維特根斯坦著,李步樓譯:《哲學研究》,北京,商務印書館,1996 年版,第 235 頁。

〔註19〕 干寶:《晉紀總論》,《文選》(蕭統撰,李善注),卷四十九,北京,中華書局,1977 年版,第 694 頁。

〔註20〕 干寶:《晉紀總論》,《文選》(蕭統撰,李善注),卷四十九,北京,中華書局,1977 年版,第 693 頁。

浸透著這樣一種情緒，而這種情緒的表達方式也烙印著原始思維的特徵，除了體現在宗教、民俗中，在此時期的哲學、藝術以及人們的倫理觀念、日常言行中也不自覺地、眞實地體現出來，這種表達方式即：志怪。「志怪」是「小說」筆法之一種，在更廣泛的意義上，是一種表達行爲或言說行爲，是魏晉南北朝時期流行於社會各領域、各層次的「語言遊戲」，描述、反映著那個時代全部的「生活事實」。要弄清楚這種描摹整個時代、整個社會的「狂歡圖景」的語言遊戲，必須回到其時世界末日般的、亂世的「生活形式」中。我們截取其時「生活形式」的兩個代表性的場景——玄學賴以產生的精英文化圈和鬼神信仰極易產生和流行的民間文化圈，嘗試揭示「志怪」的語言遊戲何以在這兩個截然不同的文化形態中共同展開並彼此呼應的。

　　志怪，作爲一種語言遊戲，在草野民間的百姓那裡，是在現實的人的世界之外，建構一個鬼神仙怪的世界，而這鬼神仙怪的世界的建構，同時又是對現實世界的解構；在熱衷於玄學的士人那裡，志怪是在現實的、耳目之內的「有」之外，闢出一片主觀心境上的、超越視聽閾限的「無」的境界或者玄同萬物的「玄冥之境」，是用「無」解構「有」，用「玄冥之境」解構現實人生。宗白華先生在《美學散步》中曾經指出：「漢末魏晉六朝是中國政治上最混亂、社會上最苦痛的時代，然而卻是精神史上極自由、極解放，最富於智慧、最濃於熱情的一個時代。」〔註21〕這段話可以作爲魏晉南北朝「生活形式」的全面概括。現實是混亂的、苦痛的，卻也是難以改變的，想要尋求安慰和解脫，只能依靠精神上的超越。鬼神世界的建構、「無」的境界的開闢，便是這樣的一種超越。此時期，民間信仰和祭祀的鬼神比以往增加了許多。除了原有的神靈，樹木岩石、江河湖海、山嶽洞穴無不籠罩著一層玄怪的陰影，成爲左右人們命運的靈祇，甚至日常用具都會帶給人們意外的福禍。如《搜神記》所載的「細腰」、「飯甑怪」、「方頭屐」、「長柄羽扇」等等。人們全身心地投入到對鬼神仙怪的崇拜之中，在無休止的祭祀和祈禱中安慰著現實中苦難而脆弱的心靈。而在文人士子，他們把這種非理性的信仰投之於理性之本體的建構，他們用智慧與熱情創造了一個「無」、「清」、「眞」的空靈的精神世界，以此與污濁、黑暗、虛僞、混亂的現實世界抗衡，以談玄的方式一改此前士階層的知識架構和價值觀念體系，重塑著整個時代的精神趣味，並以此取得於政治上建功立業的替代性滿足。湯用彤先生在《魏晉玄學

〔註21〕宗白華：《美學散步》，上海，上海人民出版社，1981 年版，第 208 頁。

論稿》中從玄學「得意忘言」的方法角度講到：「大凡欲瞭解中國一派之學說，必先知其立身行己之旨趣。……魏晉名士之人生觀，即在得意忘形骸。或雖在朝市而不經世務，或遁迹山林，遠離塵世。或放馳以爲達，或佯狂以自適。然既旨在得意，自指心神之超然無累。如心神遠舉，則亦不必故意忽忘形骸。讀書須視玄理之所在，不必拘於文句，行事當求風神之蕭朗，不必泥於形迹。」〔註22〕所以，魏晉南北朝人重情但不爲情累，應物而不爲物所滯，嚮往自然之真性情而無視世俗的虛僞禮教，讀書「不求甚解」，但是「每有會意，便欣然忘食」〔註23〕。《世說新語》中魏晉名士言行的記載便可爲例。如《世說新語·任誕》載：「王子猷居山陰，夜大雪，眠覺，開室命酌酒，四望皎然。因起彷徨，詠左思《招隱詩》。忽憶戴安道。時戴在剡，即便夜乘小船就之。經宿方至，造門不前而返。人問其故，王曰：『吾本乘興而行，興盡而返，何必見戴！』」〔註24〕又載：「阮公鄰家婦，有美色，當壚酤酒。阮與王安豐常從婦飲酒。阮醉，便眠其婦側。夫始殊疑之，伺察，終無他意。」〔註25〕《世說新語·簡傲》載：「嵇康與呂安善，每一相思，千里命駕。安後來，值康不在，喜出戶延之，不入，題門上作『鳳』字而去。」〔註26〕《世說新語·棲逸》注引《魏氏春秋》曰：「阮籍常率意獨駕，不由徑路，車迹所窮，輒慟哭而反。」〔註27〕魏晉南北朝人以自己的言行實踐著玄學的清遠、貴無之致，在紛亂混濁的現實世界之外，重建一個超然脫俗的玄學的世界，以一種世家大族、知識精英的文化優越感和其精神趣味的強大感染力，展示著靈魂的高貴和自我的尊嚴。

劉師培曾在《左盦外集》中指出：「兩晉六朝之學，不滯於拘墟，宅心高遠，崇尚自然，獨標遠致，學貴自得。……故一時學士大夫，其自視既高，

〔註22〕湯用彤：《魏晉玄學論稿》，上海，上海古籍出版社，2001 年版，第 36～37 頁。

〔註23〕陶淵明：《五柳先生傳》，見袁行霈：《陶淵明集箋注》，北京，中華書局，2003 年版，第 502 頁。

〔註24〕（南朝·宋）劉義慶撰，徐震堮著：《世說新語校箋》，北京，中華書局，1984 年版，第 408 頁。

〔註25〕（南朝·宋）劉義慶撰，徐震堮著：《世說新語校箋》，北京，中華書局，1984 年版，第 393 頁。

〔註26〕（南朝·宋）劉義慶撰，徐震堮著：《世說新語校箋》，北京，中華書局，1984 年版，第 412 頁。

〔註27〕（南朝·宋）劉義慶撰，徐震堮著：《世說新語校箋》，北京，中華書局，1984 年版，第 355 頁。

超然有出塵之想，不爲俗榮所束，不爲塵網所攖，由放曠而爲高尚，由厭世而爲樂天。……以高隱爲貴，則躁進之風衰；以相忘爲高，則猜忌之心泯；以清言相尙，則塵俗之念不生；以遊覽歌詠相矜，則貪殘之風自革。故託身雖鄙，立志則高。被以一言，則魏晉六朝之學不域於卑近者也，魏晉六朝之臣不染於污時者也。」〔註28〕玄學家們的這種玄遠、自然、清高的風度氣質不僅表現在重「境界」的理論本身及瀟灑通達的言行舉止，更引領了整個時代的審美風尙。宗白華先生談到中國美學史上兩種不同的美：「錯釆鏤金，雕繢滿眼」之美和「初發芙蓉，自然可愛」之美。就這兩種風格的美的發展演變而言，「魏晉六朝是一個轉變的關鍵，劃分了兩個階段。從這個時候起，中國人的美感走到了一個新的方面，表現出一種新的美的理想。那就是認爲『初發芙蓉』比之於『錯釆鏤金』是一種更高的美的境界。」〔註29〕宗白華先生把魏晉南北朝的審美風尙定位爲「初發芙蓉」，並以之爲新的、更高的境界。李春青先生在《魏晉清玄》中則把此一時期的審美精神歸納爲一個「清」字，亦以此爲「中國文人士大夫的精神追求的新層次」：「隨著清談世風的形成，重清輕濁、重虛輕實、貴遠賤近、貴文輕武的士林意識便形成了。從這種士林觀念中便進而升騰出彌散於整個兩晉南朝並波及於後世上千年的審美精神。這種審美精神可稱爲『清』的精神。以『清』爲核心的審美精神……代表著中國文人士大夫的精神追求達到了一個新的層次。」〔註30〕和先秦兩漢時占統治地位的規矩、質實的審美精神相比，魏晉南北朝的『清』的審美精神重飄逸、重情感、重審美體驗；先秦兩漢的審美精神指歸在現實世界，魏晉南北朝的審美精神則指向彼岸世界，是對現實世界的否定和超越。〔註31〕從人物品藻、藝術創作到日常生活，從內在思致到言行表達，從形而上的精神層面到形而下的物質層面，這種向「清」的風尙旨趣滲透了魏晉南北朝士人的幾乎所有生活，成爲其時「生活形式」的一個核心特徵。比如在《世說新語‧德行》載：「李元禮嘗歎荀淑、鍾皓曰：『荀君清識難尙，鍾君至德可師。』」〔註32〕《言語》篇載：「會稽賀生，體識清遠，言行以禮。不徒東南

〔註28〕劉師培：《左盦外集》卷九，《劉師培全集》（第三冊），北京，中共中央黨校出版社，1997年版，第331頁。

〔註29〕宗白華：《美學散步》，上海，上海人民出版社，1981年版，第35頁。

〔註30〕李春青：《魏晉清玄》，北京，北京師範大學出版社，1993年版，第33頁。

〔註31〕李春青：《魏晉清玄》，北京，北京師範大學出版社，1993年版，第33～34頁。

〔註32〕（南朝‧宋）劉義慶撰，徐震堮著：《世說新語校箋》，北京，中華書局，1984年版，第4～5頁。

之美，實爲海內之秀。」〔註33〕又載：「劉尹云：『人想王荊產佳，此想長松下當有清風耳。』」〔註34〕再如：「劉尹云：『清風朗月，輒思玄度。』」劉孝標注曰：「《晉中興士人書》曰：『許珣能清言，於時士人皆欽慕仰愛之。』」〔註35〕《世說新語·文學》載：「褚季野語孫安國云：『北人學問淵綜廣博。』孫答曰：『南人學問清通簡要。』」〔註36〕「《世說新語·賞譽》載：「山公舉阮咸爲吏部郎，目曰：『清眞寡欲，萬物不能移也。』」〔註37〕又載：「王戎目阮文業：『清倫有鑒識，漢元以來未有此人。』」〔註38〕又如：「武元夏目裴、王曰：『戎尚約，楷清通。』」〔註39〕又如：「王公目太尉：『巖巖清峙，壁立千仞。』」〔註40〕再如：「庾公爲護軍，屬桓廷尉覓一佳吏，乃經年。桓後遇見徐寧而知之，遂致於庾公，曰：『人所應有，其不必有，人所應無，己不必無，眞海岱清士。』」〔註41〕《世說新語·排調》載：「王公與朝士共飲酒，舉瑠璃盌謂伯仁曰：『此盌腹殊空，謂之寶器，何邪？』」答曰：「此盌英英，誠爲清徹，所以爲寶耳。」〔註42〕此類例證，不一而足。

　　「初發芙蓉」與「清」，都是強調此時期審美風尚的清新自然，對清新自然之美的推崇在文學藝術領域表現得更爲突出，以至於成爲劉勰《文心雕龍》的一個文論概念範疇，之後鍾嶸《詩品》提出「自然英旨」之說，亦反

〔註33〕（南朝·宋）劉義慶撰，徐震堮著：《世說新語校箋》，北京，中華書局，1984年版，第 52 頁。

〔註34〕（南朝·宋）劉義慶撰，徐震堮著：《世說新語校箋》，北京，中華書局，1984年版，第 70 頁。

〔註35〕（南朝·宋）劉義慶撰，徐震堮著：《世說新語校箋》，北京，中華書局，1984年版，第 74 頁。

〔註36〕（南朝·宋）劉義慶撰，徐震堮著：《世說新語校箋》，北京，中華書局，1984年版，第 117 頁。

〔註37〕（南朝·宋）劉義慶撰，徐震堮著：《世說新語校箋》，北京，中華書局，1984年版，第 231 頁。

〔註38〕（南朝·宋）劉義慶撰，徐震堮著：《世說新語校箋》，北京，中華書局，1984年版，第 232 頁。

〔註39〕（南朝·宋）劉義慶撰，徐震堮著：《世說新語校箋》，北京，中華書局，1984年版，第 232 頁。

〔註40〕（南朝·宋）劉義慶撰，徐震堮著：《世說新語校箋》，北京，中華書局，1984年版，第 243 頁。

〔註41〕（南朝·宋）劉義慶撰，徐震堮著：《世說新語校箋》，北京，中華書局，1984年版，第 252 頁。

〔註42〕（南朝·宋）劉義慶撰，徐震堮著：《世說新語校箋》，北京，中華書局，1984年版，第 426 頁。

對辭采、聲律的過分雕飾，以自然清新爲美。先言《文心》。《文心雕龍》中，劉勰以「清」來定位「三才」之一的人：「珪璋挺其惠心，英華秀其清氣」；以「清」讚頌人的才華，如：「魏文之才，洋洋清綺」；以「清」爲文學創作中「養氣」的「最佳火候」：「清和其心，調暢其氣，煩而即捨，勿使壅滯。」以「風清骨峻」爲詩文美的最高標的：「若能確乎正式，使文明以健，則風清骨峻，篇體光華。能研諸慮，何遠之有哉！」以「清」爲聲律之標準：「詩人綜韻，率多清切」。總之，《文心雕龍》完成了「清」這一玄學審美範疇向文學藝術範疇的轉換，正式確立了文學藝術領域「清」的審美方向。更重要的是，劉勰還把「清」作爲了古代雅頌之作以及公文寫作的衡量標準，對以往的文章重新作了評價。比如：《宗經》曰：「故文能宗經，體有六義：一則情深而不詭，二則風清而不雜，三則事信而不誕，四則義貞而不回，五則體約而不蕪，六則文麗而不淫。」《頌贊》曰：「原夫頌惟典懿，辭必清鑠，敷寫似賦，而不入華侈之區。」《誄碑》曰：「標序盛德，必見清風之華。」《哀弔》曰：「自賈誼浮湘，發憤弔屈。體同而事覈，辭清而理哀，蓋首出之作也。」《詔策》曰：「晉氏中興，唯明帝崇才，以溫嶠文清，故引入中書。自斯以後，體憲風流矣。」《章表》曰：「陳思之表，獨冠群才。觀其體贍而律調，辭清而志顯，應物制巧，隨變生趣，執轡有餘，故能緩急應節矣。」《奏啓》曰：「必斂飭入規，促其音節，辨要輕清，文而不侈，亦啓之大略也。」《書記》曰：「原牋記之爲式，既上窺乎表，亦下睨乎書，使敬而不懾，簡而無傲，清美以惠其才，彪蔚以文其響，蓋牋記之分也。」〔註43〕《文心雕龍》儘管「徵聖」、「宗經」，儘管「惟務折衷」，態度偏於中庸、溫和，但仍然不免受玄風的影響，在文學藝術領域進行了一次「自然」對「名教」的革新。再言《詩品》。繼《文心》之後，鍾嶸的《詩品》更是標舉「自然英旨」，主張清通、自然之美。《詩品序》曰：「劉越石仗清剛之氣，贊成厥美。」劉越石即劉琨，正文中亦有劉琨詩評曰：「善爲凄戾之詞，自有清拔之氣。」評班婕妤《團扇》：「《團扇》短章，詞旨清捷，怨深文綺，得匹婦之致。」評范雲詩：「范詩清便宛轉，如流風回雪。」評梁常侍虞羲（字子陽）詩曰：「子陽詩奇句清拔，謝朓常嗟頌之。」《詩品》中的五言詩除了因「清」之美受到正面肯定、讚賞的，也有因爲不「清」而受批評的，如鮑照詩，雖然

〔註43〕以上《文心》例句皆引自（南朝·梁）劉勰著，范文瀾注：《文心雕龍注》，北京，人民文學出版社，1958 年版。

「總四家而擅美,跨兩代而孤出」,但是「貴尚巧似,不避危仄,頗傷清雅之調。」亦有詩作雖有弊病然而轉以「清」取勝的,如嵇康詩:「頗似魏文,過為峻切,訐直露才,傷淵雅之致。然託諭清遠,良有鑒裁,亦未失高流矣。」又如謝混、謝瞻、袁淑、王微、王僧達五家詩:「才力苦弱,故務其清淺,殊得風流媚趣。」〔註 44〕另外,蕭子顯在《南齊書・文學傳》總結其時文章的三種體式,並簡析各種體式的長短優劣。其中第二種的評語為:「次則緝事比類,非對不發,博物可嘉,職成拘制。或全借古語,用申今情,崎嶇牽引,直為偶說。唯睹事例,頓失清采。」〔註 45〕其長處為「博物可嘉」,弊病則在用典用事過多,有失清新之美。此言與鍾嶸之批評其時詩文「競須新事」而失「自然英旨」所指相同。可見,魏晉南北朝時期,「清」已成為其時公認的核心審美標準,也是文人士子心中最高的審美理想。誠如牟宗三先生所言:「當時人俱向空靈清言方面開發其心靈,此為時代精神之主流。」〔註 46〕

　　魏晉南北朝人的這種尚「清」的審美精神,不但浸透在士人的氣度風韻、舉止言談、學問文章以及日常生活中,更是由人延伸、擴展到了天地自然,「清」成為天地之「大美」。如《世說新語・言語》:「王武子、孫子荊各言其土地人物之美。王云:『其地坦而平,其水淡而清,其人廉且貞。』孫云:『其山崔巍而嵯峨,其水㳍㵦而揚波,其人磊砢而英多。』」〔註 47〕「㳍㵦」一詞,徐震堮本無注,余嘉錫本以為:「㳍字《說文》所無。當作浹㵦。此云『㳍㵦而揚波』,蓋狀波動之貌,如冰凍之相著也。」〔註 48〕《說文》注「㵦」字曰:「㵦,除去也。」段注曰:「『井』九三曰:『井㵦不食。』荀爽曰:『㵦,去穢濁,清潔之意也。』」〔註 49〕按余注《周易》「井」卦及《說文》釋義,孫子荊所云「其水㳍㵦而揚波」當指其水清澈,隨風揚波之意,所揚之波必為「清波」,

〔註 44〕以上《詩品》例句均引自《鍾嶸詩品評注》(張懷瑾著),天津,天津古籍出版社,1997 年版。

〔註 45〕(南朝・梁)蕭子顯:《南齊書》(卷五十二),北京,中華書局,1972 年版,第 908 頁。

〔註 46〕牟宗三:《才性與玄理》,桂林,廣西師範大學出版社,2006 年版,第 75 頁。

〔註 47〕(南朝・宋)劉義慶撰,徐震堮著:《世說新語校箋》,北京,中華書局,1984 年版,第 47 頁。

〔註 48〕余嘉錫撰,周祖謨等整理:《世說新語箋疏》,北京,中華書局,1983 年版,第 87 頁。

〔註 49〕(漢)許慎撰,(清)段玉裁注:《說文解字注》,上海,上海古籍出版社,1981 年版,第 564 頁。

與王武子之意相同，均贊水之「清」，但是多了動感，更顯得意趣盎然。「言語篇」又載：「王司州至吳興印渚中看，歎曰：『非唯使人情開滌，亦覺日月清朗。』」〔註50〕「言語篇」亦云：「司馬太傅齋中夜坐，於時天月明淨，都無纖翳，太傅歎以為佳。謝景重在坐，答曰：『意謂乃不如微雲點綴。』太傅因戲謝曰：『卿居心不淨，乃復強欲滓穢太清邪！』」〔註51〕雖為戲言，但也充分地表現了對「太清」之淨美的傾心嚮往。「文學篇」載：「羊孚作《雪贊》云：『資清以化，乘氣以霏。遇象能鮮，即潔成輝。』桓胤遂以書扇。」〔註52〕阮籍《清思賦》中描繪的「清虛」之境更是充滿玄思和恬淡之美：「余以為形之可見，非色之美；音之可聞，非聲之善。……是以微妙無形，寂寞無聽，然後乃可以覩窈窕而淑清。」〔註53〕又曰：「夫清虛寥廓，則神物來集；飄颻恍忽，則洞幽貫冥；冰心玉質，則皦潔思存；恬淡無欲，則泰志適情。伊衷慮之遒好兮，又焉處而靡逞。……惟清朝而夕晏兮，指濛汜以永寧。是時羲和既頹，玄夜始扃，望舒整轡，素風來征，輕帷連䡾，華裀肅清，彭蚌微吟，螻蛄徐鳴。」〔註54〕無論是眼前的近景還是心中的幻象，無論外在的環境還是內在的心境，一切都皦潔、清朗，寧靜安適又充滿生機和動感。阮籍不但用「清」描述現實或虛幻的環境、景物，而且用「清」描述「思」，思維或思想之「清」，是其時士人「清」之審美精神和審美理想的真正根源，而其「清思」無疑又帶有鮮明的老莊玄學意味，其對污濁現實和虛偽「名教」的否定與批判不言而喻。其時士人無力改變暗濁無邊的現實社會，便只能在精神上盡最大的努力遠離之，同時將自身與宇宙自然融為一體，並以「清」之美流貫、融通，重構一個如「初發芙蓉」般「清」、「真」、「新」而「自然」的世界，以此心中之「世界圖景」對抗醜陋不堪的社會現實，給自己的靈魂一個可以「詩意地棲居」的歸宿。

　　清虛玄遠，本來是道家之本體──「道」的特徵，玄學家獨尚老莊之學，注重超越現實，建構安頓心靈的高遠境界，追求言意之外的玄遠神韻，自然

〔註50〕 （南朝‧宋）劉義慶撰，徐震堮著：《世說新語校箋》，北京，中華書局，1984年版，第 77 頁。

〔註51〕 （南朝‧宋）劉義慶撰，徐震堮著：《世說新語校箋》，北京，中華書局，1984年版，第 84 頁。

〔註52〕 （南朝‧宋）劉義慶撰，徐震堮著：《世說新語校箋》，北京，中華書局，1984年版，第 149 頁。

〔註53〕 陳伯君校注：《阮籍集校注》，北京，中華書局，1987 年版，第 29 頁。

〔註54〕 陳伯君校注：《阮籍集校注》，北京，中華書局，1987 年版，第 31 頁。

以與現實之「濁」相對的「清」爲衡量一切的標準。〔註55〕而這種衡量標準的確立，既顯示了魏晉南北朝士人不重實用而重審美的心理傾向，又是他們報國無門、難酬壯志，從而對抗權力中心、求得精神勝利的唯一手段。李春青先生指出：「魏晉士人以『清』爲其基本審美標準之一，這並非偶然。這是他們在文化、經濟、社會地位上都高高在上，而在政治上卻漸漸離開權力中心的特殊狀況所決定的。有滿腹的才學，有很高的俸祿和田莊，有名門望族、世家子弟的榮耀或名士的頭銜，但政治上卻因厭倦了刀光劍影的生死角逐而漸漸離開了權力的核心。這樣他們自然做些清高風雅的事來尋求自我安慰了。於是「清」便成了他們追求的一種理想境界，從而成爲一種審美精神了。」〔註56〕總之，玄學家們的一切理論與實踐的努力，最終仍然是爲了超越現實，建構一個自足自適的逍遙世界。此一逍遙世界，與現實世界對照，顯然是反常態、反常規的，反常則爲「怪」，此「怪」也即「魏晉風度」之所以在歷史長河中卓然獨標、既被後世豔羨又被後世詬病的原因所在。玄學的這一「怪」的特質，與民間的鬼神信仰並無二致。無論是玄學的抽象的「無」抑或「玄冥之境」，還是民間鬼神信仰中有形的鬼神仙怪，二者具有同樣的精神超越的力量和功能，而其超越的最終目的無非是對地獄般生存困境的聲討以及對個體生命存在的確然肯定和極度張揚，這種文人與民間的不約而同的雙重「志怪」、雙重超越，以及各自表現出來的異於常規和現實的內容及特徵，便構成此時期「生活形式」的主旋律。

二、玄學與志怪

玄學，是中國傳統哲學發展到魏晉南北朝時期的時代產物。馬克思曾在《〈科隆日報〉第 179 號的社論》（寫於 1842 年 6 月 28 日～7 月 3 日）中高度肯定哲學：「任何真正的哲學都是自己時代的精神上的精華」〔註57〕，黑格爾

〔註55〕李春青先生在《魏晉清玄》中談到高遠爲「清」的引申義：「大約是由澄澈而引申爲輕，再由輕引申爲高。例如，古代神話中關於開天闢地的記載：『天地渾沌如雞子，盤古生其中。萬八千歲，天地開闢，陽清爲天，陰濁爲地。』因爲清者輕也，故上浮爲天，濁者重也，故下沉而爲地，天在上，故清爲高，地在下，故濁爲低，因而清就被賦予了高邁、高遠的含義。」此說亦甚合理，可作補充、參考。見該書第 35 頁。
〔註56〕李春青：《魏晉清玄》，北京，北京師範大學出版社，1993 年版，第 36 頁。
〔註57〕馬克思、恩格斯：《馬克思恩格斯全集》（第 1 卷），北京，人民出版社，1995年版，第 220 頁。

曾把哲學喻比爲「廟裏的神」，他說，「一個有文化的民族」，如果沒有形而上學，「就像一座廟，其它各方面都裝飾得富麗堂皇，卻沒有至聖的神那樣。」〔註58〕玄學正是魏晉南北朝這座「廟」中的「神」，是此時期區別於其他歷史時期的一時代之標誌。

（一）從玄學「歧出」的策略、「得意忘言」的方法與「境界形態」的性格看其與志怪之關聯

1、玄學之「歧出」與志怪

（1）玄學之「歧出」性質及表現

　　湯用彤先生在《魏晉玄學論稿》中分析「漢代思想與魏晉清言之別」曰：「貴玄言，宗老氏，魏晉之時雖稱極盛，而於東漢亦已見其端矣。然談玄者，東漢之與魏晉，固有根本之不同。」〔註59〕其不同在於：漢代「依物象數理之消息盈虛，言天道，合人事」〔註60〕，而「魏晉貴談有無之玄致」〔註61〕，「建言大道之玄遠無朕，而不執著於實物，凡陰陽五行以及象數之談，遂均廢置不用。因乃進於純玄學之討論。」〔註62〕湯先生由此把玄學作爲一時代之「新學」。而玄學之「新」，除了「新時代之託始」，則「恒依賴新方法之發現」：「夫玄學者，謂玄遠之學。學貴玄遠，則略於具體事物而究心抽象原理。論天道則不拘於構成質料（Cosmology），而進探本體存在（Ontology）。論人事則輕忽有形之粗迹，而專期神理之妙用。夫具體迹象，可道者也，有言有名者也。抽象之本體，無名絕言而以意會者也。迹象本體之分，由於言意之辨。依言意之辨，普遍推之，而使之爲一切論理之準量，則實爲玄學家所發現之新眼光新方法。」〔註63〕牟宗三先生在《才性與玄理》一書序言中則指

〔註58〕（德）黑格爾著，楊一之譯：《邏輯學》（上卷），北京，商務印書館，1966年版，《第一版序言》，第2頁。

〔註59〕湯用彤：《魏晉玄學流別略論》，《魏晉玄學論稿》，上海，上海古籍出版社，2001年版，第43頁。

〔註60〕湯用彤：《魏晉玄學流別略論》，《魏晉玄學論稿》，上海，上海古籍出版社，2001年版，第44頁。

〔註61〕湯用彤：《魏晉玄學流別略論》，《魏晉玄學論稿》，上海，上海古籍出版社，2001年版，第44頁。

〔註62〕湯用彤：《魏晉玄學流別略論》，《魏晉玄學論稿》，上海，上海古籍出版社，2001年版，第44頁。

〔註63〕湯用彤：《言意之辨》，《魏晉玄學論稿》，上海，上海古籍出版社，2001年版，第23～24頁。

出：中國學術文化發展以晚周諸子爲原始模型，晚周諸子又以儒家爲正宗，之後的或引申或吸收的發展進程，都不脫此模型之規範與籠罩，遂亦不能取儒家正宗地位而代之。魏晉南北朝之玄學「充分發揚道家玄理」，但亦以正宗之儒家爲準，爲「中國文化生命之歧出」，是中國文化生命之「暫時離其自己」，「離其自己正所以充實其自己」。〔註64〕牟宗三先生著眼於中國學術文化發展的整體脈絡，此一脈絡之主線始終是儒家思想，而魏晉玄學爲此一整體脈絡之暫時的「歧出」，實質仍爲儒家自身之充實。

　　玄學既然仍繫於儒家之正宗，則根基、內核應仍爲儒家之學說，那麼，其「歧出」又表現在哪裏呢？結合湯、牟二先生的觀點看，玄學之「歧出」即表現在其新眼光新方法，湯用彤先生謂之「言意之辨」，牟宗三先生謂之「一洗漢易之象數，純以體用明」〔註65〕，謂之「扭轉質實之心靈而爲虛靈之玄思，扭轉圖畫式的氣化宇宙論而爲純玄理之形而上學」〔註66〕。湯用彤先生認爲：「王弼爲玄宗之始，深於體用之辨，故上採言不盡意之義，加以變通，而主得意忘言。於是名學之原則遂變而爲玄學家首要之方法。」〔註67〕湯先生認爲，玄學之「言意之辨」的方法用之極廣，主要有四：一爲用於經籍之解釋。「漢代經學依於文句，故樸實說理，而不免拘泥。魏世以後，學尙玄遠，雖頗乖於聖道，而因主得意，思想言論乃較爲自由。漢人所習曰章句，魏晉所尙者曰『通』。章句多隨文飾說，通者會通其義而不以辭害意。」〔註68〕二爲「忘象忘言不但爲解釋經籍之要法，亦且深契合於玄學之宗旨。玄貴虛無，虛者無象，無者無名。超言絕象，道之體也。因此本體論所謂體用之辨亦即方法上所稱言意之別。二義在言談運用雖有殊，但其所據原則實爲同貫。故玄學家之貴無者，莫不用得意忘言之義以成其說。」〔註69〕三爲忘言得意之法亦用以會通儒道二家之學。四爲言意之辨於名士之立身行事亦有影

〔註64〕牟宗三：《才性與玄理》，桂林，廣西師範大學出版社，2006 年版，《原版自序之二》，第 1 頁。

〔註65〕牟宗三：《才性與玄理》，桂林，廣西師範大學出版社，2006 年版，第 93 頁。

〔註66〕牟宗三：《才性與玄理》，桂林，廣西師範大學出版社，2006 年版，第 97 頁。

〔註67〕湯用彤：《言意之辨》，《魏晉玄學論稿》，上海，上海古籍出版社，2001 年版，第 25 頁。

〔註68〕湯用彤：《言意之辨》，《魏晉玄學論稿》，上海，上海古籍出版社，2001 年版，第 26～27 頁。

〔註69〕湯用彤：《言意之辨》，《魏晉玄學論稿》，上海，上海古籍出版社，2001 年版，第 28 頁。

響。〔註 70〕牟先生所言與湯用彤先生略同，不再贅述。總之，二者均指出魏晉玄學與漢儒經學在學術方法、研究角度、總體風格等方面的相異之處，亦均認為魏晉玄學為推陳出新的大進步。

但是，玄學雖然「出新」，卻始終未曾脫離儒家思想。湯用彤先生認為玄學家用「言意之辨」的新方法會通儒道：「忘言得意之義，亦用以會通儒道二家之學。……名士原均研儒經，仍以孔子為聖人。玄學中人於儒學不但未嘗廢棄，而且多有著作。王、何之於《周易》、《論語》，向秀之《易》，郭象之《論語》，固悉當代之名作也。雖其精神與漢儒大殊，然於儒經甚鮮誹謗。」〔註 71〕「聖人所言，雖與玄學之旨殊，而於聖人所無言處探求之，則虛無固仍為聖人之真性，於老莊之書所述者無異也。」〔註 72〕所以，「玄學家主張儒經聖人，所體者虛無；道家之書，所談者象外。聖人體無，故儒經不言性命與天道；至道超象，故老莊高唱玄之又玄。儒聖所體本即道家所唱，玄儒之間，原無差別。」〔註 73〕而「『向子期以儒道為壹』，郭象襲取其注，立義亦同。」〔註 74〕郭象注《莊子》，亦言「宜忘其所寄以尋述作之大意」，則能了然其「遊外弘內之道」實不背於孔子之學，也可知《莊子》中借孔子所言「彼遊方之外者也，而丘遊方之內者也」並無毀仲尼之意〔註 75〕。牟宗三先生亦以為「會通孔老」為玄學之主要課題：「老、莊重視自然，儒家重視名教，因此這也就是儒、道二家是否衝突的問題。這是個學術史上的客觀問題，那時的學術文化發展到這一階段，出現了這個問題，就不能置之不理，因此如何會通孔、老就成了那個時代的主要課題。」〔註 76〕

〔註 70〕 湯用彤：《言意之辨》，《魏晉玄學論稿》，上海，上海古籍出版社，2001 年版，第 29、35 頁。

〔註 71〕 湯用彤：《言意之辨》，《魏晉玄學論稿》，上海，上海古籍出版社，2001 年版，第 29 頁。

〔註 72〕 湯用彤：《言意之辨》，《魏晉玄學論稿》，上海，上海古籍出版社，2001 年版，第 32 頁。

〔註 73〕 湯用彤：《言意之辨》，《魏晉玄學論稿》，上海，上海古籍出版社，2001 年版，第 33 頁。

〔註 74〕 湯用彤：《言意之辨》，《魏晉玄學論稿》，上海，上海古籍出版社，2001 年版，第 33 頁。

〔註 75〕 湯用彤：《言意之辨》，《魏晉玄學論稿》，上海，上海古籍出版社，2001 年版，第 34 頁。

〔註 76〕 牟宗三：《中國哲學十九講》（全集本），臺北，聯經出版事業有限公司，2003 年版，第 229 頁。

　　如何解決「會通儒老」的課題呢？從「聖人何以爲聖人」此一問題入手。「依照一般的瞭解，聖人之所以爲聖在於他能體現道。……魏晉人認爲這道就是老、莊所講的道。如此一來就得到會通孔老衝突的一個契機，他們就從此處著眼。如是，聖人之所以爲聖人，就在於他能把老、莊所說的『道』，圓滿而充盡地在生命中體現出來。」〔註77〕王弼所言「聖人體無」，即「聖人能在生命中將無體現出來」〔註78〕。「道是以老莊所講的爲標準，但只有聖人能體現之，因此聖人是第一等人。」〔註79〕所以郭象注《逍遙遊》曰：「夫神人即今所謂聖人也，夫聖人雖在廟堂之上，然其心無異於山林之中」〔註80〕。自王弼、向、郭之後，此會通儒老之觀念一直沿襲下去：「以孔子之『作』爲用，以老子之言爲體；以孔子之用爲『迹』，以老子之言爲『所以迹』。向、郭注《莊》，即盛發此義。內聖之道在老莊，外王之業在孔子，以此會通儒道，則陽尊儒聖，而陰崇老莊。王弼此一觀念，直貫至兩晉南北朝而不變。」〔註81〕錢穆先生在《國史大綱》中也指出玄學之縐合孔、老的初衷：「魏晉之際，則先求孔子與莊老之縐合。裴徽問王弼：『無者誠萬物之所資，然聖人莫肯致言，而老子申之無已者何？』弼曰：『聖人體無，無又不可以爲訓，故不說。老子是有者，故恒言無，所不足。』何晏以爲『聖人無喜怒哀樂』，弼與不同，以爲『聖人之情，應物而無累於物。』王衍問阮脩，老莊、聖教同異，對曰：『將無同。』衍辟之爲掾。世謂之『三語掾入』。此皆當時要求縐合孔子於超世俗之學理之證。直至郭象注莊猶爾。」〔註82〕在《魏晉玄學與南渡清談》一文中，錢穆先生直接稱王何之學爲「魏晉時代之新儒學」〔註83〕。錢先生認爲，何晏作《論語集解》，其思想「尚不失儒者矩矱」〔註84〕。《論語集解》非何

〔註77〕 牟宗三：《中國哲學十九講》（全集本），臺北，聯經出版事業有限公司，2003年版，第229頁。

〔註78〕 牟宗三：《中國哲學十九講》（全集本），臺北，聯經出版事業有限公司，2003年版，第229～230頁。

〔註79〕 牟宗三：《中國哲學十九講》（全集本），臺北，聯經出版事業有限公司，2003年版，第231頁。

〔註80〕 （晉）郭象：《莊子·逍遙遊注》，（清）郭慶藩撰，王孝魚點校：《莊子集釋》，北京，中華書局，1961年版，第28頁。

〔註81〕 牟宗三：《才性與玄理》，桂林，廣西師範大學出版社，2006年版，第103頁。

〔註82〕 錢穆：《國史大綱》，北京，商務印書館，1996年版，第358頁。

〔註83〕 錢穆：《中國學術思想史論叢》（三），臺灣，東大圖書有限公司，1981年版，第72頁。

〔註84〕 錢穆：《中國學術思想史論叢》（三），臺灣，東大圖書有限公司，1981年版，第69頁。

晏一人之作，除何晏外，還有鄭沖、荀顗、曹羲、孫邕四人。曹羲是一個「正人君子」，荀顗「確是一儒者」，鄭沖「清恬寡欲」，「是一純粹學者」，唯孫邕不知其詳。「何晏共此諸人同事論語集解」，則何晏之私德應亦不壞。而《論語集解》一書，「議論去取多平允，尚不失爲儒學功臣。與其認何晏爲道家，不如認其爲儒家，還較允愜。」〔註85〕王弼的學問，細加研究，亦是儒學，「他的易注，更是儒學大功臣，⋯⋯影響功績更爲遠大。」〔註86〕由王弼論孔、老有無之論以及論聖人有情無情可以看出，「其評量老子，置於孔子之下」，以「孔子境界尤高於老莊」。〔註87〕王、何之學與之前儒學的不同，僅在於方法不同，「前漢人以陰陽家學說講孔學，現在王弼何晏則以老莊思想講孔學。此事王弼開端，而何晏承流贊揚，我們不妨稱之爲魏晉時代之新儒學。此下向郭解莊，依然承襲王何。」〔註88〕直到東晉孫盛著《老聃非大賢論》，以歷史學家的眼光批評老子，「可說他仍是王何學的餘響」〔註89〕。錢老又總結魏晉學術的真正思想曰：「由王何以下，如郭象孫盛，都非全尊老莊，都置老莊於孔子之下，此爲魏晉學術的正宗思想。」〔註90〕根本思想不離儒家之「正宗」，卻又大談老莊，實爲「曲線」維護經學之尊嚴並進一步「推進、提升」孔學。如錢穆先生論王弼注《易》曰：「王弼特地注《周易》，正爲要把《周易》的宇宙論來代替前漢經學家五天帝主宰的宇宙論。因此王弼認爲只有老莊思想轉與《周易》相近。只有從老莊入手轉可入得孔學。這是王弼特地講老莊無的哲學之微意。」〔註91〕「從老莊入手轉入孔學」，其「曲線」、「歧出」之意不言而喻。牟宗三先生在《才性與玄理》中論阮籍之「莊學」時，甚至認爲道家本身即此種以「至仁、至義、至聖、至智」之儒學境界爲鵠的的「曲

〔註85〕 錢穆：《中國學術思想史論叢》（三），臺灣，東大圖書有限公司，1981年版，第69～70頁。

〔註86〕 錢穆：《中國學術思想史論叢》（三），臺灣，東大圖書有限公司，1981年版，第70頁。

〔註87〕 錢穆：《中國學術思想史論叢》（三），臺灣，東大圖書有限公司，1981年版，第71頁。

〔註88〕 錢穆：《中國學術思想史論叢》（三），臺灣，東大圖書有限公司，1981年版，第72頁。

〔註89〕 錢穆：《中國學術思想史論叢》（三），臺灣，東大圖書有限公司，1981年版，第72頁。

〔註90〕 錢穆：《中國學術思想史論叢》（三），臺灣，東大圖書有限公司，1981年版，第72頁。

〔註91〕 錢穆：《中國學術思想史論叢》（三），臺灣，東大圖書有限公司，1981年版，第71頁。

線智慧」;「窺道家之義,實是想將仁義禮文乃至聖智推進一步,提升一步,而至『至仁、至義、至聖、至智』之境界,而期依詭辭爲用之方式,由『無心之道』以實現之。此是作用地保存之,而不是儒家本體地肯定之。故道家多詭辯,如『大道不稱,大辯不言,大仁不仁,大廉不嗛,大勇不忮』(《莊子‧齊物論》)。《老子》中詭辭尤多……通過此種詭辭之曲線而達到『至』或『大』之境界。……(道家)對禮法而言,既不是積極地肯定之,亦不是積極地否決之,而只是體無通有,和光同塵,而不覺其有礙,故能至仁義禮法聖智之眞也。」〔註92〕可見,各位前輩學人「英雄所見略同」,大多認爲魏晉玄學以儒家爲本根,致力於以道釋儒,會通儒老,重振儒學之威嚴。而人們之所以以尊老莊者爲玄學,蓋因王弼等人採取得意忘言之新方法,其思路、視角讓人耳目一新,加之其時政治環境之惡劣,士人熱衷老莊之出世的智慧,流風所被,遂成爲一時之風潮。〔註93〕

思想上不離儒家「正宗」並試圖打通、融合孔、老,此爲形而上的貫通,有此形而上的高蹈,便有與之相應的形而下的表現,比如現實生活中士大夫之行止及其人格之追求。錢穆先生在《國學概論》第六章「魏晉清談」中分析了魏晉士人的精神追求與內心苦衷:魏晉時期學術風尙的主要精神,一言以蔽之曰「個人自我之覺醒」。而此「自我之覺醒」既有社會之衰亂爲外在推手,又有「內心批評」之內在動機。內心批評之說,肇自王充。此外,失去大一統政權之靠山的儒學傳統亦漸漸失其往日之威嚴。其時的社會,從政治、經濟到思想、文化均混亂失序,需要重新建構,而作爲個體的「自我」,置身

─────────────────────────

〔註92〕 牟宗三:《才性與玄理》,桂林,廣西師範大學出版社,2006 年版,第 252～
　　　 253 頁。
〔註93〕 湯用彤先生在《魏晉玄學論稿‧言意之辨》中分析了魏晉人會通儒老的學理
　　　 事實,但也認爲魏晉人士「以老莊爲本,儒教爲末」,所以「雖調和孔老,而
　　　 實崇道卑儒」。又言「魏晉名士固頗推尊孔子,不廢儒書,而其學則實揚老莊
　　　 而抑孔教也。」蒙培元先生也認爲魏晉玄學家的「自然與名教之辯」,「實際
　　　 上是以自然爲性,以名教爲行,以自然爲本,以名教爲末。」(蒙培元:《心
　　　 靈超越與境界》,北京,人民出版社,1998 年版,第 241 頁。)此觀點與牟宗
　　　 三、錢穆二先生均明確以儒家爲魏晉學術正宗不同,主要原因蓋在於湯、蒙
　　　 二先生由方法言、由魏晉一時期言,牟、錢二先生由內容言、由整個思想史
　　　 言。兩方見仁見智,但本質上並不衝突。而且,至少各家均認同魏晉玄學致
　　　 力於會通儒道的學術取向,此取向已足夠說明儒道之間相通之事實,也已足
　　　 夠說明魏晉玄學以及南朝學術文化不離儒家思想之事實。

亂世，愈加茫然。正如錢穆先生所言：「又值世亂，生命塗炭，道義掃地，志士灰心，見時事無可爲，遂轉而爲自我之尋究。」〔註94〕但是，如何才能發現「自我」？做到「無名」「無累」，「自我」便會「顯身現形」。「必無名無累，而後可以無物。亦必無名無累，而後可以明我。」〔註95〕「外不能識無明，內不能達無累，則我之爲我者僅矣。故必破樊籠，脫牢制，一體於無，而後可以明我也。」〔註96〕故王弼、何晏之學風，首貴「體無」。之後，嵇康、阮籍繼續張揚、發揮「體無」思想，以求物情順通，大道無違，最終擁有逍遙自由的生命狀態。名士們既內心「體無」，行止上則追求儒家禮教束縛之「無」，遂率眞任性，越名教而任自然，遂有放浪形骸、不拘禮法之言行，世人也以其「非湯、武而薄周、孔」而斥責、攻擊之。但是，嵇、阮輩雖然「越名教」，亦「未嘗薄事爲也，未嘗輕禮樂也，未嘗泯賢愚、忘善惡、譴是非也。要其意，在於篤僞薄而守志，明無爲之趣，葆自我之眞。……迹其行事，亦以感激於世變，而遂致謹於言行，進不敢爲何晏、鄧颺，退亦不願與媚權附勢者伍。」〔註97〕也因此，阮籍有「不得復爾」之戒，樂廣有「何必乃爾」之譏，嵇含有「玄虛助溺」之歎，戴逵有「無可奈何」之嗟。〔註98〕可見，魏晉嵇、阮之流，其內心仍不脫儒家君子之本質，而其外在言行的放蕩不羈，實在是因爲置身亂世不得已而爲之，其苦衷可知矣！戴逵是當時聞名遐邇的隱逸之士，其爲人「性高潔，常以禮度自處，深以放達爲非道」〔註99〕，曾作《竹林七賢論》，謂「是時竹林諸賢之風雖高，而禮教尙峻」〔註100〕，可謂嵇、阮之知音。湯用彤《魏晉玄學論稿》中亦明言：「王弼學貴虛無，然其所推尊之理想人格爲孔子，而非老子。周彥倫曾言，『王何舊說皆云老不及聖』。此蓋漢代以來相承之定論。輔嗣、平叔未能有異言。」〔註101〕又言王弼「其形上

〔註94〕錢穆：《國學概論》，北京，九州出版社，2011年版，第145頁。

〔註95〕錢穆：《國學概論》，北京，九州出版社，2011年版，第146頁。

〔註96〕錢穆：《國學概論》，北京，九州出版社，2011年版，第149頁。

〔註97〕錢穆：《國學概論》，北京，九州出版社，2011年版，第150～152頁。

〔註98〕錢穆：《國學概論》，北京，九州出版社，2011年版，第153～155頁。

〔註99〕（唐）房玄齡等：《晉書》（卷九十四），北京，中華書局，1974年版，第2457頁。

〔註100〕韓格平注譯：《竹林七賢詩文全集譯注》，長春，吉林文史出版社，1997年版，第629頁。

〔註101〕湯用彤：《王弼之〈周易〉、〈論語〉新義》，《魏晉玄學論稿》，上海，上海古籍出版社，2001年版，第87頁。

學，雖屬道家，而其於立身行事，實仍賞儒家之風骨也。」〔註 102〕此後，隨著社會的持續動盪和政治的愈加腐敗，人心日益浮躁，道德日趨墮落，魏晉時期尚存的一點源自儒家思想的正氣和教養，越來越少，終至消失。但浮華、墮落雖成風氣，終究只是末流所為，難成大的氣候，難有深廣的影響。而魏晉玄學的根柢以及儒學的血脈，在彌漫於整個社會的浮華、腐朽的習氣之下，仍然頑強地延續、生長，作為魏晉南北朝幾百年墮落迷失的最後一道底線，於破敗、頹廢的亂世中，支撐著中華的文化傳統艱難前行。所以，魏晉南北朝時期玄學家的終極追求仍然是儒家的仁義禮法，其理想人格仍然是儒家的聖人形象，只不過偏離了儒家本來的路徑，以「得意忘言」的方法，不拘泥於言語符號的質實，轉而開創一虛靈的境界，在此境界中重新放置心中的聖人神像，重新調整修齊治平的理想，重新安頓亂世中尊儒踐儒而不得的苦難心靈。

　　從整個中國文學史發展之角度，也可發現魏晉玄學家的思想有其傳統的儒家淵源，其玄學的轉向背後有著對儒家理想或取或捨的矛盾糾結。從漢末「合久必分」的局面到正始玄學的產生，中間經過了一個重要的階段──建安時期，這不僅僅是歷史發展的時間上的分期，更是知識階層思想發展承前啟後的一個關鍵時段。錢穆先生嘗言：「建安以後，始以文學作品為表現作者人生之用，以文學為作者私人不朽所寄。……此一時代之人生，乃多表現在此一時代之文學中。換言之，此一時代之文學，乃成為此一時代一種主要之史料。若欲認識此一時代之整個時代精神，亦當於此一時代之文學中覓取。」〔註 103〕建安文學如此，而漢末文學和正始文學直接與其前後承接，為建安文學之前因與後果。那麼，從漢末到建安再到正始玄學的產生，其間文人士子思想、情緒的轉變也可以從三個時期的詩歌演變上體現出來。漢末的詩歌代表作可以取《古詩十九首》。葉嘉瑩先生在《漢魏六朝詩講錄》中考證認為：「這十九首詩無論就其風格來判斷，還是就其所用的詞語地名來判斷，都應當是東漢之作，而不可能是西漢之作。更何況，這十九首詩中所表現的一部分有關及時行樂的消極頹廢之人生觀，也很像東漢的衰世之音。因此，他們很可能是班固、傅毅之後到建安曹王之前這一段時期的作品。」

〔註 102〕湯用彤：《魏晉玄學論稿》，上海，上海古籍出版社，2001 年版，第 93 頁。
〔註 103〕錢穆：《中國學術思想史論叢》（三），臺灣，東大圖書有限公司，1981 年版，第 148 頁。

〔註104〕葉嘉瑩先生的話不僅考訂了時間，也點出了古詩十九首的內容特點，即表現「及時行樂的消極頹廢之人生觀」的「衰世之音」，此亦即其時人們主要心態之寫照。如《青青陵上柏》詩：「人生天地間，忽如遠行客。斗酒相娛樂，聊厚不爲薄；驅車策駑馬，遊戲宛與洛。」《今日良宴會》詩：「人生寄一世，奄忽若飆塵；何不策高足，先據要路津？無爲守貧賤，轗軻常苦辛。」《西北有高樓》詩：「西北有高樓，上與浮雲齊；交疏結綺窗，阿閣三重階。上有絃歌聲，音響一何悲！」《驅車上東門》詩：「浩浩陰陽移，年命如朝露。人生忽如寄，壽無金石固。萬歲更相送，賢聖莫能度。服食求神仙，多爲藥所誤。不如飲美酒，被服紈與素。」《生年不滿百》詩：「生年不滿百，常懷千歲憂；晝短夜苦長，何不秉燭遊？爲樂當及時，何能待來茲？」〔註105〕再如「白露沾野草，時節忽復易」（《明月皎夜光》）、「四時更變化，歲暮一何速！……蕩滌放情志，何爲自結束？」（《東城高且長》）、「過時而不採，將隨秋草萎」（《冉冉升孤竹》）等等。〔註106〕彌漫於十九首古詩的頹廢中隱含著一種文人特有的浪漫，對於其時的文人而言，此浪漫亦即一種浸透悲涼的狂歡。至建安時期，感傷、迷惘、頹唐的基調有所減弱，多了一些蒼涼、慷慨、沉雄。如劉勰《文心雕龍・明詩》所言：「暨建安之初，五言騰踊。文帝陳思，縱轡以騁節；王徐應劉，望路而爭驅。並憐風月，狎池苑，述恩榮，敘酣宴；慷慨以任氣，磊落以使才。」〔註107〕按劉勰《文心雕龍・時序》中「文變染乎世情」〔註108〕的推理，此段話中的「騰踊」、「縱轡以騁節」、「望路而爭驅」、「慷慨以任氣，磊落以使才」，不單純是詩風的變化，更是時代風氣和文人情感、思想的變化。建安時期的詩歌展現的是建安文人建功立業、安邦救世的宏偉抱負，洋溢的是「東臨碣石，以觀滄海」的君臨天下的蓋世霸氣、「老驥伏櫪，志在千里，烈士暮年，壯心不已」的躊躇滿志

〔註104〕葉嘉瑩：《漢魏六朝詩講錄》，石家莊，河北教育出版社，1997 年版，第 64 頁。

〔註105〕馬茂元：《古詩十九首初探》，西安，陝西人民出版社，1981 年版，第 49、55、62、89、97 頁。

〔註106〕馬茂元：《古詩十九首初探》，西安，陝西人民出版社，1981 年版，第 73、84、118 頁。

〔註107〕（南朝・梁）劉勰著，范文瀾注：《文心雕龍注》，北京，人民文學出版社，1958 年版，第 66 頁。

〔註108〕（南朝・梁）劉勰著，范文瀾注：《文心雕龍注》，北京，人民文學出版社，1958 年版，第 675 頁。

與激情，以及「亭亭山上松，瑟瑟谷中風。風聲一何盛，松枝一何勁」〔註109〕的「眞骨淩霜」〔註110〕的清剛之氣。再至正始時期，司馬氏集團與曹魏集團爭權奪利，司馬集團以殺助奪，殘酷清除異己力量，一時間「天下多故，名士少有全者」〔註111〕，於是，文人自然又從險惡的仕途轉向自然山水，從修齊治平的儒家人格理想轉向老莊的自由逍遙，玄學思想由此滋生，遂有玄言詩、遊仙詩以及山水詩的興盛。如孫綽《答許詢九首》、郭璞之《遊仙詩十九首》、謝靈運之《登永嘉綠嶂山》、《郡東山望溟海詩》等等。從漢末的悲觀、消極、頹廢到建安時期的慷慨激昂，再到正始時期的不問世事、逍遙自足，這個以詩文爲載體的、充滿情感因而較爲「情緒化」的思想發展的過程，完全可以代表當時整個知識階層的思想演變過程。這個過程表明，整體而言，文人士子的思想情感由儒到玄的轉向，是出於對現實的不滿和無從救弊的無奈，是儒家的入世情懷遇挫之後的被迫選擇，其沉醉於哲理玄思、流連於山水自然的適意背後，仍有難以釋懷的悲愴與憤惋。此種文學情感的表現，恰恰印證了其時玄學的內在苦衷。

綜上所述，牟宗三先生所謂的「歧出」，其實是當時整個文化之「歧出」，玄學之「歧出」，不過是其更爲核心的體現而已。而整體文化之「歧出」於文學中的體現，又可作爲玄學「歧出」的歷史文本的「互文」，是玄學「歧出」的更爲感性直觀的再現。但是，從整個文化的「歧出」角度而言，與上述詩文及其演變過程相比，志怪書與玄學的「互文」關係當更爲緊密，志怪書旨在反映現實世界卻轉向「非現實世界」而志「怪」，與玄學在思維以及表現路徑上高度一致，其「曲線智慧」的特徵更爲鮮明。

（2）志怪之「歧出」性質及表現

（2.i）「怪誕」：「志怪」的現實主義色彩

「志怪」，顧名思義，怪誕是其基本特徵，是志怪「小說」給接受者留下的第一印象。那麼，何謂「怪誕」？在對這一美學範疇的諸多的解釋、論述中，德國批評家沃爾夫岡‧凱澤爾和英國學者菲利普‧湯姆森的觀點深刻獨

〔註109〕 （漢魏）劉楨：《贈從弟三首》其二，見逯欽立輯校：《先秦漢魏晉南北朝詩》，北京，中華書局，1988年版，第371頁。

〔註110〕 張懷瑾：《鍾嶸詩品評注》，天津，天津古籍出版社，1997年版，第182頁。

〔註111〕 （唐）房玄齡等：《晉書》（卷四十九），北京，中華書局，1974年版，第1360頁。

到，對理解魏晉南北朝志怪「小說」之「怪誕」與「歧出」有極大的啓發意義。沃爾夫岡・凱澤爾系統、深入地研究了「怪誕」一詞的含義以及相關的作品、理論的演變歷史，最終認爲：「怪誕是異化的世界」〔註112〕，「潛藏和埋伏在我們的世界裏的黑暗勢力使世界異化，給人們帶來絕望和恐怖，」〔註113〕而在怪誕的藝術描繪中，「黑幕揭開了，兇惡的魔鬼暴露了，不可理解的勢力受到了挑戰。」〔註114〕所以，怪誕是「一種喚出並克服世界中兇惡性質的嘗試」〔註115〕。總之，在凱澤爾看來，「怪誕」的本質是對黑暗現實的揭露和對抗，離奇但不離現實，滑稽中透著嚴肅和恐怖。湯姆森對此深有同感，他更加明確地指出了「怪誕」的現實意義：怪誕是「熟悉的、信賴的東西忽然變得陌生、令人不安。……這常常表現爲把互不相干、互不相容的事物攪和在一起，而這些事物本身是不會激發人們的好奇心的。」〔註116〕怪誕「不僅僅是一種藝術手法或範疇，而且它就存在於自然界和我們周圍的世界之中。」〔註117〕怪誕「揭露人生那些可怕和可惡的方面」〔註118〕，是「對人類生存本身那種困境作的恰如其分的表述」〔註119〕。怪誕「讓我們以一種全新的眼光來重新認識（現實的）世界，儘管這種眼光可能是怪異的、令人不安的，但卻是清醒的、眞實可靠的。」〔註120〕凱澤爾和湯姆森上述對怪誕的解釋，深刻地指出了「怪誕」在怪異面紗下的現實主義本質。但是，「怪誕」畢竟又不

〔註112〕（西德）沃爾夫岡・凱澤爾著，曾忠祿、鍾翔荔譯，丁傳林校：《美人和野獸——文學藝術中的怪誕》，西安，華嶽文藝出版社，1987年版，第195頁。

〔註113〕（西德）沃爾夫岡・凱澤爾著，曾忠祿、鍾翔荔譯，丁傳林校：《美人和野獸——文學藝術中的怪誕》，西安，華嶽文藝出版社，1987年版，第199頁。

〔註114〕（西德）沃爾夫岡・凱澤爾著，曾忠祿、鍾翔荔譯，丁傳林校：《美人和野獸——文學藝術中的怪誕》，西安，華嶽文藝出版社，1987年版，第199頁。

〔註115〕（西德）沃爾夫岡・凱澤爾著，曾忠祿、鍾翔荔譯，丁傳林校：《美人和野獸——文學藝術中的怪誕》，西安，華嶽文藝出版社，1987年版，第199頁。

〔註116〕（英）菲利普・湯姆森著，孫乃修譯：《論怪誕》，北京，崑崙出版社，1992年版，第82頁。

〔註117〕（英）菲利普・湯姆森著，孫乃修譯：《論怪誕》，北京，崑崙出版社，1992年版，第23頁。

〔註118〕（英）菲利普・湯姆森著，孫乃修譯：《論怪誕》，北京，崑崙出版社，1992年版，第83頁。

〔註119〕（英）菲利普・湯姆森著，孫乃修譯：《論怪誕》，北京，崑崙出版社，1992年版，第14頁。

〔註120〕（英）菲利普・湯姆森著，孫乃修譯：《論怪誕》，北京，崑崙出版社，1992年版，第24頁。

同於現實主義，那些把現實世界變得怪異、陌生、令人不安的幻想成分，同樣不容忽視。而湯姆森的獨到之處就在於，他發現了怪誕之所以稱爲「怪誕」的眞正「秘密」，即怪誕是「幻想與現實之間的有意識的融合」。湯姆森認爲：「假如一篇文學本文『發生』在作者所創造的幻想世界裏，也根本不想與現實有任何聯繫，那麼怪誕也就無從說起。因爲在一個與現實無關的封閉的幻想世界裏，你盡可以信口開河。讀者一旦意識到自己是在面對這樣一個封閉的世界，就會連眼皮也不眨一下地馬上接受最離奇的事物，因爲沒有人要求他非得把這些事物當成眞格的。」〔註121〕「人們錯誤地把怪誕和幻想過分緊密地聯結在一起。這兩者之間的關係是複雜的，……怪誕效果至少有某些部分來自一種現實主義結構和現實主義手法之中。」〔註122〕因此，「在幻想這個領域裏，怪誕的標誌就是幻想與現實之間的有意識的融合。」〔註123〕可見，怪誕中含有幻想的成分，但是，幻想不完全等同於怪誕。幻想是與現實世界無關的、自成一體的封閉的世界，給人新鮮、離奇之感，但不會像「怪誕」那樣讓人感覺荒謬、恐怖，「令人不安」。怪誕的效果來源於將「互不相干、互不相容的」的幻想與現實雜糅於一體。「怪誕」既包蘊著幻想和現實，又有別於單純的幻想和純粹的現實。離奇的幻想和「眞格」的現實聯結在一起，生長在一起，讓人眞假難辨，人們對變異的現實先是半信半疑，感覺滑稽可笑，繼而以幻爲眞，又因難以應對而恐慌不安：這種對現實的「操作」及其效果才稱之爲怪誕。湯姆森的貢獻在於，他繼凱澤爾之後，進一步將人們一向以爲遠離現實的、荒誕不經的「怪誕」重新拉回到現實主義的視域，同時又清晰地指出了怪誕與現實主義的區別。上個世紀八十年代末，由 A.A.別利亞耶夫等一批蘇聯學者編撰的《美學辭典》列有「怪誕」詞條，詞條釋義首先指出怪誕不同於喜劇性的滑稽：「與喜劇性不同，怪誕更像是一種痛苦的『含著眼淚』的笑。……一些怪誕的形象往往不是引起微笑和一般的笑，而是引起厭惡、憤怒、蔑視和恐懼的感情。」〔註124〕其次，強調了「怪誕」的現實

〔註121〕（英）菲利普・湯姆森著，孫乃修譯：《論怪誕》，北京，崑崙出版社，1992年版，第 32 惡。

〔註122〕（英）菲利普・湯姆森著，孫乃修譯：《論怪誕》，北京，崑崙出版社，1992年版，第 32～33 頁。

〔註123〕（英）菲利普・湯姆森著，孫乃修譯：《論怪誕》，北京，崑崙出版社，1992年版，第 32 頁。

〔註124〕（蘇）A.A.別利亞耶夫等編：《美學辭典》，北京，東方出版社，1993 年版，第 128 頁。

主義色彩。怪誕「將審美對象的個別方面過分誇大和尖鋭化，從而導致現實中存在著的聯繫被破壞」，體現了「現實本身內部的不協調和使社會分裂的那種癱瘓狀態」。〔註125〕怪誕所描繪和表現的內容與現實不符就是「對現實的挑戰，是要採取積極態度對現實進行改造的表現。」〔註126〕「怪誕作為一種藝術方法，其使命是打破慣常的理解公式，把現實的多種多樣的表現都呈現出來。儘管怪誕具有幻想的成分，它仍然同藝術中的現實主義流派具有最密切的聯繫。……在果戈里和薩爾蒂科夫-謝德林筆下怪誕之所以成為如此強有力的藝術分析手段，正是因為它有機地包含在現實主義的多種多樣的方法和手段的體系中。」〔註127〕其解釋顯然受到凱澤爾和湯姆森的影響，顯見對二者的認同和肯定。

總之，怪誕是用「打破慣常的」、「將審美對象的個別方面過分誇大和尖鋭化」、「把互不相干、互不相容的事物攪和在一起」的表現方式描述「人類生存本身的困境」，揭露並反抗黑暗的、罪惡的、異化了的現實世界，「引起厭惡、憤怒、蔑視和恐懼的感情」。這種對於「怪誕」的基本界定，從內容到表現手法再到接受效果，幾乎都與魏晉南北朝志怪「小説」完全吻合——儘管魏晉南北朝志怪「小説」還不算是嚴格意義上的小説藝術。而「怪誕」理論中關於幻想成分與現實因素的分析，無疑也印證了魏晉南北朝志怪「小説」的「歧出」表現。魏晉南北朝志怪「小説」的出發點和立足點始終是現實世界，其將現實的個別方面「過分誇大和尖鋭化」、「把互不相干、互不相容的事物攪和在一起」，既凸顯、渲染動蕩現實中的死亡氣息，又大量描繪死而復生的還陽場景，並賦予非人的事物以人的生命和面目，使本屬於人的現實世界充斥著鬼神精怪，人影和鬼影、怪影穿梭交織，幽冥陰陽、今生來世穿越交叉，非人非鬼，亦人以鬼，非人非物，亦人亦物，真幻之間，恍惚難辨，人心難安。志怪故事中，「兩足虎」、「兒生兩頭」、「草作人狀」、「雨魚」、「雨肉」、「樹出血」、「馬生人」、「燕生雀」、「龜婦」、「鼠婦」以及各種鬼魅作祟等諸多的「幻想」成分無視人的意志強行介入人的世界，使現實世界變得神

〔註125〕（蘇）A.A.別利亞耶夫等編：《美學辭典》，北京，東方出版社，1993年版，第127～128頁。
〔註126〕（蘇）A.A.別利亞耶夫等編：《美學辭典》，北京，東方出版社，1993年版，第128頁。
〔註127〕（蘇）A.A.別利亞耶夫等編：《美學辭典》，北京，東方出版社，1993年版，第128頁。

秘、荒謬、醜陋又無法掌控，既激發人們的好奇心，又讓人倍感厭惡和恐慌。即使有「桃花源」、「劉晨阮肇」等美好的幻想，也爲數不多，而且給人虛無縹緲、難以置信之感。聯繫魏晉南北朝遍佈瘡痍的社會現實，不能否認，這些怪異的幻想本質上仍是對現實世界的眞實再現，是人們對混亂失序的社會以及極度缺乏安全感的生存困境的揭露和抗議，展現的是人們對近在咫尺又無法擺脫的死神的恐懼以及對生命的極度渴望。所以，志怪「小說」所「志」之「怪」始終根於現實、繫於現實，只是以富於幻想的、曲折的「志怪」筆法代替了現實主義的直接再現，這和玄學不離儒家思想之正宗卻在思維和言說方式上「歧出」的表現彼此呼應。「志怪」小說中的現實因素之於幻想成分，正猶如儒學之於玄學，是現實「暫時離其自己」，「離其自己正所以改造自己」。

（2.ii）志怪故事之「歧出」的總體表現

具體而言，在魏晉南北朝志怪「小說」中，幻想暫離現實之「歧出」以及幻想和現實的聯結與互生，主要體現在三個方面：

一、整體而言，志怪「小說」中的怪異世界反映的仍是現實世界，鬼、神、精、怪等各類非人的存在無非是人的變形或化身，各種離奇、虛幻的情節無不折射出現實的弊端和缺憾，無不迴蕩著發自現實人生的呻吟和吶喊。魏晉南北朝時期，現實社會極度扭曲，呈現出前所未有的反常與異化，大廈將傾的動蕩、連續不斷的自然災害、生命的極度不安、人性和道德的墮落、觸目皆是的屍骸、充耳不絕的呻吟，到處充斥著冰冷、畸形，沒有正常的人的溫度和氣息，本是人間卻恍如地獄。正如湯姆森所說，怪誕「不僅僅是一種藝術手法或範疇，而且它就存在於自然界和我們周圍的世界之中。」志怪「小說」不是描述怪異的他者，而是呈現人自身及其置身其中的現實世界。「其人其事近在耳目間、實實在在，而又渺渺茫茫，實中見幻，平中見奇，給人一種虛幻性的現實感。」〔註128〕「鬼都被賦予了現實中某類人的性格和感情，是人的鬼化，或者說是鬼的人化，因而給人的感覺是眞實的。」〔註129〕李劍國先生此段對志怪「小說」代表作《幽明錄》的論述同樣適用於魏晉南北朝志怪「小說」的整體特點，也恰恰道出了志怪「小說」融現實與幻想爲一體的「怪誕」本質。尤其在南北朝時期，佛教大爲盛行，而佛教本旨即在幫助

〔註128〕李劍國：《唐前志怪小說史》，天津，南開大學出版社，1984年版，第357～358頁。
〔註129〕李劍國：《唐前志怪小說史》，天津，南開大學出版社，1984年版，第361頁。

俗世之眾生脫離現實人生之苦海，關注現實世界的種種困境是其教義的出發點和立足點。正如樓宇烈先生所言：「與其他宗教相比，佛教是一種充滿人文精神的宗教，它立足於現實人生，深切關懷一切有情眾生，乃至於無情世界的生滅苦樂，強調一切有情眾生不依神力的智慧自度和慈悲度他。……正是佛教這一人文的特點，至今還有不少大德和學者稱佛教為無神論的宗教。」〔註 130〕佛教所謂的「有情眾生」，「其中主要是人，」〔註 131〕「都是現實世間中的有情眾生和人，都是生活在種種煩惱、愚癡中的活生生的有情眾生和人，佛教為其提供斷除煩惱、愚癡的智慧和道路。」〔註 132〕佛教立足現實人生的特點，隨著佛教教義以及佛教故事在中土的傳播，影響漸漸及於中土志怪故事的撰寫，把中土志怪故事的注意力從自然界的鬼靈精怪中更多地轉移到了以人為中心的現實生活中，所以，南朝志怪「小說」——尤其是「釋氏輔教之書」與之前的志怪書相比，更加關注具體、真實的現實人生。如顏之推的《冤魂志》，多記果報故事，反映了佛教的因果報應觀念，但「大都取材歷史和近世當代事件，多與正史相出入」〔註 133〕，且其果報幾乎沒有善報和來生報、後世報，多為現世惡報。故事既有對超出常理的、怪異的果報過程的描寫，又通過敘述故事的前因後果、來龍去脈反映出當時政治的黑暗、官吏的殘暴、百姓的苦難等現實世界中「可怕和可惡的方面」，揭露了「社會的某些真實圖景」〔註 134〕。並且，「由於立足於現實，所以並不空泛」〔註 135〕，在反映社會真實的基礎上表達了對現實的極度不滿以及懲惡揚善、改造現實的迫切心情，具有深刻的社會內涵和極強的現實意義。因此，《冤魂志》雖為充滿「幻想」的「釋氏輔教之書」，卻體現出明顯的本土的傳統儒家倫理觀念和現實主義的真實面目。

　　二、在角色設計上，志怪故事中不但充滿鬼怪等非人的存在，也處處可見人的身影，從帝王、權貴、官僚到名士、僧徒、道士、百姓等，不同身份、地位、職業、性別、等級、年齡的各色人等悉數登場，與各路鬼、神、精、怪、仙、佛相逢相交，有鬼怪之處必有人，有人之處必有鬼怪，人和非人的存

〔註 130〕樓宇烈：《中國佛教與人文精神》，北京，宗教文化出版社，2003 年版，第 378 頁。
〔註 131〕樓宇烈：《中國佛教與人文精神》，北京，宗教文化出版社，2003 年版，第 380 頁。
〔註 132〕樓宇烈：《中國佛教與人文精神》，北京，宗教文化出版社，2003 年版，第 381 頁。
〔註 133〕李劍國：《唐前志怪小說史》，天津，南開大學出版社，1984 年版，第 444 頁。
〔註 134〕李劍國：《唐前志怪小說史》，天津，南開大學出版社，1984 年版，第 445 頁。
〔註 135〕李劍國：《唐前志怪小說史》，天津，南開大學出版社，1984 年版，第 449 頁。

在二者缺一不可，共同演繹著一幕幕志怪場景。而且，很多志怪故事中的人物是有史可查的眞實的歷史人物，比如《搜神記》《搜神後記》《幽明錄》《異苑》《拾遺記》《冥祥記》中，歷史人物俯拾皆是：孔子、顏回、子夏、曾參、楚文王、伍子胥、漢武帝、漢成帝、魏武帝、晉孝武帝、孫策、孫權、劉備、宋武帝劉裕、淮南王劉安、董卓、董仲舒、東方朔、賈誼、張華、鄭玄、王弼、羊祜、郭璞、左慈、王戎、嵇康、阮籍、阮瞻、曹植、鍾繇、諸葛亮、華歆、鄧艾、干寶、庾亮、郗鑒、郗超、桓溫、王敦、王導、殷仲堪、王坦之、謝安、習鑿齒、顧愷之、陶侃、陸機、劉義慶、謝晦、徐羨之、檀道濟、顏延之、謝靈運、謝敷、石勒、佛圖澄、安世高、釋慧遠、于法蘭、竺法義、釋僧群、釋道冏、竺長舒……諸多歷史人物的粉墨出場，使志怪「小說」似乎具有了一種無可辯駁的眞實感，也同時愈顯怪異。志怪「小說」猶如一部部另類史書，用斑駁陸離的幻象記錄著更爲隱秘的歷史，荒誕無稽卻又眞實得讓人不忍直視。

三、在敘事上，志怪故事情節的連貫性、場景描繪的整體性使得人和非人兩種存在如血肉骨骼般有機地生長在一起，二者難以拆解的緊密性極大地衝擊人們的日常認知，強迫人們接受荒誕、怪異的一切，啓發人們重新認識和思考怪誕至極但仍似曾相識的現實世界。如《搜神記》中「談生」條，原文如下：

> 漢談生者，年四十，無婦，常感激讀《詩經》。夜半，有女子年可十五六，姿顏服飾，天下無雙，來就生，爲夫婦。之言曰：「我與人不同，勿以火照我也。三年之後，方可照耳。」與爲夫婦。生一兒，已二歲，不能忍，夜伺其寢後，盜照視之。其腰已上，生肉如人，腰已下，但有枯骨。婦覺，遂言曰：「君負我。我垂生矣，何不能忍一歲而竟相照也？」生辭謝。涕泣不可復止，云：「與君雖大義永離，然顧念我兒，若貧不能自偕活者，暫隨我去，方遺君物。」生隨之去，入華堂室宇，器物不凡，以一珠袍與之，曰：「可以自給。」裂取生衣裾，留之而去。後生持袍詣市，睢陽王家買之，得錢千萬。王識之曰：「是我女袍，那得在市？此必發冢。」乃取拷之。生具以實對，王猶不信。乃視女冢，冢完如故。發視之，棺蓋下果得衣裾，呼其兒視，正類王女。王乃信之。即召談生，復賜遺之，以爲女婿。表其兒爲郎中。〔註136〕

〔註136〕 （晉）干寶撰：汪紹楹校注：《搜神記》，北京，中華書局，1979年版，第202～203頁。

　　故事中，談生爲人，可以出入於墳墓，鬼婦爲鬼，可以出入於陽間，陰陽兩隔卻能自如穿越、交通，而且二者相交共處，結爲夫婦，甚至還能繁衍後代！整個文本中，句式簡短、直截，敘述語氣肯定、從容而不容置疑，讓人覺得一切都不可思議卻又似乎都順理成章，人鬼交接之深之眞，讓人難以置信卻又無可懷疑。故事中，鬼婦還陽未果，只得重回陰間，但冢中「珠袍」和談生「衣裾」的空間互換，使陰陽兩界的交通留下確鑿而永遠的證據，而且「珠袍」最終被王家「復賜遺之」，成爲鬼婦的替身永遠留在了談生身邊，而談生的生活也永遠籠罩在了揮之不去的魅影之中。「珠袍」的出現還牽引出之後王家買袍、拷問談生以及最終認婿、「表其兒爲郎中」的一系列情節。王家「猶不信」，是敘述者以退爲進的敘事策略，既暫時迎合故事接受者的質疑心理，又以「猶不信」與之後「乃信之」的對比強化了故事的「眞實性」，更以此爲跳板，巧妙而自然地由鬼婦、鬼兒的虛幻空間最終回歸到以「女婿」、「郎中」等人間現實社會的常用語爲標誌的、具體而眞實的現實世界。但是，猶如由談生和鬼婦骨血精氣交融而成的鬼兒，這個完整、鮮活而怪誕的生命生動地象徵著眞實的現實世界已深深地植入了鬼域的痕迹，陰陽兩界已是難解難分的有機整體。亦如《搜神記》「盧充」條故事中的鬼兒。盧充射獵，被一獐引入崔少府墓，在墓中與崔氏女成親，三日後盧充返家。鬼女生兒並在四年後送子於充，充攜兒還家，「四坐謂是鬼魅，僉遙唾之，形如故。」或問鬼兒「誰是汝父」，鬼兒「徑就充懷」。〔註 137〕鬼兒的舉動逼眞地再現了兒童的天性及父子間基於血緣的自然親情，這充滿童眞和溫馨的一幕，分明是純粹的人的世界，卻又分明散發著鬼魅的氣息。生命嫁接在死亡的枝條上，鮮活透著冰冷，溫馨透著猙獰。鬼兒非人非鬼，亦人亦鬼，既讓人厭惡、排斥，又因爲血緣親情而難以割捨，而這種「欲罷不能」的無奈又恰恰是其時人們對自己生於斯的現實世界的眞實感受。此外，「談生」故事中還有對鬼婦半爲生人半爲枯骨的身體的描繪，這更是肆意的、毫無顧忌的人與鬼的移植、生與死的嫁接，這種讓人毛骨悚然又極其逼眞的描繪盡情地扭曲著人們的認知邏輯，又以其直接、大膽的怪誕畫面給人強烈的視覺和心靈的震撼，迫使人們不再停留於對眼前的一切簡單地做出或虛或實、或眞或假的判斷，而是不得不對之進行更爲複雜、深入的質疑和思考。同樣值得注

〔註 137〕（晉）干寶撰：汪紹楹校注：《搜神記》，北京，中華書局，1979 年版，第 203～205 頁。

意的是，「談生」故事中，從開始的鬼婦主動來就、談生隨婦入冢、取袍留裾、持袍詣市到最後的發冢驗袍、認婿等一系列情節中，鬼婦一直是情節發展的推動者，而談生則一直是被動地被鬼婦牽引著行動，唯一一次「盜照」鬼婦，雖然是主動行爲卻是愚蠢的錯誤，而且也仍然是在鬼婦「勿以火照我也」的反向刺激下發生的。「盧充」故事中，盧充亦是被動的承受者，且和談生一樣，似乎很享受這種「被牽引」、「被贈予」甚至「被施捨」的被動狀態。因此，在故事中，更爲主動的鬼婦、鬼女一方是陰陽兩界之怪異有機體的眞正製造者，是人類世界異化的作祟者，而作爲人類、作爲男性的談生和盧充在情節發展中的被動狀態以及存在感的弱化，也側面折射出整個社會缺乏生機、活力以及陰陽顚倒的反常和失序，反映出其時士人群體在現實困境面前的消極頹廢、不思進取。這種敘事中人物之「行動元」的設計，或許是撰者無意爲之，也或許是有意卻不動聲色的安排，但無論如何，故事的表層情節、結構和深層內涵有機地融合在一起，從更爲宏觀的角度深刻而巧妙地再現了社會現實。

再如反映因果報應的佛教志怪故事，更是以因果邏輯關係爲敘事機制，將情節緊密地連接、貫穿成一體。比如在《冤魂志》中，因果報應既是故事的內容，更是敘事的結構。作者將現實世界中的沉淪和罪惡呈現於「因」中，將其對現實的評價和期望寄寓在「果」裏，借助因果的邏輯聯繫，構建整個故事的有機的敘事鏈條，曲折地表達自己對現實的極度關切。在因、果兩個要素中，「因」多呈現現實中人的惡行，「幻想」成分則主要展現於「果」報的過程中。比如《冤魂志》「太樂伎」故事中，太樂伎爲秣陵縣令陶繼之所殺，爲了報仇，太樂伎於陶繼之夢中入其口，「仍落腹中。陶即驚寤，俄而絕倒。狀若風顚。良久方醒。有時而發，輒夭矯頭反著背。四日而亡。亡後家便貧頓，一兒早死，余有一孫，窮塞路次。」〔註138〕又如《宣驗記》中「沛國周氏」條故事載：周氏幼時用三支蒺藜餵食三隻小燕子致其死亡，導致後來自己的三個兒子皆「瘖不能言」。「王導」條載王導兄弟三人張網捕捉宅內之鵲，並割舌殺之，後三人「悉得瘖疾」。鳥雀能以牙還牙，讓人嘗己之痛，雖爲鳥雀，卻有人之靈氣。因、果間的內在邏輯關聯和倫理道德的善惡價值取向，成爲敘事的框架和情節的內在發展機制，將故事中的現實和幻想部分連成一體，亦眞亦幻中完成對現實的揭露和批判。

〔註138〕李劍國：《唐前志怪小說史》，天津，南開大學出版社，1984年版，第671頁。

　　除了上述因素，志怪故事的怪誕效果還緣於很多其他因素。比如諸多怪異夢境的描繪。《搜神記》卷十載：「淮南書佐劉雅，夢見青刺蝟，從屋落其腹內。因苦腹痛病。」〔註139〕同書卷十五載：「漢廣川王好發冢。發欒書冢，其棺柩盟器，悉毀爛無餘。唯有一白狐，見人驚走。左右逐之，不得，戟傷其左足。是夕，王夢一丈夫，鬚眉盡白，來謂王曰：『何故傷吾左足？』乃以杖叩王左足。王覺，腫痛，即生瘡。至死不差。」〔註140〕夢境本是虛幻不實的，卻歷歷分明地延伸到了現實生活中，一切都亦夢亦真，亦真亦夢。情節雖然簡單，但是由身體的「痛感」將虛幻的夢境和「真格兒」的現實有機地貫穿成一體，同樣讓人於真幻難辨的恍惚中倍感怪誕。當然，不能否認，夢境的本質其實是現實中的病痛和負罪之心情不能釋懷而向夢和幻覺的延伸，在某種程度上，屬於心理的正常現象。但是志怪故事由幻覺寫起，以身體真實可感的「痛點」為媒介，自然地由夢幻鏈接到現實，以反向的敘事路徑生成怪誕的敘事效果。另外，志怪作者強調實錄的創作態度以及大量使用限知視角的敘事角度，也強化了志怪故事的真實感，增強了現實之真實與幻想之怪異二者之間的張力，使得故事愈顯怪誕，愈能激發人們的好奇心，刺激人們的思維，引發對現實的密切關注和深度思考。

　　最後，更耐人尋味的「歧出」，體現於志怪「小說」中以玄學家和儒者為題材的故事。這些故事以「志怪」之偏離而不脫離現實的「歧出」筆法為表現手段，揭示了玄學以及其時知識分子的精神世界根於儒學又暫時偏離儒學的「歧出」事實，這種雙重的「歧出」以「否定之否定」的螺旋式循環更為全面、充分、準確地再現了魏晉南北朝時期立體、多維的社會現實。如劉義慶《幽明錄》中載王弼注《易》事曰：

　　　　王輔嗣注《易》，輒笑鄭玄為儒，云：「老奴無意！」於時夜分，忽然聞門外閣有著屐聲。須臾進，自云鄭玄，責之曰：「君年少，何以輕穿文鑿句，而妄譏詆老子邪？」極有忿色，言竟便退。輔嗣（原文缺「嗣」）心生畏惡，經少時，遇厲疾卒。〔註141〕

　　這則故事的撰寫，使用志怪手法，描寫了一幕儒、玄之間跨越時空的對話。故事中王弼嘲笑鄭玄以及鄭玄面帶「忿色」而「責之」，說明當時玄

〔註139〕（晉）干寶撰：汪紹楹校注：《搜神記》，北京，中華書局，1979年版，第124頁。
〔註140〕（晉）干寶撰：汪紹楹校注：《搜神記》，北京，中華書局，1979年版，第188頁。
〔註141〕魯迅校錄：《古小說鉤沈》，濟南，齊魯書社，1997年版，第165～166頁。

學與儒學之間的確存在學術思想上的衝突，即王弼一掃漢象數易學以象注易的繁瑣拘泥的弊端，援道入儒，以《老》、《莊》注《易》，倡言「得象而忘言」、「得意而忘象」的方法，暢談玄理，這與鄭玄爲代表的漢儒注《易》形成經典闡釋上的衝突。前文言及鄭玄注經已經開始突破章句訓詁的狹隘思路，融合今古文，吸收道家思想，但是，畢竟只是一種新思路、新方法的萌芽，與後來王弼的玄學方法尙有著相當的距離，而且，在後來的發展過程中，即便方法相近，也會因爲種種因素的影響，難免出現不同學派的分歧。湯用彤先生在《魏晉玄學論稿》中便分析了當時《易》學的情況：「漢代學者多講所謂『天人相應』之學，其時特別注重『天道』的著作……漢以前的書，《周易》最言『天道』，所以漢末談『天道』的人們，都奉《易經》作典要，其實『魏晉玄學』早期所推重的書，又何嘗不是《周易》呢？……說到三國時的《易》學，按照地域思想的不同，我想大略可分三項：（甲）江東一帶，以虞翻、陸績等人作代表。（乙）荊州，以宋忠等爲代表。（丙）北方，以鄭玄、荀融等人爲代表。就中荊州一派見解最新，江東一帶也頗受這種新經義的影響，北派最舊，大多傳習漢儒的『象數』。……何宴、王弼史書推論他們是『玄宗之祖』，兩人皆深於《易》學，更是不用說了。相傳何宴與管輅討論過《易》學（見《三國志·管輅傳》），荀融作文反對王弼的新說。……王弼實際就是上承荊州一派《易》學『新經義』的大師，荀氏又屬當時漢《易》的世家，由此可見這時《易》學各派相互情勢的的大概了。」〔註142〕學派之間的分歧與當時的志怪熱潮結合，遂有了此類故事的編造和傳播。然而，不同的學術走向源自相同的文化源頭，其中必定有著深層的相通，所以，故事本身也透露了儒學在整個歷史發展過程中自身內部的矛盾，說明了玄學家在儒、玄之間的無所適從及其無奈的心態，而王弼在這番較量中遇疾夭折更映射出玄學家群體對儒家思想的最終的無法割捨及其心靈深處對聖人無法消除的敬畏之情。這則故事看似簡短，平淡至極，但是，其中卻隱含了一個有著共同淵源亦有著激烈衝突的學術爭端之背景，透露了玄學發展中的困惑。故事中的人物鄭玄和王弼恰是兩個學派的代表人物，此二人的出場以及彼此的譏嘲、指責將其時學術衝突的關鍵，即玄學的「言意之辨」的方法與漢儒注重「象數」的差異恰到好處地暗示出來，而其中人物所處年代的超時空的跨越與匯合，恰是現實的思

────────────

〔註142〕湯用彤：《魏晉玄學論稿》，上海，上海古籍出版社，2001 年版，第 112～113 頁。

想內容與志怪筆法的高度融結點。德國啓蒙運動時期，著名的文藝理論家萊辛曾在《拉奧孔》中提出一個經典的術語：「富有孕育性的頃刻」，事情的「前前後後都可以從這一頃刻中得到最清楚的理解」〔註143〕，「最能產生效果的只能是可以讓想像自由活動的那一頃刻了。我們愈看下去，就一定在它裏面愈能想出更多的東西來」〔註144〕。這則故事的豐富而深厚的蘊含及其擊中要害、點到爲止的技巧可以說極爲高超，以萊辛之「富有孕育性的頃刻」譽之，亦應當之無愧。

（3）從撰者看玄學、志怪之「歧出」：以劉義慶與干寶爲例

《幽明錄》的編撰者劉義慶生活在南朝劉宋年代，其所編撰之《世說新語》當更爲人所熟知。南朝劉宋政權，是平民將領劉裕率領北府兵平定桓玄叛亂而建立的。劉宋的建立，不僅僅是一次朝廷內部的角逐與換代，更重要的是，它宣告了歷時百年的東晉門閥政治的結束以及封建王權政治核心地位的恢復。但是，門閥政治的結束並不等於世族門風的過時。寒門素族出身的劉宋統治者成爲新貴之後，仍然需要在精神文化方面向舊世族靠攏。儘管劉宋時代的世族大家已經從政權中心退出，玄學也不再是思想界的核心主導〔註145〕，但是，成爲流風餘韻的名士風采恰好可以用來彌補寒族政權文化精神上的貧乏與粗糙。因此，緣於歷史風氣的自然延續，也出於一種現實的統治策略需要，劉宋王朝對魏晉間的名士風流倍加推崇和禮遇。這給劉義慶接觸、薰染玄風提供了社會大環境和整體文化氛圍。同時，皇朝宗室之間的互相猜忌、壓制甚至彼此殘害之事屢屢發生，這也使劉義慶在政治上漸趨消沉。羅振玉作《補宋書宗室世系表》，表前有簡短小序，序中統計了劉宋宗室亡故人物之各種死因及其人數，由此，劉宋宗室之酷虐無情歷然可見。其序曰：「幼讀汪容甫先生《補宋書宗室世系表序》而善之，深惜其表不傳，欲爲補輯。……以三日之力成書一卷而書其端曰：『觀於有宋宗室之慘禍，知五倫之缺其一，其害竟如斯之酷矣！……容甫先生謂自宋武受終晉室迄於

〔註143〕（德）萊辛著，朱光潛譯：《拉奧孔》，北京，人民文學出版社，1979年版，第83頁。

〔註144〕（德）萊辛著，朱光潛譯：《拉奧孔》，北京，人民文學出版社，1979年版，第18～19頁。

〔註145〕錢穆先生曾指出：「至於南北朝以下，隋唐統一，清談既歇，而經學、佛教，遂平分學術之天下。溯其淵源，莫非流轉滋長於清談一派主潮之下者也。」（錢穆：《國學概論》，北京，九州出版社，2011年版，第163頁。）

昇平（筆者注：疑爲「昇明」）之末，凡五世六十年，本支百二十九人，其被殺者百二十有一，而骨肉自相屠害者八十。予核以史官所紀，則帝之本支實百五十有八人，其令終者三，而子弒父者一，臣弒君者四，骨肉相賊者百有三，見殺於他人者六，夭折者三十六，無子國除及出奔者三，其令終與否不可知者二。更推之臨川、長沙、營浦三系，凡五十有四人，骨肉相賊者九，被殺於他人者十，夭折者七，令終者十二，不可知者十有六。是容甫先生所舉猶未盡核，殆欲爲之表而未果歟！今既列其世系，並將其人致死之由一一疏於名字之下，以示不仁於人鮮不馴及於己而益加酷焉，且以示君臣之倫廢，人紀罔不與之俱廢。」〔註146〕再讀序後之世系表，則滿眼皆是「所弒」「伏誅」「被殺」「被誅」「所殺」「賜死」「年二歲薨」「年四歲薨」「所害」「殺之」「逼令自殺」「見殺」「被擒殺之」「遇害」……讀此表，儼然觀看一部家族系列謀殺劇，血腥刺鼻，讓人不寒而慄，難以卒讀。劉義慶身爲宋武之侄、長沙王之生子、臨川王之繼子，身份複雜，又聰慧出眾惹人眼目，處此兇險之境，其憂懼不安可想而知。《宋書》劉義慶本傳載其「少善騎乘，及長以世路艱難，不復跨馬。」〔註147〕周一良先生在《劉義慶傳之「世路艱難」與「不復跨馬」》一文中對相關史料做了詳盡的梳理和分析，認爲：「世路艱難」具體即指「封建統治階級內部之猜疑屠殺。……蓋即當時指政治鬥爭慣用之表現方法也。」〔註148〕周先生又以衡義王劉義季「無它經略，唯飲酒而已」、「爲長夜之飲，略無醒日」以求自保以及《南齊書》所載王融欲擁立蕭子良爲帝而「晚節大習騎馬」爲例，論證「不復跨馬」曰：「足見東晉南朝後期騎馬一事在某種程度上竟成政治野心之表現。」〔註149〕總之，劉義慶本傳所載其「以世路艱難，不復跨馬」，其意指「劉義慶唯恐政治上遭猜忌，不敢復跨馬馳騁，遂轉而招聚文學之士，遊心於著述。」〔註150〕周一良先生所論，緊扣當時之政治形勢，可爲說明劉義慶所處環境之險惡的有力佐證。元嘉八年，劉義慶正值風華正茂大展宏圖之際，卻因懼皇室同室操戈

〔註146〕二十五史刊行委員會編：《二十五史補編》，上海，開明書店，1936年版，第4233頁。

〔註147〕（南朝‧梁）沈約：《宋書》（卷五十一），北京，中華書局，1974年版，第1477頁。

〔註148〕周一良：《魏晉南北朝史劄記》，北京，中華書局，1985年版，第160頁。

〔註149〕周一良：《魏晉南北朝史劄記》，北京，中華書局，1985年版，第160～161頁。

〔註150〕周一良：《魏晉南北朝史劄記》，北京，中華書局，1985年版，第159頁。

之禍，以「太白星犯右執法」〔註 151〕為由，乞求外鎮。後「義慶在廣陵，有疾，而白虹貫城，野麕入府，心甚惡之，固陳求還。太祖許解州，以本號還朝。二十一年，薨於京邑，時年四十二。」〔註 152〕觀劉義慶一生，其與魏晉名士當有著同樣的際遇和心境，而且似乎更多了一抹「志怪」的色彩。所以，魏晉名士的言行、思想於此種境地的他來說，也不失為一種人生的哲理和藝術，以及一種於現實困境中的解脫方式，於是，劉義慶之於魏晉玄學，便有了一種知音般的溝通和契合。所以，其「招聚文學之士」編撰《世說新語》〔註 153〕，饒有興致地記錄諸多魏晉名士的清談軼事及其各種超俗的儀容、舉止，當是興之所至，編書以言志。魯迅先生稱《世說新語》為「名士底教科書」〔註 154〕，也頗能道出劉義慶之編撰《世說》之本心。此書史料價值與文學價值均頗高，也可見劉義慶用力之深。《世說新語》與《幽明錄》，一為志人，一為志怪，一為談玄，一為談鬼，兩書間或彼此摻雜，《世說新語》中間雜鬼神事，《幽明錄》中亦雜有玄學軼事。這樣，上述王弼與鄭玄故事體現出來的雙重「歧出」及其敘事「技巧」，便可以理解了，這不僅僅是外在的技巧，更是內在思想的一種無意識的流露，亦寄託了關於人生境遇的無限感慨，而這感慨不僅是劉義慶個人的，更是一個時代的。從這個意義上講，魏晉南北朝人既「無意為小說」，卻表現出如此的藝術功力，足見其時代、其人物內在之靈氣，正印證了牟宗三先生所主張的「向空靈清言方面開發其心靈，此正為魏晉時代精神之主流」。王弼與鄭玄故事也出現在南朝齊梁間人殷芸的《小說》中，當抄錄自《幽明錄》。〔註 155〕殷芸行事亦頗有玄風。《梁書》本傳曰：「殷芸……性倜儻，不拘細行。……勵精勤學，博洽

〔註 151〕 周一良認為「太白星犯右執法」之「右」「當從《南史》作『左』，因義慶時任左僕射。」（周一良：《魏晉南北朝史箚記》，北京，中華書局，1985 年版，第 160 頁。）

〔註 152〕 （南朝·梁）沈約：《宋書》（卷五十一），北京，中華書局，1974 年版，第 1480 頁。

〔註 153〕 （南朝·梁）沈約：《宋書》（卷五十一），北京，中華書局，1974 年版，第 1477 頁。另可參考范子燁《〈世說新語〉研究》（黑龍江教育出版社，1998 年版）一書中第二章「《世說新語》成書考」部分關於《世說新語》成於眾手說的論證。

〔註 154〕 魯迅：《中國小說的歷史的變遷·六朝時之志怪與志人》，《魯迅全集》（第九卷），北京，人民文學出版社，2005 年版，第 319 頁。

〔註 155〕 （南朝·梁）殷芸編纂，周楞伽輯注：《殷芸小說》，上海，上海古籍出版社，1984 年版，第 110 頁。

群書」〔註156〕，亦極有才情，其奉梁武帝之命編撰《小說》，一則可見當時社會鬼神信仰之盛，另則可見玄風與志怪的關聯背後還有著政治的鼓勵與支持。此一鼓勵與支持，也愈加見出玄學和志怪於治國之儒家理想上的隱在的微妙關聯與貫通。

志怪故事中還有很多關於聖人孔子的故事。茲舉干寶《搜神記》中幾則為例。

> 漢永平中，會稽鍾離意字子阿，為魯相。到官，出私錢萬三千文，付戶曹孔訢，修夫子車。身入廟，拭几席劍履。男子張伯，除堂下草，土中得玉璧七枚，伯懷其一，以六枚白意。意令主簿安置几前。孔子教授堂下牀首有懸甕，意召孔訢，問：「此何甕也？」對曰：「夫子甕也。背有丹書，人莫敢發也，」意曰：「夫子，聖人。所以遺寶，欲以懸示後賢。」因發之。中得素書，文曰：「後世修吾書，董仲舒。護吾車，拭吾履，發吾笥，會稽鍾離意。璧有七，張伯藏其一。」意即召問：「璧有七，何藏一耶？」伯叩頭出之。（卷三）〔註157〕

> 魯哀公十四年，孔子夜夢三槐之間，豐、沛之邦，有赤氤氣起，乃呼顏回、子夏同往觀之。驅車到楚西北范氏街，見芻兒打麟，傷其左前足，束薪而覆之。孔子曰：「兒來！汝姓為誰？」兒曰：「吾姓為赤松，名時喬，字受紀。」孔子曰：「汝豈有所見乎？」兒曰：「吾所見一禽，如麕，羊頭，頭上有角，其末有肉。方以是西走。」孔子曰：「天下已有主也。為赤劉。陳、項為輔。五星入井，從歲星。」兒發薪下麟，示孔子。孔子趨而往，麟向孔子，蒙其耳，吐三卷圖，廣三寸，長八寸，每卷二十四字。其言：「赤劉當起日周亡。赤氣起，火耀興，玄丘制命，帝卯金。」（卷八）〔註158〕

> 孔子修《春秋》，制《孝經》，既成，齋戒，向北辰而拜，告備於天。天乃洪鬱起白霧，摩地，赤虹自上而下，化為黃玉，長三尺，上有刻文。孔子跪受而讀之，曰：「寶文出，劉季握。卯金刀，在軫北。字禾子，天下服。」（卷八）〔註159〕

〔註156〕（唐）姚思廉：《梁書》（卷四十一），北京，中華書局，1973年版，第596頁。
〔註157〕（晉）干寶撰，汪紹楹校注：《搜神記》，北京，中華書局，1979年版，第29頁。
〔註158〕（晉）干寶撰，汪紹楹校注：《搜神記》，北京，中華書局，1979年版，第111頁。
〔註159〕（晉）干寶撰，汪紹楹校注：《搜神記》，北京，中華書局，1979年版，第112頁。

曾子從仲尼在楚而心動，辭歸問母。母曰：「思爾齧指。」孔子曰：「曾參之孝，精感萬里。」（卷十一）〔註160〕

孔子厄於陳，絃歌於館中。夜有一人，長九尺餘，著皁衣高冠，大吒，聲動左右。子貢進，問：「何人耶？」便提子貢而挾之。子路引出，與戰於庭，有頃，未勝。孔子察之，見其甲車間時時開如掌，孔子曰：「何不探其甲車，引而奮登？」子路引之，沒手僕於地，乃是大鰻魚也，長九尺餘。孔子曰：「此物也，何為來哉？吾聞：物老則群精依之。因衰而至。此其來也，豈以吾遇厄絕糧，從者病乎？夫六畜之物，及龜、蛇、魚、鱉、草、木之屬，久者神皆憑依，能為妖怪，故謂之『五酉』。『五酉』者，五行之方，皆有其物。酉者老也，物老則為怪，殺之則已，夫何患焉。或者天之未喪斯文，以是繫予之命乎？不然，何為至于斯也？」絃歌不輟。子路烹之，其味滋，病者興，明日，遂行。（卷十九）〔註161〕

「不語怪、力、亂、神」的孔子，也被置於怪、力、亂、神的場景，其對精怪之事的通曉以及由其所引發的神異事件，使其儒家至聖先師的身份籠罩上一種斑駁陸離的怪誕光影。故事內容亦不離其仁義道德的說教，但是卻以玄怪的方式表達出來。志怪故事的這種以諧寫莊的敘事的方式，帶著一點對聖人的調侃，賦予聖人關於精怪之事的博識以及「通靈」的本領，然而最終又並不違背聖人的禮教思想。文人士子將此類故事編撰進志怪書的心態，與玄學不離儒家之「正宗」卻繞「道」而行的「戰術」，既有著同樣的時代環境的根由，又深藏同樣的入世動機，正可謂「參名異事，通一同情」〔註162〕。

又如《搜神記》卷四載：

風伯、雨師，星也。風伯者，箕星也；雨師者，畢星也。鄭玄謂司中、司命，文昌第四、第五星也。雨師一曰屏翳，一曰號屏，一曰玄冥。〔註163〕

〔註160〕（晉）干寶撰，汪紹楹校注：《搜神記》，北京，中華書局，1979年版，第133頁。

〔註161〕（晉）干寶撰，汪紹楹校注：《搜神記》，北京，中華書局，1979年版，第234頁。

〔註162〕《韓非子·揚權》，見（清）王先慎撰，鍾哲點校：《韓非子集解》，北京，中華書局，1998年版，第46頁。

〔註163〕（晉）干寶撰，汪紹楹校注：《搜神記》，北京，中華書局，1979年版，第43頁。

　　此條所記顯見風雨崇拜之痕迹。中國古代的風神、雨神崇拜較早。風伯，即風神，又稱風師、飛廉、箕伯等。雨師，即雨神，又稱爲萍翳、玄冥等。《周禮・春官・大宗伯》篇謂：「以槱燎祀司中、司命、飌師、雨師。」〔註164〕鄭玄注「風師」曰：「風師，箕也。雨師，畢也。」〔註165〕疏引《春秋緯曰》：「『月離於箕，風揚沙。』故知風師箕也。」又引《詩》曰：「『月離於畢，俾滂沱矣。』是雨師畢也。」〔註166〕疏又引《洪範》曰：「《洪範》云：『星有好風，星有好雨。』鄭注云：『箕星好風，畢星好雨。』」〔註167〕東漢蔡邕《獨斷》則稱：「風伯神，箕星也。其象在天，能興風。」又曰「雨師神，畢星也。其象在天，能興雨。」〔註168〕在道教中，箕星爲二十八星宿中東方七宿之一，畢星爲二十八星宿中西方七宿之一。此是以星宿爲風神、雨神。《山海經》亦有風神、雨神的記載。《大荒北經》有云：「有人衣青衣，名曰黃帝女魃。蚩尤作兵伐黃帝，黃帝乃令應龍攻之冀州之野，應龍畜水，蚩尤請風伯雨師，縱大風雨。黃帝乃下天女曰魃，雨止，遂殺蚩尤。」〔註169〕《海外東經》又云：「雨師妾在其北，其爲人黑，兩手各操一蛇，左耳有青蛇，右耳有赤蛇。一曰在十日北，爲人黑身人面，各操一龜。」注引郭璞曰：「雨師謂屛翳也。」〔註170〕又引《初學記》載：「雨師曰屛翳，亦曰屛號。《列仙傳》云：『赤松子神農時雨師。』《風俗通》云：『玄冥爲雨師。』」〔註171〕漢應劭《風俗通》「祀典・雨師」云：「《春秋左氏傳》說：『共工之子，爲玄冥師。』鄭大夫子產禳於玄冥，（玄冥──筆者注）雨師也。」〔註172〕此外，《韓非子・十過》云：「蚩

〔註164〕（漢）鄭玄注，（唐）賈公彥疏：《周禮注疏》，北京，北京大學出版社，1999年版，第451頁。

〔註165〕（漢）鄭玄注，（唐）賈公彥疏：《周禮注疏》，北京，北京大學出版社，1999年版，第451頁。

〔註166〕（漢）鄭玄注，（唐）賈公彥疏：《周禮注疏》，北京，北京大學出版社，1999年版，第452頁。

〔註167〕（漢）鄭玄注，（唐）賈公彥疏：《周禮注疏》，北京，北京大學出版社，1999年版，第452頁。

〔註168〕（漢）蔡邕：《獨斷》，上海，上海古籍出版社，1990年版，第8頁。

〔註169〕袁珂校注：《山海經校注》，上海，上海古籍出版社，1980年版，第430頁。

〔註170〕袁珂校注：《山海經校注》，上海，上海古籍出版社，1980年版，第263頁。

〔註171〕袁珂校注：《山海經校注》，上海，上海古籍出版社，1980年版，第263頁。

〔註172〕（漢）應劭撰，王利器校注：《風俗通義校注》，北京，中華書局，1981年版，第365頁。

尤居前，風伯進掃，雨師灑道。」〔註173〕《淮南子·原道訓》云：「令雨師灑道，使風伯埽塵。」〔註174〕屈原《離騷》有詩句云：「前望舒使先驅兮，後飛廉使奔屬。」洪興祖《楚辭補注》引王逸注：「飛廉，風伯也」，又引《呂氏春秋》曰：「風師曰飛廉。」引應劭曰：「飛廉，神禽，能致風氣。」引晉灼曰：「飛廉，鹿身，頭如雀，有角，而蛇尾豹文。」〔註175〕又甲骨文「風」字字形爲㞢，〔註176〕《甲骨文字典》「解字」曰：「象頭上有叢毛冠之鳥，殷人以爲知時之神鳥。」「釋義」曰：「一、神鳥名。二、借爲風。」〔註177〕則風又與神鳥有關，後來衍爲以風神爲人面鳥身的天神。此謂神人或神禽爲風神、雨神。以上所列諸書，從儒經到道教，從神話到文獻古籍，從詩文到民俗，都無一例外地有著風雨崇拜的記錄和注解，這本身即說明了中國古代文化的宗教同源性。《搜神記》載錄此段文字，雖只是片言隻語，卻也帶出了傳承悠久的自然崇拜的宗教背景。干寶「少勤學，博覽書記」〔註178〕，對上述關於風伯雨師的資料，當亦知之，而故事獨選載「鄭玄」之言，特將此一大儒置於「志怪」場景，加之前述關於孔子的志怪故事，無意中便暴露出作者於亂世迷惘中的雙重思維：既執守著儒家的理想，又運行著鬼神仙怪的「非儒」邏輯「以發明神道之不誣」〔註179〕。

干寶編撰《搜神記》，既堅守儒家價值理念，又「語怪、力、亂、神」，此當爲他思想之「歧出」的外在體現。關於《搜神記》作者干寶，《晉書》本傳曰：「寶少勤學，博覽書記，……著《晉紀》，自宣帝迄於愍帝五十三年，凡二十卷，奏之。其書簡略，直而能婉，咸稱良史。……性好陰陽術數，留思京房、夏侯勝等傳。寶父先有所寵侍婢，母甚妒忌，及父亡，母乃生推婢於墓中。寶兄弟年小，不之審也。後十餘年，母喪，開墓，而婢伏棺如生，載還，經日乃蘇。言其父常取飲食與之，恩情如生，在家中吉凶輒語之，考

〔註173〕（清）王先慎撰，鍾哲點校：《韓非子集解》，北京，中華書局，1998年版，第65頁。
〔註174〕何寧撰：《淮南子集釋》，北京，中華書局，1998年版，第19頁。
〔註175〕（宋）洪興祖撰，白化文等點校：《楚辭補注》，北京，中華書局，1983年版，第28頁。
〔註176〕徐中舒主編：《甲骨文字典》，成都，四川辭書出版社，1989年版，第427頁。
〔註177〕徐中舒主編：《甲骨文字典》，成都，四川辭書出版社，1989年版，第428頁。
〔註178〕（唐）房玄齡等：《晉書》（卷八十二），北京，中華書局，1974年版，第2149頁。
〔註179〕（晉）干寶：《搜神記序》，《搜神記》，汪紹楹校注，北京，中華書局，1979年版，第3頁。

校悉驗，地中亦不覺爲惡。既而嫁之，生子。又寶兄嘗病氣絕，積日不冷，後遂悟，云見天地間鬼神事，如夢覺，不自知死。寶以此遂撰集古今神祇靈異人物變化，名爲《搜神記》，凡三十卷。……寶又爲《春秋左氏義外傳》，注《周易》、《周官》凡數十篇，及雜文集皆行於世。」〔註180〕干寶著述甚多，前人已做過詳細考訂，〔註181〕據黃慶萱先生《魏晉南北朝易學書考佚》考證：干寶的易學著述有《周易注》10 卷、《周易宗塗》4 卷、《周易爻義》1 卷以及《易音》四種。〔註182〕黃慶萱先生還將干寶《周易注》與孟喜、京房、鄭玄、王弼、韓康伯各本異文加以對照比較，得出結論爲：「干寶《易注》，採王弼本爲底本，而偶用孟喜、鄭玄本訂正王弼本，不從京房本。」〔註183〕對干寶注《易》的內容，黃慶萱先生也做了極其詳盡的考證、分析，認爲：「其釋《易》義也：有釋字義者；有明章法者；有闡《易》旨者；喜託人事而闡其義理。……至其注解之依據，或依《周易·卦辭》、《爻辭》、《文言》、《彖傳》、《象傳》、《繫辭傳》、《說卦傳》、《序卦傳》、《雜卦傳》以爲注。以本書注本書，其例最善。或依《尚書》、《詩經》、《周禮》、《禮記》·《穀梁》、《左傳》、《論語》、《白虎通》、《說文》、《易緯》、《老子》、《莊子》以爲注，徵引繁富，足證其淵博。或從子夏、馬融、鄭玄、荀爽、虞翻、王肅、杜預、王弼之說以爲注。」〔註184〕又言：「干寶生東晉之世，值弼學鼎盛。故所注《周易》，即採弼本爲底本，所說《易》義，頗有取於費氏者，又好取殷周之際史事以說《易》。然說《易》象，則多本京房。其注駁雜，不主一家。精言奧旨，固頗有之；附會虛妄，亦不能免也。」〔註185〕據黃慶萱先生的考證和分析，干寶治《易》以王弼本爲底本，博取多家，則其既承漢儒學風，講究象數，又特重義理，闡義

〔註180〕（唐）房玄齡等：《晉書》（卷八十二），北京，中華書局，1974 年版，第 2149～2151 頁。

〔註181〕參見郭維新《干寶著述考》，《國立北平圖書館館刊》10 卷 6 號，北京，書目文獻出版社，中華民國 17 年（1928 年）；陳俊強：《試論干寶與〈晉紀〉——兼論東晉史學》，《臺灣師範大學歷史學報》第 23 期，1995 年，第 59～95 頁。

〔註182〕黃慶萱：《魏晉南北朝易學書考佚》，上海，華中師範大學出版社，2012 年版，第 706 頁。

〔註183〕黃慶萱：《魏晉南北朝易學書考佚》，上海，華中師範大學出版社，2012 年版，第 319 頁。

〔註184〕黃慶萱：《魏晉南北朝易學書考佚》，上海，華中師範大學出版社，2012 年版，第 389～390 頁。

〔註185〕黃慶萱：《魏晉南北朝易學書考佚》，上海，華中師範大學出版社，2012 年版，第 392 頁。

理又喜託於人事，儒道皆用，無論內容還是方法，均充斥著濃厚的玄學意味。雖然干寶也反對「學者以莊老爲宗，而黜六經」﹝註186﹞，但並不是對莊老之學和玄學全盤否定，而是主張取其精華，藉以闡釋、發揚儒家之學。所以，干寶治《易》，汲取王弼注《易》的方法，不拘於象數，重義理闡發，但不取玄學辭義虛玄、浮誕之風，而是將落腳點放在社會人事及立德上，旨在重建合理、井然的人倫綱紀和社會秩序。借鑒玄學之方法，彌補象數學之弊端，達成儒家之理想，由此，干寶之易學正是牟宗三先生所言「歧出」之典型表現。

　　從干寶的易學到《搜神記》，其間亦有內在關聯。從《搜神記》的記述內容及其所反映的思想來看，此書之思致與干寶易學思想一脈相承，甚至可以說，《搜神記》是干寶另一種更爲感性的注《易》版本。《搜神記》有大量關於《周易》的內容，或爲占筮故事，或爲注《易》之事，可窺干寶易學思想之一斑。如《搜神記》卷一載「弦超」故事中，有神女成公知瓊，能詩，「兼注《易》七卷，有卦有象，以象爲屬。故其文言，既有義理，又可以占吉凶，猶揚子之《太玄》，薛氏之《中經》也。」﹝註187﹞知瓊注《易》既取象數，又有義理，頗似干寶本人，蓋干寶以之自比。《搜神記》卷六多記「妖妄」之事，干寶在卷首解釋「妖怪」曰：「妖怪者，蓋精氣之依物者也。氣亂於中，物變於外。形神氣質，表裏之用也。本於五行，通於五事。雖消息升降，化動萬端，其於休咎之徵，皆可得域而論矣。」﹝註188﹞既有陰陽五行的「氣」論，又講究中外、形神、表裏的體用關係，其中的漢學與玄學意味均甚顯明，而玄學與志怪的關係亦由此拉近。接著載「山徙」事，干寶引京房《易傳》曰：「山默然自移，天下兵亂，社稷亡也。」﹝註189﹞又引《尚書·金縢》曰：「山徙者，人君不用道士，賢者不興。或祿去公室，賞罰不由君，私門成羣，不救；當爲易世變號。」﹝註190﹞整段文字處處不離社會治亂的主旨和以天道說人道的思路，與其治易如出一轍。又如卷六第 119 條：「漢文帝十二年，吳地有馬生角，在耳前，上向。右角長三寸，左角長二寸，皆大二寸。劉向以爲馬不當生角，猶吳不當舉兵向上也。吳將反之變云。京房《易傳》曰：『臣易

﹝註186﹞ （南朝·梁）蕭統撰，（唐）李善等注：《文選》（卷四九），北京，中華書局，1977 年版，第 692 頁。
﹝註187﹞ （晉）干寶撰，汪紹楹校注：《搜神記》，北京，中華書局，1979 年版，第 17 頁。
﹝註188﹞ （晉）干寶撰，汪紹楹校注：《搜神記》，北京，中華書局，1979 年版，第 67 頁。
﹝註189﹞ （晉）干寶撰，汪紹楹校注：《搜神記》，北京，中華書局，1979 年版，第 67 頁。
﹝註190﹞ （晉）干寶撰，汪紹楹校注：《搜神記》，北京，中華書局，1979 年版，第 67 頁。

上，政不順，厥妖馬生角。茲謂賢士不足。』又曰：『天子親伐，馬生角。』」
〔註191〕卷七第217條：「晉元帝建武元年七月，晉陵東門有牛生犢，一體兩頭。
京房《易傳》曰：『牛生子，二首一身，天下將分之象也。』」〔註192〕書中其
他故事亦多引京房易做為談助。由此可知，干寶注《易》承襲漢儒，但出入
象數、義理之間，發揚儒門易注重人事、強調人事合於天道的特點，亦見出
干寶本於儒、亦遊於玄的思想背景，其作《搜神記》，除了父婢及其兄的神怪
家事的啟發，亦旨在於「遊心寓目」之外，「發明神道之不誣」、「足以演八略
之旨」，此正合其「人事合於天道」的注《易》旨趣。干寶集正統儒家思想、
重義理的玄學方法、志怪的意識及書寫體例於一身，可謂一個時代之思想文
化與精神趣味的縮影。湯用彤先生在《魏晉思想的發展》一文中曾指出：「魏
晉時代思想界頗為複雜，表面上好像沒有什麼確切的『路數』，但是，我們大
體上仍然可以看出其中有兩個方向，或兩種趨勢，即一方面是守舊的，另一
方面是趨新的。前者以漢代主要學說的中心思想為根據，後者便是魏晉新
學。……新學就是通常所謂玄學。當時『舊學』的人們或自稱『儒道』……，
其實思想皆是本於陰陽五行的『間架』，宇宙論多半是承襲漢代人的舊說；『新
學』則用老莊『虛無之論』作基礎，關於宇宙人生各方面另有根本上新的見
解。」〔註193〕按此推論，干寶則是屬於舊說與新學之綜合體，其本身體現出
的文化特徵便足以印證玄學與志怪的精神實質的兼通兼容，亦足以印證一個
時代的內在思致。

　　2、玄學「得意忘言」的方法、「境界形態」的特質與志怪

　　（1）「言意之辨」的緣起

　　按照湯用彤先生《魏晉玄學論稿》的觀點，玄學之所以成為一代之「新
學」，關鍵在於其「言意之辨」的新方法。然而，「言意之辨」並非起於玄學，
蒙培元先生在《「言意之辯」與境界問題》一文中指出：「魏晉玄學也有它的
思想來源，玄學家總要從先秦著作中吸取他們所需要的思想資源。其中，《周
易》、《老子》、《莊子》當時被稱為『三玄』，就是他們的主要依據。他們以解
釋這些著作的方式來闡明他們的思想。『言意之辯』即直接來源於《易傳》。……

〔註191〕（晉）干寶撰，汪紹楹校注：《搜神記》，北京，中華書局，1979年版，第73頁。
〔註192〕（晉）干寶撰，汪紹楹校注：《搜神記》，北京，中華書局，1979年版，第
　　　　106頁。
〔註193〕湯用彤：《魏晉思想的發展》，《魏晉玄學論稿》，上海，上海古籍出版社，2001
　　　　年版，第111頁。

可是在『言意之辯』中，這句話被用來向兩個方面發展了。這場爭論涉及的範圍很廣，它還同《論語》中的一句話有關。《論語》說：『子貢曰：「夫子之文章可得而聞也；夫子之言性與天道，不可得而聞也。」』……但是，言意之辯決不限於對先秦著作的解釋。這個問題的進一步發展，就變成關於本體的境界能不能用語言文字來表達的問題。」〔註194〕其實，在《易》、《老》、《莊》「三玄」之中，均有「言意之辨」的「話頭」。如《周易‧繫辭上》中云：「子曰：『書不盡言，言不盡意』。然則，聖人之意，其不可見乎？子曰：聖人立象以盡意，設卦以盡情偽，繫辭焉以盡其言。」〔註195〕其中便隱含了對「言不盡意」的認識和嘗試達到「言盡意」的努力。再從字源上來看，玄學之「玄」出自《老子》首章：「道可道，非常『道』。名可名，非常『名』。『無』名天地之始；『有』名萬物之母。故常『無』，欲以觀其妙；常『有』，欲以觀其徼。此兩者，同出而異名，同謂之玄。玄之又玄，眾妙之門。」〔註196〕《老子》以「體道」為其終極關懷，以「無為」為體道之最佳途徑，「道」既然「玄之又玄」，「不可道」、「不可名」，那麼，用來「道」和「名」的語言必然是不會盡「常道」、「常名」之意的。又如：第二章中「是以聖人處無為之事，行不言之教」，第五章中「多言數窮，不如守中」，第十七章「悠兮其貴言」，第二十三章「希言自然」，第二十五章「吾不知其名，強字之曰『道』，強為之名曰『大』」，第三十四章「大道汜兮，其可左右。萬物恃之以生而不辭」，第四十一章「大音希聲，大象無形，『道』隱無名」，第四十五章「大辯若訥」，第五十六章「知者不言，言者不知」〔註197〕……都暗藏了「言意之辨」的「無聲爭論」和「言不盡意」的「玄機」。莊子是老子的發展〔註198〕，《莊子》言

〔註194〕蒙培元：《心靈超越與境界》，北京，人民出版社，1998年版，第245頁。

〔註195〕（魏）王弼注，（唐）孔穎達疏：《周易正義》，北京，北京大學出版社，1999年版，第291頁。

〔註196〕陳鼓應撰：《老子注譯及評介》，北京，中華書局，1984年版，第53頁。

〔註197〕陳鼓應撰：《老子注譯及評介》，北京，中華書局，1984年版，第64、78、130、157、163、200、228、241、280頁。

〔註198〕牟宗三：《魏晉玄學的主要課題以及玄理之內容與價值》，《中國哲學十九講》，上海，上海古籍出版社，2005年版，第175頁。司馬遷《史記‧老子韓非列傳》曰莊子「其學無所不窺，然其要本歸於老子之言」，則以莊子為老子之發展。牟宗三先生等學人亦持此見。錢穆先生《莊老通辨》一書「主《老子》書猶當出莊子惠施公孫龍之後」，其論證亦頗為詳盡有據。（見《莊老通辨‧自序》第3頁，北京，生活‧讀書‧新知三聯書店，2002年版）本書姑且取莊子在老子之後的觀點，但莊、老無論何者為先，其根本思想是相通的。

及「言意」問題時亦從「道」出發，並更詳盡地闡釋了「言不盡意」的思想。如《齊物》篇曰：「大道不稱，大辯不言」〔註199〕，又曰：「孰知不言之辯，不道之道？若有能知，此之謂天府。」〔註200〕《天道》篇曰：「語之所貴者意也，意有所隨。意之所隨者，不可以言傳也，而世因貴言傳書。……知者不言，言者不知，而世豈識之哉！」〔註201〕《秋水》篇曰：「可以言論者，物之粗也；可以意致者，物之精也；言之所不能論，意之所不能察致者，不期精粗焉。」〔註202〕《知北遊》篇更是數次談及「不言」，如「知者不言，言者不知，故聖人行不言之教。」〔註203〕「天地有大美而不言，四時有明法而不議，萬物有成理而不說。」〔註204〕「至則不論，論則不至。明見無值，辯不若默。道不可聞，聞不若塞。此之謂大得。」〔註205〕又曰：「道不可聞，聞而非也；道不可見，見而非也；道不可言，言而非也。知形形之不形乎！道不當名。」〔註206〕《外物》篇則提出「得意忘言」的知「道」的方法：「荃者所以在魚，得魚而忘荃；蹄者所以在兔，得兔而忘蹄：言者所以在意，得意而忘言。」〔註207〕總之，在「三玄」的「言意之辨」中，《易》承認「言不盡意」的問題之存在，但最終借助「象」做到了「言盡意」，此是對「言不盡意」問題的正面解決的思路和辦法；老莊則既承認「言不盡意」，卻不從正面面對、回應此一問題，而是因勢利導，「將錯就錯」，索性主張「不辭」、「不言」、「不論」，提出「得意忘言」的解決辦法。

〔註199〕 （清）郭慶藩撰，王孝魚點校：《莊子集釋》，北京，中華書局，1961年版，第83頁。

〔註200〕 （清）郭慶藩撰，王孝魚點校：《莊子集釋》，北京，中華書局，1961年版，第83頁。

〔註201〕 （清）郭慶藩撰，王孝魚點校：《莊子集釋》，北京，中華書局，1961年版，第488～489頁。

〔註202〕 （清）郭慶藩撰，王孝魚點校：《莊子集釋》，北京，中華書局，1961年版，第572頁。

〔註203〕 （清）郭慶藩撰，王孝魚點校：《莊子集釋》，北京，中華書局，1961年版，第731頁。

〔註204〕 （清）郭慶藩撰，王孝魚點校：《莊子集釋》，北京，中華書局，1961年版，第735頁。

〔註205〕 （清）郭慶藩撰，王孝魚點校：《莊子集釋》，北京，中華書局，1961年版，第746～747頁。

〔註206〕 （清）郭慶藩撰，王孝魚點校：《莊子集釋》，北京，中華書局，1961年版，第757頁。

〔註207〕 （清）郭慶藩撰，王孝魚點校：《莊子集釋》，北京，中華書局，1961年版，第944頁。

先秦時期的「言意之辨」有著自身的發生語境。在春秋戰國時期，周朝國運式微，國家的禮樂教化系統疲弊、癱瘓，情狀恰如魏晉南北朝時期的「亂世」。當時的知識分子充分認識到其所置身其中的政治危機和社會危機，儒家和道家亦不例外。然而，儒家和道家卻採取了截然相反的救世方法。前者「直面慘淡的社會人生」，意欲「扶大廈於將傾」，遂翻找出「正面教材」並以之爲榜樣、典範來矯治時弊，主張「周監於二代，郁郁乎文哉！吾從周」〔註 208〕，倡仁復禮，極力維護禮樂制度，努力重建周文昔日的輝煌。而以老莊爲代表的道家則反其道而行之，既然已經「禮崩樂壞」，索性「牆倒眾人推」，石破天驚地指出天下大亂的根由在於：「五色令人目盲；五音令人耳聾；五味令人口爽；馳騁畋獵，令人心發狂；難得之貨，令人行妨。」〔註 209〕「民之饑，以其上食稅之多，是以饑。民之難治，以其上之有爲，是以難治。民之輕死，以其上求生之厚，是以輕死。」〔註 210〕並提出一系列具有針對性的治世之道：「悠兮貴其言。功成事遂，百姓皆謂『我自然』。」〔註 211〕「大道廢，有仁義；智慧出，有大僞；六親不和，有孝慈；國家昏亂，有忠臣。」〔註 212〕「絕聖棄智，民利百倍；絕仁棄義，民復孝慈；絕巧棄利，盜賊無有。此三者以爲文，不足。故令有所屬：見素抱樸，少思寡欲，絕學無憂。」〔註 213〕「將欲取天下而爲之，吾見其不得已。天下神器，不可爲也，不可執也。」〔註 214〕「以正治國，以奇用兵，以無事取天下。……我無爲，而民自化；我好靜，而民自正；我無事，而民自富；我無欲，而民自樸。」〔註 215〕莊子也認識到了所謂禮樂教化的「有爲」、「造作」及其危害，甚至更悲觀地指出當時混亂至極的社會現實：「方今之時，僅免刑焉。」於是，與老子「兼優天下」有所不同，他更多地關注一己的「全身避害」的處世之道，提出「墮肢體，黜聰明，離形去知，同於大通」〔註 216〕和「唯道

〔註 208〕《論語‧八佾》，見（宋）朱熹撰：《四書章句集注》，北京，中華書局，1983年版，第 65 頁。
〔註 209〕陳鼓應撰：《老子注譯及評介》，北京，中華書局，1984 年版，第 106 頁。
〔註 210〕陳鼓應撰：《老子注譯及評介》，北京，中華書局，1984 年版，第 339 頁。
〔註 211〕陳鼓應撰：《老子注譯及評介》，北京，中華書局，1984 年版，第 130 頁。
〔註 212〕陳鼓應撰：《老子注譯及評介》，北京，中華書局，1984 年版，第 134 頁。
〔註 213〕陳鼓應撰：《老子注譯及評介》，北京，中華書局，1984 年版，第 136 頁。
〔註 214〕陳鼓應撰：《老子注譯及評介》，北京，中華書局，1984 年版，第 183 頁。
〔註 215〕陳鼓應撰：《老子注譯及評介》，北京，中華書局，1984 年版，第 284 頁。
〔註 216〕（清）郭慶藩撰，王孝魚點校：《莊子集釋》，北京，中華書局，1961 年版，第 284 頁。

集虛」〔註217〕的「心齋坐忘」、「無用之用」的辦法和主張。儒道之不同不徒反映在救世的方式，更重要的是思維方式的不同，不同的思維方式決定了救世方法的迥異。儒道兩家均關注現實，立足現實，但一個主張「有爲」，一個主張「無爲」，其背後的的思維方式便分別是「言盡意」和「言不盡意」。「言盡意」者，所「言」者何？所「盡」何「意」？何以「盡意」？「言不盡意」者，所「言」者何？何以「不盡意」？「不盡」者又爲何「意」？

（2）「言盡意」：儒家之語言「立法」

（2.i）孔、孟、荀之「言」略例

以儒家典籍《論語》中「言」的用法爲典型「代言」，茲選列其「言」如下〔註218〕：

子曰：「巧言令色，鮮矣仁！」（《學而》）

子夏曰：「賢賢易色，事父母能竭其力，事君能致其身，與朋友交言而有信。雖曰未學，吾必謂之學矣。」（《學而》）

有子曰：「信近於義，言可復也。」（《學而》）

子曰：「賜也，始可與言《詩》已矣！告諸往而知來者。」（《學而》）

子貢問君子。子曰：「先行其言而後從之。」（《爲政》）

子曰：「多聞闕疑，愼言其餘，則寡尤；多見闕殆，愼行其餘，則寡悔。言寡尤，行寡悔，祿在其中矣。」（《爲政》）

子夏問曰：「『巧笑倩兮，美目盼兮，素以爲絢兮。』何謂也？」子曰：「繪事後素。」曰：「禮後乎？」子曰：「起予者商也！始可與言《詩》已矣。」（《八佾》）

子曰：「古者言之不出，恥躬之不逮也。」（《里仁》）

子曰：「君子欲訥於言而敏於行。」（《里仁》）

子曰：「巧言、令色、足恭，左丘明恥之，丘亦恥之。」（《公冶長》）

子所雅言，《詩》、《書》、執禮，皆雅言也。（《述而》）

〔註217〕（清）郭慶藩撰，王孝魚點校：《莊子集釋》，北京，中華書局，1961 年版，第 147 頁。

〔註218〕下列例句均見（宋）朱熹撰：《四書章句集注》，北京，中華書局，1983 年版。恕不一一注明頁數。

子不語怪，力，亂，神。(《述而》)

曾子言曰：「鳥之將死，其鳴也哀；人之將死，其言也善。」(《泰伯》)

子曰：「語之而不惰者，其回也與！」(《子罕》)

子曰：「法語之言，能無從乎？改之爲貴。巽與之言，能無說乎？繹之爲貴。」(《子罕》)

孔子於鄉黨，恂恂如也，似不能言者。其在宗廟朝廷，便便言，唯謹爾。朝，與下大夫言，侃侃如也；與上大夫言，誾誾如也。君在，踧踖如也，與與如也。(《鄉黨》)

升車，必正立執綏。車中，不內顧，不疾言，不親指。(《鄉黨》)

子曰：「從我於陳、蔡者，皆不及門也。」「德行：顏淵，閔子騫，冉伯牛，仲弓。言語：宰我，子貢。政事：冉有，季路。文學：子游，子夏」。(《先進》)

子曰：「夫人不言，言必有中。」(《先進》)

子曰：「爲國以禮，其言不讓，是故哂之。」(《先進》)

子曰：「非禮勿視，非禮勿聽，非禮勿言，非禮勿動。」(《顏淵》)

司馬牛問仁。子曰：「仁者其言也訒。」曰：「斯言也訒，斯謂之仁已乎？」子曰：「爲之難，言之得無訒乎？」(《顏淵》)

子曰：「片言可以折獄者，其由也與？」子路無宿諾。(《顏淵》)

子曰：「名不正，則言不順；言不順，則事不成；事不成，則禮樂不興；禮樂不興，則刑罰不中；刑罰不中，則民無所措手足。故君子名之必可言也，言之必可行也。君子於其言，無所苟而已矣。」(《子路》)

子曰：「誦《詩》三百，授之以政，不達；使於四方，不能專對；雖多，亦奚以爲？」(《子路》)

子曰：「邦有道，危言危行；邦無道，危行言孫。」(《憲問》)

子曰：「有德者必有言；有言者不必有德。」(《憲問》)

子曰：「其言之不怍，則爲之也難。」(《憲問》)

子曰：「言忠信，行篤敬，雖蠻貊之邦行矣；言不忠信，行不篤敬，雖州里行乎哉？」(《衛靈公》)

　　子曰：「可與言而不與之言，失人；不可與言而與之言，失言。知者不失人，亦不失言。」（《衛靈公》）

　　子曰：「羣居終日，言不及義，好行小慧，難矣哉！」（《衛靈公》）

　　子曰：「君子不以言舉人；不以人廢言。」（《衛靈公》）1

　　子曰：「巧言亂德，小不忍則亂大謀。」（《衛靈公》）

　　子曰：「辭達而已矣。」（《衛靈公》）

　　孔子曰：「侍於君子有三愆：言未及之而言謂之躁；言及之而不言謂之隱；未見顏色而言謂之瞽。」（《季氏》）

　　孔子曰：「君子有三畏：畏天命，畏大人，畏聖人之言。」子教鯉曰：「不學詩，無以言。」（《季氏》）

　　子曰：「小子！何莫學夫詩？詩，可以興，可以觀，可以羣，可以怨。邇之事父，遠之事君。多識於鳥獸草木之名。」（《陽貨》）

　　子曰：「禮云禮云，玉帛云乎哉？樂云樂云，鐘鼓云乎哉？」（《陽貨》）

　　子曰：「惡紫之奪朱也，惡鄭聲之亂雅樂也，惡利口之覆邦家者。」（《陽貨》）

　　子曰：「不知命，無以爲君子也。不知禮，無以立也。不知言，無以知人也。」（《堯曰》）

　　由於《論語》語錄體的體式，上述引文中的「言」看似瑣碎，彼此亦似乎不相關聯，但是，在與這些「言」前後連綴的表述中，「仁」、「行」、「雅」、「忠」、「信」、「禮」、「政」、「德」、「善」、「君」、「父」、「人」、「君子」、「聖人」卻於無形之中已經構成一個儒家禮樂教化的「語義場」，這個「語義場」的「強勢」存在已經充分說明了孔子所言之「言」的內涵，無需筆者贅言。《論語》中的這些「言」不僅從正面闡明正確的「言」的內容和方法，也從反面教導人們哪些是不正確的「言」以及其危害，不僅談到到個人生活和修養中的「言」，也論及治國安邦等大事中的「言」。但無論何種場合，「言」都要合乎儒家的倫理道德和言說規範。清人劉寶楠《論語正義》釋「先進篇」中「言語：宰我、子貢」時，引《詩‧定之方中》之毛傳曰：「『故建邦能命龜，田能施命，作器能銘，使能造命，升高能賦，師旅能誓，山川能說，喪紀能誄，祭祀能語。』此九者，皆是辭命，亦皆是言語。」〔註219〕可見，儒家之於自

〔註219〕劉寶楠撰，高流水點校：《論語正義》，北京，中華書局，1990年版，第442頁。

然、人事的方方面面，幾乎事無鉅細均以言語出之。除了《論語》外，其他儒典也顯見對「言」的重視。《周易・繫辭上》亦載:「子曰:『亂之所生也，則言語以爲階。』」〔註220〕《左傳・襄公二十五年》中亦載仲尼之言曰:「《志》有之:『言以足志，文以足言』。不言，誰知其志？言之無文，行而不遠。」〔註221〕孟子承繼孔子衣鉢，其「言」亦如孔子之「言」但又有所發展。如《滕文公上》曰:「孟子道性善，言必稱堯、舜。」〔註222〕孟子更有著名的「知言養氣」說。《孟子・公孫丑》中載孟子曰:「我知言，我善養吾浩然之氣。」〔註223〕「其爲氣也，至大至剛，以直養而無害，則塞於天地之閒。其爲氣也，配義與道；無是，餒也。是集義所生者，非義襲而取之也。」〔註224〕「詖辭知其所蔽，淫辭知其所陷，邪辭知其所離，遁辭知其所窮。生於其心，害於其政；發於其政，害於其事。聖人復起，必從吾言矣。」〔註225〕孟子爲儒家之「言」提供了「浩然之氣」的「底氣」的支撐。荀子更是重視「言」的行爲及其作用，明確提出「君子必辯」。如《非相篇第五》中曰:「法先王，順禮義，黨學者，然而不好言，不樂言，則必非誠士也。故君子之於言也，志好之，行安之，樂言之。故君子必辯。凡人莫不好言其所善，而君子爲甚。故贈人以言，重於金石珠玉；觀人以言，美於黼黻、文章；聽人以言，樂於鐘鼓琴瑟。故君子之於言無厭。鄙夫反是，好其實，不恤其文，是以終身不免埤汙傭俗。」〔註226〕不但君子必辯，聖人亦辯。如《非相篇第五》曰:「有小人之辯者，有士君子之辯者，有聖人之辯者:不先慮，不早謀，發之而當，成文而類，居錯遷徙，應變不窮，是聖人之辯者也。先慮之，早謀之，斯須之言而足聽，文而致實，博而黨正，是士君子之辯者也。」〔註227〕《非十二子篇第六》曰:「故多言而類，聖人也；少言而法，君子也；多少無法而流湎

〔註220〕（魏）王弼注，（唐）孔穎達疏:《周易正義》，北京，北京大學出版社，1999年版，第278頁。

〔註221〕（周）左丘明傳，（晉）杜預注，（唐）孔穎達正義:《春秋左傳正義》，北京，北京大學出版社，1999年版，第1024頁。

〔註222〕（宋）朱熹撰:《四書章句集注》，北京，中華書局，1983年版，第251頁。

〔註223〕（宋）朱熹撰:《四書章句集注》，北京，中華書局，1983年版，第231頁。

〔註224〕（宋）朱熹撰:《四書章句集注》，北京，中華書局，1983年版，第231～232頁。

〔註225〕（宋）朱熹撰:《四書章句集注》，北京，中華書局，1983年版，第232～233頁。

〔註226〕（清）王先謙撰，沈嘯寰、王星賢點校:《荀子集解》，北京，中華書局，1988年版，第83～84頁。

〔註227〕（清）王先謙撰，沈嘯寰、王星賢點校:《荀子集解》，北京，中華書局，1988年版，第88頁。

然，雖辯，小人也。」〔註228〕荀子強調「言」必須符合儒家道德觀念。如《非相篇第五》曰：「小人辯言險而君子辯言仁也。言而非仁之中也，則其言不若其默也，其辯不若其吶也；言而仁之中也，則好言者上矣，不好言者下也。」〔註229〕不符合儒道的「言」被稱爲「姦言」、「姦說」。如《非十二子篇第六》曰：「辯說譬諭、齊給便利而不順禮義謂之姦說。」〔註230〕《非相篇第五》曰：「凡言不合先王，不順禮義，謂之姦言，雖辯，君子不聽。」〔註231〕荀子還強調「言」在現實政治中的作用。如《儒效篇第八》曰：「聖人也者，道之管也。天下之道管是矣，百王之道一是矣，故《詩》、《書》、《禮》、《樂》之歸是矣。《詩》言是，其志也；《書》言是，其事也；《禮》言是，其行也；《樂》言是，其和也；《春秋》言是，其微也，」〔註232〕《非相篇第五》曰：「故仁言大矣。起於上所以道於下，政令是也；起於下所以忠於上，謀救是也。」〔註233〕《大略篇第二十七》曰：「口能言之，身能行之，國寶也，口不能言，身能行之，國器也。口能言之，身不能行，國用也。口言善，身行惡，國妖也。治國者敬其寶，愛其器，任其用，除其妖。」〔註234〕荀子之「言」凸顯了儒家語言「立法」更爲強硬的一面。

可見，從孔子之「言」重道德倫理到孟子「性善」、「養氣」說，再到荀子對「言」的現實政治效用的強調，儒家的「言」論雖因時勢變化而側重點有所不同，但核心思想一脈相承，即其肯定、重視「言」的行爲及作用，其「言」以「德行」爲最高標準，爲「政事」、「文學」服務，其實質便是一套爲君子、君王而設的禮樂政教的系統規範，學習「言」的過程，便是修養身心成爲君子的過程，也是建構價值觀念體系、建設社會政治烏托邦的過程。

〔註228〕（清）王先謙撰，沈嘯寰、王星賢點校：《荀子集解》，北京，中華書局，1988年版，第 97 頁。

〔註229〕（清）王先謙撰，沈嘯寰、王星賢點校：《荀子集解》，北京，中華書局，1988年版，第 87 頁。

〔註230〕（清）王先謙撰，沈嘯寰、王星賢點校：《荀子集解》，北京，中華書局，1988年版，第 98 頁。

〔註231〕（清）王先謙撰，沈嘯寰、王星賢點校：《荀子集解》，北京，中華書局，1988年版，第 83 頁。

〔註232〕（清）王先謙撰，沈嘯寰、王星賢點校：《荀子集解》，北京，中華書局，1988年版，第 133 頁。

〔註233〕（清）王先謙撰，沈嘯寰、王星賢點校：《荀子集解》，北京，中華書局，1988年版，第 87 頁。

〔註234〕（清）王先謙撰，沈嘯寰、王星賢點校：《荀子集解》，北京，中華書局，1988年版，第 498 頁。

（2.ii）語詞操作與修己、安人、救世之鵠的

法國著名的結構主義文學理論家、文化評論家羅蘭·巴特（Roland Barthes）曾經在《法蘭西學院文學符號學講座就職講演（1977 年 1 月 7 日）》中說過：「語言是一種立法（legislation），語言結構則是一種法規（code）。……全部語言結構是一種被普遍化了的支配力量（rection）。」〔註 235〕「在人類長存的歷史中，權勢於其中寄附的東西就是語言，或者再準確些說，是語言之必不可少的表達（expression）：語言結構（la langue）。……我們見不到存在於語言結構中的權勢，因爲我們忘記了整個語言結構是一種分類現象，而所有的分類都是壓制性的：秩序既意味著分配又意味著威脅。雅各布森曾經指出過，一個習語與其說按照它允許去說的來定義，不如說是按它迫使人說的來定義。」〔註 236〕語言之所以是一種「立法」，是因爲語言結構有一種與生俱來的「權勢」。無論何種語言，使用語言的人必須按照這種語言結構使用該種語言，才能達成言說的效果和目的。因此，對於使用語言的人來說，語言結構本身就是一種權勢、一種支配力量，而且，任何使用語言的人都無法對抗其所使用的語言的結構先天而有的這種「權勢」和「支配力量」，否則，便不能進行有效的表達和交流。而儒家則借助語言結構的這種「權勢」和「支配力量」，在其所使用的語言及其結構中滲透其所「立」之「法」，即儒家的一整套禮樂教化的觀念及相應的制度措施，以此「立法」治世救世，應對其時的政治危機和價值危機。正如李春青先生所言：「春秋戰國時期形成的士人階層是以『立法者』的姿態出現在彼時的文化領域的。」〔註 237〕其時各諸侯國的統治者們都忙於政治、外交、軍事活動，無暇顧及意識形態的建設，「於是那些處於在野地位的士人思想家就當仁不讓地承擔起建構新的社會價值觀念體系，即爲天下立法的偉大使命。」〔註 238〕「儒家是在繼承西周文化的基礎上來建構自己的學說的，商人重鬼神，周人重德行，所以他們就抓住了一個『德』字來爲自己的立法者角色確立合法性。」〔註 239〕如

〔註 235〕（法）羅蘭·巴爾特（Roland Barthes）著，李幼蒸譯：《寫作的零度》，北京，中國人民大學出版社，2008 年版，第 182～183 頁。

〔註 236〕（法）羅蘭·巴爾特（Roland Barthes）著，李幼蒸譯：《寫作的零度》，北京，中國人民大學出版社，2008 年版，第 182 頁。

〔註 237〕李春青：《詩與意識形態》，北京，北京大學出版社，2005 年版，第 176 頁。

〔註 238〕李春青：《詩與意識形態》，北京，北京大學出版社，2005 年版，第 177 頁。

〔註 239〕李春青：《詩與意識形態》，北京，北京大學出版社，2005 年版，第 181 頁。

儒家著述中與「德」相關的核心詞「君子」，孔子即通過對「君子」一詞的語言操作實現其價值觀念的確立和傳播，蕭公權先生稱孔子所治爲「君子之學」〔註240〕，誠爲切當。「君子一名，見於《詩》、《書》，固非孔子所創。其見於《周書》者五六次，見於《國風》《二雅》者百五十餘次，足證其爲周代流行之名稱。惟《詩》《書》『君子』殆悉指社會之地位而不指個人之品性。即或間指品性，亦兼地位言之。離地位而專指品性者絕未之見。」〔註241〕「君子」一詞的最初涵義及其使用情形確如蕭公權先生所言，爲學界公認。而孔子使用「君子」一詞，「就《論語》所記觀之，則有純指地位者，有純指品性者，有兼指地位與品性者。……孔子所以襲用『君子』之舊名者，似欲在不顯明違反傳統制度之範圍內，實行其改進政治之主張。」〔註242〕另據趙紀彬先生《論語新探》中所統計的結果：《論語》中「君子」出現 106 處，其中，僅有少數指「有位者」，多數指「有德者」。〔註243〕可見，孔子在肯定「君子」德、位兼有的同時，相對弱化了「君子」原有的「男性貴族」即「有位之人」的含義，並以「吾從先進」〔註244〕否定「君子」由繼位而得的、先天的貴族地位，而強化、凸顯其「有德之人」的含義，從「就位以修德」轉爲「修德以取位」〔註245〕，使「德」成爲判斷一個人是否「君子」的決定性因素以及君子整體素質的核心因素。〔註246〕而且，《論語》中處處

〔註240〕蕭公權：《中國政治思想史》，瀋陽，遼寧教育出版社，1998 年版，第 46 頁。

〔註241〕蕭公權：《中國政治思想史》，瀋陽，遼寧教育出版社，1998 年版，第 65 頁。

〔註242〕蕭公權：《中國政治思想史》，瀋陽，遼寧教育出版社，1998 年版，第 65、67 頁。

〔註243〕趙紀彬：《君子小人辨》，《論語新探》，北京，人民出版社，1976 年版，第 95 ～130 頁。

〔註244〕《論語·先進篇》：「子曰：『先進於禮樂，野人也；後進於禮樂，君子也。如用之，則吾從先進。』」見（宋）朱熹撰：《四書章句集注》，北京，中華書局，1983 年版，第 123 頁。

〔註245〕蕭公權：《中國政治思想史》，瀋陽，遼寧教育出版社，1998 年版，第 66 頁。

〔註246〕「德」爲《論語》以至儒家思想的核心範疇，「德」之核心又在「仁」，「仁」即君子綜合素質的核心，此點毋庸置疑。茲且舉一例明之。如孔子所謂的「君子三道」──仁、知、勇中，「仁」即「三道」之核心。可參考以下例句：如《憲問》第 28 章：「子曰：『君子道者三，我無能焉：仁者不憂，知者不惑，勇者不懼。』」《里仁》第 2 章：子曰：「仁者安仁，知者利仁。」《子張》第 6 章：子夏曰：「博學而篤志，切問而近思，仁在其中矣。」《顏淵》第 24 章：「曾子曰：『君子以文會友；以友輔仁。』」《爲政》第 24 章：「見義不爲，無勇也。」《泰伯》第 2 章：「勇而無禮則亂。」《憲問》第 4 章：「子曰：『仁者必有勇，勇者不必有仁。』」《陽貨》第 21 章：「子路曰：『君子尚勇乎？』子曰：『君子義以爲上。君子有勇而無義爲亂，小人有勇而無義爲盜。』」第 22

以「君子」與「小人」對舉，在肯定「君子」和「小人」因「位」之不同而導致的社會分工、職責、能力、專長等客觀差別的同時，尤其凸顯「君子」在德行、品行、見識上的優異。〔註247〕更重要的是，孔子在以「君子」之「德」教化天下時，「教化之方法有二：一曰以身作則，二曰以道誨人。孔子尤重視前者。蓋政事盡於行仁，而行仁以從政者之修身爲起點。」〔註248〕則除了教導學生、教化百姓，孔子更不遺餘力地踐行自己所力倡的價值觀念，以「君子」爲自身修養的標準，率先垂範，使其對「君子」的描述成爲「夫子自道」〔註249〕，從而在「德行」價值所具有的公信性基礎上，以其德行上的優越感取得「立法」資格，以及行使「立法」、「普法」乃至「執法」的權力，此正是孔子對君子「修己以安人」〔註250〕的自我踐行。

孔子以「言」立法，奠定儒學根基，孟子緊承其後，以「立法者」的姿態繼續完善儒家的話語體系。蒙培元先生從構詞角度談及儒家之「誠」時說：「『誠』作爲一種哲學範疇，是孟子首先提出的，但荀子也進行過討論，說明它一經提出，就成爲儒家哲學的重要問題。」〔註251〕「誠的本義是信，誠與信是可以互釋的。《說文》：『誠，信也，從言成聲。』『信，誠也，從人言。』……值得指出的是，『誠』與『信』，都與『言』字有關，也就是與語言、話語有關。……從『誠』這個詞與語言的聯繫來看，孟子是重視語言問題的。但是在孟子看來，語言是直接表達『心聲』的，並不是指稱心外的某個對象或實體。……孟子並不重視語言的指稱對象，但很重視語言的意義與旨義。……他認爲，語言是有意義的，其意義是眞實存在的。」〔註252〕語言直接表達心聲，孟子又重視對人的心靈的「立法」，故極重視語言的作用及其使用，「誠」

章：「子貢曰：『君子亦有惡乎？』子曰：『有惡：惡稱人之惡者，惡居下流而訕上者，惡勇而無禮者，惡果敢而窒者。』」梁啓超先生亦謂「儒家言道言政，皆植本於『仁』。」（梁啓超：《先秦政治思想史》，北京，東方出版社，1996年版，第81頁。）

〔註247〕可參考楊伯峻《論語譯注》（北京，中華書局，1980年版，第218頁）中附錄部分「論語詞典」中的統計結果：「小人」一詞，出現24次，其中，「無德之人」之義有20次；「老百姓」之義有4次。可見，《論語》中，「小人」亦偏重「無德之人」的內涵，「君子」與之對舉，必然也強調「有德之人」之義。

〔註248〕蕭公權：《中國政治思想史》，瀋陽，遼寧教育出版社，1998年版，第61頁。

〔註249〕（宋）朱熹撰：《四書章句集注》，北京，中華書局，1983年版，第156頁。

〔註250〕（宋）朱熹撰：《四書章句集注》，北京，中華書局，1983年版，第159頁。

〔註251〕蒙培元：《心靈超越與境界》，北京，人民出版社，1998年版，第151頁。

〔註252〕蒙培元：《心靈超越與境界》，北京，人民出版社，1998年版，第148～150頁。

字由外在的字形構成到內在的字義，均與孟子思想契合無間，故孟子以「誠」立論。「如果說孔子重『禮』說明他在爲人的心靈立法的同時更側重於爲社會立法，即重建社會價值秩序，那麼孟子重『存心養性』或『養氣』則說明他在試圖爲社會立法的同時更偏重於爲人的心靈立法，即建構人格境界以及實現之途。」〔註 253〕而荀子則「思考如何超越儒學不爲世所用的困境並尋求使之成爲眞正的經世之學的可能途徑」〔註 254〕，使孔、孟所「立」之「法」具有更強的現實操作性，提供更爲「具體、系統的政治策略」〔註 255〕。

由孔子到孟子、荀子，統觀先秦儒家之「言」，於是便有了上述問題的答案：儒家所「言」者禮樂教化，通過言語之「立法」來「盡意」，所盡之「意」便是治世救世。值得注意的是，「言語」被視爲與德行、政事、文學並列的「孔門四科」之一，更足見儒家對「言」的行爲及其作用的極度重視，既重視，則必相信「言」能盡意，其「意」無非是「君君，臣臣，父父，子子」的井然有序的社會政治和充滿仁愛的「有道之邦」，故其所「言」凸顯出濃厚的政教色彩。綜上所述，儒家對「言」的各種描述和規定，顯見其「言盡意」的主張，而「言盡意」不僅僅是儒家的語言觀，更體現了儒家深層次的世界觀，體現了儒家治國救世的遠大抱負、堅定信心以及極爲清晰的救世思路和實踐策略。

（2.iii）儒家「不言」之論辨證

儒家亦有「不言」之論，茲略作論析。《陽貨》篇載孔子和子貢的一段對話：「子曰：『予欲無言。』子貢曰：『子如不言，則小子何述焉？』子曰：『天何言哉？四時行焉，百物生焉；天何言哉？』」〔註 256〕《荀子‧不苟》亦有言曰：「天不言而人推高焉，地不言而人推厚焉，四時不言而百姓期焉。」〔註 257〕荀子之「不言」是孔子「天何言哉」基礎上的進一步發揮，二者大旨相近。對孔子「天何言哉」的感歎，歷代學者多有詮釋。如《四書章句集注》中朱熹注此章曰：「學者多以言語觀聖人，而不察其天理流行之實，有不待言而著者。是以徒得其言，而不得其所以言，故夫子發此以警之。……四時行，百物生，莫非天理發現流行之實，不待言而可見。聖人一動一靜，莫非妙道

〔註 253〕李春青：《詩與意識形態》，北京，北京大學出版社，2005 年版，第 206 頁。
〔註 254〕李春青：《詩與意識形態》，北京，北京大學出版社，2005 年版，第 207 頁。
〔註 255〕李春青：《詩與意識形態》，北京，北京大學出版社，2005 年版，第 208 頁。
〔註 256〕（宋）朱熹撰：《四書章句集注》，北京，中華書局，1983 年版，第 180 頁。
〔註 257〕（清）王先謙撰，沈嘯寰、王星賢點校：《荀子集解》，北京，中華書局，1988
　　　　年版，第 46 頁。

精義之發，亦天而已。豈待言而顯哉？此亦開示子貢之切，惜乎其終不喻也。」
〔註258〕劉寶楠《論語正義》中此章案語曰：「案：夫子本以身教，恐弟子徒以
言求之，故欲無言，以發弟子之悟也。……案：聖人法天，故《大易》《咸》
取爲象，夫子《易傳》特發明之，故曰：『大人者，與天地合其德，與日月合
其明，與四時合其序，與鬼神合其吉凶。先天而天弗違，後天而奉天時。』
其教人也，亦以身作則，故有威可畏，有儀可象，亦如天道之自然循行，望
之而可知，儀之而可得；故不必諄諄然有話言矣。」〔註259〕《論語集釋》引
韓愈、李翱《論語筆解》：「韓曰：『此義最深，先儒未之思也。吾謂仲尼非無
言也，特設此以誘子貢，以明言語科未能忘言，至於默識，故云天何言哉，
且激子貢使進於德行科也。』李曰：『深乎聖人之言，非子貢孰能言之？孰能
默識之耶？吾觀上篇子貢曰：「夫子之言性與天道，不可得而聞也。」又下一
篇陳子禽謂子貢賢於仲尼。子貢曰：「君子一言以爲不知，言不可不慎也。夫
子猶天，不可階而升也。」此是子貢已識仲尼「天何言哉」之意明矣。稱小
子何述者，所以探引聖人之言，誠深矣哉！』」〔註260〕引王肇晉、王用誥《論
語經正錄》曰：「夫子驀地說予欲無言，意義自是廣遠深至。……前云天何言
哉，言天之所以爲天者，不言也。後云天何言哉，言其生百物，行四時者，
亦不在言也。……聖人見道之大，非可以言說爲功，而抑見道之切，誠有其
德，斯誠有其道。知而言之以著其道，不如默而成者之厚其德以敦化也。故
嘗曰訥，曰恥，曰訒，至此而更云無言，則終日乾乾，以體天之健而流行於
品物各正其性命者，不以言問之而有所息，不以言顯之而替所藏也。」〔註261〕
引李顒《四書反身錄》曰：「夫子懼學者徒以言語文字求道，故欲無言，使人
知眞正學道，以心而不以辯，以行而不以言。而子貢不悟，反求之於言，區
區惟言語文字是耽，是以又示之以天道不言之妙，所以警之者至矣。」〔註262〕
引陸隴其《松陽講義》曰：「這一章是道無不在之意。開口說予欲無言一句，

〔註258〕（宋）朱熹撰：《四書章句集注》，北京，中華書局，1983年版，第180頁。

〔註259〕劉寶楠撰，高流水點校：《論語正義》，北京，中華書局，1990年版，第698
～699頁。

〔註260〕程樹德撰，程俊英、蔣見元點校：《論語集釋》，北京，中華書局，1990年版，
第1227～1228頁。

〔註261〕程樹德撰，程俊英、蔣見元點校：《論語集釋》，北京，中華書局，1990年版，
第1228頁。

〔註262〕程樹德撰，程俊英、蔣見元點校：《論語集釋》，北京，中華書局，1990年版，
第1228～1229頁。

最要看得好，不可將言字太說壞了。聖人平日教人都是用言，若將言字說壞，便是《六經》皆聖人糟粕話頭，不是孔門教法矣。夫子斯言，蓋欲子貢於動靜語默之間，隨處體認，如曾子之隨處精察而力行，不沾沾在言語上尋求也，必如此方是著實工夫。……到工夫熟後，鳶飛魚躍，無非至道，便是一貫境界。」〔註263〕蒙培元先生則認為，孔子對於「天是什麼」，「其最深切的理解和體認就是如下的一段話：『天何言哉？四時行焉，百物生焉，天何言哉？』這段話的最重要的意義在於，它否定了天是超自然的上帝，而明確肯定天是包括四時運行、萬物生長在內的自然界。……天即自然界的功能，就是運行和生長，由功能而說明其存在，這是孔子和儒家哲學的一個重要特點。……孔子這段話的真義是，天不是能言而不言，而是四時之運行、萬物之生長就是天的言說。」〔註264〕

聯繫儒家整體思想及其言說方式，並參考歷代學者的慧解，可見，孔子言「天何言哉」的用意或有四點：第一，天理流行和聖人之道「有不待言而著者」，學者既要從言語中體會，也要從無言處體會，既要知曉其「言」，也要明白其「所以言」，如此，才能達至「一貫境界」。第二，「天何言哉」體現了儒家學說對言行一致的極度重視。《論語》重「信」，孟子、荀子強調「誠」、「信」，均力主言行合一，言即行，行即言。第三，孔子之教化有言教和身教，在言行一致的前提下，更以身教為重，處處以身作則，身正為範。第四，「天何言哉」也體現了孔子所謂的君子「敏於事而慎於言」〔註265〕以及「慎言其餘」〔註266〕的「慎言」原則。所以，「天何言哉」並非否定語言的作用，只不過是孔子和學生談話時的一種特殊的言說方式和啟發方式而已，與前述儒家「言盡意」的論調並不矛盾，而與道家在「無為」基礎上對「言」的否定有本質的不同。

（3）「言不盡意」：道家哲學「境界形態」的本質規定

道家與儒家截然相對，其「言意觀」源自對現實禮樂教化系統的失望和否定，源自對儒家語言立法的譴責，認為社會失序、民亂國昏以及目盲、耳聾、口爽、行妨、人心發狂等等生命存在的諸多困境便是緣於禮樂教化的「言

〔註263〕程樹德撰，程俊英、蔣見元點校：《論語集釋》，北京，中華書局，1990年版，第1229頁。

〔註264〕蒙培元：《孔子天人之學的生態意義》，《中國哲學史》，2002年第2期。

〔註265〕（宋）朱熹撰：《四書章句集注》，北京，中華書局，1983年版，第52頁。

〔註266〕（宋）朱熹撰：《四書章句集注》，北京，中華書局，1983年版，第58頁。

說」。如《老子》曰：「夫禮者，忠信之薄，而亂之首。」〔註267〕「法令滋彰，盜賊多有。」〔註268〕《莊子》曰：「且夫待鉤繩規矩而正者，是削其性者也；待繩約膠漆而固者，是侵其德者也；屈折禮樂，呴俞仁義，以慰天下之心者，此失其常然也。天下有常然。……故古今不二，不可虧也。則仁義又奚連連如膠漆纆索而遊乎道德之間爲哉，使天下惑也！」〔註269〕在道家看來，儒家禮樂教化之「言說」造成對生命本然狀態的漠視、遮蔽、限制甚至戕害，是造成世亂的最大禍端，以儒家禮樂教化救弊治亂、安撫人心，無異於揚湯止沸。要恢復生命自由、逍遙的本然存在，建構和諧、安寧的社會秩序，就必須去除諸種外在的「立法」和約束，去除現實世界種種「言語」的枷鎖。因此，它更多地超越了現實關懷，而進入到一種「體道」的、言不能盡其「意」的、無限而逍遙的「境界形態」。由此，道家「言不盡意」之「言」，便是其所批判和否定的儒家之「言」，「言不盡意」之「意」，便是「道」此一本體的特性及其功能。「言」爲有限的、實在的，「道」爲無限的、「玄之又玄」的，所以，在道家而言，「言」不可能盡「意」。蒙培元先生曾言：「綜觀《老子》全書，並沒有西方式的實體論思想，而是一種有機論的境界形態的哲學思想。上文所引『混成』、『恍惚』、『窈冥』、『有物』、『有象』、『有精』等等，都說明『道』是不確定的、整體性的，是由其中之『物』、『象』、『精』顯示其存在的。……『道』又是以『虛無』爲其特徵的，『道』就是『無』，惟其虛無，才能永恒而常在，即所謂『常道』。但這所謂『虛無』，決不是不存在，恰恰是最眞實的存在，是一切存在者所以存在的最後根源，它只是無形象、無聲音、無顏色而已。這正是『道』的玄妙之處。」〔註270〕「『道』可以體認、體驗，但不能作爲對象去認識，去名言，因此，關於『道』的種種描述或解釋，都不是概念分析式的認識，只能是本體顯現或『透視』。……它不是語言所能完成的。由此可見，在老子哲學中，語言認識的作用是微乎其微的。」〔註271〕「境界不是對象認識，是一種自我修養、自我認識、自我體驗所達到的心靈境地。」〔註272〕「這種境界，不能言說，也不必言說，一有言說，反而會破

〔註267〕陳鼓應撰：《老子注譯及評介》，北京，中華書局，1984年版，第212頁。
〔註268〕陳鼓應撰：《老子注譯及評介》，北京，中華書局，1984年版，第284頁。
〔註269〕（清）郭慶藩撰，王孝魚點校：《莊子集釋》，北京，中華書局，1961年版，第321頁。
〔註270〕蒙培元：《心靈超越與境界》，北京，人民出版社，1998年版，第193頁。
〔註271〕蒙培元：《心靈超越與境界》，北京，人民出版社，1998年版，第198頁。
〔註272〕蒙培元：《心靈超越與境界》，北京，人民出版社，1998年版，第199頁。

壞其整體性、無限性。」〔註273〕牟宗三先生也從「境界形態」的角度分析道
家思想與西方存有論的不同。在《道之「作用的表象」》一文中，牟先生說：
「實有形態的形上學就是依實有之路講形上學（metaphysics in the line of
being）。但是境界形態就很麻煩，英文裏邊沒有相當於『境界』這個字眼的
字。或者我們可以勉強界定爲實踐所達至的主觀心境（心靈狀態）。這心境
是依照我們的某方式（例如儒道或佛）下的實踐所達至的如何樣的心靈狀
態。依這心靈狀態可以引發一種『觀看』或『知見』（vision）。境界形態的
形上學就是依觀看或知見之路講形上學（metaphysics in the line of vision）。」
〔註274〕「道家的這個境界形態的形上學就是表示：道要通過無來瞭解，以
無來做本，做本體，『無名天地之始，有名萬物之母。』這個『無』是從我
們主觀心境上講。假如你要瞭解『無名天地之始』，必須進一步再看下面一
句，『常無欲以觀其妙』，此句就是落在主觀心境上說。……這樣的形上學根
本不像西方，一開始就從客觀的存在著眼，進而從事於分析，要分析出一個
實有。因此，我們要知道道家的無不是西方存有論上的　個存有論的概念，
而是修養境界上的一個虛一而靜的境界。」〔註275〕在《道家玄理之性格》
一文中，牟先生還將儒、道兩家之「境界形態」做了區分：「中國的形而上
學——道家、佛教、儒家——都有境界形態的形而上學的意味。但儒家不只
是個境界，它也有實有的意義；道家就只是境界形態，這就規定它系統性格
的不同。」〔註276〕「道家是純粹的境界形態，和儒家佛教的分別相當微妙。……
道家的道和萬物的關係就在負責萬物的存在，籠統地說也是創造。這種創造
究竟屬於什麼形態？例如『道生之，德畜之』，道也創生啊！……但照道家
的講法這生實在是『不生之生』。儒家就是創生，《中庸》說：『天地之道可
一言而盡也：其爲物不貳，則其生物不測。』那個道就是創生萬物，有積極
的創生作用。道家的道嚴格講沒有這個意思，所以結果是不生之生，就成了
境界形態。」〔註277〕牟宗三先生進一步解釋道家的「不生之生」說：「道家
只能籠統地說實現原理，不好把它特殊化，說成創造，因此道家就是徹底的

〔註273〕蒙培元：《心靈超越與境界》，北京，人民出版社，1998 年版，第 200 頁。
〔註274〕牟宗三：《中國哲學十九講》，上海，上海古籍出版社，1997 年版，第 123 頁。
〔註275〕牟宗三：《中國哲學十九講》，上海，上海古籍出版社，1997 年版，第 124～
　　　　125 頁。
〔註276〕牟宗三：《中國哲學十九講》，上海，上海古籍出版社，1997 年版，第 98 頁。
〔註277〕牟宗三：《中國哲學十九講》，上海，上海古籍出版社，2005 年版，第 82 頁。

境界形態。……由不生之生才能說境界形態，假定實是生就成了實有形態。……何謂不生之生？這是消極地表示生的作用，王弼的注非常好，很能把握其意義。在道家生之活動的實說是物自己生自己長。為什麼還說『道生之德畜之』呢？……《王弼注》曰：『不禁其性，不塞其源。』如此它自己自然會生長。……道家深切感受到操縱把持禁其性塞其源最壞，所以一定教人讓開，道就是不生之生，開其源讓它自己生，不就等於生它了嗎？」〔註278〕「不生之生」，即「無為而治」，牟宗三先生對道家「不生之生」的論述既說明了道家境界形態之純粹，也論證了道家反對儒家禮樂教化的根由。另外，牟宗三先生在《「四因說」演講錄》中解釋「境界形態」道：「境界這個名詞從佛教來，但我們平常說『境界』跟原初佛教說的『境』『界』也不一樣。現在用一般人瞭解的普通意義來說，『境界』是從主觀方面的心境上講。境界形態我譯作『vision form』，就是說你自己的修行達到某一個層次或水平，你就根據你的層次或水平看世界，你達到了這個水平，你就這樣看世界；你若在另一水平中看，你的看法就不一樣。你看到的世界是根據你自己主體的升降而有升降，這就叫做境界形態，道家就是這個形態。」〔註279〕牟宗三先生所用「境界形態」，以 vision 來對照之，而 vision 一詞的涵義中，除了指「視力、視覺、想像力、觀察力」之外，還指由心靈的想像、恍惚的睡眠而有的「幻想、夢幻、幻影」等意，而 vision 的形容詞形式 visionary、visional 以及動詞形式 vision，均側重夢幻、幻覺的內涵。〔註280〕結合以上蒙、牟二先生的論述來看，道家的思想之所以為較儒家更純粹的「境界形態的形而上學」，無疑緣於其在強調「主觀心境」、否定和超越「實有」的同時，也某種程度地暗含了「幻想、幻覺」的心理特徵，而這種心理特徵又契合了道家之「道」的「恍惚」「窈冥」的特點。

　　總之，道家與儒家的根本不同，即在其所追求的「境界」更遠離實有，更為玄遠，其所呈現出的「境界形態」也更為純粹。所以，在道家這裡，「言」不但失去了效用，而且在某種程度上成為達至玄遠境界的羈絆或障礙。道家主張「言不盡意」的語言觀，在本體論的層面上否定了語言的作用，提出「不

〔註278〕牟宗三：《中國哲學十九講》，上海，上海古籍出版社，2005 年版，第 83～85 頁。

〔註279〕牟宗三：《「四因說」演講錄》（全集本），臺北，聯經出版事業有限公司，2003 年版，第 79 頁。

〔註280〕《Oxford Advanced Learner's Dictionary of Current English with Chinese Translation》，Hong Kong Oxford University Press，1984，P.1308.

言之教」、「得意忘言」的治世方略和解放心靈的根本方法，體現出異於儒家的更爲徹底、有效的終極關懷。從「言不盡意」到「得意忘言」，通過對「言」的否定和「遺忘」，道家解構了儒家苦心經營的禮樂教化的規範系統，在可以言說的客觀現實之外，重建一「道」的「境界形態」的世界，以安頓生命和心靈的本然、自由的存在。

（4）「得意忘言」：玄學對先秦道家的繼承與發展

（4.i）「無」之本體的建構及其對「言」的消解

同樣誕生於亂世的魏晉玄學直接繼承了道家的玄理思維，仍然鍾情於內心一「境界」的發現，執著於對超現實的「本體」的信仰和探索，而且，更加自覺地運用「言意之辨」的思維方法，超越可言的、有限的現象界，發現一「妙不可言」的本體世界，超越現實的政治權力、虛僞禮教，開掘一自然本眞的「清」的審美境界，並最終將「言意之辨」發展成爲一套系統的方法論，成爲魏晉玄學的一種標誌。正如蒙培元先生在《「言意之辨」與境界問題》一文中所言：「魏晉玄學確實接觸到本質的普遍和本質的抽象問題。但他們所謂『本質』，乃是一種意義的抽象，是一種心靈境界，不是一般認識問題，也不是邏輯抽象問題。因此，根本無法用語言去表達。」〔註281〕但是，玄學家運用「言意之辨」的方法，與先秦道家並不完全相同。先秦道家多以之用於對宇宙本體的「道」的追問和把握，更專注於宇宙生成和運行規律的揭示，在對「自然之道」、「不道之道」的體悟中達至「復歸於嬰兒」的理想狀態和「逍遙遊」的至高境界，爲形而下的、個人與社會的生活提供形而上的最終依據。梁啓超先生《先秦政治思想史》嘗言：與儒家「以人爲中心、以人類心力爲萬能」相對，道家「以自然界爲中心。……以自然界理法爲萬能。」〔註282〕所以，說明根於「自然界」的「道」究爲何物是先秦道家的首要任務及其學說的「重中之重」。而魏晉玄學則是在秉承先秦道家「自然之道」的基礎上，更直接地將「言意之辨」的方法用於一種對當下生命存在的解惑和答疑，並以此擺脫現實的諸多束縛與限制，求得精神的依託和心靈的自由，其玄理、玄智中嵌入了更多的生命的眞性情，因而也更多地被文人士子付諸於眞實、活潑的生命實踐之中。牟宗三先生在《才性與玄理》序中曾深刻地指出：「『玄』非惡詞也。深遠之謂也。

〔註281〕蒙培元：《心靈超越與境界》，北京，人民出版社，1998年版，第247頁。
〔註282〕梁啓超：《先秦政治思想史》，北京，東方出版社，1996年版，第122～123頁。

生命之學問，總賴眞生命與眞性情以契接。無眞生命與性情，不獨生命之學問無意義，即任何學問亦開發不出也。而生命之乖戾與失度，以自陷陷人於劫難者，亦唯賴生命之學問調暢而順適之，庶可使其步入健康之坦途焉。」〔註283〕因爲與眞生命、眞性情相契接，玄學便與民間廣泛流傳的志怪故事有了深層次的相通。而且，生命與性情的實踐性也使得玄學於抽象、「深遠」中平添了幾許感性和通俗，在表現形態上也無形中與志怪故事拉近了距離。

魏晉時期的玄學天才王弼「首唱得意忘言」，並以「得意忘言」的方法「建樹有系統之玄學」，被湯用彤先生稱爲「玄宗之始」。〔註284〕王弼建樹的玄學系統爲貴無論哲學體系。他按照「辨名析理」的邏輯規則，以形名學的方法，將先秦道家之「道」轉化爲「無」，從而確立「無」之宇宙本體：「『道』表現爲無形無名，其簡稱爲『無』；萬物表現爲有形有名，其簡稱爲『有』。這樣，『道』與萬物的關係就從形名角度轉化爲『無』與『有』的關係。」〔註285〕王弼在重新闡釋《易》、《老子》、《論語》時，都強調「無」爲宇宙萬物之本體。比如，其注《周易·復卦》曰：「復者，反本之謂也。天地以本爲心者也。……然則天地雖大，富有萬物，雷動風行，運化萬變，寂然至無是其本矣。」〔註286〕其注《老子》第十六章「吾以觀復」曰：「凡有起於虛，動起於靜。故萬物雖並動作，卒復歸於虛靜，是物之極篤也。」〔註287〕注《老子》第三十八章曰：「天地雖廣，以無爲心；聖王雖大，以虛爲主。……本在無爲，母在無名。」〔註288〕注《老子》第四十章曰：「天下之物，皆以有爲生。有之所始，以無爲本。將欲全有，必反於無也。」〔註289〕《老子指略》曰：「物之所以生，功之所以成，必生乎無形，由乎無名。無形無名

〔註283〕牟宗三：《牟宗三集》，北京，群言出版社，1993版，第97頁。

〔註284〕湯用彤：《魏晉玄學論稿》，上海，上海古籍出版社，2001年版，第 24～25頁。

〔註285〕王曉毅著：《王弼評傳》，南京，南京大學出版社，1996年版，第247頁。

〔註286〕（魏）王弼：《周易注》，見王弼著，樓宇烈校釋：《王弼集校釋》，北京：中華書局，1980年，第336～337頁。

〔註287〕（魏）王弼：《老子注》，見王弼著，樓宇烈校釋：《王弼集校釋》，北京：中華書局，1980年，第36頁。

〔註288〕（魏）王弼：《老子注》，見王弼著，樓宇烈校釋：《王弼集校釋》，北京：中華書局，1980年，第93～94頁。

〔註289〕（魏）王弼：《老子注》，見王弼著，樓宇烈校釋：《王弼集校釋》，北京：中華書局，1980年，第110頁。

者，萬物之宗也。」〔註290〕《論語釋疑》注「子曰：『志於道』」曰：「道者，無之稱也，無不通也，無不由也。況之曰道，寂然無體，不可爲象。」〔註291〕何劭《王弼傳》載王弼曰：「聖人體無，無又不可以訓，故不說也。老子是有者也，故恒言無所不足。」〔註292〕王弼《大衍義》注解《周易・繫辭上》「大衍之數五十，其用四十有九」曰：「演天地之數，所賴者五十也。其用四十有九，則其一不用也。不用而用以之通，非數而數以之成，斯易之太極也。四十有九，數之極也。夫無不可以無明，故常於有物之極，而必明其所由之宗也。」〔註293〕此處「非數」「一」、「太極」即本體「無」。湯用彤先生言：「故太極者（不用之一）固即有物之極（四十有九）耳。吾人豈可於有物（四十有九）之外，別覓本體（一）。實則有物依體以起，而各得性分。如自其性分觀之則宛然實有，而依得性分之所由觀之，則了然其固爲全體之一部而非眞實之存在。」〔註294〕王弼將《老子》的「無」這一「道」之本體的特性及其「生萬物」的宇宙生成功能，直接提升、轉換爲「道」之本體，「以無爲本」，「無」與「有」辯證一體，共存於宇宙萬物之中的體用關係。王弼確立「無」之本體，以其貴無論解釋宇宙萬物的存在，並以此成功地貫通、融合了儒道兩家學說。

那麼，如何認識「無」此一本體呢？王弼《老子指略》指出：「能爲品物之宗主，苞通天地，靡使不經也。若溫也則不能涼矣，宮也則不能商矣。形必有所分，聲必有所屬。故象而形者，非大象；音而聲者，非大音也。」〔註295〕又言：「名必有所分，稱必有所由。有分則有不兼，有由則有不盡。……凡名生於形，未有形生於名者也。故有此名必有此形，有此形必有其分。」

〔註290〕 （魏）王弼：《老子指略》，見王弼著，樓宇烈校釋：《王弼集校釋》，北京：中華書局，1980 年，第 195 頁。

〔註291〕 （魏）王弼：《論語釋疑》，見王弼著，樓宇烈校釋：《王弼集校注》，北京，中華書局，1980 年版，第 624 頁。

〔註292〕 《三國志・魏書》卷二十八《鍾會傳》注引何劭《王弼傳》，見（晉）陳壽撰，（南朝・宋）裴松之注：《三國志》，北京，中華書局，1982 年版，第 795 頁。

〔註293〕 （魏）王弼著，樓宇烈校釋：《王弼集校釋》，北京：中華書局，1980 年，第 547～548 頁。

〔註294〕 湯用彤：《湯用彤學術論文集》北京，中華書局，1983 年版，第 251～252 頁。

〔註295〕 （魏）王弼：《老子指略》，見王弼著，樓宇烈校釋：《王弼集校釋》，北京：中華書局，1980 年，第 195 頁。

〔註296〕可見，無形無名不但是「無」之本體的特點，更是其之所以成爲本體的必要條件。但是，「無」雖然「無形」、「希聲」，不可言說，卻是宇宙天地之間唯一眞實、永恒的存在。「無」的存在通過「有」體現出來，「無」存在於有形有名的萬物的各種具體的「形」和「聲」中，人們可以通過「有」感受和認識「無」。王弼注《周易・繫辭》曰：「無不可以無明，必因於有，故常於有物之極，而必明其所由之宗也。」〔註297〕「四象不形，則大象無以暢；五音不聲，則大音無以至。」〔註298〕「無」雖然無形無名，但是通過有形有名的「有」體現出來。「有」之「名生於形」，言以稱名，則所言者必爲「有」。言既稱名，則必能明象，象以盡意，故由「有」可明「無」，由言可得意。王弼在《周易略例・明象》中曰：「夫象者，出意者也。言者，明象者也。盡意莫若象，盡象莫若言。言生於象，故可尋言以觀象；象生於意，故可尋象以觀意。意以象盡，象以言著。」〔註299〕「無」儘管通過「有」體現出來，但「有」絕非等於「無」。同理，雖然「意以象盡，象以言著」，但並不意味著「意」等於「象」，「象」等於「言」，因此，「言」、「意」之間也不能劃等號。所以，王弼又說：「然則，言者，象之蹄也；象者，意之筌也。是故，存言者，非得象者也；存象者，非得意者也。象生於意而存象焉，則所存者乃非其象也；言生於象而存言焉，則所存者乃非其言也。」言爲「蹄」，象爲「筌」，都只是「得意」的工具和手段，不能將工具或手段等同於目的。那麼，言、象、意之間究竟如何關聯？王弼又曰：「故言者所以明象，得象而忘言；象者，所以存意，得意而忘象。猶蹄者所以在兔，得兔而忘蹄；筌者所以在魚，得魚而忘筌也。……忘象者，乃得意者也；忘言者，乃得象者也。得意在忘象，得象在忘言。故立象以盡意，而象可忘也；重畫以盡情，而畫可忘也。」〔註300〕言、象的「蹄」、「筌」之用發揮完之後，就必須跳出言、象所指稱、描述的

〔註296〕（魏）王弼：《老子指略》，見王弼著，樓宇烈校釋：《王弼集校釋》，北京：中華書局，1980年，第196、199頁。

〔註297〕（魏）王弼著，樓宇烈校釋：《王弼集校釋》，北京：中華書局，1980年，第548頁。

〔註298〕（魏）王弼：《老子指略》，見王弼著，樓宇烈校釋：《王弼集校釋》，北京：中華書局，1980年，第195頁。

〔註299〕（魏）王弼：《周易略例・明象》，見王弼著，樓宇烈校釋：《王弼集校釋》，北京：中華書局，1980年，第609頁。

〔註300〕（魏）王弼：《周易略例・明象》，見王弼著，樓宇烈校釋：《王弼集校釋》，北京：中華書局，1980年，第609頁。

具象之外，超越於具象之上，才能領悟抽象、玄遠的本質層面的內涵，也即「忘言」、「忘象」，超越於言、象之上，才能「得意」，才能眞正認識無形無名的本體──「無」。舉例言之：「義苟在健，何必馬乎？類苟在順，何必牛乎？爻苟合順，何必坤乃爲牛？義苟應健，何必乾乃爲馬？」〔註301〕執著於言、象，「定馬於乾」，則「有馬無乾」，「存象忘意」，「一失其原」。「忘言」、「忘象」即「忘有」，忘卻具體、紛繁的自然以及社會生活的具象；「得意」即「體無」，不但認識了「無」，而且能進升至超言絕象的「道」的境界。此等境界，亦即一種「至健之秩序」、「全體之秩序」。湯用彤先生在《王弼之〈周易〉、〈論語〉新義》一文中指出：「王弼之所謂本體，爲至健之秩序。萬物生成爲本體之用，而咸有其必然之分位。秩序者就全體以稱。分位者就一物立言。全體之秩序，即所謂道。故道也者無之稱也。無不通也，無不由也。一物之分位，根據其所由之理，而各得其性。故曰：『物皆不敢妄，然後萬物乃各得其性。』夫道眞實無妄，故物均不敢妄，而有其所恒有之性，所恒有之德。」〔註302〕可以說，王弼之所以創建「無」之本體，意在創建一合理、健全的秩序，此一秩序，既爲自然萬物之秩序，亦爲社會人事之秩序。

「無」爲宇宙本體，「無」的特點是無形無名，其發揮功用的方式則是無爲。王弼注《老子》第十章曰：「道常無爲，侯王若能守，則萬物將自化。……不塞其原，則物自生，何功之有？不禁其性，則物自濟，何爲之恃？物自長足，不吾宰成，有德無主，非玄而何？凡言玄德，皆有德而不知其主，出乎幽冥。」〔註303〕注《老子》第二十一章曰：「以無形始物，不繫成物，萬物以始以成，而不知其所以然。」〔註304〕無爲亦即順應自然，王弼注《老子》第三十七章「道常無爲」曰：「順自然也。」〔註305〕注《老子》第二十五章「道法自然」曰：「法自然者，在方而法方，在圓而法圓，於自然無所違也。」

〔註301〕（魏）王弼：《周易略例・明象》，見王弼著，樓宇烈校釋：《王弼集校釋》，北京：中華書局，1980年，第609頁。

〔註302〕湯用彤：《魏晉玄學論稿》，上海，上海古籍出版社，2001年版，第85～86頁。

〔註303〕（魏）王弼：《老子注》，見王弼著，樓宇烈校釋：《王弼集校釋》，北京：中華書局，1980年，第23～24頁。

〔註304〕（魏）王弼：《老子注》，見王弼著，樓宇烈校釋：《王弼集校釋》，北京：中華書局，1980年，第52頁。

〔註305〕（魏）王弼：《老子注》，見王弼著，樓宇烈校釋：《王弼集校釋》，北京：中華書局，1980年，第91頁。

〔註 306〕作爲本體的「無」順應自然，無爲而無不爲，如此則萬物自安，天下自定，天地之間就會秩序井然。「聖人體無」，亦必以無爲爲訓。王弼注《老子》第十七章曰：「大人在上，居無爲之事；行不言之教。」〔註 307〕其《老子指略》亦言：「天生五物，無物爲用。聖行五教，不言爲化。……聖人不以言爲主，則不違其常；不以名爲常，則不離其眞；不以爲爲事，則不敗其性；不以執爲制，則不失其原矣。」〔註 308〕王弼之「貴無」，旨在貴「無爲」，倡「無」之無爲，旨在倡聖人、侯王之無爲，故其宇宙本體論其實是在爲其政治哲學張本。「本體的無爲，是指理想君主的無爲政策；物性自然，實際上是講人性自然。如果將王弼抽象的宇宙哲學語言還原到社會人事中，就轉化爲要求君主以無爲順應人民的自然本性。」〔註 309〕可見，王弼生活的時代，思想界眞正關注的並不是宇宙和自然萬物的眞相及眞理，而是「怎樣有效地治理國家，建立一個自然無爲的理想社會。」〔註 310〕而玄學融合儒道的一系列矛盾的範疇與命題如無與有、無爲與有爲、無情與有情、名教與自然等等，其本質則無非是「士族知識分子文化性格中儒道雙重傾向的內在矛盾」的再現及其解決。〔註 311〕用「得意忘言」的方法重新闡釋經典，確立「無」之本體，並以「無」爲基石重新建構不同於現實社會秩序的另一個秩序，而且以之爲「至健之秩序」，這種知識分子的一廂情願的形而上建構，表露了一種對當時社會政治及現實生命存在狀況的不滿、否定和偏離，流露出內心深處的困惑和焦慮，也表達了對美好生命存在的嚮往和渴望。而更值得深思的是，玄學所呈現、透射出的這一切，亦爲志怪書所有，只是表現的渠道不同，一爲抽象深奧的哲學，一爲生動易懂的故事而已。

（4.ii）玄學爲志怪故事及其思維提供了理論支持

王弼所創建和追求的「無」的境界，其實爲神仙鬼怪信仰開了一個理境，提供了哲學上的、終極的理論根據。湯用彤先生在《魏晉文學與思想》一文中

〔註 306〕（魏）王弼：《老子注》，見王弼著，樓宇烈校釋：《王弼集校釋》，北京：中華書局，1980 年，第 65 頁。

〔註 307〕（魏）王弼：《老子注》，見王弼著，樓宇烈校釋：《王弼集校釋》，北京：中華書局，1980 年，第 40 頁。

〔註 308〕（魏）王弼：《老子指略》，見王弼著，樓宇烈校釋：《王弼集校釋》，北京：中華書局，1980 年，第 195～196 頁。

〔註 309〕王曉毅著：《王弼評傳》，南京，南京大學出版社，1996 年版，第 259 頁。

〔註 310〕王曉毅著：《王弼評傳》，南京，南京大學出版社，1996 年版，第 275 頁。

〔註 311〕王曉毅著：《王弼評傳》，南京，南京大學出版社，1996 年版，第 330～331 頁。

曾言：「文學與思想之關係不專在內容，而在乎其所據之根本理論。」〔註312〕
志怪書的撰寫所依據的根本理論，即玄學。而玄學思想之中心「不在社會而
在個人，不在環境而在內心，不在形質而在精神。……因此而各方，期望一
種精神世界，追求一種超世理想，新生一種入世態度。從哲理上說來，a. 嚮
往一種玄遠世界；b. 脫離塵世苦海，探得生存之秘密。但是，既曰精神，則
恍兮惚兮；既曰超世，則非耳目之所能達；既曰玄遠，則非象形之域；既曰
入世，則非塵心之所得。……此種理論以王何之學爲結晶。」〔註313〕湯先
生所言「恍兮惚兮」、「非耳目之所能達」、「非象形之域」、「非塵心之所得」
等玄學哲理上的特質，不恰恰也是志怪書中各種「怪」象的特點或特質嗎？
「人文之元，肇自太極。」〔註314〕志怪書中的各種神鬼仙怪及其事件、場
景，也無非是「課虛無以責有，叩寂寞而求音。」〔註315〕而且，如前文論
「歧出」時所言，志怪故事雖然書寫怪異之事，但其始終不離現實人生，透
露的是人對自己本質力量的認識和把握，目的也無非是「探得生存之秘密」，
因此，志怪故事亦可視爲人對生命存在的另一種超越時空的「玄思」，也須
以「得意忘言」的方法才能眞正領會其背後的深刻內涵。現實世界是「人」
的世界，或者說是「活著的人」的世界，是可感、可觸的「有」。現實之外，
即「有」之外，便是「無」，神仙鬼怪的存在便是在這樣一個現實之外的、「人」
之外的世界，與玄學的「無」相對應。神仙鬼怪是人們在實在的「有」——
「人」之外的一種想像的、觀念的產物，而在人們的意識中，這一觀念的產
物又是確實存在的。正如魯迅所言：「文人之作，雖非如釋、道二家，意在
自神其教，然亦非有意爲小說，蓋當時以爲幽明雖殊途，而人鬼乃皆實有，
故其敘述異事，與記載人間常事，自視固無誠妄之別矣。」〔註316〕「現在
之所謂六朝小說，……在六朝當時，卻並不視爲小說。……還屬於史部起居
注和雜傳類裏的。那時還相信神仙和鬼神，並不以爲虛造，所以所記雖有仙

〔註312〕湯用彤：《魏晉玄學論稿》，上海，上海古籍出版社，2001年版，第122頁。
〔註313〕湯用彤：《魏晉玄學論稿》，上海，上海古籍出版社，2001年版，第122～123頁。
〔註314〕（南朝·梁）劉勰：《文心雕龍·原道》，見范文瀾注：《文心雕龍注》，北京，
　　　　人民文學出版社，1958年版，第2頁。
〔註315〕（西晉）陸機：《文賦》，見（南朝·梁）蕭統撰，（唐）李善等注：《文選》
　　　　（卷十七），北京，中華書局影印清嘉慶十四年胡克家刻本，1977年版，第
　　　　241頁。
〔註316〕魯迅：《六朝之鬼神志怪書》（上），《中國小說史略》，上海，上海古籍出版社，
　　　　1998年版，第24頁。

凡和幽明之殊，卻都是史的一類。」〔註317〕可以說，志怪故事中的神鬼仙怪等也是一種「境界形態」的存在，「非真實」，超出感官之外，卻無處不在，無時不在，時時處處和人發生種種異常的故事和關係，於冥冥之中影響著人的生命與生活，而這冥冥之中不能被人操控的影響，卻常常是致命的或者創生的。而人們對神仙鬼怪的情感態度，無論是祭拜還是詛咒，無論是畏懼、迎合、討好，還是厭惡、躲避，也無一不映射出神仙鬼怪這一異於人的存在對人的命運的決定性作用。它們的存在就像王弼哲學中的「無」，雖然無形無名，卻仍然存在並決定著「有」。所以，志怪書中的神仙鬼怪，恰似王弼哲學邏輯中的「無」的一種有形的化身〔註318〕，在志怪故事中印證著玄學對生命存在的思索。魏晉南北朝時期人們頭腦中「神仙鬼怪皆實有」的觀念，其實是一種類似王弼哲學中關於「無」的思想，這種似非而是的思維產物也體現了玄學和志怪故事的共同的宗教信仰的特徵，前者信仰終極的、無形的本體，後者信仰有形卻並不真實的神鬼仙怪。

玄學的另一個代表人物郭象的思想，也同樣不離現實人生，滲透著「真生命與真性情」。蒙培元先生在《「玄冥之境」說》一文中分析郭象的「獨化論」時，也談及玄學的現實意義：「玄學家的本體論，都不是討論自然界或客觀世界的存在問題，而是解決人的生命存在以及精神生活的問題。……郭象之所以提出『獨化說』，其真正目的是立足於一個新的觀點，解決生命的存在和意義問題，也就是解決人的精神境界問題。……所謂『獨化』，就是『自在』、『自爾』、『自己』、『自然』，沒有什麼外在的原因或根據『使之然』。這一個就是『這一個』，不是別的什麼，每一物都有每一物的自性，每個人都有每個人的自性，沒有普遍絕對的性。『物各有性，性各有極。』（《莊子·逍遙遊注》）」〔註319〕郭象的「獨化論」亦相信本體的存在，但他並不關心本體是「有」還是「無」或者其他，他關心的是眼前當下的紛紜萬象如何與本體達成統一，如何從本體那裡找到解釋萬物萬象存在的合理理由。這萬物萬象之中，首要

〔註317〕魯迅：《六朝小說和唐代傳奇文有怎樣的區別？》，《漢文學史綱要》，上海，上海古籍出版社，2005 年版，第 126 頁。

〔註318〕王弼所言之「無」，是超言絕象的，但王弼也講「體用如一」，「無」同時也是和「有」一體的，因此，以神仙鬼怪等為「無」的有形的化身，並不違背「無」的無形無名的本質特性，猶如《老子》以「戶牖」喻釋「無」之「用」，但「戶牖」本身並不是「無」，古人以太陽的運行為時間的標誌，但太陽及其運行也並等於時間。

〔註319〕蒙培元：《心靈超越與境界》，北京，人民出版社，1998 年版，第 259～261 頁。

的便是包括郭象在內的個體的人的活生生的存在。換言之，郭象煞費苦心建構的獨化體系，只是為個體的生命及其存在找到充足的、無可辯駁的合理性，從而找到人作為個體生命的不可褻瀆、不可侵犯的尊嚴，並以此為建構社會規範的基礎和法則。「夫天下之大患者，失我也。」〔註320〕任何一個獨立的、個體的「我」都有其存在的理由和尊嚴，對「我」的存在和尊嚴的輕視、漠視甚至踐踏才是造成人心難安、天下大亂的根本原因。可見，魏晉玄學表面上可視為中國哲學的思辨能力的一個飛躍，實際上，這玄遠的、形而上的思辨卻是生成於形而下的、充滿變數也充滿歌哭的現實人生，緣於亂世之中人們對內心「自我」的苦苦追尋。郭象心中的本體並非為造物的一種先在，而是在存在者的實際存在之中，「上知造物無物，下知有物之自造也。」〔註321〕「自生耳，非我生也。我既不能生物，物亦不能生我，則我自然矣。自己而然，則謂之天然。」〔註322〕「不運而自行也。不處而自止也。不爭所而自代謝也。皆自爾。無則無所能推，有則各自有事。然則無事而推行是者誰乎哉？各自行耳。」〔註323〕自造自生，便擁有了絕對「自主權」，無須聽從別物的安排，便「無所待」。同時，萬物「自足其性」、「各據其性」，不待他物，不擾他物，便自然有了物物之間的「相濟」，所謂「相因之功，莫若獨化之至也。」〔註324〕由此，物物既各自「獨化」又彼此「相濟」。既然萬物「自然而然」〔註325〕，「任之而理自至」〔註326〕，所以，郭象反對人為，主張無為。「不說而自存，不為而自生。」〔註327〕「治之由乎不治，為之出乎無為。」

〔註320〕（晉）郭象：《莊子・胠篋注》，見（清）郭慶藩撰，王孝魚點校：《莊子集釋》，北京，中華書局，1961年版，第356～357頁。

〔註321〕（晉）郭象：《莊子序》，見（清）郭慶藩撰，王孝魚點校：《莊子集釋》，北京，中華書局，1961年版，第3頁。

〔註322〕（晉）郭象：《莊子・齊物論注》，見（清）郭慶藩撰，王孝魚點校：《莊子集釋》，北京，中華書局，1961年版，第50頁。

〔註323〕（晉）郭象：《莊子・天運注》，見（清）郭慶藩撰，王孝魚點校：《莊子集釋》，北京，中華書局，1961年版，第493～494頁。

〔註324〕（晉）郭象：《莊子・大宗師注》，見（清）郭慶藩撰，王孝魚點校：《莊子集釋》，北京，中華書局，1961年版，第241頁。

〔註325〕（晉）郭象：《莊子・齊物論注》，見（清）郭慶藩撰，王孝魚點校：《莊子集釋》，北京，中華書局，1961年版，第55頁。

〔註326〕（晉）郭象：《莊子・齊物論注》，見（清）郭慶藩撰，王孝魚點校：《莊子集釋》，北京，中華書局，1961年版，第56頁。

〔註327〕（晉）郭象：《莊子・齊物論注》，見（清）郭慶藩撰，王孝魚點校：《莊子集釋》，北京，中華書局，1961年版，第58頁。

〔註 328〕「是以無心玄應，唯感之從，汎乎若不繫之舟，東西之非己也，故無行而不與百姓共者，亦無往而不爲天下之君矣。以此爲君，若天之自高，實君之德也。」〔註 329〕由物之「自生」推出無爲、不治，由自然天理轉到爲君治國，郭象著眼於當下社會與人生的最終目的彰顯無遺。

那麼，如何認識和理解「獨化」的玄機呢？「夫物有自然，理有至極。循而直往，則冥然自合，非所言也。」〔註 330〕「故爲脗然自合之道，莫若置之勿言，委之自爾也。」〔註 331〕「萬物無形，同於自得，其得一也。已自一矣，理無所言。……忘一者無言而自一。」〔註 332〕「至理無言」〔註 333〕，「未能忘言而神解，故非大覺也。」〔註 334〕「夫言意者有也；而所言所意者無也。故求之於言意之表，而入乎無言無意之域，而後至焉。」〔註 335〕在郭象看來，「至理無言」，所以，要認識和理解之，則須「勿言」、「忘言」，「入乎無言無意之域」。如果執著於「言」，則人人「據己所言」，「莫不自以爲是，以彼爲非」〔註 336〕，如此各執是非，各懷偏見，則「是非紛紜，莫知所定。」〔註 337〕可見，郭象所建構的仍然是一個「無言」的世界，他一再強調萬事萬物之「自生」、「獨化」，否定任何外在的、人爲的因素，包括人們用語言對事物的自以爲是的界說。所以，郭象的「獨化」哲學雖然於先秦道家有所發揮甚至曲解，但是，與先秦道

〔註 328〕（晉）郭象：《莊子·逍遙遊注》，見（清）郭慶藩撰，王孝魚點校：《莊子集釋》，北京，中華書局，1961 年版，第 24 頁。

〔註 329〕（晉）郭象：《莊子·逍遙遊注》，見（清）郭慶藩撰，王孝魚點校：《莊子集釋》，北京，中華書局，1961 年版，第 24 頁。

〔註 330〕（晉）郭象：《莊子·齊物論注》，見（清）郭慶藩撰，王孝魚點校：《莊子集釋》，北京，中華書局，1961 年版，第 99 頁。

〔註 331〕（晉）郭象：《莊子·齊物論注》，見（清）郭慶藩撰，王孝魚點校：《莊子集釋》，北京，中華書局，1961 年版，第 101 頁。

〔註 332〕（晉）郭象：《莊子·齊物論注》，見（清）郭慶藩撰，王孝魚點校：《莊子集釋》，北京，中華書局，1961 年版，第 82 頁。

〔註 333〕（晉）郭象：《莊子·齊物論注》，見（清）郭慶藩撰，王孝魚點校：《莊子集釋》，北京，中華書局，1961 年版，第 79 頁。

〔註 334〕（晉）郭象：《莊子·齊物論注》，見（清）郭慶藩撰，王孝魚點校：《莊子集釋》，北京，中華書局，1961 年版，第 106 頁。

〔註 335〕（晉）郭象：《莊子·秋水篇注》，見（清）郭慶藩撰，王孝魚點校：《莊子集釋》，北京，中華書局，1961 年版，第 573 頁。

〔註 336〕（晉）郭象：《莊子·齊物論注》，見（清）郭慶藩撰，王孝魚點校：《莊子集釋》，北京，中華書局，1961 年版，第 65 頁。

〔註 337〕（晉）郭象：《莊子·齊物論注》，見（清）郭慶藩撰，王孝魚點校：《莊子集釋》，北京，中華書局，1961 年版，第 63 頁。

家相通的是，其抽象的論述中同樣奔湧著衝破現實中某些束縛和壓制的強烈衝動，正是這種強烈的衝動使得包括郭象在內的玄學家看似在用嚴謹的邏輯思維重建充滿理性的「本體」世界，卻難以掩飾也無法擺脫對所謂「本體」的非理性信仰，而這種非理性信仰，與民間的淫祀以及文人志怪書的撰寫，實在是時代之「同情」的表現。此外，郭象的「獨化」理論在爲自然萬物、爲人尋找到存在的合理性時，無疑也爲神仙鬼怪的存在提供了合理的依據，從而印證並強化了當時人們頭腦中「神鬼皆實有」的觀念，也使當時的神仙鬼怪信仰、民間志怪故事的流傳以及文人志怪書的撰寫有了形而上的邏輯論證和理論支持。

（4.iii）「得意忘言」的方法在志怪書中的體現

「言意之辨」或「得意忘言」的方法引伸出體用、本末、一眾等相關的玄學的次主題。既然傾向於「得意忘言」的境界，必然重體輕用、崇本抑末，必然「執一統眾」。這種玄學的思辨方法成爲一種思維方式，既爲貴無論玄學家們用之以成其說，也被文人帶進志怪書的書寫行爲中。比如《搜神記》中，干寶在記述志怪故事時，常常針對故事穿插進個人的論述，這些論述文字就暴露了干寶的某些玄學思維方式。如卷十二「地中犬聲」：

> 晉惠帝元康中，吳郡婁縣懷瑤家，忽聞地中有犬聲隱隱。視聲發處，上有小竅，大如蟻穴。瑤以杖刺之，入數尺，覺有物。乃掘視之，得犬子，雌雄各一，目猶未開，形大於常犬。哺之而食。左右咸往觀焉。長老或云：「此名犀犬，得之者，令家富昌，宜當養之。」以目未開，還置竅中，覆以磨礱。宿昔發視，左右無孔，遂失所在。瑤家積年無他禍福。至太興中，吳郡太守張懋，聞齋內床下犬聲。求而不得。既而地坼，有二犬子，取而養之，皆死。其後懋爲吳興兵沈充所殺。《尸子》曰：「地中有犬，名曰地狼；有人，名曰無傷。」《夏鼎志》曰：「掘地而得狗，名曰貫；掘地而得豚，名曰邪；掘地而得人，名曰聚；聚，無傷也。此物之自然，無謂鬼神而怪之。然則貫與地狼，名異，其實一物也。」《淮南畢萬》曰：「千歲羊肝，化爲地宰，蟾蜍得苽，卒時爲鶉。」此皆因氣化以相感而成也。〔註338〕

干寶把「犬」、「地狼」、「無傷」、「貫」、「豚」、「邪」、「人」、「聚」、「羊肝」、「地宰」、「蟾蜍」、「鶉」等等人、物的變化萬端歸爲「其實一物也」，無非是

〔註338〕 （晉）干寶撰，汪紹楹校注：《搜神記》，北京，中華書局，1979年版，第149～150頁。

由「氣化以相感而成」，千變萬化不過一氣耳。掌握「氣化相感」的「物之自然」之理，事物無論如何變化，都不會以之爲「鬼神而怪之」。恰如王弼所言：「夫眾不能治眾，治眾者，至寡者也。……物無妄然，必由其理。統之有宗，會之有元，故繁而不亂，眾而不惑。……自統而尋之，物雖眾，則知可以執一御也。……故處璿璣以觀大運，則天地之動未足怪也。」〔註339〕此條故事中認識事物的方法即王弼所言「執一御眾」的方法，玄學思維的印迹顯而易見。

又如「刀勞鬼」：

> 臨川間諸山，有妖物，來常因大風雨，有聲如嘯，能射人。其所著者，有頃便腫，大毒。有雌雄，雄急而雌緩。急者不過半日間，緩者經宿。其旁人常有以救之，救之少遲則死。俗名曰「刀勞鬼。」故外書云：「鬼神者，其禍福發揚之驗於世者也。」《老子》曰：「昔之得一者：天得一以清，地得一以寧，神得一以靈，谷得一以盈，侯王得一，以爲天下貞。」然則天地鬼神，與我並生者也。氣分則性異，域別則形殊，莫能相兼也。生者主陽，死者主陰，性之所託，各安其生。太陰之中，怪物存焉。〔註340〕

此則故事中，干寶直接引用《老子》中的「一」，用「天地與我並生，萬物與我爲一」的句式，將「天地鬼神」與「我」同歸「一」「氣」，無論鬼神、萬物、生者、死者，歸根究底，均由「氣」之分化所致，此亦爲「執一統眾」的認識方法，同屬玄風思致。

玄學在內涵上對傳統儒家觀念耿耿於懷的堅持以及在方法上不得不「歧出」的無奈，與志怪書中對理想生活永不褪色的憧憬以及與此憧憬反向的怪異描述，無疑體現著同樣的曠世的悲涼。而在這曠世的悲涼裏，無常的世事、渺茫的前景，讓人在生命本能的掙扎之外，尤易生一種脱離實際生活的幻覺，這種浸透著悲涼情緒的、屬於整個時代的幻覺，在哲學層面便開出「會通儒道」的玄學的冷豔之花，在文學層面便生出「會通幽明」的志怪的嫩芽。

總之，魏晉玄學以「言意之辨」的方法切入，建構起一個支撐整個時代靈魂的玄妙「境界」，在這個境界之中，無論是王弼的貴無論哲學還是郭象的

〔註339〕（魏）王弼：《周易略例·明象》，見王弼著，樓宇烈校釋：《王弼集校釋》，北京：中華書局，1980 年，第 591 頁。

〔註340〕（晉）干寶撰，汪紹楹校注：《搜神記》，北京，中華書局，1979 年版，第 153 頁。

「獨化說」，都是站在現實的此端，引頸仰望著虛幻、空靈又包容、支配著整個現實世界的另一個聖境，在那裡寄託著生命的全部熱情和希望。這種玄遠的哲思既爲充滿生命之憂患的、極度灰色的現實世界一抹微弱但不滅的亮色，也爲當時人們生命一如草芥、命運捉摸不定的幻覺人生更增加了一分玄怪的氛圍。文人士子彼此之間樂此不疲的揮塵清談辯難，與志怪故事在民間甚至文人之間廣泛而持續不衰的傳播，其實是兩種彼此發明的精神的尋根之旅，它們的背後，是同一個動蕩不安、充滿危險、令人憂懼與焦慮的亂世。玄學和志怪，凝結著的是同樣深重的亂世情結，二者是出自同一母體的「連體之嬰」，抽象思辨的玄學爲「生命之學問」之深入，形象生動的志怪故事爲「生命之學問」之淺出，二者互爲表裏，在人們的精神世界彼此「反串」，共同成長，於「生命之乖戾與失度」中教人堅持著努力前行。

　　以上論玄學之「言意之辨」、「境界形態」與志怪。

（二）從玄學理論中的生死觀與時空觀看其與志怪之關聯

1、玄學生死觀與志怪

（1）「瀕死」狀態的社稷、民生

　　對生死的最深刻的思索，總是發生在生命距離死亡最近的時刻。魏晉南北朝時期，便是這樣一個最能促使人產生生死玄思的時代。在這三百多年的時間裏，先是農民起義、豪強割據，之後魏、蜀、吳三國鼎立，緊接著是西晉難得的統一，而這統一局面既不長久也不安寧，很快結束於「八王之亂」的蕭牆之禍。范文瀾先生曾言：「封建統治階級的所有兇惡、險毒、猜忌、攘奪、虛僞、奢侈、酗酒、荒淫、貪污、頹廢、放蕩等等齷齪行爲，司馬氏集團表現特別集中而充分。」〔註341〕內亂易致外患，「八王之亂」引起「五胡亂華」，西晉滅亡，東晉王朝一度偏安江左，中原士族逃奔江南，背井離鄉，最後，一直苟存於風雨飄搖中的政權又衍分爲宋、齊、梁、陳四家。統一穩定的政權，是一個朝代或國家安全的標誌，也是一個朝代或國家最後的防護線，而魏晉南北朝時期政權頻繁更迭，這一道最後的安全防護線的一再崩潰，足以使我們想像當時的亂世慘狀。「鎧甲生蟣蝨。萬姓以死亡。白骨露於野。千里無雞鳴。生民百遺一。念之斷人腸。」〔註342〕「西京亂無象。豺虎方遘患。……

〔註341〕范文瀾：《中國通史簡編》（第二冊），北京，人民出版社，1965 年版，第 123 頁。
〔註342〕（魏）曹操《蒿里行》，見逯欽立輯校：《先秦漢魏晉南北朝詩》，北京，中華書局，1988 年版，第 347 頁。

出門無所見。白骨蔽平原。路有飢婦人。抱子棄草間。顧聞號泣聲。揮涕獨不還。未知身死處。何能兩相完。」〔註343〕視線所及，惟白骨遍地；耳際之間，惟號泣哀啼。如此慘不忍睹、觸目驚心的場景和瞬息萬變、時有不測的政治局勢，給文人士子的心靈投下極爲深重、黯淡的陰影，引發他們對生死的不盡詠歎。「人生有何常，但患年歲暮。」〔註344〕「人生自有命，但恨生日希。」〔註345〕「人生一世間，忽若暮春草。」〔註346〕「良時忽一過，身體爲土灰。……身盡氣力索，精魂靡所能。」〔註347〕「常恐夭網羅，憂禍一旦並」〔註348〕。阮籍《詠懷詩》更是溢滿哀傷、淒側和悲涼：「豈知窮達士，一死不再生。視彼桃李花，誰能久燊燊。」〔註349〕「朝陽不再盛，白日忽西幽。去此若俯仰，如何似九秋。人生若塵露，天道邈悠悠。」〔註350〕「但恐須臾間，魂氣隨風飄。終身履薄冰，誰知我心焦！」〔註351〕「晷度有昭回，哀哉人命微。飄若風塵逝。忽若慶雲晞。」〔註352〕「感往悼來，懷古傷今。生年有命，時過慮深。」〔註353〕潘岳「辭藻絕麗，尤善爲哀誄之文。」〔註354〕「哀

〔註343〕（魏）王粲《七哀詩》，見逯欽立輯校：《先秦漢魏晉南北朝詩》，北京，中華書局，1988年版，第365頁。

〔註344〕（漢）孔融《雜詩》其一，見（明）張溥輯：《漢魏六朝百三家集》（卷二十一《孔融集》），《摛藻堂四庫全書薈要》影印版。

〔註345〕（漢）孔融《雜詩》其二，見（明）張溥輯：《漢魏六朝百三家集》（卷二十一《孔融集》），《摛藻堂四庫全書薈要》影印版。

〔註346〕（魏）徐幹《室思》，見逯欽立輯校：《先秦漢魏晉南北朝詩》，北京，中華書局，1988年版，第376頁。

〔註347〕（魏）阮瑀：《七哀詩》，見逯欽立輯校：《先秦漢魏晉南北朝詩》，北京，中華書局，1988年版，第380頁。

〔註348〕（魏）何宴：《言志詩》，見逯欽立輯校：《先秦漢魏晉南北朝詩》，北京，中華書局，1988年版，第468頁。

〔註349〕（魏）阮籍《詠懷五言八十二首》（其十八），見陳伯君校注：《阮籍集校注》，北京，中華書局，1987年版，第276頁。

〔註350〕（魏）阮籍《詠懷五言八十二首》（其三十二），見陳伯君校注：《阮籍集校注》，北京，中華書局，1987年版，第310頁。

〔註351〕（魏）阮籍《詠懷五言八十二首》（其三十三），見陳伯君校注：《阮籍集校注》，北京，中華書局，1987年版，第312頁。

〔註352〕（魏）阮籍《詠懷五言八十二首》（其四十），見陳伯君校注：《阮籍集校注》，北京，中華書局，1987年版，第324頁。

〔註353〕（魏）阮籍《四言詩十首》（其一），見陳伯君校注：《阮籍集校注》，北京，中華書局，1987年版，第437頁。

〔註354〕（唐）房玄齡等：《晉書》（卷五十五），北京，中華書局，1974年版，第1507頁。

誄之妙，古今莫比，一時所推。」〔註355〕其作有《悼亡詩》、《悼亡賦》以及《哭弟文》、《妹哀辭》、《從姊誄》、《哀永逝文》、《傷弱子辭》等大量祭文、哀文、哀辭。更讓人戚然而痛的是，當時文人撰寫挽歌甚至爲自己撰寫《挽歌》也蔚然成風。《搜神記》卷十六「挽歌」曰：「挽歌者，喪家之樂；執紼者，相和之聲也。挽歌辭有《薤露》、《蒿里》二章，漢田橫門人作。橫自殺，門人傷之，悲歌。言人如薤上露，易晞滅。亦謂人死精魂歸於蒿里。故有二章。」〔註356〕其時文壇「喪家之樂」此起彼伏，令人唏噓。傅玄作《挽歌》曰：「人生鮮能百。哀情數萬端。不幸嬰篤病。凶候形素顏。衣衾爲誰施。束帶就闔棺。欲悲淚已竭。欲辭不能言。存亡自遠近。長夜何漫漫。壽堂閒且長。祖載歸不還。」〔註357〕陸機《挽歌詩》語調更爲悲觀沉痛：「昔居四民宅。今託萬鬼鄰。昔爲七尺軀。今成灰與塵。金玉素所佩。鴻毛今不振。豐肌饗螻蟻，妍姿永夷泯。……拊心痛荼毒，永歎莫爲陳。」〔註358〕此外，陸機還寫了《庶人挽歌辭》、《王侯挽歌辭》、《士庶挽歌辭》、《挽歌辭》、《歎逝賦》、《人暮賦》、《百年歌十首》等大量挽歌、哀祭文辭。陶淵明亦作有《自祭文》、《挽歌》等。從以上詩文中，我們可以感受到一種沉重得讓人窒息的瀕死的氛圍，而整個魏晉南北朝時期留給我們的文字，幾乎全部是如許瀕死體驗的實況記錄。此一時期的挽歌、哀辭、誄文、銘文、弔祭文數量之多，體式之多樣化，情感之眞摯、深切，藝術感染力之強烈，堪稱文學史之最。另外，在學術上，魏晉南北朝時期《喪服》成爲一時之顯學，除了因爲「門第制度鼎盛，家族間之親疏關係，端賴喪服資識別，故喪服乃維繫門第制度一要項」〔註359〕之外，最爲直接的原因，應該是其時隨時隨地發生的、各種近在咫尺的死亡、喪葬事實之需要，反映的同樣是人們對死神極度恐懼又無法擺脫的惶遽心理。魏晉南北朝詩文

〔註355〕《北堂書鈔》注引王隱《晉書》，見（唐）虞世南撰，（清）孔廣陶校注：《北堂書鈔》，北京，中國書店，1989 年版，第 391 頁。

〔註356〕（晉）干寶撰，汪紹楹校注：《搜神記》，北京，中華書局，1979 年版，第189 頁。

〔註357〕（晉）傅玄：《挽歌》，見逯欽立輯校：《先秦漢魏晉南北朝詩》，北京，中華書局，1988 年版，第 565 頁。

〔註358〕（晉）陸機：《挽歌詩三首》（其三），見逯欽立輯校：《先秦漢魏晉南北朝詩》，北京，中華書局，1988 年版，第 654 頁。

〔註359〕錢穆：《中國學術思想史論叢》（三），臺灣，東大圖書有限公司，1981 年版，第 139 頁。

中的死亡意象、悼亡主題遠遠超出文學領域，成爲其時思想、學術、文化共同關注的時代主題。志怪故事因其怪誕敘事的「近水樓臺」，更是大肆描述、表現與死亡有關的各種形象與情節。

如《幽明錄》卷六載「鬼嘯」事：

> 樂安縣故市經荒亂，人民餓死，枯骸填地。每至天陰將雨，輒聞吟嘯呻歎聲聒於耳。〔註360〕

《搜神記》卷十六載「秦巨伯」故事：

> 琅邪秦巨伯，年六十，嘗夜行飲酒，道經蓬山廟。忽見其兩孫迎之，扶持百餘步，便捉伯頸著地，罵：「老奴，汝某日捶我，我今當殺汝。」伯思惟某時信捶此孫。伯乃佯死，乃置伯去。伯歸家，欲治兩孫。兩孫驚愃，叩頭言：「爲子孫，寧可有此。恐是鬼魅，乞更試之。」伯意悟。數日，乃詐醉，行此廟間。復見兩孫來，扶持伯。伯乃急持，鬼動作不得。達家，乃是兩人也。伯著火炙之，腹背俱焦坼。出著庭中，夜皆亡去。伯恨不得殺之。後月餘，又佯酒醉夜行，懷刃以去。家不知也。極夜不還。其孫恐又爲此鬼所困，乃俱往迎伯，伯竟刺殺之。〔註361〕

另卷十八「吳興老狸」之事與「秦巨伯」故事類似：

> 晉時，吳興一人，有二男，田中作時，嘗見父來罵詈，趕打之。兒以告母。母問其父，父大驚，知是鬼魅，便令兒斫之。鬼便寂不復往。父憂恐兒爲鬼所困，便自往看。兒謂是鬼，便殺而埋之。鬼便遂歸，作其父形，且語其家：「二兒已殺妖矣。」兒暮歸，共相慶賀，積年不覺。後有一法師過其家，語二兒云：「君尊侯有大邪氣。」兒以白父，父大怒。兒出，以語師，令速去。師遂作聲入，父即成大老狸，入牀下，遂擒殺之。向所殺者，乃眞父也。改殯治服。一兒遂自殺，一兒忿懊，亦死。〔註362〕

「鬼嘯」故事以鬼之「吟嘯呻歎」寫人之生計艱難，並以「天陰將雨」

〔註360〕（南朝・宋）劉義慶撰，鄭晚晴集注：《幽明錄》，北京，文化藝術出版社，1988年版，第191頁。

〔註361〕（晉）干寶撰，汪紹楹校注：《搜神記》，北京，中華書局，1979年版，第198頁。

〔註362〕（晉）干寶撰，汪紹楹校注：《搜神記》，北京，中華書局，1979年版，第221頁。

恰到好處地渲染氛圍，寥寥幾句，生動地刻畫出一幅亂世之中生靈塗炭的慘景。秦巨伯誤殺兩個孫子，吳興二兒誤殺親父，純粹是「鬼使神差」，陰差陽錯。生命於冥冥之中的安排讓人覺得殘酷至極卻又迷惑不解、萬般無奈。魏晉南北朝整個時代，所有人的生命便是處在這樣的殺機四伏的境地，生命隨時都有可能消失，而消失的方式有可能萬分怪誕，讓人費解，讓人倍感生命的脆弱、現實的無情和命運的叵測，也讓人日益惶恐、焦慮。無怪乎「竹林七賢」之一的劉伶「常乘鹿車，攜一壺酒，使人荷鍤而隨之，謂曰：『死便埋我。』」〔註363〕其遺忘形骸的「瀟灑」背後其實有著那個時代所有的生命存在都無法言說的落寞、恐慌和絕望。劉大杰先生在《魏晉思想論‧前言》中指出：「中國文人生命的危險和心靈的苦悶，無有過於魏晉。」〔註364〕李澤厚先生在《美的歷程》中說：「表面看來似乎是如此頹廢、悲觀、消極的感歎中，深藏著的恰恰是它的反面，是對人生、生命、命運、生活的強烈欲求和留戀。……表面看來似乎是無恥地在貪圖享受、腐敗、墮落，其實，恰恰相反，它是在特定的歷史條件下深刻地表現了對人生、生活的極力追求。」〔註365〕此種解讀深得時人內心。

那麼，如何在死神的逼視下求得短暫的生存？如何在倉促而多舛的生命旅程中求得精神的放鬆？如何在軀體和精神之間達成生命不朽的契約？三百多年的磨難，留給今人的除了對其時人們命運的扼腕歎息、深切同情，更多的則是這些至今仍然啟人深思的、對生命哀傷絕望卻又不肯輕易放棄的追問。其時民間的淫祀、淫祠以及長盛不衰且花樣繁多的鬼神信仰、上至帝王貴胄下至文人士子的服藥求仙的熱情、及時行樂以至荒淫無度的苟且偷生……這種種的現象似乎不能滿足我們對於這些追問之答案的預期。那麼，在諸種現象的背後，在其時人們的意識深處，又隱藏著什麼樣的生命理念呢？

（2）儒家之「不朽」：漠視肉體存在的價值超越

儒家的傳統生命觀念，是取價值超越的路向，即以倫理道德層面的生命價值超越肉體生命的存在。對於自然生命的存在，儒家講「孝」為先：「不孝

〔註363〕（唐）房玄齡等：《晉書》（卷四十九），北京，中華書局，1974 年版，第1376 頁。

〔註364〕劉大杰：《魏晉思想論》，上海，上海古籍出版社，1998 年版，第 1 頁。

〔註365〕李澤厚：《美的歷程》，天津，天津社會科學院出版社，2001 年版，第 151、152 頁。

有三，無後爲大。」〔註366〕如果「不娶無子，絕先祖祀」〔註367〕，作爲個體的生命不但沒有了存在的意義和價值，而且是一種罪大惡極的道德墮落。由此推演，對一個人最惡毒的詛咒，就是斷子絕孫，而對一個人最嚴厲而實在的懲罰，就是誅九族之類的斬草除根的滅門之禍了。本來是生命本身的自然的繁衍，卻無端地成爲儒家倫理觀念的附庸，「生命事件」被粗暴地置換爲「倫理事件」，承載著大善大惡的兩極，巨大的道德陰影將生命的本然存在遮蔽無遺。儒家還講「三不朽」：「大上有立德，其次有立功，其次有立言，雖久不廢，此之謂不朽。若夫保姓受氏，以守宗祊，世不絕祀，無國無之。祿之大者，不可謂不朽。」〔註368〕《國語・晉語八》中亦載叔孫豹言：「魯先大夫臧文仲，其身歿矣，其言立於後世，此之謂死而不朽。」〔註369〕此種「不朽」並非生命軀體之不死，也不是「世不絕祀」的世祿之榮樂，而是一種「精神勝利」似的「精神不朽」，是人們在難以戰勝肉體終將潰爛、腐朽之現實的失敗後轉而在精神領域求得「長生」的努力，而爲了掩飾追求肉體之不朽的無望和失敗，在追求「精神不朽」時，又必然流露出對肉體存在時間之短暫的不屑，並對追求肉體之舒適以及追求長生的思想、行爲表示鄙夷。孔子亦持此論調，如其曰：「朝聞道，夕死可矣。」〔註370〕「君子疾沒世而名不稱焉。」〔註371〕「幼而不孫弟，長而無述焉，老而不死，是爲賊！」〔註372〕可見，肉體生命的結束根本不足以成爲困擾先秦儒家的難題，有形的肉體的朽腐不足掛齒，無形的「精神不朽」才是關乎生命存在的大事，精神上無可稱述，肉體生命就「該死」，否則有害無益。儒家甚至宣揚可以犧牲肉體生命以達成精

〔註366〕《孟子・離婁上》，見（宋）朱熹撰：《四書章句集注》，北京，中華書局，1983年版，第286頁。

〔註367〕《孟子・離婁上》，見（宋）朱熹撰：《四書章句集注》，北京，中華書局，1983年版，第287頁。

〔註368〕（周）左丘明傳，（晉）杜預注，（唐）孔穎達正義：《春秋左傳正義》，北京，北京大學出版社，1999年版，第1003～1004頁。

〔註369〕徐元誥撰，王樹民、沈長雲點校：《國語集解》，北京，中華書局，2002年版，第423頁。

〔註370〕《論語・里仁》，見（宋）朱熹撰：《四書章句集注》，北京，中華書局，1983年版，第71頁。

〔註371〕《論語・衛靈公》，見（宋）朱熹撰：《四書章句集注》，北京，中華書局，1983年版，第165頁。

〔註372〕《論語・憲問》，見（宋）朱熹撰：《四書章句集注》，北京，中華書局，1983年版，第160頁。

神或人格的追求，如「志士仁人，無求生以害仁，有殺身以成仁。」〔註373〕「生，亦我所欲也；義，亦我所欲也，二者不可得兼，舍生而取義者也。」〔註374〕生命的道德價值被無限放大，而肉體生命的存在價值則被縮小到可以忽略不計，或者只是作爲襯托道德生命的參照物而存在。此外，「三不朽」將「立德」置於首位，則其「精神不朽」重在德行之不朽，仍不脫倫理說教的氣味。

儒家還講「天命觀」，認爲「死生有命，富貴在天」〔註375〕，而且，應該「五十而知天命」〔註376〕，「不知命，無以爲君子」〔註377〕，君子「畏天命」，而「小人不知天命而不畏也」〔註378〕，「獲罪於天，無所禱也」〔註379〕。孔儒的「天命觀」源於夏商周時期的「天命觀」。孔子自述其學說淵源曰：「殷因於夏禮，所損益，可知也；周因於殷禮，所損益，可知也；其或繼周者，雖百世可知也。」〔註380〕「夏禮吾能言之，杞不足徵也；殷禮吾能言之，宋不足徵也。文獻不足故也，足則吾能徵之矣。」〔註381〕「周監於二代，郁郁乎文哉！吾從周。」〔註382〕爲了改變「禮崩樂壞」的混亂局面，孔子提出「克己復禮」，其所復之「禮」中即主要是周代的禮樂文化，而周代的禮樂教化又是在夏商時期的天命神學信仰基礎上「維新」改造而來。孔子繼承三代的天命觀和周禮並對之加以「損益」，以「天命觀」爲理論基礎論證「克己復禮」

〔註373〕《論語‧衛靈公》，見（宋）朱熹撰：《四書章句集注》，北京，中華書局，1983年版，第163頁。

〔註374〕《孟子‧告子上》，見（宋）朱熹撰：《四書章句集注》，北京，中華書局，1983年版，第332頁。

〔註375〕《論語‧顏淵》，見（宋）朱熹撰：《四書章句集注》，北京，中華書局，1983年版，第134頁。

〔註376〕《論語‧爲政》，見（宋）朱熹撰：《四書章句集注》，北京，中華書局，1983年版，第54頁。

〔註377〕《論語‧堯曰》，見（宋）朱熹撰：《四書章句集注》，北京，中華書局，1983年版，第195頁。

〔註378〕《論語‧季氏》，見（宋）朱熹撰：《四書章句集注》，北京，中華書局，1983年版，第172頁。

〔註379〕《論語‧八佾》，見（宋）朱熹撰：《四書章句集注》，北京，中華書局，1983年版，第65頁。

〔註380〕《論語‧爲政》，見（宋）朱熹撰：《四書章句集注》，北京，中華書局，1983年版，第59頁。

〔註381〕《論語‧八佾》，見（宋）朱熹撰：《四書章句集注》，北京，中華書局，1983年版，第63頁。

〔註382〕《論語‧八佾》，見（宋）朱熹撰：《四書章句集注》，北京，中華書局，1983年版，第65頁。

的合理性和合法性。正如《禮記・禮運》所載孔子之言:「孔子曰:『夫禮,先王以承天之道,以治人之情,故失之者死,得之者生。《詩》曰:『相鼠有體,人而無禮。人而無禮,胡不遄死?』是故夫禮必本於天,殽於地,列於鬼神。達於喪、祭、射、御、冠、昏、朝、聘。故聖人以禮示之,故天下國家可得而正也。」〔註383〕又曰:「夫禮必本於天,動而之地,列而之事,變而從時,協於分藝,其居人也曰養(義),其行之以貨力、辭讓、飲食、冠、昏、喪、祭、射、御、朝、聘。」〔註384〕在夏商時期,「天命」主要是「帝」、「天帝」或「上帝」等至上神的意志和指令的體現,具有絕對的權威,人不能對抗亦不能改變,只能無條件順從。如《尚書・湯誓》曰:「非臺小子敢行稱亂,有夏多罪,天命殛之。……夏氏有罪,予畏上帝,不敢不正。」〔註385〕《仲虺之誥》曰:「天乃錫王勇智,表正萬邦,纘禹舊服。茲率厥典,奉若天命。」〔註386〕《湯誥》曰:「將天命明威,不敢赦。」〔註387〕《盤庚上》曰:「先王有服,恪謹天命。……天其永我命於茲新邑。」〔註388〕到了周代,人們由殷商的興亡而對殷商時期的「天命恒常」觀產生懷疑,繼而認定「天命靡常」〔註389〕,遂「事鬼敬神而遠之」〔註390〕,轉而推崇人之德的重要性,「天命」神學開始被有意識地倫理化,形成人本位或道德本位的天命觀。如《周書・召誥》總結夏桀、商紂滅亡的原因為:「惟不敬厥德,乃早墜厥命。」〔註391〕然後以夏商二代為鑒,告誡成王初始即政,「肆惟王其疾敬

〔註383〕(漢)鄭玄注,(唐)孔穎達疏:《禮記正義》,北京,北京大學出版社,1999年版,第662頁。

〔註384〕(漢)鄭玄注,(唐)孔穎達疏:《禮記正義》,北京,北京大學出版社,1999年版,第707頁。

〔註385〕(漢)孔安國傳,(唐)孔穎達正義:《尚書正義》:上海,上海古籍出版社,2007年版,第285頁。

〔註386〕(漢)孔安國傳,(唐)孔穎達正義:《尚書正義》:上海,上海古籍出版社,2007年版,第291頁。

〔註387〕(漢)孔安國傳,(唐)孔穎達正義:《尚書正義》:上海,上海古籍出版社,2007年版,第297頁。

〔註388〕(漢)孔安國傳,(唐)孔穎達正義:《尚書正義》:上海,上海古籍出版社,2007年版,第337～338頁。

〔註389〕(清)方玉潤撰,李先耕點校:《詩經原始》,北京,中華書局,1986年版,第474頁。

〔註390〕(漢)鄭玄注,(唐)孔穎達疏:《禮記正義》,北京,北京大學出版社,1999年版,第1486頁。

〔註391〕(漢)孔安國傳,(唐)孔穎達正義:《尚書正義》:上海,上海古籍出版社,2007年版,第586頁。

德。王其德之用，祈天永命。」〔註 392〕《君奭》言明周公輔佐成王目的在於「天不可信。我道惟寧王德延。」〔註 393〕《蔡仲之命》有言「皇天無親，惟德是輔」〔註 394〕，《呂刑》亦曰「惟克天德，自作元命，配享在下」〔註 395〕。孔子極爲贊許西周「以德配天」的天命觀，在此基礎上，鑒於西周後期貴族階層無德亂政從而無以承擔天命的現實，對西周「天命觀」加以「損益」，以平民士人階層代替貴族階層爲「天命」的執行主體，更加突出「天命觀」中德行禮教的成分，越發偏離外在於人、先在於人的超驗的「天」的力量，更凸顯人本身的後天的道德修養，主張「先進於禮樂」〔註 396〕、「君子學以致其道」〔註 397〕，從盲目、被動地敬事鬼神轉到理性、自覺地「克己復禮」以修德，建立其天命、仁、禮、智等「一以貫之」〔註 398〕的「仁學」體系。孔子之所以數次用到「天」、「天命」等字詞，個中原因，除了其思想觀念中難以消除的殷商天命觀的淵源或基因的影響，更多的是爲了保留商周天命觀的神秘感，從而保證儒家仁學及其濟世行爲、目的的神聖感和無上的權威。所以，先秦儒家的所謂「死生有命」絕非教人被動、消極地活完上天命定的年歲，而是強調順天命而盡人事，知天命而有擔當，以「弘仁」之「天命」爲「己任」，「守死善道」〔註 399〕，「死而後已」〔註 400〕。

由此，在周代「敬天明德」之「天命觀」的基礎上，先秦儒家之「天命」愈加突出其「明德」的內涵，也愈加脫離生命的自然屬性，從而被打造成實

〔註 392〕 （漢）孔安國傳，（唐）孔穎達正義：《尚書正義》：上海，上海古籍出版社，2007 年版，第 587 頁。

〔註 393〕 （漢）孔安國傳，（唐）孔穎達正義：《尚書正義》：上海，上海古籍出版社，2007 年版，第 646 頁。

〔註 394〕 （漢）孔安國傳，（唐）孔穎達正義：《尚書正義》：上海，上海古籍出版社，2007 年版，第 662 頁。

〔註 395〕 （漢）孔安國傳，（唐）孔穎達正義：《尚書正義》：上海，上海古籍出版社，2007 年版，第 778 頁。

〔註 396〕 《論語·先進》，見（宋）朱熹撰：《四書章句集注》，北京，中華書局，1983 年版，第 123 頁。

〔註 397〕 《論語·子張》，見（宋）朱熹撰：《四書章句集注》，北京，中華書局，1983 年版，第 189 頁。

〔註 398〕 《論語·里仁》，見（宋）朱熹撰：《四書章句集注》，北京，中華書局，1983 年版，第 72 頁。

〔註 399〕 《論語·泰伯》，見（宋）朱熹撰：《四書章句集注》，北京，中華書局，1983 年版，第 106 頁。

〔註 400〕 《論語·泰伯》，見（宋）朱熹撰：《四書章句集注》，北京，中華書局，1983 年版，第 104 頁。

現「天下歸仁」目的的終極理論依據。有了「天命」的終極依據，孔子在推行「仁道」、「仁政」的過程中，無論遇到任何阻礙，都理直氣壯，信心滿滿。如桓魋欲害孔子，子曰：「天生德於予，桓魋其如予何？」〔註401〕被圍困於匡時，子曰：「文王既沒，文不在茲乎？天之將喪斯文也，後死者不得與於斯文也；天之未喪斯文也，匡人其如予何？」〔註402〕「公伯寮愬子路於季孫」時，子曰：「道之將行也與？命也。道之將廢也與？命也。公伯寮其如命何！」〔註403〕孔子以其學說、品德、胸懷成爲承擔「天命」的不二人選，故有「天下之無道也久矣，天將以夫子爲木鐸」之譽〔註404〕。孔子創建的「仁學」體系借助「天命觀」將仁德置於無以復加的高度，以此呈現生命的終極價值，其煞費苦心建構的此一學說體系固然彰顯了人類精神之高貴，但與此同時，相形之下，也將肉體生命的存在反襯得無比低微甚至成爲道德教化的反面教材。

（3）魏晉南北朝之服食、養生熱潮：對儒家道德超越的否定

先秦儒家對於肉體生命的存在及其需求漠然置之甚至刻意壓抑，與魏晉南北朝人對生命本身的熱愛勢如冰炭。從肉體生命存在的角度而言，儒家的生命倫理價值觀，表面上是高尚無比的道德超越，本質則是冷酷無比的對作爲物質基礎的生命本身的極度漠視，是將生命的自然存在完全打造成道德符號和社會存在，將靈魂與肉體的雙重人生篡改成只有靈魂的單面人生。但是，靈魂的救贖並不是萬能的。當鮮活的肉體變成冰冷的屍骨，靈魂又將焉附？在「出門無所見。白骨蔽平原」〔註405〕、「顧望無所見。唯睹松柏陰」〔註406〕的視覺刺激下，在一次次面對無比眞切的、刻骨銘心的肉體生命的

〔註401〕 《論語・述而》，見（宋）朱熹撰：《四書章句集注》，北京，中華書局，1983年版，第98頁。

〔註402〕 《論語・子罕》，見（宋）朱熹撰：《四書章句集注》，北京，中華書局，1983年版，第110頁。

〔註403〕 《論語・憲問》，見（宋）朱熹撰：《四書章句集注》，北京，中華書局，1983年版，第158頁。

〔註404〕 《論語・八佾》，見（宋）朱熹撰：《四書章句集注》，北京，中華書局，1983年版，第68頁。

〔註405〕 （魏）王粲《七哀詩三首》（其一），見逯欽立輯校：《先秦漢魏晉南北朝詩》，北京，中華書局，1988年版，第365頁。

〔註406〕 （晉）張載：《七哀詩二首》（其二），見逯欽立輯校：《先秦漢魏晉南北朝詩》，北京，中華書局，1988年版，第741頁。

「彫落」〔註407〕、死亡場景之後，先秦儒家所倡導並引以為驕傲的「一簞食，一瓢飲，居陋巷，人不堪其憂，回也不改其樂」的高蹈境界變成了一種虛偽和造作，「生有七尺之形，死惟一棺之土。惟立德揚名，可以不朽，其次莫如著篇籍」〔註408〕之類的說辭也失去了應有的說服力和勵志效果，儒家脫離肉體生命物質基礎的價值理想已是明日黃花，根本不能給置身死亡邊緣的人們任何生命的激勵和幻想。當粼粼白骨歷歷在目，當血腥一次次撲鼻而來，人們不再相信「三不朽」對生命的虛假延長，而是毫不掩飾對實實在在的肉體生命的長度與舒適度的追求，他們光明磊落地重視養生，大張旗鼓地提倡養生。值得注意的是，他們所謂的養生，在不忘養神、養德的同時，更側重針對肉體生命的養形。如嵇康著《養生論》，主張神形兼養，同時強調「形恃神以立，神須形以存」，「呼吸吐納，服食養身，使形神相親，表裏俱濟也」。〔註409〕葛洪《抱朴子·極言》亦以為「苟能令正氣不衰，形神相衛，莫能傷也」。〔註410〕阮籍《詠懷詩》（五言八十二首）其四云：「朝為媚少年，夕暮成醜老。自非王子晉，誰能常美好。」〔註411〕不但希求肉體的長生，還渴慕容顏的青春美好。其時，皇帝公卿、文人士子皆希求健康長壽，熱衷養生，蔚然成風。如張溥《魏武帝集題辭》言曹操「復好養性，解方藥」〔註412〕。曹丕《九日與鍾繇書》曰：「歲往月來。忽復九月九日。九為陽數。而日月並應。俗嘉其名。以為宜於長久。故以享宴高會。是月律中無射。言群木庶草無有射地而生。至於芳菊。紛然獨榮。非夫含乾坤之純和。體芬芳之淑氣。孰能如此。故屈平悲冉冉之將老。思飱秋菊之落英。輔體延年。莫斯之貴。謹奉一束。以助彭祖之術。」〔註413〕寥寥幾句，既充分解釋了秋菊何以養生的原因，又援引屈原之典故，言辭

〔註407〕（魏）曹丕：《與王朗書》，見（清）嚴可均輯：《全上古三代秦漢三國六朝文》，北京，中華書局，1958 年版，第 1090 頁。

〔註408〕（魏）曹丕：《與王朗書》，見（清）嚴可均輯：《全上古三代秦漢三國六朝文》，北京，中華書局，1958 年版，第 1090 頁。

〔註409〕殷翔、郭全芝注：《嵇康集注》，合肥，黃山書社，1986 年版，第 145 頁。

〔註410〕王明：《抱朴子內篇校釋》，北京，中華書局，1986 年版，第 244 頁。

〔註411〕陳伯君校注：《阮籍集校注》，北京，中華書局，1987 年版，第 219 頁。

〔註412〕（明）張溥著，殷孟倫注：《漢魏六朝百三家集題辭注》，北京，人民文學出版社，1960 年版，第 64 頁。

〔註413〕（清）嚴可均輯：《全上古三代秦漢三國六朝文》，北京，中華書局，1958 年版，第 1088 頁。

懇切，理性中飽含眞情，可見出時人對養生的理解之程度、認同之態度。

尤能見出此一時期人們養生熱情的是其特有的服食求仙之風。如曹操《秋胡行》其二曰：「願登泰華山。神人共遠遊。經歷崑崙山。到蓬萊。飄飆八極。與神人俱。思得神藥，萬歲爲期。」〔註414〕嵇康則除了撰寫《養生論》、《答難養生論》等文章從學理上論證長生成仙的可能性，實際生活中也不乏服食養生之舉。《晉書》嵇康本傳言其「常修養性服食之事……以爲神仙稟之自然，非積學所得，至於導養得理，則安期、彭祖之倫可及，乃著《養生論》。」〔註415〕又言其「嘗採藥遊山澤，會其得意，忽焉忘反。……又遇王烈，共入山，烈嘗得石髓如飴，即自服半，餘半與康，皆凝而爲石。」〔註416〕嵇康《贈兄秀才入軍十八首》亦大方流露其成仙熱望，如其七曰：「人生壽促，天地長久。百年之期，孰云其壽？思欲登仙，以濟不朽。」〔註417〕其十六曰：「乘風高逝，遠登靈丘。結好松、喬，攜手俱遊。」〔註418〕葛洪更是堅定地認爲：「知上藥之延年，故服其藥以求仙。」〔註419〕「上藥」即其《抱朴子・仙藥卷》中詳細羅列的丹砂、黃金、白銀、靈芝草、五玉、雄黃、石桂、石英等各種仙藥。〔註420〕其中，「仙藥之上者丹砂。」〔註421〕《金丹卷》曰：「長生之道，不在祭祀事鬼神也，不在道引與屈伸也，昇仙之要，在神丹也。」〔註422〕「若金丹一成，則此輩一切不用也。」〔註423〕在《金丹》、《仙藥》、《黃白》諸卷中，除了篇名本身對求長生者而言就極具誘惑力外，內容上也不失眾望地就長生成仙的理論及仙藥服用、煉丹方法上

〔註414〕 逯欽立輯校：《先秦漢魏晉南北朝詩》，北京，中華書局，1988 年版，第 350 頁。

〔註415〕 （唐）房玄齡等：《晉書》（卷四十九），北京，中華書局，1974 年版，第 1369 頁。

〔註416〕 （唐）房玄齡等：《晉書》（卷四十九），北京，中華書局，1974 年版，第 1370 頁。

〔註417〕 殷翔、郭全芝注：《嵇康集注》，合肥，黃山書社，1986 年版，第 7 頁。

〔註418〕 殷翔、郭全芝注：《嵇康集注》，合肥，黃山書社，1986 年版，第 14 頁。

〔註419〕 （晉）葛洪：《抱朴子・對俗》，見王明：《抱朴子內篇校釋》，北京，中華書局，1986 年版，第 46 頁。

〔註420〕 王明：《抱朴子內篇校釋》，北京，中華書局，1986 年版，第 196～210 頁。

〔註421〕 王明：《抱朴子內篇校釋》，北京，中華書局，1986 年版，第 196 頁。

〔註422〕 （晉）葛洪：《抱朴子・金丹》，見王明：《抱朴子內篇校釋》，北京，中華書局，1986 年版，第 77 頁。

〔註423〕 （晉）葛洪：《抱朴子・遐覽》，見王明：《抱朴子內篇校釋》，北京，中華書局，1986 年版，第 332 頁。

進行了極為詳盡的論證和說明，涉及各種丹藥的藥性、劑量以及煉丹的鼎具、煉製過程中的火候等等，不一而足，堪稱一部極為實用的「求仙指南」。南渡偏安之後，養生、求仙之風絲毫未減。除上述葛洪外，《世說新語·文學》曾載王導事曰：「王丞相過江左，止道聲無哀樂、養生、言盡意三理而已。」〔註424〕則養生當為其時名士清談之重要內容。《晉書》王羲之本傳載：「羲之雅好服食養性」〔註425〕，「既去官，與東土人士盡山水之遊，弋釣為娛。又與道士許邁共修服食，採藥石不遠千里，徧遊東中諸郡，窮諸名山，泛滄海。」〔註426〕許邁「少恬靜，不慕仕進。……往來茅嶺之洞室，放絕世務，以尋仙館。……初採藥於桐廬縣之桓山，餌朮涉三年，時欲斷穀。……常服氣，一氣千餘息。」〔註427〕《晉書》又載劉遯之「少尚質素，虛退寡欲，……好遊山澤，志存遁逸，嘗採藥至衡山，深入忘反。」〔註428〕謝靈運作《山居賦》，自述長生求仙之望曰：「賤物重己。棄世希靈。駭彼促年。愛是長生。冀浮丘之誘接。望安期之招迎。甘松桂之苦味。夷皮褐以頹形。羨蟬蛻之匪日。撫雲倪其若驚。……弱賀難恒。頹齡易喪。撫鬢生悲。覿顏自傷。承清府之有術。冀在衰之可壯。尋名山之奇藥。越靈波而憩輈。採石上之地黃。摘竹下之天門。搉曾嶺之細辛，拔幽澗之溪蓀。訪鍾乳於洞穴，訊丹陽於紅泉。」〔註429〕而且，「此境出藥甚多。」〔註430〕所以，賦中還記載了六根、五華、九實、二冬、三建等諸多藥材。〔註431〕《宋書》劉亮本傳載「亮在梁州，忽

〔註424〕（南朝·宋）劉義慶撰，徐震堮著：《世說新語校箋》（《言語第二》），北京，中華書局，1984年版，第114頁。

〔註425〕（唐）房玄齡等：《晉書》（卷八十），北京，中華書局，1974年版，第2098頁。

〔註426〕（唐）房玄齡等：《晉書》（卷八十），北京，中華書局，1974年版，第2101頁。

〔註427〕（唐）房玄齡等：《晉書》（卷八十），北京，中華書局，1974年版，第2106～2107頁。

〔註428〕（唐）房玄齡等：《晉書》（卷九十四），北京，中華書局，1974年版，第2447～2448頁。

〔註429〕（清）嚴可均輯：《全上古三代秦漢三國六朝文》，北京，中華書局，1958年版，第2607、2608頁。

〔註430〕（清）嚴可均輯：《全上古三代秦漢三國六朝文》，北京，中華書局，1958年版，第2606頁。

〔註431〕（清）嚴可均輯：《全上古三代秦漢三國六朝文》，北京，中華書局，1958年版，第2606頁。

服食修道,欲致長生。迎武當山道士孫道胤,令合仙藥。」〔註432〕陶弘景「尤明陰陽五行,風角星算,山川地理,方圖產物,醫術本草。」〔註433〕《梁書》載其「幼有異操。年十歲,得葛洪《神仙傳》,晝夜研尋,便有養生之志。……從東陽孫遊岳受符圖經法。徧歷名山,尋訪仙藥。」〔註434〕顏之推《顏氏家訓》有《養生篇》,文中曰:「庾肩吾常服槐實,年七十餘,目看細字,鬚髮猶黑。鄴中朝士,有單服杏仁、枸杞、黃精、术、車前得益者甚多,不能一一說爾。」〔註435〕此類重生的例子不勝枚舉。正如嵇康所言:「思欲登仙,以濟不朽。」此時期的人們不再迷戀於精神不朽,而是不遺餘力地追求肉體成仙之不朽。其對養生之狂熱,於服食寒食散又可見一斑。余嘉錫先生嘗作《寒食散考》,對寒食散的服藥緣起、藥名、配方、用藥利弊、用藥後的病狀及將息節度之法、服散事例等做了精細的考證、記錄和分析。寒食散確有補血益氣、輕身延年之功效,〔註436〕如何晏所言:「服五石散,非唯治病,亦覺神明開朗。」〔註437〕但是,此藥亦有劇毒,稍有不慎便可致命,服食者「得效者常少而發病且死者常多」〔註438〕。余文引唐代孫思邈《千金要方》卷二十四《解五石毒論》曰:「余自有識性已來,親見朝野士人,遭者不一。所以寧食野葛,不服五石,明其大大猛毒,不可不慎也。」〔註439〕又引郝懿行《晉宋書故》曰:「六朝貴遊,動云散發,蘊寒生熱,輒喪厥軀。」〔註440〕故余嘉錫稱魏晉南北朝時人們服用寒食散為「飲鴆止渴」,以為寒食散之害甚於鴉片:「魏晉之間,有所謂寒食散者,服之往往致死,即或不死,亦必成為痼疾,終身不愈,痛苦萬狀,殆非人所能堪。俞正燮癸巳存稿卷七,嘗持以比鴉片。愚以為其殺人之烈,較鴉片尤為過之。」〔註441〕飲鴆止渴之事,已足以令人

〔註432〕(南朝・梁)沈約:《宋書》(卷四十五),北京,中華書局,1974 年版,第1377 頁。
〔註433〕(唐)姚思廉:《梁書》(卷五十一),北京,中華書局,1973 年版,第743 頁。
〔註434〕(唐)姚思廉:《梁書》(卷五十一),北京,中華書局,1973 年版,第742 頁。
〔註435〕(北齊)顏之推撰,王利器集解:《顏氏家訓集解》,上海,上海古籍出版社,1980 年版,第 327 頁。
〔註436〕余嘉錫:《余嘉錫文史論集》,長沙,嶽麓書社,1997 年版,第 190～191 頁。
〔註437〕(南朝・宋)劉義慶撰,徐震堮著:《世說新語校箋》(言語篇),北京,中華書局,1984 年版,第 40 頁。
〔註438〕余嘉錫:《余嘉錫文史論集》,長沙,嶽麓書社,1997 年版,第 171～172 頁。
〔註439〕余嘉錫:《余嘉錫文史論集》,長沙,嶽麓書社,1997 年版,第 169 頁。
〔註440〕余嘉錫:《余嘉錫文史論集》,長沙,嶽麓書社,1997 年版,第 170 頁。
〔註441〕余嘉錫:《余嘉錫文史論集》,長沙,嶽麓書社,1997 年版,第 166 頁。

髮指,而如此止渴,又勢必迫不及待。如上述劉亮使道士製作仙藥,「至益州,泰豫元年藥始成,而未出火毒。孫不聽亮服,亮苦欲服,平旦開城門取井華水服,至食鼓後,心動如刺,中間便絕。」〔註442〕此情此景,即其時人們狂熱求生之縮影。人們服食養生希求長生不老,猶如賭博般孤注一擲,其矛盾糾結、創痛酷烈,讓人難以想像。

然而,迷狂一般地求長生的人們,卻一如既往地保持著批判的理性。他們明確指出並詳細論證:養生延年與道德無關,美德並不能使人增壽。《三國志‧袁紹傳》注引《英雄記》,載曹操曾作《董卓歌》曰:「德行不虧缺,變故自難常。」〔註443〕葛洪《抱朴子內篇‧塞難》亦認爲人之壽夭與德行全無關係:「賢不必壽,愚不必夭,善無近福,惡無近禍,生無定年,死無常分,盛德哲人,秀而不實,竇公庸夫,年幾二百,伯牛廢疾,子夏喪明,盜跖窮凶而白首,莊蹻極惡而黃髮。」〔註444〕即使儒家聖人孔子「聖之爲德,德之至也」,卻也「壽不盈百」。〔註445〕所以,儒家「立德」可致不朽的「高調」在赤裸裸追求肉體長生的魏晉人看來,簡直就是「無釐頭」的笑談。「仲尼雖聖於世事,而非能沈靜玄默,自守無爲者也。……仲尼不免於俗情,非學仙之人也。」〔註446〕在葛洪看來,孔子太過執著於經世匡時,其德行、功業的追求使其志欲過強,又常陷於困境悽惶悲歡,「無益於子之身」〔註447〕,與出世成仙之修煉恰是直接相悖的。此外,精神之不朽必落實到名聲之不朽,有君子之德必有君子之名,德行傳於後,名聲亦必傳於後。因此,儒家亦特別重視聲名之不朽。子曰:「君子疾沒世而名不稱焉。」〔註448〕又曰:「君子去仁,惡乎成名。」〔註449〕阮籍則以神仙之逍遙否定了聲名之不朽。如阮籍《詠懷詩》(五言八十二首)第三十首云:「驅車出門去,意欲遠征行。征行安所

〔註442〕(南朝‧梁)沈約:《宋書》(卷四十五),北京,中華書局,1974 年版,第 1377～1378 頁。
〔註443〕(晉)陳壽撰,(南朝‧宋)裴松之注:《三國志》(卷六),北京,中華書局,1959 年版,第 195 頁。
〔註444〕王明著:《抱朴子內篇校釋》,北京,中華書局,1985 年版,第 138 頁。
〔註445〕王明著:《抱朴子內篇校釋》,北京,中華書局,1985 年版,第 138 頁。
〔註446〕王明著:《抱朴子內篇校釋》,北京,中華書局,1985 年版,第 139 頁。
〔註447〕王明著:《抱朴子內篇校釋》,北京,中華書局,1985 年版,第 139 頁。
〔註448〕《論語‧衛靈公》,見(宋)朱熹撰:《四書章句集注》,北京,中華書局,1983 年版,第 165 頁。
〔註449〕《論語‧里仁》,見(宋)朱熹撰:《四書章句集注》,北京,中華書局,1983 年版,第 70 頁。

如？背棄夸與名。夸名不在己，但願適中情。」〔註450〕第四十一首云：「列僊停修齡，養志在沖虛。飄颻雲日間，邈與世路殊。榮名非己寶，聲色焉足娛。」〔註451〕第五十七首云：「翩翩從風飛，悠悠去故居。離麾玉山下，遺棄毀與譽。」〔註452〕第七十二首云：「高名令志惑，重利使心憂。親昵懷反側，骨肉還相讎。更希毀珠玉，可用登遨遊。」〔註453〕可見，對儒家生命觀念的質疑和揚棄，一直伴隨著此時期的養生思想及其實踐。

（4）玄學之「冥於不生不死」：立足肉體生命的境界超越

儘管魏晉南北朝時期人們既在學理邏輯上探討、論證長生成仙的可能性，又在實踐層面對食補、藥補、煉丹等各種延年益壽的方法進行了前所未有的深入、細緻且極具操作性的研究，還在詩文中描繪、讚歎神仙之美好，既滿足其養生延年的主觀需求，又在客觀上極大地促進了此時期哲學、醫學、文學的發展，可謂一舉多得。但是，多方努力之後，他們最終必須面對的事實是：成仙畢竟渺茫，養生未必長生，尤其在此「朝夕有不虞」〔註454〕之亂世。如曹操《步出夏門行》其四曰：「神龜雖壽。猶有竟時。騰蛇乘霧。終為土灰。」〔註455〕曹丕《折楊柳行》曰：「王喬假虛辭。赤松垂空言。達人識真偽。愚夫好妄傳。」〔註456〕曹植《與白馬王彪》：「虛無求列仙。松子久吾欺。變故在斯須。百年誰能持。」阮籍《詠懷詩》（五言八十二首）第四十一首云：「採藥無旋返，神僊志不符。逼此良可惑，令我久躊躇。」〔註457〕《顏氏家訓·養生篇》曰：「神仙之事，未可全誣；但性命在天，或難鍾值。……學如牛毛，成如麟角。華山之下，白骨如莽，何有可遂之理？考之內教，縱使得仙，終當有死，不能出世，不願汝曹專精於此。」〔註458〕求長生成仙的狂熱褪去後，頭腦的清醒帶來的是讓人絕望的悲傷與無奈。在水深火熱之中，即

〔註450〕陳伯君校注：《阮籍集校注》，北京，中華書局，1987年版，第306頁。
〔註451〕陳伯君校注：《阮籍集校注》，北京，中華書局，1987年版，第327頁。
〔註452〕陳伯君校注：《阮籍集校注》，北京，中華書局，1987年版，第358頁。
〔註453〕陳伯君校注：《阮籍集校注》，北京，中華書局，1987年版，第386頁。
〔註454〕陳伯君校注：《阮籍集校注》，北京，中華書局，1987年版，第326頁。
〔註455〕逯欽立輯校：《先秦漢魏晉南北朝詩》，北京，中華書局，1988年版，第354頁。
〔註456〕逯欽立輯校：《先秦漢魏晉南北朝詩》，北京，中華書局，1988年版，第394頁。
〔註457〕陳伯君校注：《阮籍集校注》，北京，中華書局，1987年版，第327頁。
〔註458〕（北齊）顏之推撰，王利器集解：《顏氏家訓集解》，上海，上海古籍出版社，1980年版，第327頁。

使努力保證肉體生命的正常長度都成爲奢想，試圖延長其長度更是不切實際的妄想。在歲月、疾病、自然災害、戰亂等等所有的傷害面前，肉體生命一次次敗下陣來，創痕累累，痛不欲生。人們無計可施，只能直面、接受這一現實的慘痛失敗，「情之所鍾，正在我輩」〔註459〕的文人士子們也毫不掩飾失敗後的沮喪和悲哀，在一次次「臨屍慟哭」之後，所有的哀傷、沮喪、悲痛流諸筆端，直接促成了魏晉南北朝時期弔祭文、誄文、哀辭、挽歌之類詩文大量湧現。除了在詩文中發泄、排遣肉體生命傷亡、永逝帶來的難以言喻的傷悲，如何更爲有效地應對肉體生命的死亡及其帶來的情感糾結成爲其時知識分子們極爲關注的重大課題。《晉書·羊祜傳》載：羊祜樂山水，常登峴山，曾慨然歎息，謂從事中郎鄒湛等曰：「自有宇宙，便有此山。由來賢達勝士，登此遠望，如我與卿者多矣！皆湮滅無聞，使人悲傷。如百歲後有知，魂魄猶應登此山也。」〔註460〕羊祜「明德通賢，國之宗主，勳參佐命，功成平吳」〔註461〕，且「博學能屬文……善談論」〔註462〕，「所著文章及爲《老子傳》並行於世。」〔註463〕按照儒家「三不朽」的標準，羊祜之功、德、言當能使其「不朽」，但其心靈並未因此「三不朽」而得到足夠踏實的安頓，在面對永恒的宇宙、山川時，他眞正渴望的生命的「不朽」遠遠不是儒家之「三不朽」所能達致的。這種對更爲永恒、玄遠的生命境界的深刻思索和熱烈追求在當時知識分子中極具代表性，而更鮮明、集中地體現在玄學家身上。羊祜既著《老子傳》，其思想當亦受玄風影響，其峴山之歎亦已顯道家意境，只不過尚未上升至哲學的思辨高度，尚未提煉出純粹形而上的哲學範疇。用哲學探尋「不朽」的秘訣，重新安頓惶恐、躁動的靈魂，是玄學家們的「拿手戲」。在殘酷的現實環境中得以偷生的玄學家們，既不單純熱衷肉體生命的長生不老，也不盲目認可先秦儒家停留於道德層面的「精神不朽」，他們更感興趣的

〔註459〕 （南朝·宋）劉義慶撰，徐震堮著：《世說新語校箋》（《傷逝第十七》），北京，中華書局，1984年版，第349頁。

〔註460〕 （唐）房玄齡等：《晉書》（卷三十四），北京，中華書局，1974年版，第1020頁。

〔註461〕 （唐）房玄齡等：《晉書》（卷三十四），北京，中華書局，1974年版，第1024頁。

〔註462〕 （唐）房玄齡等：《晉書》（卷三十四），北京，中華書局，1974年版，第1013頁。

〔註463〕 （唐）房玄齡等：《晉書》（卷三十四），北京，中華書局，1974年版，第1022頁。

是生命的本體的存在，思索的是如何不偏離自然生命的軌道而獲得精神的終極滿足。他們在先秦道家的思想中汲取營養，在「玄同死生」的境界中實現另一種超越。

　　蒙培元先生在《論郭象的「玄明之境」》中說道：「對存在哲學而言，生死問題是一個不可迴避的重大課題，也是郭象哲學的重要課題。是走向死亡，還是超越死亡，這成為玄學，特別是後期玄學必須回答的重要問題。郭象的『玄冥之境』提出了一個回答，就是『冥於不生不死』。這是進入『玄冥之境』的人對待生死的根本態度，實際上是一種超生死的態度。」〔註 464〕郭象從《莊子》中汲取「逍遙」、「齊物」之義，闢出一片「冥乎不死不生」的「玄冥之境」來安頓現實中不得安寧不得長久的生命。如其注《逍遙遊》中「小知不及大知，小年不及大年」句曰：「物各有性，性各有極，皆如年知，豈跂尚之所及哉！自此已下至於列子，歷舉年知之大小，各信其一方，未有足以相傾者也。然後統以無待之人，遺彼忘我，冥此羣異，異方同得而我無功名。是故統小大者，無小無大者也；苟有乎大小，則雖大鵬之與斥鴳，宰官之與御風，同為累物耳。齊死生者，無死無生者也；苟有乎死生，則雖大椿之與蟪蛄，彭祖之與朝菌，均於短折耳。故遊於無小無大者，無窮者也；冥乎不死不生者，無極者也。若夫逍遙而繫於有方，則雖放之使遊而有所窮矣，未能無待也。」〔註 465〕「冥乎不死不生」，即齊死生，即「方生方死，方死方生」。《齊物論注》中，注「方生方死，方死方生」句曰：「夫死生之變，猶春秋冬夏四時行耳。故死生之狀雖異，其於各安所遇，一也。今生者方自謂生為生，而死者方自謂生為死，則無生矣。生者方自謂死為死，而死者方自謂死為生，則無死矣。」〔註 466〕注「忘年忘義，振於無竟，故寓諸無竟」句曰：「夫忘年故玄同死生，忘義故彌貫是非。是非死生蕩而為一，斯至理也。至理暢於無極，故寄之者不得有窮也。」〔註 467〕注「昔者莊周夢為胡蝶」一段曰：「夫時不暫停，而今不遂存，故昨日之夢，於今化矣。死生之變，豈異於此，而勞心於其間哉！方為此則不知彼，

〔註 464〕蒙培元：《心靈超越與境界》，北京，人民出版社，1998 年版，第 271 頁。
〔註 465〕（晉）郭象：《莊子‧逍遙遊注》，（清）郭慶藩撰，王孝魚點校：《莊子集釋》，北京，中華書局，1961 年版，第 11 頁。
〔註 466〕（晉）郭象：《莊子‧齊物論注》，（清）郭慶藩撰，王孝魚點校：《莊子集釋》，北京，中華書局，1961 年版，第 67 頁。
〔註 467〕（晉）郭象：《莊子‧齊物論注》，（清）郭慶藩撰，王孝魚點校：《莊子集釋》，北京，中華書局，1961 年版，第 110 頁。

夢爲胡蝶是也。取之於人，則一生之中，今不知後，麗姬是也。而愚者竊竊然自以爲知生之可樂，死之可苦，未聞物化之謂也。」〔註468〕「方死方生」，即「玄同死生」，即跳出一己的「生」的有限時空，不再執著於「生」，亦不再排斥「死」，繼而像「眞人」一樣「不知說生，不知惡死」〔註469〕，順乎天理流行，與萬物自然融爲一體，達至無窮、無極之境，從而實現生命之「不朽」。《莊子·大宗師注》中，郭象注「死生，命也，其有夜旦之常，天也。人之有所不得與，皆物之情也。彼特以天爲父，而身猶愛之，而況其卓乎！人特以有君爲愈乎己，而身猶死之，而況其眞乎」一段曰：「其有晝夜之常，天之道也。故知死生者命之極，非妄然也，若夜旦耳，奚所係哉！夫眞人在晝得晝，在夜得夜。以死生爲晝夜，豈有所不得！人之有所不得而憂娛在懷，皆物情耳，非理也。卓者，獨化之謂也。夫相因之功，莫若獨化之至也。故人之所因者，天也；天之所生者，獨化也。人皆以天爲父，故晝夜之變，寒暑之節，猶不敢惡，隨天安之。況乎卓爾獨化，至於玄冥之境，又安得而不任之哉！既任之，則死生變化，惟命之從也。」〔註470〕注「泉涸，魚相與處於陸，相呴以濕，相濡以沫，不如相忘於江湖。與其譽堯而非桀也，不如兩忘而化其道」一段曰：「故至足者，忘善惡，遺死生，與變化爲一，曠然無不適矣。」〔註471〕可見，郭象的「玄冥之境」是用「齊物」的方法達至「逍遙」的境界，通過「獨化於玄冥」〔註472〕達到「無待」，冥合死生，「共成乎天」〔註473〕，最終超越一己之死生的固執。

　　莊子和郭象所謂的「死生」，顯然指個體的肉體生命的存在和消亡，其「齊死生」亦明確立足於肉體生命的存在，而不是自欺欺人地對肉體生命熟視無睹，也不是虛僞、冷酷地漠視之。魏晉時期的玄學家們以肉體生命的現實存在爲出發點和問題的核心，在哲理上尋求肉體生命存在的終極依據，在終極

〔註468〕 （晉）郭象：《莊子·齊物論注》，（清）郭慶藩撰，王孝魚點校：《莊子集釋》，北京，中華書局，1961 年版，第 113 頁。

〔註469〕 （晉）郭象：《莊子·大宗師注》，（清）郭慶藩撰，王孝魚點校：《莊子集釋》，北京，中華書局，1961 年版，第 229 頁。

〔註470〕 （晉）郭象：《莊子·大宗師注》，（清）郭慶藩撰，王孝魚點校：《莊子集釋》，北京，中華書局，1961 年版，第 241 頁。

〔註471〕 （晉）郭象：《莊子·大宗師注》，（清）郭慶藩撰，王孝魚點校：《莊子集釋》，北京，中華書局，1961 年版，第 243 頁。

〔註472〕 （晉）郭象：《莊子·齊物論注》，（清）郭慶藩撰，王孝魚點校：《莊子集釋》，北京，中華書局，1961 年版，第 111 頁。

〔註473〕 （晉）郭象：《莊子·齊物論注》，（清）郭慶藩撰，王孝魚點校：《莊子集釋》，北京，中華書局，1961 年版，第 112 頁。

層面上開闢出一種全新的生命境界，重新詮釋個體生命生息的規律與特點，使之與宇宙萬物「共振」、「互感」，從而使有限的、現實的肉體生命臻至「無窮」、「無極」，最終實現「不朽」。由此可見，在解決如何使生命「不朽」的問題時，玄學家們在哲學學理層面的超越路向顯然迥異於先秦儒家的倫理道德超越，其邏輯論證也更爲徹底、更有説服力。

郭象對「玄冥之境」，「玄同死生」、「方死方生」等的論證，是在其本體論的基礎上進行的。換言之，魏晉玄學家們解決生命之「不朽」的終極依據，是他們苦心孤詣建立起來的本體。有「體」必有「用」，玄學所謂的本體，是與用合二爲一的，體用一如，即體即用。所謂「齊物」，既齊萬物，亦齊體用；所謂「玄同」，既「玄同」死生，亦「玄同體用」。湯用彤先生明言玄學是本體論哲學：「玄學與漢學差別甚大。簡言之玄學蓋爲本體論而漢學則爲宇宙論或宇宙構成論。」〔註474〕他認爲漢學拘泥於經驗現象，「仍不免本天人感應之義，由物象之盛衰，明人事之隆污。稽察自然之理，符之於政事法度。其所遊心，未超於象數。其所研求，常在乎吉凶。」〔註475〕玄學則「已不復拘拘於宇宙運行之外用，進而論宇宙萬物之本體。漢代寓天道於物理。魏晉黜天道而究本體，以寡御眾，而歸於玄極；忘象得意，而遊於物外。」〔註476〕而且，玄學不同於漢學之「體用分爲二截」，而是「即體即用」：「玄學主體用一如，用者依眞體而起，故體外無用。體者非於用後別爲一物，故亦可言用外無體。」〔註477〕「王弼以爲天地萬物皆以無爲本。本者宗極，即其大衍義中所謂之太極。……夫有生於無，萬物由無而有。王弼曰：『本其所由與極同體。』蓋萬有非獨立之存生，依於無而乃存在。宗極既非於萬有之後之外而別有實體，故曰與極同體也。」〔註478〕郭象的「自生」、「獨化」説更是以用爲體，將體用界限完全消弭。以此推論，

〔註474〕湯用彤：《魏晉玄學流別略論》，《魏晉玄學論稿》，上海，上海古籍出版社，2001年版，第60頁。

〔註475〕湯用彤：《魏晉玄學流別略論》，《魏晉玄學論稿》，上海，上海古籍出版社，2001年版，第43頁。

〔註476〕湯用彤：《魏晉玄學流別略論》，《魏晉玄學論稿》，上海，上海古籍出版社，2001年版，第43～44頁。

〔註477〕湯用彤：《魏晉玄學流別略論》，《魏晉玄學論稿》，上海，上海古籍出版社，2001年版，第60～61頁。

〔註478〕湯用彤：《王弼大衍義略釋》，《魏晉玄學論稿》，上海，上海古籍出版社，2001年版，第61頁。

玄學之謂生死，既視爲本體之用，亦視爲用之本體。《莊子·大宗師》記子祀等四人交友事曰：「子祀、子輿、子犁、子來四人相與語曰：『孰能以无爲首，以生爲脊，以死爲尻，孰知死生存亡之一體者，吾與之友矣！』四人相視而笑，莫逆於心，遂相與爲友。」〔註479〕郭象注《大宗師》中「假於異物，託於同體」句曰：「今死生聚散，變化無方，皆異物也。無異而不假，故所假雖異而共成一體也。」〔註480〕在玄學的體用關係中，無論本體爲「道」、「無」抑或「自性」等等，形形色色的生命存在作爲「用」，均與本體同一，不但生與死「蕩而爲一」，而且，人的生命與天地萬物同一，與作爲萬物存在之根本的本體同一，有形的、有限的生命融於無限的宇宙大化之中，宇宙間萬物的運行存沒即是人的生命的生死存亡，人的生死即是天地萬物之生死，亦即本體的生息消長。本體作爲萬物存在的終極依據，是抽象的、無形的，其存在體現於有形的、紛繁的萬物之存在，既表現爲萬物之生，亦表現爲萬物之亡。因此，就本體本身而言，無生無死，亦生亦死，故站在本體的角度和高度，所謂死生即是無死無生、方死方生的「冥合玄同」，此即「道」即「無」或「自性」、「獨化」的境界，由此考量一己生命之存在，無論其生或死，均不足以爲之悲喜，不以生爲生，不以死爲死，無死無生，便是「不朽」。而更準確地講，在魏晉玄學家們那裡，「朽」與「不朽」亦被「玄同」爲一，「是非死生蕩而爲一」，「朽」與「不朽」亦「蕩而爲一」，儒家追求的所謂「不朽」除了顯示出一種認識上的狹隘和偏執，沒有任何意義。與玄學相較，儒家的所謂宇宙構成體系之中，生命存在是與「天道」分離的，生命存在只是「用」，而不是「體」本身。被奉爲至高無上的眞理的「天命」、「天道」，借仁義道德之名義，將肉體生命的存滅與精神層面的「不朽」斷然斬爲二截，先行抹殺了肉體生命的存在，而肉體生命卻恰是生命最原始、最本眞的層面。所以，在先秦儒家那裡，有血有肉的、實實在在的生命根本沒有眞正存在過。這樣看來，其仁義道德的「天條」之虛偽和造作暴露無遺，其對生死的所謂超越也只剩下「不語」、「未能」、「未知」的逃避和無奈〔註481〕。

〔註479〕（清）郭慶藩撰，王孝魚點校：《莊子集釋》，北京，中華書局，1961年版，第258頁。

〔註480〕（晉）郭象：《莊子·大宗師注》，（清）郭慶藩撰，王孝魚點校：《莊子集釋》，北京，中華書局，1961年版，第270頁。

〔註481〕見《論語》中「子不語怪，力，亂，神」、「未能事人，焉能事鬼」、「未知生，焉知死」句。

可見，儘管均是放眼天地宇宙，但儒家是青睞其中流行的德行，而玄學和道家則鍾情於其中變化萬端、多姿多彩的生命體的存在。同是超越生死，儒家是依賴個人與天地在所謂的德行上的統一，而玄學與道家卻是依賴一己與天地間其他所有生命體的生命本身的齊一，賴此齊一的境界，使一己之生命融入宇宙之生生不息的生命鏈條，與萬物為一，與本體為一，從而最終達至對一己生死的超越。玄學理論把生命的本真存在從儒家的禮教遮蔽下拯救出來，使之進入存在的「澄明之境」，因此，較儒家在價值層面上的超越而言，玄學家們於存在層面上的超越表現出的不僅是對生命的尊重，更是一種直面死亡、消解死亡的大智大勇。

（5）志怪故事中「方生方死」的玄冥境界

玄學在生死問題上的超越路向，其對有形的生命存在的不離不棄和直面死亡的勇氣，直接啟發和鼓勵了志怪書中神、鬼、仙、怪等「另類」生命的大量出現，這些「非人」的存在依然保持著有形、有限的肉體生命的特點，同時表現出由有形、有限向無形、無限超越的努力。「人」與「非人」的存在猶如莊周與蝴蝶之「物化」，二者之生滅同於大化之流行，亦均與終極本體同在。神仙鬼怪的存在和信仰，這種一直被視為「迷信」的生命觀念，其實是玄學本體生命觀的生動注腳。如《搜神記》卷一載「仙人故事」：

赤松子者，神農時雨師也。服冰玉散，以教神農。能入火不燒。……隨風雨上下。

赤將子輿者，黃帝時人也。不食五穀，而啖百草華。……能隨風雨上下。

偓佺者……好食松實。……能飛行，逐走馬。

彭祖者，……號七百歲。常食桂芝。……前世云：禱請風雨，莫不輒應。〔註482〕

《搜神記》載「復生故事」：

穀城鄉平常生，不知何所人也。數死而復生。（卷一）

哀帝建平四年四月，山陽方與女子田無嗇生子。未生二月前，兒啼腹中。及生，不舉，葬之陌上。後三日，有人過，聞兒啼聲。

〔註482〕以上三則故事見（晉）干寶撰，汪紹楹校注：《搜神記》，北京，中華書局，1979年版，第1、2、3頁。

母因掘收養之。(卷六)

漢平帝元始元年二月，朔方廣牧女子趙春病死，既棺殮，積七日，出在棺外。(卷六)

漢獻帝初平中，長沙有人姓桓氏，死，棺歛月餘，其母聞棺中有聲，發之，遂生。(卷六)

吳孫休永安四年，安吳民陳焦，死七日復生，穿冢出。(卷六)

秦始皇時，有王道平，長安人也。少時，與同村人唐叔偕女，小名父喻，容色俱美，誓為夫婦。尋王道平被差征伐，落墮南國，九年不歸。父母見女長成，即聘與劉祥為妻。……經三年……悒悒而死。死經三年，平還家，……鄰人引往墓所。平悲號哽咽，三呼女名，繞墓悲苦，不能自止。……其女魂自墓出，問平：「何處而來？良久契闊。與君誓為夫婦，以結終身，父母強逼，乃出聘劉祥……然念君宿念不忘，再求相慰，妾身未損，可以再生，還為夫婦。且速開冢破棺，出我即活。」平審言，乃啟墓門，捫看其女，果活。乃結束隨平還家。(卷十五)

晉武帝世，河間郡有男女私悅，許相配適。尋而男從軍，積年不歸。女家更欲適之。女不願行，父母逼之，不得已而去。尋病死。其男戍還，問女所在。其像具說之。乃至冢，欲哭之盡哀，而不勝其情。遂發冢開棺，女即蘇活，因負還家。將養數日，平復如初。(卷十五)

漢建安四年二月，武陵充縣婦人李娥，年六十歲，病卒，埋於城外，已十四日。娥比舍有蔡仲，聞娥富，謂殯當有金寶，乃盜發冢求金。以斧剖棺。斧數下，娥於棺中言曰：「蔡仲！汝護我頭！」……娥兒聞母活，來迎出，將娥回去。(卷十五)

漢陳留考城史妁，字威明，年少時，嘗病，臨死，謂母曰：「我死當復生。埋我，以竹杖柱於瘞上，若杖折，掘出我。」及死埋之，柱如其言。七日往視，杖果折。即掘出之，已活，走至井上浴，平復如故。(卷十五)

魏時，太原發冢破棺，棺中有一生婦人。將出與語，生人也。送之京師。問其本事，不知也。視其冢上樹木，可三十歲。不知此

婦人，三十歲常生於地中耶？將一朝欻生，偶與發冢者會也？（卷十五）〔註483〕

更有「死婦生兒」的「雙重複生」故事。如《搜神記》卷十六載：談生四十無婦，夜半有女鬼就之，爲夫婦。生一兒。又有盧充與亡女爲夫婦，生一兒，且之後「子孫冠蓋，相承至今。」〔註484〕《異苑》卷八載章沈（泛）死後還魂，並攜女鬼秋英回到陽間，後二人相認，結爲夫婦，秋英生子，名曰天賜。〔註485〕

亦有人、物彼此幻化的故事。如《搜神記》卷一載「王子喬」事：

> 崔文子者，泰山人也。學仙於王子喬。子喬化爲白蜺，而持藥與文子。文子驚怪，引戈擊蜺，中之，因墮其藥。俯而視之，王子喬之尸也。置之室中，覆以敝筐。須臾，化爲大鳥。開而視之，翻然飛去。〔註486〕

王子喬化爲白蜺、大鳥，係人化而爲物。反之亦可。《搜神後記》卷七載「虹化丈夫」故事曰：

> 廬陵巴邱人陳濟者，作州史。其婦秦，獨在家。常有一丈夫，長丈餘，儀容端正，著絳碧袍，采色炫燿，來從之。後常相期於一山澗間。至於寢處，不覺有人道相感接。如是數年。比鄰人觀其所至輒有虹見。秦至水側，丈夫以金瓶引水共飲。後遂有身，生而如人，多肉。濟假還，秦懼見之，乃納兒著甕中。此丈夫以金瓶與之，令覆兒，云：「兒小，未可得將去。不須作衣，我自衣之。」即與絳囊以裹之，令可時出與乳。於時風雨暝晦，鄰人見虹下其庭，化爲丈夫，復少時，將兒去，亦風雨暝晦。人見二虹出其家。數年而來省母。後秦適田，見二虹於澗，畏之。須臾見丈夫，云：「是我，無所畏也。」從此乃絕。〔註487〕

〔註483〕以上故事見（晉）干寶撰，汪紹楹校注：《搜神記》，北京，中華書局，1979年版，第8、81、88、92、178、179、180、182、186頁。

〔註484〕此兩則故事見（晉）干寶撰，汪紹楹校注：《搜神記》，北京，中華書局，1979年版，第202~205頁。

〔註485〕（南朝·宋）劉敬叔撰，范甯校點：《異苑》，北京，中華書局，1996年版，第80~81頁。

〔註486〕（晉）干寶撰，汪紹楹校注：《搜神記》，北京，中華書局，1979年版，第4頁。

〔註487〕（晉）陶潛著，汪紹楹校注：《搜神後記》，北京，中華書局，1981年版，第48頁。

《搜神記》卷一載「左慈故事」：

> 左慈字元放，廬江人也。少有神通。……（曹公）陰欲殺放。
> 放在公座，將收之，却入壁中，霍然不見。乃募取之。或見於市，
> 欲捕之，而市人皆放同形，莫知誰是。後人遇放于陽城山頭，因復
> 逐之，遂走入羊羣。公知不可得，乃令就羊中告之曰：「曹公不復相
> 殺，本試君術耳。今既驗，但欲與相見。」忽有一老羝，屈前兩膝，
> 人立而言曰：「遽如許。」人即云：「此羊是。」競往赴之。而羣羊
> 數百，皆變爲羝，並屈前膝，人立云：「遽如許。」於是遂莫知所取
> 焉。老子曰：「吾之所以爲大患者，以吾有身也。及吾無身，吾有何
> 患哉！」若老子之儔，可謂能無身矣。豈不遠哉也。〔註488〕

《郭氏玄中記》載「物化」故事：

> 千年樹精爲青羊，萬歲樹精爲青牛，多出遊人間。

> 姑獲鳥夜飛晝藏，蓋鬼神類。衣毛爲飛鳥，脫毛爲女人。

> 狐五十歲能變化爲婦人。百歲爲美女，爲神巫；或爲丈夫，與
> 女人交接；能知千里外事；善蠱魅，使人迷惑失智。千歲即與天通，
> 爲天狐。

> 百歲鼠化爲神。

> 百歲之鼠，化爲蝙蝠。〔註489〕

《搜神後記》卷一載「化鶴」故事：

> 丁令威，本遼東人，學道於靈虛山。後化鶴歸遼。……今遼東
> 諸丁云其先世有升仙者，但不知名字耳。〔註490〕

《搜神後記》卷一載袁相、根碩蛻變而爲鳥兒的故事：

> 會稽剡縣民袁相、根碩二人獵，經深山重嶺甚多，見一羣山羊
> 六七頭，逐之。經一石橋，甚狹而峻。羊去，根等亦隨渡。……羊
> 徑有山穴如門，豁然而過。既入，内甚平敞，草木皆香。有一小屋，

〔註488〕（晉）干寶撰，汪紹楹校注：《搜神記》，北京，中華書局，1979 年版，第 9
～10 頁。

〔註489〕以上記述見魯迅（校錄）：《古小說鈎沈》，濟南，齊魯書社，1997 年版，第
237、238、239 頁。

〔註490〕（晉）陶潛著，汪紹楹校注：《搜神後記》，北京，中華書局，1981 年版，第
1 頁。

二女子住其中，年皆十五六，容色甚美，著青衣。一名瑩珠，一名□□。見二人至，欣然云：「早望汝來。」遂爲室家。……二人思歸，潛去歸路。二女追還已知，乃謂曰：「自可去。」乃以一腕囊與根等，語曰：「愼勿開也。」於是乃歸。後出行，家人開視其囊。囊如蓮花，一重去，一重複，至五蓋，中有小青鳥，飛去。根還知此，悵然而已。後根於田中耕，家依常餉之，見在田中不動，就視，但有殼如蟬蛻也。〔註491〕

《幽明錄》卷六載泉水、井水事：

始興靈水源有湯泉，每至霜雪，見其上蒸氣高數十丈。生物投之，須臾便熟。

艾縣輔山有溫冷二泉，同出一山之足。兩泉發源相去數尺。熱泉可煮雞豚，冰泉常若冰生。雙流數丈而合，俱會於一溪。

襄邑縣南瀨鄉，老子之舊鄉也。有老子廟，廟中有九井。能潔齋入祠者，水溫清隨人意念。〔註492〕

上述例舉的志怪故事中，人、神、仙、鬼、怪、妖諸種生命形態紛然共存的世界，人死而復生以及鬼婦生兒的玄妙經歷，不恰是一種「方生方死、方死方生」的玄冥境界嗎？湯泉每於霜雪之際蒸氣升騰，沸泉、冰泉本屬不相容之兩極卻「同出一山」、「俱會一溪」，不正是「玄同」之「至理」的感性再現嗎？人鬼故事中，人與鬼相遇至分離的時間，往往是自「日暮」至「向曉」、自「夜半」至「天明」，且暮幽明之間，不恰恰是「以死生爲晝夜」的生動寫照嗎？左慈化而爲羊、王子喬化而爲白蜺和大鳥、虹霓化爲男子與婦女相期共寢並生下小兒後又化爲虹霓飛去、根碩蛻變爲小青鳥、丁令威化鶴而飛、狐狸化爲男人或女人、樹木化爲牛羊、鼠化爲神或蝙蝠等等人與物、物與物之間的離奇幻化，不正與《莊子》中「久竹生青寧，青寧生程，程生馬、馬生人」的幻化相同，都是紛繁的「物化」場景嗎？盧充故事中，盧充自鬼府乘車歸，「去如電逝，須臾至家」，幽、明兩個時空的切換只在彈指之間、恍惚之間，恰如郭象注《齊物論》莊周夢蝶之「物化」所言：「夫時不暫

〔註491〕（晉）陶潛著，汪紹楹校注：《搜神後記》，北京，中華書局，1981年版，第2～3頁。

〔註492〕以上三事見（南朝・宋）劉義慶撰，鄭晚晴集注：《幽明錄》，北京，文化藝術出版社，1988年版，第185～186頁。

停，而今不遂存，故昨日之夢，於今化矣。死生之變，豈異於此。」〔註493〕
盧充攜鬼兒、金鋺及鬼婦所贈詩還家，「眾初怪惡，傳省其詩，慨然歎死生之
玄通也。」〔註494〕「死生之玄通」不恰是玄學的生命「課題」嗎？郭象注《莊
子·逍遙遊》「若夫乘天地之正，而御六氣之辯，以遊無窮者，彼且惡乎待哉」
句曰：「故乘天地之正者，即是順萬物之性也；御六氣之辯者，即是遊變化之
塗也；如斯以往，則何往之有窮哉！所御斯乘，又將惡乎待哉！此乃至德之
人玄同彼我者之逍遙也。」〔註495〕志怪故事中仙人於風雨水火之中翩然逍遙
的姿態、「老子廟井」之水「溫清隨人意念」，不正是對郭象所注「玄同彼我
之逍遙」、「順萬物之性」、「遊變化之塗」的更為生動形象的注解嗎？此井水
之位置，恰處於老子廟中，更是意味深長，引人遐思。左慈故事固然屬於道
教神仙故事，然而最後綴以老子之言，其中的玄學意味亦不言而喻。

　　此外，和玄學自始至終未離人的生命本身一樣，在志怪故事中，在這個
仙影飄飄、鬼影幢幢、妖物橫行、怪象叢生的世界裏，核心角色卻自始至終
都是人，所有怪誕的、「非人」的形象、場景和情節，都是根於人的現實世界
的延伸與拓展，都不過是在試圖解釋和解決人的迫在眉睫的生命問題。平民
百姓是志怪故事的無名的集體原創者，他們處於社會底層，因經濟、出身等
各方面條件限制，極少能享受到系統的知識傳授和文化教育，對生活和生命，
更多感性認知，較少邏輯推理，更多淺捷的直覺，較少深刻的思索，但是，
他們卻於主流文化的邊緣，顯示出最執著、最樸素也最切本質的生命觀念。
他們的生命觀念，須與不離有形有色、可以感知的生活和生命本身，可以感
知的一切才是他們關於生命的全部概念，他們關於生命的想像也須與不離這
樣的生命概念。所以，在對生命本身的重視態度上，民間流傳的志怪故事與
玄學正相契合。

　　由此可見，在某種程度上，志怪故事中的諸種形象、場景、情節等的
確印證了玄學關於生命存在的邏輯推理和抽象論證，因此，我們完全可以
把這諸多的志怪故事視為玄學生死觀的「實踐」形態，儘管這種印證也許

〔註493〕（清）郭慶藩撰，王孝魚點校：《莊子集釋》，北京，中華書局，1961年版，
　　　　　第113頁。
〔註494〕（晉）干寶撰：汪紹楹校注：《搜神記》，北京，中華書局，1979年版，第
　　　　　204頁。
〔註495〕（清）郭慶藩撰，王孝魚點校：《莊子集釋》，北京，中華書局，1961年版，
　　　　　第20頁。

純屬巧合，這種「實踐」也許還是無意識的。但是，巧合即不謀而合，是精英知識分子和百姓大眾在置身同樣的生存困境、思索同樣的生命問題時給出了不謀而合的解釋，表達了相同的心情和願望，只不過一個表現爲抽象的邏輯思維，一個表現爲感性的形象思維而已。而無意識的往往即是最自然、最眞實的，志怪故事表現出的對玄學生命觀念的無意識的「實踐」探索，體現的是民間大眾和知識階層在意識最深層的不期然而然的彼此認同，而這種認同，正是文人士子熱衷講述、傳播、撰寫志怪故事的根本原因。另外，同類或雷同的志怪故事在不同的志怪書中大量地、不斷地重複上演，又説明這種實踐的無意識在志怪書撰寫者——文人士子那裡是一種集體的、集中的心理行爲，是魏晉南北朝志怪書盛行的「幕後」的集體推動力。這些志怪書撰寫者成爲知識精英階層與民間大眾在生命問題上達成共識的橋梁，他們代表著精英階層與民間大眾共同建構著整個時代的志怪場景，營造著整個時代的玄怪氛圍。玄學與志怪故事所表現出的同樣的超現實性以及對純然生命的堅持，於其時文人士子瀟灑風流、放浪不羈的外表背後，在他們孤獨、苦悶的內心，留下了一道痛徹肺腑、刻骨銘心的創痕，這創痕帶來的疼痛使他們在服藥、飲酒的迷狂、放縱之外保持一分清醒，疼痛和清醒使他們不忘記、不放棄生命的本眞存在。這樣看來，與其説儒家「子不語怪、力、亂、神」、「未能事人，焉能事鬼」以及「未知生，焉知死」的説教壓抑了這種民間的看似盲目的鬼神信仰及其蘊含的樸素的生命認知，不如説是儒家偏離生命本體的價值超越的思維路向與志怪故事的思維路向相乖，正所謂「道不同，不相爲謀」〔註496〕。所以，在儒家教化相對沒落的魏晉南北朝時期，玄學作爲精緻的理性學説，看似與民間鬼神信仰、志怪故事的流傳風馬牛不相及，卻同時盛行不衰，正是因爲在面對最基本的生存困境時，其思維路向的深層相通所致。

以上主要論玄學生死觀與志怪之關聯。

2、玄學時空觀與志怪

（1）玄學與志怪故事的超越路徑：時間與空間

前文已述及，玄學的生命觀念表現出的是「一種超生死的態度」，即超越生與死，進入「無死無生」的玄冥之境，與天地萬物和終極的本體同在而「不

〔註496〕《論語·衛靈公》，見（宋）朱熹撰：《四書章句集注》，北京，中華書局，1983年版。第169頁。

朽」，從而解決現實中生與死帶來的無窮的困擾。這種超越，無疑是指心靈和精神上的超越，是「境界形態」的行爲和過程。但是，超越的路徑總不脫客觀的、現實世界的時空坐標。時間和空間是物質存在的基本形式，也是人類實踐活動的基本形式，還是人類思維的兩個基本向度。生存的時空範圍是一個時代的文化的最深廣也最隱秘的背景。魏晉南北朝時期，整個社會動盪不安，政治風雲變幻，士人終日如履薄冰，戰爭頻仍殺伐不斷，災荒瘟疫也時時危及人們的生命安全，從庶民到世家大族再到皇室貴族，或居無定所，或偏安一隅，無時無刻不處於「奔命」、「逃命」的恐慌、焦灼情緒籠罩之下。天地之大，卻找不到一處安全、溫馨的棲身之地；日月輪轉，卻時時擔心生命戛然而止。此一時期的人們，時間和空間於他們的生命似乎是極爲吝嗇的。因而，其時之人對生命的慨歎也是最爲敏感最爲深切的。《世說新語‧言語》載：「桓公北征，經金城，見前爲琅邪時種柳，皆已十圍。慨然曰：『木猶如此，人何以堪！』攀枝執條，泫然流淚。」〔註 497〕如果沒有體驗過人生在世的艱難窘迫，沒有對生命歲月的深切感受和深度思索，是不會見樹而傷悲至此的。《言語》篇「過江諸人」曰：「過江諸人，每至美日，輒相邀新亭，藉卉飲宴。周侯中坐而歎曰：『風景不殊，正自有山河之異！』」〔註 498〕東晉偏安江左，中原士族無奈逃離故土，過江而居，「風景不殊」但江山易主，故有「山河之異」之歎，生存空間的異、同之間，充滿了居而不安的尷尬與憂慮。《傷逝》篇載：「王濬沖爲尚書令，著公服，乘軺車，經黃公酒壚下過。顧謂後車客：『吾昔與嵇叔夜、阮嗣宗共酣飲於此壚。竹林之遊，亦預其末。自嵇生夭、阮公亡以來，便爲時所羈紲。今日視此雖近，邈若山河。』」〔註 499〕「近」在眼前，卻「邈」隔陰陽，一「近」一「邈」之間，生命如夢似幻，令人唏噓。

生逢亂世之人，於歲月之無常、宇宙之廣大、一己之渺小極易生出無限感思，在現實的生存時空的極度壓縮下，思想和心靈反而變得異常活躍、開放，以至開拓出「無極」、「無窮」的玄遠境界。可見，在促狹的、客觀的生存

〔註 497〕（南朝‧宋）劉義慶撰，徐震堮著：《世說新語校箋》，北京，中華書局，1984年版，第 64 頁。

〔註 498〕（南朝‧宋）劉義慶撰，徐震堮著：《世說新語校箋》，北京，中華書局，1984年版，第 50 頁。

〔註 499〕（南朝‧宋）劉義慶撰，徐震堮著：《世說新語校箋》（《傷逝第十七》），北京，中華書局，1984 年版，第 348 頁。

時空之外,「心靈的內在的不可見的領域」卻「伸延得更加深廣」,正如海德格爾的《詩人何為》所言:「存在物最廣闊的環行範圍,將現身於心靈的內在空間。」〔註 500〕「不管『外在空間』多麼巨大,所有恒星間的距離也無法與我們內在存在的深層維度相比,這種深不可測甚至連宇宙的廣袤性也難以與之匹敵。」〔註 501〕「唯有在心靈的不可見的最內在性中,人才可能傾向於為他所愛的東西:祖宗、死亡、童年,那些到來者。」「如果死亡者以及那將要到來者都居於一個居留之所,那麼,還有什麼庇護所比這想像的空間更合適,更宜人呢?」〔註 502〕超越外在的有限時空,在內心開拓無限的另一個宇宙,正是魏晉玄學此一生存哲學的要義。湯用彤先生嘗言:「其時之思想中心不在社會而在個人,不在環境而在內心,不在形質而在精神。於是魏晉人生觀之新型,其期望在超世之理想,其嚮往為精神之境界,其追求者為玄遠之絕對,而遺資生之相對。從哲理上說,所在意欲探求玄遠之世界,脫離塵世之苦海,探得生存之奧秘。但既曰精神,則恍兮惚兮;既曰超世,則非耳目之所能達;既曰玄遠,則非形象之域。蓋今人之稱之為絕對者,即當時之所謂『極』,所謂『宗』,謂曰『宗極』、『宗主』,此『極』或指為『道』、為『玄』、為『無』、為『自然』、為『大化』(道家名詞)、為『實相』、為『法身』(佛家名詞)。而既為絕對則絕言超象,非相對知識所能通達。」〔註 503〕此一時期的知識分子,以他們獨有的熱情和智慧,辨「名教」與「自然」之關係,言本末體用之真義,講「無」說「有」,談玄論道,在現實環境的有限與內心的無極之間切換思維的閾限,其實都是在為當下的身家性命找尋一個安全、舒適的「庇護所」。

　　《世說新語・文學》載:「客問樂令旨不至者,樂亦不復剖析文句,直以塵尾柄确几曰;『至不?』客曰:『至。』樂因又舉塵尾曰;『若至者那得去?』於是客乃悟服。樂辭約而旨達,皆此類。」〔註 504〕錢穆先生在《國史大綱》

〔註 500〕 (德)M・海德格爾著,彭富春譯:《詩・語言・思》,北京,文化藝術出版社,1991 年版,第 116 頁。

〔註 501〕 (德)M・海德格爾著,彭富春譯:《詩・語言・思》,北京,文化藝術出版社,1991 年版,第 117 頁。

〔註 502〕 (德)M・海德格爾著,彭富春譯:《詩・語言・思》,北京,文化藝術出版社,1991 年版,第 116～117 頁。

〔註 503〕 湯用彤:《魏晉玄學與文學理論》,《魏晉玄學論稿》,上海,上海古籍出版社,2001 年版,第 196 頁。

〔註 504〕 (南朝・宋)劉義慶撰,徐震堮著:《世說新語校箋》,北京,中華書局,1984 年版,第 110～111 頁。

中指出：「清談精神之主要點，厥爲縱情肆志，不受外物屈抑。」〔註505〕「不受外物屈抑」誠爲「點睛」之語，玄學及清談眞正追求的是擺脫所有束縛，超越所有限制，從而達至思維以及心靈的無限自由。此則故事中，樂廣以一個極簡單、極平常的動作——「以麈尾柄确几」，論證了一個極精微、極深奧的玄理。由空間角度言，樂廣以麈尾柄「确几」，則「指」至「几」〔註506〕，是「指」借助麈尾超越自身的長度達到一定的、足夠的距離。但是，直接接觸到几案的即「至」几者非「指」，而是「确几」的麈尾，則「指」又「不至」。然而麈尾觸几，又必須借助「指」之「意指」，因此，所「至」其實又非麈尾，而是「指」。「指」之所「至」，不須親至，不留痕迹，不拘遠近。由時間角度言，「大化流行，一息不停，方以爲『至』，倏焉已『去』，云『至』云『去』，都是名言所執。故飛鳥之影，莫見其移，而逝者如斯，不捨晝夜。」〔註507〕由此，在「至」與「去」的肯定、否定的反覆辯證之中，樂廣視線所及，已經不僅是手指、麈尾與几，而是超越了眼前的物象和時空範圍，進入到一片似切近可觸又廣遠無極、似眞實具體又恍惚迷離的玄冥之境，方至方不至，方不至方至，正所謂「方生方死，方死方生；方可方不可，方不可方可；因是因非，因非因是」的「天地一指」的境界。〔註508〕宗白華先生曾在《論〈世說新語〉與晉人的美》中指出：「晉宋人欣賞山水，由實入虛，即實即虛，超入玄境。……晉人以虛靈的胸襟、玄學的意味體會自然，乃能表裏澄澈，一片空明。」〔註509〕如王羲之感歎：「從山陰路上行，如在鏡中游！」〔註510〕顧長康感慨會稽山水之美曰：「千岩競秀，萬壑爭流，草木蒙籠其上，若雲興霞蔚。」〔註511〕「由實入虛，即實即虛，超入玄境」，不僅是晉人欣賞山水的審美境界，更是玄學的核心精神和基本特點。玄學的精神趣味已經滲透到其時文人士子的日常生活、交際、清談、讀書治學、文藝創作等方方面面，成

〔註505〕錢穆：《國史大綱》，北京，商務印書館，1996年版，第242頁。
〔註506〕「旨不至」，即《莊子·天下篇》之「指不至」。
〔註507〕宗白華：《美學散步》，上海，上海人民出版社，1981年版，第230頁。
〔註508〕（清）郭慶藩撰，王孝魚點校：《莊子集釋》，北京，中華書局，1961年版，第66頁。
〔註509〕宗白華：《美學散步》，上海，上海人民出版社，1981年版，第210、211頁。
〔註510〕（明）李贄：《初潭集》，《李贄文集》（第五卷），北京，社會科學文獻出版社，2000年版，第147頁。
〔註511〕（南朝·宋）劉義慶撰，徐震堮著：《世說新語校箋》，北京，中華書局，1984年版，第81頁。

爲他們「習慣成自然」的思維方式和表達方式，成爲他們的「生活形式」。正因爲置身並沉迷於這種充滿玄學精神趣味的「生活形式」，樂廣在回答「旨不至」時才能以一個簡單的日常生活動作自如地完美作答。頗有意味的是，這種即有即無、即實即虛的玄遠境界，在志怪故事中亦時有呈現，而具體物理時空的伸縮收張，在志怪故事中更是屢見不鮮。不同的是，與玄學的抽象思維相較，志怪故事中的時空變幻更加生動感性，變幻中也滲透了更多、更濃厚的生活氣息和悲悲喜喜的眞情實感。

另外，需要說明的是，志怪故事中的時空觀念既受玄學影響，也表現出明顯的道教、佛教的痕迹。上引湯用彤先生論玄學思想的一段話已經涉及到道、佛二家，而玄、道、佛三家之間的關係也在此段話中大致了然。魏晉南北朝時期，玄學與道教、佛教的相互影響、彼此互滲毋庸多言。而玄學作爲融合儒道而起並頗爲盛行的本土學說，與佛教相比，對當時文人士子的影響應該更重大、更深遠，而文人士子對佛教的吸收更多的是借助此「他山之石」以深化對玄學理論的理解，助於玄學自身的理性之自覺與表現。恰如牟宗三先生在《才性與玄理》序言中所言：佛教的傳入拉長了中國文化生命「歧出」的時間，而「魏晉南北朝隋唐七八百年間之長期歧出，不可謂中國文化生命之容量不弘大。容量弘大，則其所弘揚、所吸收者必全盡，全盡必深遠。全盡而深遠之弘揚與吸收，其在自己之文化生命中所引起之刺激與浸潤亦必深刻而洽浹。文化之發展不過是生命之清澈與理性之表現。故在歧出中其所弘揚與吸收者皆有助於其生命之清澈與理性之表現。」〔註512〕此外，文人士子與百姓野老的最大區別，在於文人士子處於主流文化圈，在玄學影響下形成了特有的思辨意識和能力，他們不只是被動地接受、信仰宗教和單純地講述故事。換言之，文人撰寫志怪書並出現重複現象，並不完全同於民間的宗教或鬼神觀念的信仰以及志怪故事的自發流傳，這種書寫方式中還暗含著對玄理的不懈的探索，是文人士子於玄學理論的另一種表達——儘管這種探索與表達或許是無意識的。而借助志怪故事探索玄理之所以成爲可能，又在於志怪故事與玄學二者共同的生命關懷與超越特性。可以說，志怪故事中雖然有不容忽視的道教、佛教元素，但文人在記錄、撰寫這些志怪故事時，更傾向於利用道教、佛教故事對本土玄學理論進行一種別致的演繹，同時也可視爲

〔註512〕牟宗三：《才性與玄理》，桂林，廣西師範大學出版社，2006 年版，「原版自序之二」，第 1 頁。

玄學理論的一種無意識的從中心向邊緣的普及。總之，志怪故事中時空的離奇變幻，與玄、佛、道所表現出的超越時空的思維方式及其所達至的精神境界在某種程度上彼此貫通，此點毋庸置疑。但是，作爲同根同源的文化現象，志怪故事中的時空觀念，應該與玄學有著更爲深刻的淵源關聯。

（2）玄學與志怪故事中的時間超越

（2.i）志怪故事中的反常規時間：仙人之長壽、仙界時間、冥界時間、夢境時間

　　長壽是生命超越時間的最直接表現，也是最符合人們日常思維的生命走向。《搜神記》卷一中記載了許多仙人長生的故事：

　　　　偓佺者，槐山採藥父也。好食松實。形體生毛，長七寸。兩目更方。能飛行，逐走馬。以松子遺堯，堯不暇服。松者，簡松也。時受服者，皆三百歲。

　　　　彭祖者，殷時大夫也。姓錢，名鏗。帝顓頊之孫，陸終氏之中子。歷夏而至商末，號七百歲。常食桂芝。歷陽有彭祖仙室。

　　　　淮南王安好道術。設厨宰以候賓客。正月上午，有八老公詣門求見。門吏白王，王使吏自以意難之，曰：「吾王好長生，先生無駐衰之術，未敢以聞。」公知不見，乃更形爲八童子，色如桃花。王便見之，盛禮設樂，以享八公。援琴而弦歌曰：「明明上天，照四海兮。知我好道，公來下兮。公將與余，生羽毛兮。升騰青雲，蹈梁甫兮。觀見三光，遇北斗兮。驅乘風雲，使玉女兮。」今所謂《淮南操》是也。

　　　　薊子訓，不知所從來。東漢時，到洛陽，見公卿數十處，皆持斗酒片脯候之，曰：「遠來無所有，示致微意。」坐上數百人，飲啖終日不盡。去後皆見白雲起，從旦至暮。時有百歲公説：「小兒時，見訓賣藥會稽市，顏色如此。」訓不樂住洛，遂遁去。正始中，有人於長安東霸城，見與一老公共摩娑銅人，相謂曰：「適見鑄此，已近五百歲矣。」見者呼之曰：「薊先生小住。」並行應之。視若遲徐，而走馬不及。〔註513〕

〔註513〕以上故事見（晉）干寶撰，汪紹楹校注：《搜神記》，北京，中華書局，1979年版，第2、3、6、7、8頁。

　　三百歲之偓佺、七百歲之彭祖、「更形爲八童子，色如桃花」的淮南八公、
近五百歲之薊子訓，正如《莊子》中之「五百歲爲春，五百歲爲秋」的楚南
之冥靈、「八千歲爲春，八千歲爲秋」的上古之大椿，這些標識生命長度的、
誇張得讓人難以置信的數字，寄託了俗世中的人們於死亡陰影中對生命的無
限渴望。「薊子訓」故事中「視若遲徐，而走馬不及」的描述，讓人在怪異難
解之外又生神奇之感。其實，這恰恰是人們追趕時間的情形及心情的形象再
現，是「夸父逐日」的另一種版本。能追趕上時間，便可以擺脫時間對生命
的控制，實現長壽不死的願望，但是，時間卻永遠在人們的視線之內、掌控
之外。玄學在時間上齊「大椿之與蟪蛄，彭祖之與朝菌」而「遊於無小無大
者，無窮者也；冥乎不死不生者，無極者也」〔註514〕的「功夫」，其實就是在
「走馬不及」的努力與失敗之後，由「現實形態」的「追趕」到「境界形態」
的「超越」的生存策略的轉移。

　　仙凡時間的對比也是志怪故事中超越時間的主要表現方式。《幽明錄》卷
一載「劉晨阮肇」故事：

　　　　漢明帝永平五年，剡縣劉晨、阮肇共入天台山，迷不得返。經
　　十三日，糧食乏盡，饑餒殆死。遙望山上有一桃樹，大有子實，而
　　絕岩邃澗，永無登路。攀援藤葛，乃得至上。各啖數枚，而饑止體
　　充。復下山，持杯取水，欲盥漱，見蕪菁葉從山腹流出，甚新鮮，
　　復一杯流出，有胡麻糝。相謂曰：「此知去人徑不遠。」便共沒水，
　　逆流二三里，得度山，出一大溪。溪邊有二女子，姿質妙絕。見二
　　人持杯出，便笑曰：「劉、阮二郎捉向所流杯來。」晨、肇既不識之，
　　緣二女便呼其姓，似如有舊，乃相見而悉。問：「來何晚耶？」因邀
　　回家。其家筒瓦屋，南壁及東壁各有一大床，皆施絳羅帳，帳角懸
　　鈴，金銀交錯。床頭各有十侍婢。敕云：「劉、阮二郎，經陟山岨，
　　向雖得瓊實，猶尚虛弊，可速作食！」食胡麻飯、山羊脯、牛肉，
　　甚甘美。食畢，行酒，有一群女來，各持五三桃子，笑而言：「賀汝
　　婿來。」酒酣作樂，劉、阮欣怖交並。至暮，令各就一帳宿，女往
　　就之，言聲清婉，令人忘憂。十日後，欲求還去。女云：「君已來是，
　　宿福所牽，何復欲還邪？」遂停半年，氣候草木是春時，百鳥啼鳴，

〔註514〕　（晉）郭象：《莊子·逍遙遊注》，（清）郭慶藩撰，王孝魚點校：《莊子集釋》，
　　　　北京，中華書局，1961 年版，第 11 頁。

更懷悲思，求歸甚苦。女曰：「罪牽君，當可如何！」遂呼前來女子
有三四十人，集會奏樂，共送劉、阮，指示還路。既出，親舊零落，
邑屋改異，無復相識。問訊得七世孫，傳聞上世入山，迷不得歸。
至晉太元八年，忽復去，不知何所。〔註515〕

　　劉晨、阮肇共入天台山，「饑餒殆死」之際偶食仙桃，由「死」轉「生」，
此即生與死之間、仙與凡之間轉換的機椓。二人在山中被二女挽留，居住半
年，回鄉後所聞所見已是「親舊零落，邑屋改異，無復相識。問訊得七世孫。」
山中、鄉邑儼然兩重世界，半年和七世的巨大時差讓劉晨、阮肇不知所措，
最終選擇離開家鄉──這個已經與自己格格不入的時空，雖「不知何所」，但
字裏行間都是「成仙」的暗示與想像。二人在山中「欣怖交並」，「更懷悲思，
求歸甚苦」，凡此表現，在整個故事中，除了促成二人重回鄉邑向凡間做最後
的告別之外，更重要的是，「回鄉」恰是促成仙凡對比從而確定嚮之所至為仙
界的關鍵情節。劉、阮二人「求歸甚苦」，顯然並沒有意識到自己已經身處仙
境，通過回鄉之後所見景象與離鄉之前所見景象之對比，才恍悟之前所到之
處竟為仙界，由此油然而生對仙界的嚮往，遂「復去」。故事中最為核心的內
容，即仙凡對比，而在時間向度上，仙凡又是並行存在的。在此仙凡二界的
對比、并行中，生、死之轉換、物理時間的驀然的拉長和縮短，正是玄學家
們開闢出的「玄冥之境」的感性再現。不同的是，在玄學家那裡，「玄冥之境」
是抽象的，需要理性認識去理解、領悟，而在故事中，「玄冥之境」卻呈現於
普通人家的世俗生活場景，借「親舊」、「七世孫」和「邑屋」之「改異」等
世俗的日常生活事物再現出來，雖然整個氛圍玄妙、離奇，卻處處散發著真
實可感的生活氣息。

　　又如南朝齊梁間人任昉《述異記》中的「爛柯」故事：

　　　信安郡石室山，晉時王質伐木至，見童子數人，棊而歌，質因
聽之。童子以一物與質，如棗核，質含之不覺饑。俄頃，童子謂曰：
「何不去？」質起視，斧柯盡爛。既歸，無復時人。〔註516〕

劉敬叔《異苑》中亦記有類似故事：

〔註515〕　（南朝・宋）劉義慶撰，鄭晚晴集注：《幽明錄》，北京，文化藝術出版社，
　　　　　1988年版，第1～2頁。
〔註516〕　（南朝・梁）任昉：《述異記》，馬俊良編纂《漢魏小說採珍》（下冊），上海，
　　　　　上海中央書店，民國二十六年版，第103頁。

昔有人乘馬山行，遙望岫裏有二老翁相對樗蒲，遂下馬造焉，以策注地而觀之。自謂俄頃，視其馬鞭，摧然已爛，顧瞻其馬，鞍骸枯朽。既還至家，無復親屬，一慟而絕。〔註517〕

葛洪《神仙傳》中更多地呈現了此類仙凡時間的對照，比如「呂恭」故事曰：

呂恭字文敬，少好服食。將一奴一婢於太行山中採藥。忽有三人在谷中，……一人曰：「我姓李，字文上。皆太清太和府仙人也，時來採藥，當以成授新學者。公既與吾同姓，又字得吾半，是公命當應長生也。若能隨我採藥，語公不死之方。」……即隨仙人去。二日，乃授恭秘方一通。因遣恭還曰：「可歸省鄉里。」恭即拜辭仙人。語恭語：「公來雖二日，今人間已二百年。」恭歸到家，但見空野，無復子孫，乃見鄉里數世後人趙光輔……〔註518〕

亂世之中，人們對自身的生命存在充滿了矛盾，既度日如年，又萬分留戀，這種於生命時間上的情感態度的兩難困境，在玄學思辨中抽象、昇華爲「無終無始」的「無」之本體、「齊死生」從而泯滅時間概念的的玄冥之境以及「生時樂生，死時樂死」〔註519〕、「任其所受，而哀樂無所錯其間」〔註520〕的生命境界，在志怪故事中則演而爲生動的故事。此兩則故事中，斧柯、馬及馬鞭之枯爛即現實生活中人的生命的死亡、朽腐，王質與乘馬者則代指人本身，「質起視，斧柯盡爛」，乘馬者「視其馬鞭，摧然已爛，顧瞻其馬，鞍骸枯朽」，則是人親眼目睹自己的死亡和朽爛。以此慘烈之場面，形容死亡之猙獰，抒發長生之渴望。故事中仙、凡同時並行，仙境與塵世的時間以及時間裏的生活穿插交錯在一起，但是相對而言，仙境時間慢極，塵世時間快極，和平安寧但倏忽而逝的時間體驗與艱辛漫長、充滿痛苦的時間體驗合而爲一，令人恍惚迷離。故事中生與死、仙與凡的混融，與玄學之「玄冥之境」何其相像！不同的是，玄學通過形而上的思索，過濾掉王質與乘馬者的困惑

〔註517〕（南朝・宋）劉敬叔撰，范甯校點：《異苑》，北京，中華書局，1996年版，第48頁。

〔註518〕滕修展等編著：《列仙傳神仙傳注譯》，天津，百花文藝出版社，1996年版，第181～182頁。

〔註519〕（晉）郭象《莊子・齊物論注》，見（清）郭慶藩撰，王孝魚點校：《莊子集釋》，北京，中華書局，1961年版，第105頁。

〔註520〕（晉）郭象《莊子・養生主注》，見（清）郭慶藩撰，王孝魚點校：《莊子集釋》，北京，中華書局，1961年版，第129頁。

與悲傷，以理性的玄思開拓出「方仙方凡」的「玄同」境界，爲現實人生尋找到眞正的終極歸宿。由此，「爛柯」完全可被視爲玄學理論的一個生動意象。

與仙境時間類似的還有冥界時間。冥界不同於佛教中的地獄，是佛教傳入之前中國本土鬼神信仰中人死後鬼魂所居處的異質空間，即俗稱的「陰曹地府」。此時期的志怪故事中，冥界的時間速度與仙境類似，同樣慢於塵世時間。如《幽明錄》「王志」故事：「琅琊人姓王，名志，居錢塘。妻朱氏，以太元九年病亡，有二孤兒。王復以其年四月暴死，三日而心下猶暖，經七日方蘇。說初死時，有二十餘人皆烏衣，見錄。錄去到朱門白壁，狀如宮殿。吏朱衣紫帶，玄冠介幘。或所被著，悉珠玉相連結，非世間儀服。復前，見一人長大，所著衣狀如雲氣。王向叩頭，自說：『婦已亡，余孤兒尚小，無奈何。』便流涕。此人爲之動容，云：『汝命自應來，以汝孤兒，特與三年之期。』王又曰：『三年不足活兒。』左右有一人語云：『俗尸何癡！此間三年，是世中三十年。』因便送出。又三十年，王果卒。」〔註521〕另有《異苑》中陸雲與冢中王弼清談事：「陸雲獨行，逗宿故人家。夜暗迷路，莫知所從。忽望草中有火光，雲時飢乏，因而詣前。至一家牆院甚整，便寄宿，見一年少可二十餘，丰姿甚嘉，論敘平生，不異於人。尋共說老子，極有辭致。雲出，臨別語云：『我是山陽王輔嗣。』雲出門，廻望向處，止是一塚。雲始謂俄頃已經三日，乃大怪恨。」〔註522〕「王志」故事中，「此間」即冥界。「此間三年，是世中三十年。」「陸雲」故事中，其所寄宿之處即王弼之家，冢中「俄頃」，人世「已經三日」。顯然，冥界時間與仙界時間類似，在速度上均慢於俗世時間。後來佛教傳入，受佛教地獄觀念影響，冥界漸漸演化爲帶有本土色彩的地獄，地獄的時間亦發生反轉，變爲快於人世時間，即變爲「此間三十年，是世中三年」的模式，這當是通過延長時間強化地獄之苦以警戒世人多行善少作惡。上述兩則故事中的冥界，並無佛教地獄的恐怖陰森之象，居處其中的鬼反而表現出些許人情味和讓人敬服的才智。冥界雖然不似仙境那樣令人嚮往，但畢竟和仙境一樣具有超乎常規、不爲人所左右的特質，將仙境的時間模式挪用其中，亦屬理所當然。此類冥界故事中的時間可視爲對仙境時間的模擬或翻版。

〔註521〕（南朝・宋）劉義慶撰，鄭晚晴集注：《幽明錄》，北京，文化藝術出版社，1988年版，第137～138頁。
〔註522〕（南朝・宋）劉敬叔撰，范甯校點：《異苑》，北京，中華書局，1996年版，第53頁。

　　除了仙境之外，夢境也是志怪故事中一個違反時間常態的典型情境。如《幽明錄》卷一有「柏枕幻夢」事：

> 焦湖廟祝有柏枕，三十餘年，枕後一小坼孔。縣民湯林行賈，經廟祈福。祝曰：「君婚姻未？可就枕坼邊。」令林入坼內，見朱門，瓊宮瑤臺勝於世。見趙太尉，爲林婚，育子六人，四男二女。選林秘書郎，俄遷黃門郎。林在枕中，永無思歸之懷，遂遭違忤之事。
> 祝令林出外間，遂見向枕。謂枕內歷年載，而實俄頃之間矣。〔註523〕

　　故事中雖無「夢」字，但故事背景爲「枕」，「枕」是睡眠不可或缺之用具，枕——睡眠——夢境，三者緊密連貫，「枕內之事」即夢中之事，出「枕」之外，即爲現實。枕後之「小坼孔」爲兩度空間之分界，亦爲穿越二者之通道。「枕」外的時間長度「俄頃」在「枕內」被拉長爲數年，反之，夢中數年在現實中被縮短爲「俄頃」。而且，「俄頃」與「數年」也是同時並行，同時開始，同時結束。同一段時間，在故事中亦長亦短，亦眞亦幻。這個故事本身也超越了其產生的時間，流傳甚久，唐人沈既濟的《枕中記》、明代湯顯祖「臨川四夢」之一的「邯鄲夢」以及清初蒲松齡的《續黃粱》等作品，均是以此爲藍本加以發揮。

　　另有《冥祥記》載「陳秀遠感夢」事：

> 宋陳秀遠者，潁川人也。嘗爲湘州西曹，客居臨湘縣。少信奉三寶，年過耳順，篤業不衰。宋元徽二年七月中，於昏夕間，閒臥未寢，歎念萬品死生，流轉無定，自惟己身，將從何來。一心祈念，冀通感夢。時夕結陰，室無燈燭；有頃，見枕邊如螢火者，同然明照，流飛而去。俄而一室盡明，爰至空中，有如朝畫。秀遠遽起坐，合掌端念。頃，見中宀四五丈上，有一橋閣焉，又闌檻朱彩，立於空中。秀遠了不覺，升動之時，而已自見平坐橋側。見橋上士女，往返塡衢，衣服妝束，不異世人。末有一嫗，年可三十許，上著青襦，下服白布裳，行至秀遠左邊而立；有頃，復有一婦人，通體衣白布，爲偏環髻，手持革香，當前而立。語秀遠曰：「汝欲睹前身，即我是也，以此革供養佛故，故得轉身作汝。」回指白嫗曰：「此即復是我先身也。」言畢而去，去後橋亦漸隱。秀遠忽然不覺。還下

〔註523〕（南朝・宋）劉義慶撰，鄭晚晴集注：《幽明錄》，北京，文化藝術出版社，1988年版，第4頁。

之時，光亦尋滅也。〔註524〕

短短夢境之中，三世光陰畢現。三世輪迴，幾經生死。陳秀遠篤信佛教，其所歎之「萬品死生，流轉無定」，與佛教教義有關，但亦與道家、玄學之生死觀相通。《德充符》曰：「死生存亡，窮達貧富，賢與不肖毀譽，飢渴寒暑，是事之變，命之行也；日夜相代乎前，而知不能規乎其始者也。」〔註525〕郭象注曰：「命行事變，不舍晝夜，推之不去，留之不停。故才全者，隨所遇而任之。」〔註526〕事物的變化發展，代謝流轉，如晝夜運行，反覆循環，無所終止。此理用於解釋人類社會生命的繁衍、人事的變遷、朝代的更迭，便與佛教的輪迴轉世觀念在某種程度上相通。如此，「萬品死生，流轉不定」之歎便有了些許玄學意味。《天運篇》亦言：「其卒無尾，其始無首；一死一生，一僨一起；所常無窮，而一不可待。」〔註527〕《田子方》中曰：「生有所乎萌，死有所乎歸，始終相反乎無端而莫知乎其所窮。」〔註528〕《知北遊》中曰：「生也死之徒，死也生之始，孰知其紀！」〔註529〕這些話語均強調：死生終始，往來反覆，了無端緒，莫知窮極。此皆從時間意義上講存住。時間既無限循環、無始無終，在某種程度上也就意味著無時間，換言之，時間的無極、無盡消解了時間本身。時間既被消解，就無所謂長短、先後，無所謂早晚、終始，因此，「俄頃」即數年，一夢即三世，半年即七載，二日即二百年……由此可見，凡此時間上的種種超常規組合，都不過是志怪故事用生動的形象對道家及玄學的時間──存在論的「現身說法」而已。

此外，仙境與夢境的時間亦有不同。在仙境中，仙界的故事時間總是短於塵世時間，如「劉晨阮肇」故事中，仙界半年，塵世已歷七載。而在夢境中，夢中的故事時間則長於現實的時間，如「柏枕幻夢」事中，「枕內歷年載，而實

〔註524〕魯迅（校錄）：《古小說鉤沈》，濟南，齊魯書社，1997年版，第335頁。

〔註525〕（清）郭慶藩撰，王孝魚點校：《莊子集釋》，北京，中華書局，1961年版，第212頁。

〔註526〕（清）郭慶藩撰，王孝魚點校：《莊子集釋》，北京，中華書局，1961年版，第213頁。

〔註527〕（清）郭慶藩撰，王孝魚點校：《莊子集釋》，北京，中華書局，1961年版，第502頁。

〔註528〕（清）郭慶藩撰，王孝魚點校：《莊子集釋》，北京，中華書局，1961年版，第712頁。

〔註529〕（清）郭慶藩撰，王孝魚點校：《莊子集釋》，北京，中華書局，1961年版，第733頁。

俄頃之間」。這種時間的倒錯其實源於人們內心對於生命的雙重渴望：仙境時間代表生命的長度，夢境中的時間則突出生活的質量。在仙界活七十年，等於在塵世近千年；在現實中或許生活艱難、潦倒，在夢中則可享榮華富貴。這雙重的渴望呈現出一種更加立體、真實的生活體驗，在時間的迷離變換中增強了故事的現實感，使故事人物在這種似非而是、似是而非的體驗中得到暫時的滿足，享受片刻的舒適。而玄學所高揚的超時空的境界，其實就是通過理性思維對這種種想像性體驗揚棄之後得到的精神上的自我「調暢」和「順適」〔註 530〕。

（2.ii）海德格爾存在哲學中的時間觀：先行於死亡與三維時間結構

「時間」也一直是西方哲學極為關注的基本問題，其中，海德格爾的存在主義哲學給我們揭示了更為「本真的」時間概念，也是與中國的哲學思想、文化傳統更為靈犀相通的對時間的界說。《存在與時間》是海德格爾哲學思想的奠基性的代表作，在書的開頭作者便明確指出：「本書的目的就是要具體地探討『存在』意義的問題，而其初步目標則是把『時間』闡釋為使對『存在』的任何一種一般性領悟得以可能的境域。」〔註 531〕所以，「時間」不可避免地成為了海德格爾存在主義哲學的核心詞，也成為我們理解其思想的關鍵點。海德格爾把人的存在稱為「此在」，而此在就是時間：「總而言之，時間就是此在。此在是我的當下性，而且我的當下性向確知而又不確定的消逝的先行中能夠是將來的東西中的當下性。此在始終以一種他的可能的時間性存在的方式存在。此在就是時間，時間是時間性的。（更應該說，）此在不是時間，而是時間性。」〔註 532〕「存在之為存在就是無蔽地從時間而來存在的。所以，時間就指示著無蔽狀態，亦即存在之真理。」〔註 533〕在《存在與時間》中，海德格爾「把煩（care）視作此在的基本機制」〔註 534〕，而「時間性綻露為

〔註 530〕牟宗三著：《才性與玄理》，桂林，廣西師範大學出版社，2006 年版，「原版自序之二」，第 2 頁。

〔註 531〕（德）海德格爾著，陳嘉映、王慶節譯：《存在與時間》，北京，三聯書店，1987 年版，第 1 頁。

〔註 532〕（德）海德格爾：《時間概念》，《海德格爾選集》（孫周興選編），上海，三聯書店，1996 年版，第 24 頁。

〔註 533〕（德）海德格爾著，孫周興譯：《路標》，北京，商務印書館，2000 年版，第 444 頁。

〔註 534〕（德）海德格爾著，陳嘉映、王慶節譯：《存在與時間》，北京，三聯書店，1987 年版，第 299 頁。此說法在《存在與時間》中的第四十二節「由前存在論的此在自我解釋驗證此在之為煩的生存論闡釋」中有詳細論述。

本眞的煩的意義。」〔註535〕「煩」之存在機制即「先行於自身的──已經在一世界之中的──作爲寓於世內存在者的存在」〔註536〕，很顯然，這仍是一個基於時間性的表述。海德格爾的時間不同於一般人所認知的時間。一般人認知中的時間概念是時鐘體現出來的，呈先後序列，前後相繼，單向而不可逆轉，遮蔽、消解存在的本質。海德格爾在《時間概念》一文中警告到：「一旦時間被界定爲時鐘時間，那就絕無希望達到時間的原始意義了。」〔註537〕時間的原始意義源於其「時間性」，海德格爾的時間是「時間性」的，「時間性」即將來、過去、現在三者不分先後、同時共存、統而爲一的現象或特性：「曾在源自將來，其情況是：曾在的（更好的說法是：曾在著的）將來從自身放出當前。我們把如此這般作爲曾在著的有所當前化的將來而統一起來的現象稱爲時間性。」〔註538〕根據海德格爾的時間概念，曾在、當前和將來三者共時存在，互相揭示彼此，互相同時是彼此，不是呈單向的先後序列滾滾而逝，而是呈三維立體統一的結構狀態，揭示著此在的永恆本質。因爲這種時間性的三維統一，此在的存在才可能是整體性和本眞性的。海德格爾的時間性的三重結構中，將來是核心。「時間的基本現象是將來。」〔註539〕「將來存在作爲當下此在之可能性給出了時間，因爲它就是時間本身。」〔註540〕「只有當此在是將來的，它才能本眞地是曾在。曾在以某種方式源自將來。」〔註541〕在海德格爾看來，本眞的存在只有此在先行到將來的狀態中才被揭示出來，只有此在先行到將來的死亡從而產生畏的情緒時才會擺脫當前的沉淪狀態而呈現出來。在這個先行過程中，將來釋放出當前和曾在。當前和曾在都是在將來的基點上才是可能的，也只有如此，才構成時間性的三維立體

〔註535〕（德）海德格爾著，陳嘉映、王慶節譯：《存在與時間》，北京，三聯書店，1987年版，第387頁。

〔註536〕（德）海德格爾著，陳嘉映、王慶節譯：《存在與時間》，北京，三聯書店，1987年版，第244頁。

〔註537〕（德）海德格爾：《時間概念》，《海德格爾選集》孫周興選編，上海，三聯書店，1996年版，第23頁。

〔註538〕（德）海德格爾著，陳嘉映、王慶節譯：《存在與時間》，北京，三聯書店，1987年版，第387頁。

〔註539〕（德）海德格爾：《時間概念》，《海德格爾選集》（孫周興選編），上海，三聯書店，1996年版，第19頁。

〔註540〕（德）海德格爾：《時間概念》，《海德格爾選集》（孫周興選編），上海，三聯書店，1996年版，第20頁。

〔註541〕（德）海德格爾著，陳嘉映、王慶節譯：《存在與時間》，北京，三聯書店，1987年版，第386頁。

統一的結構。因此，不同於流俗時間專注於當前，在海德格爾的時間性三維結構中，將來是核心。

同樣區別於流俗時間的是，海德格爾的「將來」不是當前在時間軸上單純線性延伸出來的未來，而是此在的「先行於自身」。「先行於自身」是出離自身卻又在自身之中，活在當下同時活在將來。「存在到頭在生存論上等於說：向終結存在。」〔註542〕此在最極端的、最本質的將來即其在世的終結，其終結即死亡，所以，「先行於自身」即先行於自己的、將來的死亡。與「時間」、「將來」一樣，海德格爾的「死亡」也不同於一般世俗所謂的死亡。海德格爾關於「死亡」的概念是：「死亡作爲此在的終結乃是此在最本己的、無所關聯的、確知的、而作爲其本身則不確定的、超不過的可能性。」〔註543〕死亡不是某人於某時、某地亡故之具體的事件，而是一種「可能性」，不是醫學、生物學意義上的死亡案例，而是存在論、生存論意義上的生命現象。因此，「先行於死亡」並非「實現」死亡，而是指先行到死亡的「可能性」之中，〔註544〕「思量這種（死亡）可能性究竟要在什麼時候以及如何變爲現實」，死亡「作爲將來臨的死亡而被思慮著」。〔註545〕所以，「此在在死時甚或在本眞地死時不必寓於對實際亡故的體驗，也不必在這種體驗之中。」〔註546〕值得注意的是，在海德格爾的存在哲學中，死亡不僅僅「是」一種可能性，而且「只能是」一種可能性，因爲「正在追問的向死亡存在顯然不能有煩忙著的汲汲求其實現的性質。首先，死亡作爲可能的東西不是任何可能上手的或現成在手的東西，而是此在的一種存在可能性。其次，實現這一可能的東西的煩忙肯定意味著引起亡故。但這樣一來，此在就會恰恰把自己所需的生存著的向死存在的基地抽掉了。」〔註547〕所以，「死亡是完完全全的此在之不可能

〔註542〕（德）海德格爾著，陳嘉映、王慶節譯：《存在與時間》，北京，三聯書店，1987年版，第300頁。

〔註543〕（德）海德格爾著，陳嘉映、王慶節譯：《存在與時間》，北京，三聯書店，1987年版，第310頁。

〔註544〕（德）海德格爾著，陳嘉映、王慶節譯：《存在與時間》，北京，三聯書店，1987年版，第313～314頁。

〔註545〕（德）海德格爾著，陳嘉映、王慶節譯：《存在與時間》，北京，三聯書店，1987年版，第313頁。

〔註546〕（德）海德格爾著，陳嘉映、王慶節譯：《存在與時間》，北京，三聯書店，1987年版，第297頁。

〔註547〕（德）海德格爾著，陳嘉映、王慶節譯：《存在與時間》，北京，三聯書店，1987年版，第313頁。

的可能性。」〔註548〕簡言之，在海德格爾的哲學裏，死亡只能保持爲可能性，死亡一旦變爲現實，此在就再不可能「向」死而在了，不可能「先行於」死亡了，所謂本眞、本己的存在也都不可能了。不同於死亡事件發生並結束於某個時間點或時間段，作爲一種可能性，死亡始終在場。此在剛一誕生，死亡就與其同在：「向死亡存在奠基在煩之中。此在作爲被拋在世的存在向來已經委託給了它的死亡。作爲向其死亡的存在者，此在實際上死著，並且只要它沒有到達亡故之際就始終死著。」〔註549〕此外，海德格爾所謂的死亡，是「我自己的死亡」，是揭示此在本己的存在的死亡。「每一此在向來都必須自己接受自己的死。只要死亡『存在』，它依其本質就向來是我自己的死亡。」〔註550〕而一般人們所認爲的死亡只是「經驗到他人的『死』。死亡是無可否認的『經驗事實』。……死亡事件當然可能是使此在才剛注意到死亡的實際誘因。但若停留在上述經驗的確知上，則此在可能根本沒有就死亡所『是』的那樣對死亡有所確知。」〔註551〕此在是本己的存在，死亡也是本己的死亡。由此，與一般認知中的死亡概念相比，海德格爾所謂的死亡有三個特點：死亡是一種可能性；死亡始終伴隨此在；死亡屬於我自己。總之，死亡是此在向終結存在的存在方式，「是一種此在剛一存在就承擔起來的去存在的方式」〔註552〕。

先行於將來的死亡，其直接的效果是：「這一先行把先行著的存在者逼入一種可能性中，這種可能性即是：由它自己出發，從它自己那裡，把它的最本己的存在承擔起來。」〔註553〕「先行向此在揭露出喪失在常人自己中的情況，並把此在帶到主要不依靠煩忙煩神而是去作爲此在自己存在的可能性之前，而這個自己卻就在熱情的、解脫了常人的幻想的、實際的、確知它自己

〔註548〕（德）海德格爾著，陳嘉映、王慶節譯：《存在與時間》，北京，三聯書店，1987年版，第300頁。
〔註549〕（德）海德格爾著，陳嘉映、王慶節譯：《存在與時間》，北京，三聯書店，1987年版，第310頁。
〔註550〕（德）海德格爾著，陳嘉映、王慶節譯：《存在與時間》，北京，三聯書店，1987年版，第288頁。
〔註551〕（德）海德格爾著，陳嘉映、王慶節譯：《存在與時間》，北京，三聯書店，1987年版，第308頁。
〔註552〕（德）海德格爾著，陳嘉映、王慶節譯：《存在與時間》，北京，三聯書店，1987年版，第294頁。
〔註553〕（德）海德格爾著，陳嘉映、王慶節譯：《存在與時間》，北京，三聯書店，1987年版，第316頁。

而又畏著的向死亡的自由之中。」〔註554〕在海德格爾的哲學中，常人「不是
任何確定的人，而一切人（卻不是作爲總和）都是這個常人，就是這個常人
指定著日常生活的存在方式。」〔註555〕「常人以非自立狀態與非本眞狀態的
方式而存在。……日常生活中的此在自己就是常人自己，我們把這個常人自
己和本眞的亦即本己掌握的自己加以區別。」〔註556〕因爲「先行到死亡」，直
面死亡、承擔死亡而不是逃避死亡，敬畏死亡而不是害怕死亡，從而領會到
生存的本質和眞正意義，不再盲目地受制於常人指定的、大家都如此的生活
方式，從平均化、格式化的常人狀態徹底擺脫出來，自主、自由地面對、承
擔、主宰自己的存在，於是，最本己的存在得以呈現、展開。此在「本己地
從喪失於常人之中的境況中把自己收回到它自己面前」〔註557〕，「從常人自身
的生存方式轉爲本眞的自己存在的生存方式」〔註558〕，不再被常人「牽著鼻
子走並從而纏到非本眞狀態之中」〔註559〕。由此，「先行到將來」也即「先
行到死亡」不但使此在在時間上由「這種將來存在中返回到它的過去和當前」
〔註560〕，更使得此在擺脫日常的沉淪狀態回到自身的本眞存在。因此，對本
眞或本己狀態的此在而言，將來不是「遠離」，而是「切近」，是「返回」。海
德格爾所追求的本眞存在只有在此在先行到將來的前提下才有可能，所以，
要說明何爲本眞存在以及如何才能回歸、保持本眞的自己，必須重新闡釋和
建構時間，即把流俗的時間重構爲本眞的時間，使將來與當前、過去同在，
死亡與生存融而爲一。

〔註554〕（德）海德格爾著，陳嘉映、王慶節譯：《存在與時間》，北京，三聯書店，
　　　　1987 年版，第 319 頁。

〔註555〕（德）海德格爾著，陳嘉映、王慶節譯：《存在與時間》，北京，三聯書店，
　　　　1987 年版，第 156 頁。

〔註556〕（德）海德格爾著，陳嘉映、王慶節譯：《存在與時間》，北京，三聯書店，
　　　　1987 年版，第 157、158～159 頁。

〔註557〕（德）海德格爾著，陳嘉映、王慶節譯：《存在與時間》，北京，三聯書店，
　　　　1987 年版，第 321 頁。

〔註558〕（德）海德格爾著，陳嘉映、王慶節譯：《存在與時間》，北京，三聯書店，
　　　　1987 年版，第 321 頁。

〔註559〕（德）海德格爾著，陳嘉映、王慶節譯：《存在與時間》，北京，三聯書店，
　　　　1987 年版，第 321 頁。

〔註560〕（德）海德格爾：《時間概念》，《海德格爾選集》（孫周興選編），上海，三聯
　　　　書店，1996 年版，第 19 頁。

（2.iii）對死亡的先行超越及其想像之思維機制：海氏哲學與玄學、志怪比較

海德格爾「先行到死亡」的生存智慧以及對本己存在的追求，與道家、玄學張揚的齊天地、齊死生、逍遙自由的、「眞人」的生命境界無疑有相通之處。二者都強調個體自我的存在，都承認生命的有限性，直面死亡的不可逾越性，以主動出擊代替自欺、逃避，先行站到死亡線上，重新審視和規劃此岸的生存，力爭活出更爲清醒、自主、有意義的、超越性的自我。玄學雖然沒有在邏輯上建立自己清晰的時間概念，但是其智慧本身已經在某種程度上暗含了海氏的本眞時間的某些內涵。至少，二者都站在存在論的立場，把將來的死與當前的生熔爲一爐，把「去死」的將來整合於「向死」的現在，由此追尋更具整體性也更爲本眞的生命存在。海德格爾的時間並非像流俗時間不斷消逝，而是來臨，是呈現。流俗時間中，將來的不斷臨近意味著時間的不斷流逝，而生命存在也隨著時間的流逝一點點消逝。但是，本眞時間中的此在卻隨著將來的來臨而愈加眞實、清晰地被揭示、呈現出來。海德格爾的時間內涵，是將來的死亡賦予的，即死亡賦予了時間眞正的意義。人若無死，死亡的可能性消失，此在便不可能「向死而在」，海德格爾的整個存在論的根基便會塌陷，其核心詞「時間」也就沒有了任何意義。對於玄學而言，死亡具有同樣的意義。恰恰是人必有一死的不可改變、無法逃避的事實，恰恰是無數近在眼前、觸目驚心的死亡事件以及與死亡相關的深切體驗——即海德格爾所謂的「使此在才剛注意到死亡的實際誘因」，促成了「玄冥之境」的「綻出」。所以，二者均是基於死亡的的生存智慧，只不過前者是「置之死地而後生」，後者是「置之死地而無死無生」。

死亡同樣是魏晉南北朝志怪故事的核心主題。雖然志怪故事的內容繁雜、瑣碎，包羅萬象，但無不籠罩著死亡的陰影，也無不透露著生的渴望和超越智慧。志怪故事中的仙境或夢境，往往象徵非現實的生活理想或者對未來的一種預見，既爲理想和預見，則指向將來。所以，仙境或夢境的出現，亦可謂「先行到將來」的一種表現，只是相較於海德格爾存在哲學中的先行，志怪故事中的「先行」更輕鬆、更多喜劇色彩，更多地呈現了超越死亡後的美好結局而不只是讓人生「畏」的死亡現場。但是，這些仙境、夢境的呈現，亦足以啓發人去領悟「此在」的生存。除了具有「將來」的時間指向特徵，仙境或夢境的出現，亦往往都伴隨著人的死亡。仙境是神仙的生活場所，進入仙境，意味著「人」的生命結束，向著仙界的生命狀態轉換或過渡，「人」

終將消失，所以，我們完全可以把成仙視爲人死亡的另一種形式。而實際上，「凡生於天地之間，其必有死，所不免也。」〔註561〕人必有一死，成仙不過是人的一種對將來的死亡的超越性想像而已。夢境的呈現也是死亡的出場。除了故事中的某些夢境作爲死亡的預兆之外，人做夢時的狀態在古人而言亦同於死亡。《論衡‧論死篇》中說：「人之死也，其猶夢也。夢者，殄之次也；殄者，死之比也。人殄不悟則死矣。案人殄復悟，死復來者，與夢相似。然則夢、殄、死，一實也。人夢不能知覺時所作，猶死不能識生時所爲矣。」〔註562〕《說文》曰：「殄，盡也。」〔註563〕「悟，覺也。……古書多用寤爲之。」〔註564〕夢、死「一實」，不但表現狀態相似，而且實質上就是一回事。《論衡‧紀妖篇》亦曰：「人之夢也，占者謂之魂行。」〔註565〕做夢時人沒有清醒的意識，「不能知覺時所作」，猶如人死後靈魂離散，只剩下無知覺的形體。此外，夢時猶死，覺時猶生，一覺一夢，即由生到死；一夢一覺，猶死而復生。所以，夢與醒即一個包含生與死的生命周期，恍惚又眞實，短暫但完整。可見，夢境與人生是同構的。正是因爲夢的「類死狀態」以及夢境與人生的同構性，人們才有「人生如夢」的由衷感慨，也才有莊周夢蝶的深邃哲思。郭象注《莊子‧齊物論》中「莊周夢蝶」一段曰：「方其夢爲胡蝶而不知周，則與殊死不異也。……夫覺夢之分，無異於死生之辨也。」〔註566〕既夢既覺，亦周亦蝶，而「所在無不適志」〔註567〕，恰是方生方死之意。郭象又注《大宗師》中「吾特與汝，其夢未始覺者邪！……不識今之言者，其覺者乎？其夢者乎？」一段曰：「夫死生猶覺夢耳，今夢自以爲覺，則無以明覺之非夢也；苟無以明覺之非夢，則亦無以明生之非死矣。死生覺夢，未知所在，當其所遇，無不自得，何爲在此而憂彼哉！……覺夢之化，無往而不可，

〔註561〕《呂氏春秋‧孟冬紀‧節喪》，見陳奇猷校釋：《呂氏春秋校釋》，上海，學林出版社，1984年版，第524頁。

〔註562〕黃暉撰：《論衡校釋》，北京，中華書局，1990年版，第876頁。

〔註563〕（漢）許慎撰，（清）段玉裁注：《說文解字注》，上海，上海古籍出版社，1981年版，第163頁。

〔註564〕（漢）許慎撰，（清）段玉裁注：《說文解字注》，上海，上海古籍出版社，1981年版，第506頁。

〔註565〕黃暉撰：《論衡校釋》，北京，中華書局，1990年版，第918頁。

〔註566〕（清）郭慶藩撰，王孝魚點校：《莊子集釋》，北京，中華書局，1961年版，第113頁。

〔註567〕（清）郭慶藩撰，王孝魚點校：《莊子集釋》，北京，中華書局，1961年版，第113頁。

則死生之變,無時而足惜也。」〔註568〕這段注仍以莊周夢蝶之「物化」言齊夢覺、齊死生之理。夢以其特有的「類死狀態」模擬將來的死亡,夢境與生命的同構又將尚未到達卻必然將至的死亡呈現得愈發逼真、切實,生命的真諦由此「綻出」,啓迪著人們去超越死亡,超越身外之物,超越有限的、終將流逝的一切,去探尋永恆的歸宿。志怪故事中的夢境看似停留於經驗或現象層面,卻足以開啓生死之思,在經驗背後與哲學殊途同歸,完全可以視爲玄學甚至海德格爾存在哲學的故事版通俗讀本,此正是其時文人士子爭相記錄、傳播、撰寫志怪故事的內在根由——這根由無論是否被故事撰寫者清晰、自覺地意識到,聯繫當時玄學與志怪故事並蒂花開、同盛一時的文化氛圍,我們都不能否認此內在根由的客觀存在及其成爲志怪故事撰寫的自覺或自發驅動力的確然性和必然性。

更值得玩味的是,海德格爾的三維時間結構與玄學「玄冥之境」雖然屬於哲學範疇,但其產生卻都離不開想像,而想像,也正是志怪故事產生的核心思維機制。海德格爾的存在哲學與玄學、志怪故事都是人在面對生死困境時對生命存在的領悟。三者的領悟雖然在內涵及表現形式上各具特點,但也有一個明顯的共同之處,即:均具有超越性。其超越向度,便是超越死亡。三者都試圖超越「人必有一死」此一「原始的有限性」〔註569〕,在超越中克服對死亡的恐懼——即海德格爾所謂的「怕」,從而安頓惶恐、迷茫的心靈。這種超越何以順利進行並圓滿完成?在「想像」中進行並完成。想像並不是文學藝術的專利,哲學同樣需要想像。張世英先生在《超越在場的東西——兼論想像》一文中,從康德對想像的解釋——「想像是在直觀中再現一個其本身並不在場的對象的能力」——出發,論述了哲學中的想像:「在場的東西之出現,是明顯的、現實的出現,而不在場的東西之出現則是一種潛在的、非現實的出現,這種潛在的、非現實的出現就是想像。」〔註570〕但是康德的「想像」仍不脫舊形而上學的窠臼:「舊形而上學區分和分裂感性的東西與非感性的東西,前者是不真實的,是摹本,後者是真實的,是原型。超越,在

〔註568〕 (清)郭慶藩撰,王孝魚點校:《莊子集釋》,北京,中華書局,1961年版,第276、277頁。
〔註569〕 (德)海德格爾:《康德和形而上學問題》,《海德格爾選集》(孫周興選編),上海,三聯書店,1996年版,第118頁。
〔註570〕 張世英:《超越在場的東西——兼論想像》,《江海學刊》,1996年第4期,第71頁。

舊形而上學看來，就是超越到非感性的東西即時間之外的『常在』中去，『常在』乃是抽象的思維的產物，這種超越『聽命於思維』，這是一種思維至上主義。」〔註 571〕康德所謂的想像是用抽象思維「想出」──更準確地說是「思索出」──一個不在場的「象」，與海德格爾哲學中的想像不同。海德格爾哲學中的想像「不同於思維，憑這種想像所作的超越乃是超越到不在場的、卻仍然在時間中的東西中去，而不是超時間的乾巴巴的抽象。作這樣的超越，既是脫俗的（不像世俗之輩那樣只盯住一點在場的東西），又不是脫離實際的，這正是生動的、現實的而又有精神境界的生活之所需。」〔註 572〕按照流俗時間觀念，「過去的都過去了，未來的尚未到達，那麼，在場者與不在場者彼此分離，過去、現在、未來三者分離，『敞亮』與『隱蔽』分離，如何能形成一個讓我們馳騁於其中的想像空間？」〔註 573〕海德格爾的時間性三維結構「客觀上為想像空間提供了深刻的理論根據」〔註 574〕：「想像空間是由過去的東西在現在中的潛在出現或保存和未來的籌劃在現在中的尚未實現的到達而構成的『共時性』的統一體。」〔註 575〕而「想像空間之所以可能，在於超越在場的東西，在於時間的三個環節──過去、現在、未來──各自都有超出自身而潛在地進入另一環節的特性。這種超越在場和超出（綻出）自身的特性，不同於舊形而上學的超越。」〔註 576〕海德格爾依靠想像完成的超越不是「超越到現實世界以外的另一世界中去」，也不是「超越到具體存在物以外的永恆常在的東西中去」，〔註 577〕而是由想像把現實的人的存在重構成一個三維時間結構，即一個「在時間中不斷流變著的宇宙整體」，「從流變著的宇宙整體以觀物、觀人」，從而超出「有限的個體事物之上或有限的個人之上」，「這

〔註 571〕張世英：《超越在場的東西──兼論想像》，《江海學刊》，1996 年第 4 期，第 71 頁。
〔註 572〕張世英：《超越在場的東西──兼論想像》，《江海學刊》，1996 年第 4 期，第 71 頁。
〔註 573〕張世英：《超越在場的東西──兼論想像》，《江海學刊》，1996 年第 4 期，第 71 頁。
〔註 574〕張世英：《超越在場的東西──兼論想像》，《江海學刊》，1996 年第 4 期，第 71 頁。
〔註 575〕張世英：《超越在場的東西──兼論想像》，《江海學刊》，1996 年第 4 期，第 71 頁。
〔註 576〕張世英：《超越在場的東西──兼論想像》，《江海學刊》，1996 年第 4 期，第 71 頁。
〔註 577〕張世英：《論超越》，《北京社會科學》，1993 年第 2 期，第 63 頁。

才是我們應該提倡的超越或自我超越。」〔註 578〕張世英先生還提出內在和外在兩種超越：「把那種主張理念、概念脫離具體事物而獨立自存的超越叫做『外在的超越』，那種主張前者不能脫離後者而獨存的超越叫做『內在的超越』。……中國哲學則多講內在的超越。」〔註 579〕很顯然，海德格爾哲學的超越更傾向於「內在超越」。同樣，作爲中國哲學的「境界形態」的玄學亦如此，其「方死方生」的「玄冥之境」雖然滲透著形而上學的思辨精神，但也顯然具有感性特徵，是其想像出來的一個「在時間中不斷流變著的宇宙整體」，在這個整體中，既有眼前在場的、現實的「生」，也有非現實的、不在場的「死」，二者融合爲「共時性」的一體，既超越現實又不脫離現實，由此超越個體的、眼前的有限人生，融入到無限的大化流行。張世英先生還指出：達到這種內在的超越，更需要「審美意識的修養」〔註 580〕。所以，由「想像」和「超越」而言，哲學與審美在根本上是相通的。哲學的主要手段是想像，而藝術的最終目的則應達至哲學的超越。「只有通過想像才能達到最眞實而又最現實、最具體、最生動的生活境界，這種生活境界完全不同於抽象的思維概念的陰影王國，就像集主客二分思想之集大成者黑格爾的邏輯概念那樣。……哲學應該把想像放在思想工作的核心地位。……通過想像，超越到事物所『隱蔽』於其中的不可窮盡性之中，也就是超越到前面已經申述過的『敞亮』與『遮蔽』的統一性整體之中，──一種類似於中國的天人合一的境界之中，人生的意義就在於達到這種境界。」〔註 581〕張世英先生所謂的哲學的想像，如上所述，不是舊形而上學式的，而是海德格爾式的或日中國道家哲學式的，而這樣的想像也恰恰是藝術活動中對審美對象的想像：「藝術的目的……正在於不在場的『隱蔽』所形成的想像空間之中。……更確切地說，審美對象是不在場者的潛在的出現，是隱蔽著的敞亮，是時間諸環節的自身越出。……審美對象並不是一般事物以外的另一種特殊事物，它乃是任何事物的最眞實的面貌，或者說，是在眞實性中的事物。」〔註 582〕按照張世英先生的界說，魏晉南北朝志怪「小說」無疑彰顯著眞正的藝術氣質。

〔註 578〕張世英：《論超越》，《北京社會科學》，1993 年第 2 期，第 64 頁。

〔註 579〕張世英：《論超越》，《北京社會科學》，1993 年第 2 期，第 59 頁。

〔註 580〕張世英：《論超越》，《北京社會科學》，1993 年第 2 期，第 64 頁。

〔註 581〕張世英：《超越在場的東西──兼論想像》，《江海學刊》，1996 年第 4 期，第 72 頁。

〔註 582〕張世英：《超越在場的東西──兼論想像》，《江海學刊》，1996 年第 4 期，第 72、73 頁。

　　海德格爾的時間性結構中，曾在、當前與將來三維同時共存；玄學的「玄冥之境」中，「無古今，而後能入於不死不生」〔註583〕，當前的「生」與將來的「死」玄同爲一，遙遠的曾在──「古」與切己的當前──「今」亦玄同爲一；志怪故事中的時間則忽而「俄頃」，忽而「數載」，彷彿夢中，又恍然夢外，「或爲童子，或爲老翁」〔註584〕……三者之「想像」與「超越」豈非異曲同工？另外，志怪故事中不同時代、歲月的人在同一時空相見並有所交往，體現的仍是不同時代、歲月本身的穿插交融，即過去、現在以及將來的時間三維融而爲一的一種體現。如劉晨、阮肇與其七世孫、呂恭與其鄉里數世後人趙光輔、陳秀遠與兩世前身於夢中相遇等等。再如前文提及的《幽明錄》中王弼與鄭玄爭論事。王弼爲魏晉時人，鄭玄爲漢時人，二者穿越於彼此的時空，當面互相攻訐，魏晉與漢異代並置，場景詭異，使人難辨虛實。此既與海德格爾時間的三維結構內在相通，也正是前述樂廣以塵柄确几妙答「旨不至」時點染出來的若即若離、即實即虛的玄遠境界。無論是玄怪的故事場景，還是玄遠的哲學境界，都離不開無所不能的、強大而神奇的想像力。

　　需要提及的是，雖然存在哲學與志怪故事同樣運用想像，但是，志怪故事畢竟主要是形象思維的產物，雖有理性的內涵，卻並非像哲學用抽象的概念加以說明，而是將之融於形象、情節、場景中表現出來。所以，志怪故事中的想像更生動，更充滿生活氣息，也更具感染力，更易於爲大眾所接受。比如《神仙傳》「王遠」故事中，王遠與麻姑別後敘談。麻姑曰；「接待以來，已見東海三爲桑田，向到蓬萊，水又淺於往昔會時略半也，豈將復還爲陵陸乎？」方平笑曰：「聖人皆言，海中行復揚塵也。」〔註585〕此番對話呈現出的時光流逝與世事變遷，尤爲震撼人心。一次滄海桑田的變化就足以讓人唏噓感嘆，三次滄海桑田同時呈現於故事場景，語氣卻輕描淡寫，言辭亦簡練含蓄，想像之大開大闔，意味之深邃、曠遠，比陳子昂之「前不見古人，後不見來者。念天地之悠悠，獨愴然而涕下」有過之而無不及，其表現技巧堪爲爐火純青，絕不似「無意爲小說」者爲之。再如《搜神記》「徐登」故事曰：徐登、趙昞，並善方術。「時遭兵亂，相遇於溪，各矜其所能。登先禁溪水爲

〔註583〕《莊子‧大宗師》，見（清）郭慶藩撰，王孝魚點校：《莊子集釋》，北京，中華書局，1961年版，第252頁。

〔註584〕（晉）干寶撰，汪紹楹校注：《搜神記》，北京，中華書局，1979年版，第11頁。

〔註585〕滕修展等編著：《列仙傳神仙傳注譯》，天津，百花文藝出版社，1996年版，第216頁。

不流，晡次禁楊柳爲生梯。」〔註586〕溪水不流，孔聖人則無「逝者如斯夫」之歎。流水即時光之形象化呈現，水流停止，則時間亦止。時間停止，則生命不再老去。楊柳長出嫩芽，爲冬去春來之自然現象，禁之「生梯」，則將時間停止於冬天，春天的到來被延遲、拖後。更爲離奇的想像是《神仙傳》中的黃盧子，其居然可使「水爲逆流一里」〔註587〕，讓人匪夷所思。時間倒流，人不但不再變老，還可返老還童，亦可使過去的一切重新來過。《博物志》卷七「異聞」中載：「魯陽公與韓戰酣而日暮，授戈麾之日，日反三舍。」〔註588〕《淮南子‧覽冥訓》中亦有類似文字：「魯陽公與韓構難，戰酣日暮，援戈而撝之，日爲之反三舍。」〔註589〕此兩段文字稍有出入，大意略同。酣戰中的魯陽公爲了繼續戰鬥，竟然直接指揮太陽，而太陽竟然也聽從其指揮，眞的後退三舍，由此推遲了日暮的時間，也從而延長了這一天的白晝時長。夸父若有此本領，就不必「逐日」而死了。時間本爲客觀存在，不可能被人的主觀意願所左右，但在故事中，象徵或標識時間的水流、嫩芽、太陽被人爲控制，時間亦隨之被控制。人不但可以控制時間，而且其對時間的操作頗有些輕而易舉、隨心所欲。此類故事所蘊含的深義，比之玄學對時間、生命的思索和闡釋，可互爲表裏。這些想像，今天讀來，仍讓人歎爲觀止，而這也正是志怪故事作爲形象思維的產物，其想像比哲學之想像更爲生動、更耐人尋味之表現。另外，較哲學中的想像，志怪故事中的想像也更充滿生活氣息，雖然表現超常規的時間幻象，離奇怪誕，卻仍保持日常生活的親切感。比如《神仙傳》中「伯山甫」故事有一個情節：「漢遣使者經見西河城東有一女子笞一老翁，其老翁頭髮皓白，長跪而受杖，使者怪而問之。女子曰：『此是妾兒。昔妾舅氏伯山甫，以神方教妾。妾教使服之，不肯，而至今日衰老，不及於妾。妾憤怒，故與之杖耳。』使者問女及兒今各年幾。女子答云：『妾年二百三十歲矣，兒今年七十。』」〔註590〕此則故事的情景，是母親鞭笞教導兒

〔註586〕（晉）干寶撰，汪紹楹校注：《搜神記》，北京，中華書局，1979年版，第21頁。

〔註587〕滕修展等編著：《列仙傳神仙傳注譯》，天津，百花文藝出版社，1996年版，第259頁。

〔註588〕（晉）張華撰，范寧校證：《博物志校證》，北京，中華書局，1980年版，第84頁。

〔註589〕何寧撰：《淮南子集釋》，北京，中華書局，1998年版，第447頁。

〔註590〕滕修展等編著：《列仙傳神仙傳注譯》，天津，百花文藝出版社，1996年版，第224頁。

子，實在是古代社會家庭日常生活中極平常的一幕。但是，時間卻於此開了一個玩笑——爲母親的，看上去年輕貌美，「色如桃花」，做兒子的，卻是「頭髮皓白」的老翁模樣。玩笑並不止於靜態的外貌的倒錯，更表現在動態的場景：妙齡女子鞭打老翁。此一場景不但巧妙地設置了懸念——時間的表象倒置，而且暗含了滲透百姓生活的倫理觀念「孝」，用貌似「不孝至極」的場景包蘊並揭示「離奇至極」的「時間意象」。此則故事中關於時間的想像，既生動、親切，又頗具喜劇效果，讓人忍俊不禁，又啓人深思。可見，志怪故事中的想像，生動、奇特、大膽、誇張，同時又處處點染著現實生活的聲色光影，引人入勝，發人深省。其藝術魅力，即使與小說體裁發展成熟時期的作品相比，也毫不遜色。論其成就，志怪故事與玄學堪稱魏晉南北朝時期的時代文化之「雙璧」。

除了「想像」和「超越」，哲學與藝術的相通還有更廣闊、更深邃的根基，即現實人生。哲學並不是高高在上不食人間煙火的，而是與現實人生息息相通、水乳交融的，藝術——無論自覺的還是自發的藝術——更是源於生活而高於生活。海德格爾說：「追問『無』的問題把我們——發問者——本身擺在問題中。這個問題是一個形而上學的問題。人的此在只有當其將自身嵌入『無』中時才能和存在者打交道。超越存在者之上的活動發生在此在的本質中。此超越活動就是形而上學本身。由此可見形而上學屬於『人的本性』。……形而上學是此在內心的基本現象。形而上學就是此在本身。」〔註 591〕「在形而上學中哲學才能盡性，並盡其明確的任務。」〔註 592〕而「只消我們生存，我們就總是已經處於形而上學中的。人在他的天性中就包含有哲學的成分。（柏拉圖《斐德羅篇》）只要人生存，哲學活動就以一定方式發生。」〔註 593〕哲學乃人之本性，藝術亦然。只要人生存，就一定有哲學，也一定有藝術。紮紮實實地立足於現實人生的根基，借助「想像」以求「超越」有限達至無限，是哲學與藝術的共同本質。我們由此理解海德格爾的存在論、玄學以及志怪故事，不但領悟了哲學、藝術以及人生之眞諦，也獲得了打通三者並融而爲一

〔註 591〕 （德）海德格爾：《形而上學是什麼》，《海德格爾選集》（孫周興選編），上海，
　　　　　三聯書店，1996 年版，第 152 頁。

〔註 592〕 （德）海德格爾：《形而上學是什麼》，《海德格爾選集》（孫周興選編），上海，
　　　　　三聯書店，1996 年版，第 153 頁。

〔註 593〕 （德）海德格爾：《形而上學是什麼》，《海德格爾選集》（孫周興選編），上海，
　　　　　三聯書店，1996 年版，第 152 頁。

的、超越性的眼光和視角，站在生命存在的根基之上，一切形式的學問和智慧都是相通的。由此，文化詩學作爲一種方法，其打通文學的語言、審美、文化三個向度的嘗試，應該也是值得展望的。

（3）玄學與志怪故事中的空間超越

時間和空間總是統一的，彼此如影隨形，共同彰示著事物的存在及發展變化。我們不能想像只有時間屬性或只有空間屬性的事物，所以，當事物的時間屬性發生變化，空間屬性也必然發生相應的變化。如上述人間、仙界、冥界不僅時間不同，空間亦有變異，不同的空間必有不同的時間，對時間的想像也意味著對空間的想像，時間的自由和超越也必定內在地要求著空間的自由和超越。「竹林七賢」之一的劉伶作《酒德頌》曰：「有大人先生者，以天地爲一朝。萬朞爲須臾。日月爲扃牖。八荒爲庭衢。行無轍迹。居無室廬。幕天席地。縱意所如。」〔註594〕《世說新語》「任誕」篇亦載：「劉伶恒縱酒放達，或脫衣裸形在屋中。人見譏之，伶曰：『我以天地爲棟宇，屋室爲㡡衣，諸君何爲入我㡡中！』」〔註595〕此則故事中，劉伶的放達固然有著酒精的作用，但是，「酒後吐眞言」。「大人先生」的想像無異於志怪之談，而「幕天席地」的「大人先生」，又何嘗不是劉伶自己呢？「以天地爲棟宇，屋室爲㡡衣」的誇張，除了反擊譏笑自己的俗人，更是借無限放大自己的居所及生活用具，擴張生存空間，雖然只是虛擬的想像，但透露著魏晉時人對自由廣闊的生存空間以及不受壓抑、束縛的生活方式的極度渴望。劉伶的「任誕」同時也是整個魏晉南北朝時期所有人的「任誕」。以劉伶爲代表的知識分子的「任誕」由放蕩不羈的言行和各種形式的文字表現出來，而下層百姓的「任誕」則通過聽、說並在傳播過程中隨時潤色、加工志怪故事表現出來。在志怪故事中，「任誕」除了表現在對時間的肆意的想像和超越，也表現在對空間的想像和超越。

（3.i）志怪故事中的各種超常規空間

對空間的想像和超越首先體現在對眼前的現實空間的擴展。《神仙傳》中「若士」故事曰：燕人盧敖「幼而好遊」，「周行四極」，「窮觀六合之外」，

〔註594〕（清）嚴可均輯：《全上古三代秦漢三國六朝文》，北京，中華書局，1958 年版，第 1835 頁。

〔註595〕（南朝‧宋）劉義慶撰，徐震堮著：《世說新語校箋》，北京，中華書局，1984年版，第 392 頁。

遂以爲自己是天地間見識最廣之人，見到神仙若士，才知道「天外有天」。
若士「南遊乎洞灝之野，北息乎沉默之鄉，西窮乎窈冥之室，東貫乎澒洞之
光。」所到之處，「其下無地，其上無天，視焉不見，聽焉無聞。其外尤有
潑潑之汜。」若士「舉臂竦身，遂入雲中」，盧敖「仰而視之」，悵恨感慨：
「吾與夫子也，猶鴻鵠之與壤蟲也。終日而行，不離咫尺，自以爲遠，不亦
謬也？悲哉！」〔註 596〕此則故事中關於天地之大的想像，無盡無極，想必
超過了劉伶在酒精作用下的幻想，亦不輸玄學的玄遠之思。而且，盧敖與若
士不但是在大腦中想像，更是親身游歷了一番。

除了對空間本身的超常想像之外，志怪故事中還有各種「神行」故事，
即通過人的步行速度的加快從而變相縮短空間距離。如《神仙傳》中以下幾
位：「彭祖」故事中「青精先生」能夠「行步一日三百里」〔註 597〕；白石生「至
彭祖之時，已年兩千餘歲……常煮白石爲糧……日能行三四百里」〔註 598〕；
皇初起「坐在立亡，行於日中無影」〔註 599〕；沈建「能輕舉，飛行往還」〔註 600〕；
華子期「一日能行五百里」〔註 601〕；沛國人劉政「年百八十餘歲……能一日
之中，行數千里」〔註 602〕；黃盧子「年二百八十歲，……行及奔馬」〔註 603〕；
王烈「年二百三十八歲……有少容，登山如飛」〔註 604〕。再如「壺父」故事中，
壺父竟然還有助人疾行的「神器」——青竹杖。費長房於壺中思歸，壺父取一

〔註 596〕滕修展等編著：《列仙傳神仙傳注譯》，天津，百花文藝出版社，1996 年版，
　　　　第 158～159 頁。
〔註 597〕滕修展等編著：《列仙傳神仙傳注譯》，天津，百花文藝出版社，1996 年版，
　　　　第 165 頁。
〔註 598〕滕修展等編著：《列仙傳神仙傳注譯》，天津，百花文藝出版社，1996 年版，
　　　　第 174 頁。
〔註 599〕滕修展等編著：《列仙傳神仙傳注譯》，天津，百花文藝出版社，1996 年版，
　　　　第 179 頁。
〔註 600〕滕修展等編著：《列仙傳神仙傳注譯》，天津，百花文藝出版社，1996 年版，
　　　　第 185 頁。
〔註 601〕滕修展等編著：《列仙傳神仙傳注譯》，天津，百花文藝出版社，1996 年版，
　　　　第 187 頁。
〔註 602〕滕修展等編著：《列仙傳神仙傳注譯》，天津，百花文藝出版社，1996 年版，
　　　　第 232 頁。
〔註 603〕滕修展等編著：《列仙傳神仙傳注譯》，天津，百花文藝出版社，1996 年版，
　　　　第 259 頁。
〔註 604〕滕修展等編著：《列仙傳神仙傳注譯》，天津，百花文藝出版社，1996 年版，
　　　　第 312 頁。

青竹杖與費長房，使費長房「騎杖忽然如睡。已到家」。費長房亦能「神行」，「嘗與客坐，使至市市鮓，頃刻而還。或一日之間，人見在千里之外者數處。」〔註605〕另有會稽人介象也能用竹杖助人神行：介象用法術爲吳主得鯔魚，吳主又欲得蜀地薑烹魚，但距蜀地甚遠，無從得之。介象曰：「易得耳。願差一人，並以錢五千文付之。」於是「書一符，以著竹杖中，令其人閉目騎杖，杖止便買薑，買薑畢，復閉目。此人如言，騎杖須臾已到成都。不知是何處，問人，言是蜀中也，乃買薑。於時吳使張溫在蜀。從人恰與買薑人相見，於是甚驚，作書寄家。此人買薑還，廚中鱠始就矣。」〔註606〕此與《搜神記》中左慈爲曹公蜀地買薑雷同，均爲用法術助別人須臾之間往還千里。

「神行」固然讓人稱奇，但「神行」畢竟尚需「行」。不需「行」而直接「隔空」治病、救火，不但神奇有加，還能快速、有效地解決實際生活中的燃眉之急。《神仙傳》中，黃盧子「甚能理病，若千里只寄姓名，與治之，皆得痊癒，不必見病人身也。」〔註607〕蜀人欒巴可「隔空」救火：「巴爲尚書，正旦，會群臣飲酒，巴乃含酒起，望西南噀之。奏云：『臣本鄉成都市失火，故爲救之。』帝馳驛往問之，云：『正旦失火時，有雨自東北來，滅火，雨皆作酒氣也。』」〔註608〕如此「隔空」之舉既讓人難以置信，又貼近百姓生活，爲人們解決生活中的實際困擾。即使當今科技發達之時代，人們亦不敢有此奢想。由此可見，志怪故事中的對空間的超越同樣不離現實生活，最終表達的仍是人們日常生活的美好願望。

對空間的超越遠不止此，還有更多奇異、精彩的體現，比如《神仙傳》「壺父」故事中「壺中天地」的描繪：

> 壺公者，不知其姓名。今世所有召軍符、召鬼神治病王府符凡二十餘卷，皆出於壺公，故總名爲「壺公符」。汝南曹長房爲市掾時，忽見公從遠方來，入市賣藥，人莫識之。其賣藥口不二價，治百病皆愈。語藥者曰：「服此藥必吐某物，某日當愈。」皆如其

〔註605〕滕修展等編著：《列仙傳神仙傳注譯》，天津，百花文藝出版社，1996年版，第380～382頁。

〔註606〕滕修展等編著：《列仙傳神仙傳注譯》，天津，百花文藝出版社，1996年版，第395頁。

〔註607〕滕修展等編著：《列仙傳神仙傳注譯》，天津，百花文藝出版社，1996年版，第259頁。

〔註608〕滕修展等編著：《列仙傳神仙傳注譯》，天津，百花文藝出版社，1996年版，第282頁。

言。得錢日收數萬，而隨施與市道貧乏饑凍者，所留者甚少。常懸一空壺於座上，日入之後，公輒轉足跳入壺中。人莫知所在，唯長房樓上見之，知其非常人也。長房乃日日自掃除公座前地，及供饌物，公受而不謝。如此積久，長房不懈，亦不敢有所求。公知長房篤信，語長房曰：「至暮無人時更來。」長房如其言而往。公語長房曰：「卿見我跳入壺中時，卿即隨我跳，自當得入。」長房承公言為試，展足不覺已入。既入之後，不復見壺，但見樓觀五色，重門閣道，見公左右侍者數十人。公語長房曰：「我仙人也，忝天曹職，所統供事不勤，以此見謫，暫還人間耳。卿可教，故得見我。」……與長房共飲之。酒器不過如拳大，飲之，至旦不盡。……〔註609〕

　　此則故事在范曄《後漢書》第八十二卷《方術列傳‧費長房傳》中亦有記載：「費長房者，汝南人也。曾為市掾。市中有老翁賣藥，懸一壺於肆頭，及市罷，輒跳入壺中。市人莫之見，惟長房於樓上覩之，異焉，因往再拜奉酒脯。翁知長房之意其神也，謂之曰：『子明日可更來。』長房旦日復詣翁，翁乃與俱入壺中。惟見玉堂嚴麗，旨酒甘肴盈衍其中，共飲畢而出。……又嘗坐客，而使至宛市鮓，須臾還，乃飯。或一日之間，人見其在千里之外者數處焉。……」〔註610〕兩則記述文字大致相同。人物亦人亦仙，文字亦史亦傳，故事亦真亦幻。壺中天地與前述「柏枕幻夢」故事中枕內小孔幻化出「瓊宮瑤臺」如出一轍，均為「小中見大」、「金玉其中」型。與壺中天地相仿的還有《搜神記》卷十載「審雨堂」：「夏陽盧汾，字士濟，夢入蟻穴，見堂宇三間，勢甚危豁。題其額曰：『審雨堂。』」〔註611〕小小蟻穴幻為「堂宇三間」，亦為「小中見大」型。

　　與「壺公」故事相仿的還有晉人荀氏《靈鬼志》中「外國道人」故事：

　　　　太元十二年，有道人外國來，能吞刀吐火，吐珠玉金銀；自說其所受術（師），即白衣，非沙門也。嘗行，見一人擔擔，上有小籠

〔註609〕滕修展等編著：《列仙傳神仙傳注譯》，天津，百花文藝出版社，1996年版，第379～382頁。

〔註610〕（南朝‧宋）范曄撰，（唐）李賢等注：《後漢書》（卷八十二），北京，中華書局，1965年版，第2743、2745頁。

〔註611〕（晉）干寶撰，汪紹楹校注：《搜神記》，北京，中華書局，1979年版，第123頁。

子，可受升餘。語擔人云：「吾步行疲極，欲寄君擔。」擔人甚怪之，
慮是狂人，便語之云，「自可爾耳。……」……乃下擔，即入籠中；
籠不更大，其人亦不更小，擔之亦不覺重於先。既行數十里，樹下
住食，擔人呼共食，云我自有食，不肯出。止住籠中，飲食器物羅
列，肴膳豐腴亦辦。反呼擔人食。未半，語擔人：「我欲與婦共食。」
即復口吐出一女子，年二十許，衣裳容貌甚美，二人便共食。食欲
竟，其夫便臥。婦語擔人：「我有外夫，欲來共食；夫覺，君勿道之。」
婦便口中出一年少丈夫，共食。籠中便有三人，寬急之事，亦復不
異。有頃，其夫動，如欲覺，婦便以外夫內口中。夫起，語擔人曰：
「可去。」即以婦內口中，次及食器物。……〔註612〕

　　故事中的外國道人當指外來佛教徒，此可歸爲佛教故事。壺父故事中的
「壺」變成了「籠」，「籠」中情景也更爲變幻多彩，既有基本的男女飲食，
還有懸念迭出的情節演繹。不但內容複雜，空間的變幻也更離奇怪誕。南朝
梁吳均《續齊諧記》中的「陽羨書生」故事將此故事本土化，把「道人」換
爲「書生」：

　　　陽羨許彥於綏安山行，遇一書生，年十七八，臥路側，云脚痛，
求寄鵝籠中。彥以爲戲言。書生便入籠，籠亦不更廣，書生亦不更
小，宛然與雙鵝並坐，鵝亦不驚。彥負籠而去，都不覺重。

　　　前行息樹下，書生乃出籠，謂彥曰：「欲爲君薄設。」彥曰，「善。」
乃口中吐出一銅奩子，奩子中具諸餚饌，珍羞方丈。……酒數行，謂
彥曰：「向將一婦人自隨。今欲暫邀之。」彥曰，「善。」又於口中吐
一女子，年可十五六，衣服綺麗，容貌殊絕，共坐宴。俄而書生醉臥，
此女謂彥曰：「雖與書生結妻，而實懷怨。向亦竊得一男子同行，書
生既眠，暫喚之，君幸勿言。」彥曰：「善。」女子於口中吐出一男
子，年可二十三四，亦穎悟可愛，乃與彥敘寒溫。書生臥欲覺，女子
口吐一錦行障遮書生，書生乃留女子共臥。男子謂彥曰：「此女雖有
心，情亦不甚，向復竊得一女人同行，今欲暫見之，願君勿洩。」彥
曰：「善。」男子又於口中吐一婦人，年可二十許，共酌戲談甚久。
聞書生動聲，男子曰：「二人眠已覺。」因取所吐女人，還納口中。
須臾，書生處女乃出，謂彥曰：「書生欲起。」乃吞向男子，獨對彥

〔註612〕魯迅校錄：《古小說鉤沈》，濟南，齊魯書社，1997年版，第124～125頁。

坐。然後書生起，謂彥曰：「暫眠遂久，君獨坐，當悒悒邪？日又晚，當與君別。」遂吞其女子，諸器皿，悉納口中，留大銅盤，可二尺廣，與彥別曰：「無以藉君，與君相憶也。」彥大元中，爲蘭臺令史，以盤餉侍中張散。散看其銘，題云是永平三年作。〔註613〕

與「外國道人」故事相比，「書生」故事情節又見複雜，蓋以更多重的空間演示層出不窮的男女飲食，表現層出不窮的本能欲望，層出不窮又欲蓋彌彰，喜劇效果中又充滿倫理批判意味。「壺父」故事、「外國道人」故事與「陽羨書生」故事，當本於一個原型，之所以被更多地關注、演繹，除了緣於其中幻術之神奇，更多的則是空間的自由伸縮以及伸縮中的食色生活間接滿足了人們的本能願望，而且，其中隨心所欲、隨遇而安的生活態度以及敘事上流露出的調侃口吻，恰好契合了魏晉南北朝玄風的任眞率性、通脫放達。此外，敘述者對故事中「君幸勿言」「願君勿洩」的食色生活雖有調侃和批判，但許彥兩個「善」字的回答，又分明透露出些許寬容和肯定。這種介於批判和肯定之間的模棱兩可的態度，折射出的恰是「自然與名教」的時代課題以及人們化解二者矛盾的意圖與努力。

無論如何超越空間，都不離人和人的生活，上述幾則空間超越故事均如此。但是，志怪故事中的想像永遠是「沒有最離奇，只有更離奇」。故事中的「人物」不但能在陸地生活，還能「水陸兩棲」。《搜神記》卷一載「琴高」事：

> 琴高，趙人也。能鼓琴。爲宋康王舍人。行涓、彭之術，浮游冀州、涿郡間，二百餘年。後辭入涿水中，取龍子。與諸弟子期之。曰：「明日皆潔齋，候於水旁，設祠屋。」果乘赤鯉魚出，來坐祠中。且有萬人觀之。留一月，乃復入水去。〔註614〕

張華《博物志》卷二載：

> 南海外有鮫人，水居如魚，不廢織績，其眼能泣珠。〔註615〕

「水陸兩棲」之外，還能上天。如《搜神記》卷十載：

〔註613〕李劍國：《唐前志怪小說輯釋》，上海，上海古籍出版社，1986年版，第601～602頁。

〔註614〕（晉）干寶撰，汪紹楹校注：《搜神記》，北京，中華書局，1979年版，第5頁。

〔註615〕（晉）張華撰，范寧校證：《博物志校證》，北京，中華書局，1980年版，第24頁。

　　　　「漢和熹鄧皇后，嘗夢登梯以捫天，體蕩蕩正清滑，有若鍾乳
狀，乃仰嚙飲之。」〔註616〕

　　除了「開拓」出水、陸、空全方位、三百六十度生存空間，還可向更深
處探索——「入地」。《搜神後記》卷一「龍穴」故事曰：

　　　　嵩高山北有大穴，莫測其深。百姓歲時遊觀。晉初，嘗有一人
　　誤墮穴中。同輩冀其儻不死，投食於穴中。墮者得之，為尋穴而行。
　　計可十餘日，忽然見明。又有草屋，中有二人對坐圍棋。局下有一
　　杯白飲。墮者告以饑渴，棋者曰：「可飲此。」遂飲之，氣力十倍。
　　棋者曰：「汝欲停此否？」墮者不願停。棋者曰：「從此西行，有天
　　井，其中多蛟龍。但投身入井，自當出。若餓，取井中物食。」墮
　　者如言，半年許，乃出蜀中。歸洛下，問張華，華曰：「此仙館大夫。
　　所飲者玉漿也，所食者龍穴石髓也。」〔註617〕

　　《幽明錄》卷一「癡龍珠」一事與此雷同。想像力永遠是最有創造性的
力量，生產力水平越是低下，想像力水平越是高超。上天、入水、入地，宇
宙之間，沒有任何一個角落能逃得過人的想像。

　　最切近生命本身的空間應該是人的身體所佔據的空間，軀體的收縮膨脹、
整合分離是人的空間超越意識的最根本表達。人與天地、日月、山川同體是古
代人們對自身的普遍而基本的認識。《博物志》卷一曰：「地以名山為之輔佐，
石為之骨，川為之脉，草木為之毛，土為之肉。」〔註618〕任昉《述異記》曰：
「昔盤古氏之死也，頭為四岳，目為日月，脂膏為江海，毛髮為草木。」〔註619〕
又曰：「秦漢間俗說：盤古氏頭為東岳，腹為中岳，左臂為南岳，右臂為北岳，
足為西岳。」〔註620〕天地山川與人的生命為「互體存在」，這種源自遠古人類
自然崇拜的天地玄想，成為人類意識深處永遠的記憶，也成為後來「天人合一」
思想的原初表達。到魏晉南北朝時期，此一原初記憶在充滿原始思維的志怪故

〔註616〕（晉）干寶撰，汪紹楹校注：《搜神記》，北京，中華書局，1979年版，第
　　　　122頁。

〔註617〕（晉）陶潛著，汪紹楹校注：《搜神後記》，北京，中華書局，1981年版，第2頁。

〔註618〕（晉）張華撰，范甯校證：《博物志校證》，北京，中華書局，1980年版，第
　　　　10頁。

〔註619〕（南朝‧梁）任昉撰：《述異記》，《叢書集成初編》第2704冊，北京，中華
　　　　書局，1991年版，第1頁。

〔註620〕（南朝‧梁）任昉撰：《述異記》，《叢書集成初編》第2704冊，北京，中華
　　　　書局，1991年版，第1頁。

事中得到再現，同時與玄學相接洽，印證著一代文人名士的生命玄思。人既然與宇宙大生命同體共存，那麼，人體的變異即是宇宙空間的變異。

張華《博物志》卷二所載「異人」，長則及數十丈，短則僅寸餘：

《河圖玉板》云：龍伯國人長三十丈，生萬八千歲而死。大秦國人長十丈，中秦國人長一丈，臨洮人長三丈五尺。

禹致宰臣於會稽，防風氏後至，戮而殺之，其骨專車。長狄喬如，身橫九畝，長五丈四尺，或長十丈。

秦始皇二十六年，有大人十二見於臨洮，長五丈，足迹六尺。東海之外，大荒之中，有大人國僬僥氏，長三丈。《時含神霧》曰：東北極人長九丈。

……防風氏長三丈，短人處九寸。……

子利國，人一手二足，拳反曲。〔註621〕

身形不但可以或大或小、或長或短，還能小到「無」，即隱身或隱形。《搜神記》卷一所載介琰就有隱形的本領：

介琰者，不知何許人也。住建安方山。從其師白羊公。杜受玄一無爲之道，能變化隱形。嘗往來東海，暫過秣陵，與吳主相聞。……吳主欲學其術，琰以吳主多内御，積月不教。吳主怒，敕縛琰，著甲士引弩射之。弩發，而繩縛猶存，不知琰之所之。〔註622〕

分明是「繩縛」之，卻不知所之，只剩下繩索縛住無形的空氣。前述《搜神記》所載左慈故事中，曹操欲殺左慈，「放在公座，將收之，卻入壁中，霍然不見。」〔註623〕此亦爲「化有爲無」的隱形術。

有隱形術，亦有分身術。身體可以小到不占空間，也可以一人分身同時出現並佔有不同的空間。《神仙傳》「薊子訓」：

子訓問書生曰：「誰欲見我者？」書生曰：「欲見先生者甚多。不敢枉屈，但乞知先生所止，自當來也。」子訓曰：「不須使來。吾尚千餘里來寧，……卿今日使人人盡語之，使各絕賓客，吾日中當往，臨時自當擇所先詣。」書生如其言語貴人，貴人各灑掃。到日

〔註621〕（晉）張華撰，范甯校證：《博物志校證》，北京，中華書局，1980年版，第23頁。
〔註622〕（晉）干寶撰，汪紹楹校注：《搜神記》，北京，中華書局，1979年版，第11頁。
〔註623〕（晉）干寶撰，汪紹楹校注：《搜神記》，北京，中華書局，1979年版，第9頁。

中子訓往，凡二十三處，便有二十三子訓，各到一處。貴人各各喜，自謂子訓先詣之。定明日相參問，同時各有一子訓，其衣服顏色皆如一，而論說隨主人咨問，各各答對不同耳。主人並爲設酒食之具，以餉子訓，皆各家家盡禮飲食之。〔註624〕

二十三處，便有二十三個薊子訓。二十三個薊子訓衣服顏色、容貌、身形分明是一個人，但又「各各答對不同」，「各家家盡禮飲食之」。各個不同，各得其所，各是其是。《神仙傳》「左慈」故事中也有此類描寫。曹公欲抓捕左慈，「公遣吏收之，得慈。慈非不得隱，故欲令人知其神化耳。於是受執入獄，獄吏欲考訊之，戶中有一慈，戶外亦有一慈，不知孰是。曹公聞而愈惡之，使引出市殺之。須臾，有七慈相似。」〔註625〕現代人於繁忙、疲憊的生活中常感歎分身乏術，但是，現代人又絕不能做如此之想像，甚至會以此爲無稽之談而哂笑之。可是，當我們讀到這些樸實無華又生動無比的文字，不也是不由自主沉醉於如此「無稽」的想像中嗎？

另有人的某部分肢體離身而飛之事，此可視爲人的最基本生存空間的離奇分割。如晉人王嘉《拾遺記》卷九載：

因墀國獻五足獸，狀如師子。玉錢千緡，其形如環，環重十兩，上有「天壽永吉」之字。問其使者五足獸是何變化。對曰：「東方有解形之民，使頭飛於南海，左手飛於東山，右手飛於西澤。自臍以下，兩足孤立。至暮，頭還肩上。兩手遇疾風飄於海外，落玄洲之上，化爲五足獸。則一指爲一足也。其人既失兩手，使傍人割裹肉以爲兩臂，宛然如舊也。」〔註626〕

張華《博物志》卷三「異蟲」類也有相似記載：「南方有落頭蟲，其頭能飛。其種人常有所祭祀號曰蟲落，故因取之焉。以其飛因服便去，以耳爲翼，將曉還，復著體，吳時往往得此人也。」〔註627〕《搜神記》卷十二亦載「頭飛」事曰：「秦時，南方有落頭民，其頭能飛。其種人部有祭祀，號曰『蟲落』，

〔註624〕滕修展等編著：《列仙傳神仙傳注譯》，天津，百花文藝出版社，1996年版，第341～342頁。

〔註625〕滕修展等編著：《列仙傳神仙傳注譯》，天津，百花文藝出版社，1996年版，第351～352頁。

〔註626〕（晉）王嘉撰，孟慶祥等譯注：《拾遺記譯注》，哈爾濱，黑龍江人民出版社，1989年版，第252頁。

〔註627〕（晉）張華撰，范甯校證：《博物志校證》，北京，中華書局，1980年版，第37頁。

故因取名焉。吳時，將軍朱桓得一婢，每夜臥後，頭輒飛去。或從狗竇，或從天窗中出入，以耳爲翼。將曉復還。」〔註628〕身體的異形，即空間的異形。而且，肢體飛離身體後還能飛還，即被分割的空間還能復原。此外，飛離身體的手、頭可自行飛越山川大澤，又是一種對身體之外的空間的跨越和超越。此類想像，於神秘莫測的氛圍中，透露出人類對自身生命存在的好奇、對超能力的渴望以及對宇宙和人關係的探究。

（3.ii）「方遠方近」「方近方遠」：哲學與志怪對生存空間的超越與建構

讓我們再聯繫海德格爾的存在哲學做一簡略剖析。海德格爾在《藝術與空間》中說：「在空間一詞中，語言說到什麼？其中說到空間化。空間化意味：開墾、拓荒。空間化爲人的安家和棲居帶來自由和敞開之境。……空間化乃諸位置之開放。在空間化中有一種發生同時表露自身又遮蔽自身。」〔註629〕海德格爾所謂的「空間」不是物理意義或物質層面的空間，能夠安放人的精神和靈魂並使之安寧平靜的處所才是海德格爾的所謂空間，海氏空間的本質即意味著人的精神與靈魂的安頓。包括物質空間、文化空間、政治空間等等在內的多維的人的生存空間被「空間化」了才能稱爲「空間」。空間是一種先驗想像力營構出來的「空間化」的空間，先天具有超越性——超越物質和身體，可以超越到「創世之前」，可以超越到「宇宙之外」。海氏所謂「開墾、拓荒」亦並非物質層面的擴展，而是擴展精神或心靈空間。而且，此「開拓」不只是向外、向遠，不是遠離，更不是脫離，而是與海德格爾的「先行於將來」一樣，是向外、向遠之後的切近，是返回，是「開拓」一個包蘊宇宙天地的統一的整體。

海德格爾所謂的「開墾、拓荒」，大致相當於中國道家的「遊」。「逍遙遊」、「精騖八極，心遊萬仞」〔註630〕之「遊」。但是，與「開墾」「拓荒」相比，「遊」更能體現中國文化「天人合一」的生命境界以及圓融、淡遠的審美理想，更能體現在人與自然的和諧統一中逍遙自由的生存態度。遊則遊於遠方，「八極」

〔註628〕（晉）干寶撰，汪紹楹校注：《搜神記》，北京，中華書局，1979 年版，第 151～152 頁。

〔註629〕（德）海德格爾：《藝術與空間》，《海德格爾選集》（孫周興選編），上海，三聯書店，1996 年版，第 484 頁。

〔註630〕（西晉）陸機：《文賦》，見（南朝·梁）蕭統撰，（唐）李善等注：《文選》（卷十七），北京，中華書局影印清嘉慶十四年胡克家刻本，1977 年版，第 240 頁。

「萬仞」不可謂不遠；神人「乘雲氣，御飛龍，而遊乎四海之外」〔註631〕，不可謂不遠；志怪故事中的角色或「升騰青雲」，或「登梯捫天」，或居於「莫測其深」之地穴，或居於涿水，或「南遊乎洞灞之野，北息乎沉默之鄉，西窮乎窈冥之室，東貫乎澒洞之光」，或飛越四海大澤，更不可謂不遠。何謂「遠」？《老子》第二十五章曰：「有物混成……吾不知其名，強字之曰『道』，強為之名曰『大』。大曰逝，逝曰遠，遠曰反。」〔註632〕唐代皎然在《詩式》中有「辨體有一十九字」部分，十九字中有一字即「遠」，皎然釋「遠」曰：「遠，非如謂渺渺望水，杳杳看山，乃謂意中之遠。」〔註633〕徐復觀先生在《中國藝術精神》第八章第八節「形與靈的統一——遠的自覺」中認為：「遠是玄學所達到的精神境界，也是當時玄學所追求的目標」〔註634〕，「不囿於世俗的凡近，而遊心於虛曠放達之場，謂之遠。遠即是玄。這是當時士大夫所追求的生活意境。」〔註635〕遠，是在物質空間基礎上開拓出的心靈空間，充滿想像和詩意，也充滿玄思和哲理。陶淵明《飲酒詩二十首》其五曰：「結廬在人境，而無車馬喧。問君何能爾？心遠地自偏。採菊東籬下，悠然見南山。山氣日夕佳，飛鳥相與還。此中有真意，欲辨已忘言。」〔註636〕陶淵明強調「心」之遠，「心遠」才能「去蔽」，即超越越物、利之蔽，「心遠」才能「暢神」〔註637〕，才能「神與物遊」〔註638〕，才能發現融入「悠然」山水之「真意」。「欲辨已忘言」寫「真意」縹緲之遠，縹緲但不虛無，只是融入了菊花、南山、山氣、夕陽、飛鳥等構成的自然中，與之成為一體，為欣賞者「玄覽」所見，只可意會不能言傳，故為難辨。此一蘊含「真意」的自然之景，闊大遼遠，平和沖淡又生機無限，不但包含自然之景，更包含欣賞者自身。由欣賞者的視覺出發，漸行漸遠，遠到視覺之外、言辭之外，最終又回到欣賞者

〔註631〕（清）郭慶藩撰，王孝魚點校：《莊子集釋》，北京，中華書局，1961年版，第28頁。
〔註632〕陳鼓應著：《老子注譯及評介》，北京，中華書局，1984年版第163頁。
〔註633〕（唐）皎然著，李壯鷹校注：《詩式校注》，北京，人民文學出版社，2003年版，第71頁。
〔註634〕徐復觀：《中國藝術精神》，上海，華東師範大學出版社，2001年版，第211頁。
〔註635〕徐復觀：《中國藝術精神》，上海，華東師範大學出版社，2001年版，第209頁。
〔註636〕逯欽立輯校：《先秦漢魏晉南北朝詩》，北京，中華書局，1988年版，第998頁。
〔註637〕（唐）張彥遠著，俞劍華注釋：《歷代名畫記》，上海，上海人民美術出版社，1964年版，第131頁。
〔註638〕（南朝·梁）劉勰：《文心雕龍·神思》，見范文瀾注：《文心雕龍注》，北京，人民文學出版社，1958年版，第493頁。

的內心。《世說新語‧言語》載：「簡文入華林園，顧謂左右曰：『會心處不必在遠，翳然林水，便自有濠、濮間想也，覺鳥獸禽魚自來親人。』」〔註639〕簡文帝所謂「遠」指的是物理空間距離，視線所及不必多遠，而「會心處」卻是有山有水、有林、有鳥獸、有禽魚的自然勝境，此勝境當然超出了實際的視覺能力範圍，但是，赫然呈現於內心，此正是「心遠」所致。「心遠」則胸中自有丘壑，身在眼前而心遊於萬里之外，但即便遊於萬里之遙也仍然不離本己之內心。不但人之內心有自然山水，自然山水也與人相親相近。「鳥獸禽魚自來親人」與「悠然見南山」同樣描繪出人與自然之間融洽溫馨的一幕。此正是「大曰逝，逝曰遠，遠曰反」，也恰是「天人合一」的至高境界。最近即最遠，最遠即最近，套用「玄冥之境」「方……方……」的句式，可謂「方近方遠，方遠方近」。由此，我們又回到了玄學即實即虛、即有即無的境界。此為哲學境界，亦為志怪故事之境界，最終為美學境界或審美境界，更是張世英先生所謂的「既是脫俗的（不像世俗之輩那樣只盯住一點在場的東西），又不是脫離實際」的「生動的、現實的而又有精神境界的生活之所需。」此境界為魏晉南北朝知識分子用哲思、用故事「開拓」出來，是他們安放心靈的棲居之所。

魏晉南北朝時期，文化上儒、玄、道、佛並行，政治上局勢動蕩，出世抑或入世，成為其時知識分子必須面對的問題。文人士子既渴望於廟堂之上一展治國才華，又醉心、流連於自然山水，或兩者兼顧，或選擇其一，或難以取捨，或二者皆宜，無論做何應對，都是知識分子對自己生存空間的一種思索和開掘。其時聲望最高的清談名士劉惔，「少清遠，有標奇……雅善言理」，「為政清整，門無雜賓」，「尤好《老莊》，任自然趣。」「年三十六，卒官。孫綽為之誄云：『居官無官官之事，處事無事事之心。』」〔註640〕劉惔有深厚的學養，對老莊、玄學有足夠深切的領悟，對當時的形勢有足夠清醒的認識，因此，在劉惔而言，在朝還是在隱根本不成其為問題，純任自然即可。以劉惔的家世出身、社會地位、交際範圍，聯繫當時的政治形勢，為官可，不為官亦可，在朝則朝，當隱則隱。瀟灑放達，不執著於一端，則不會困於一端，劉惔的「任自然」其實就是對切己的、危機重重的生存時空的一種超

〔註639〕（南朝‧宋）劉義慶撰，徐震堮著：《世說新語校箋》，北京，中華書局，1984年版，第67頁。

〔註640〕（唐）房玄齡等撰：《晉書》（卷七十五），北京，中華書局，1974年版，第1990、1991、1992頁。。

越。在「名士少有全者」的時代，本應戰戰兢兢、如履薄冰，卻能身處險地而瀟灑自適。此一境界，與志怪故事中仙人上天入地、水陸兩栖之坦然、於「水深火熱」之中毫髮無傷、異人頭或手足之自由分離和飛還等等，都有著相同的效果和意義，其所處場境有著相同的意義建構。劉惔生時之所以素爲名流敬重，孫綽所製之誄之所以被時人奉爲名言，即在於劉惔的生命哲學爲時人所認同，劉惔對生存空間以及生命境界的超越和建構，是人心所嚮。玄學於魏晉南北朝時期的文人士子，其意義即在於此一超越的完成，而志怪故事的撰寫，則是完成超越人生的「加速器」。故事中停留在物質層面的有形的想像，在玄學家那裡抽象爲一種無形無象的、混沌的精神境界。玄學追求的超越人生，與志怪故事溢出時空的極限想像，不僅是同質同構的關係，還有著相同的意義指向，他們都借助人類最具潛質的想像力，憧憬著、設計著生命存在的美好前景。正如卡西爾所說：「一切偉大的倫理哲學家們的顯著特點正在於他們並不是根據純粹的現實性來思考。如果不擴大甚至超越現實世界的界限，它們的思想就不能前進哪怕一步，除了具有偉大的智慧和道德力量以外，人類的倫理大師們還極富於想像力，他們那富有想像力的見知滲透於他們的主張之中並使之生機勃勃。」〔註641〕對於玄理的抽象而深刻的想像與志怪故事中的熱情洋溢、生動傳神的形象的想像彼此應和，構成一曲亂世中的「生命交響」。

以上主要論玄學時空觀和志怪之關聯。

（三）「神道敘事」與「哲學敘事」

1、兩種敘事的界定

海德格爾在《時間與存在》一文中說到：「超越語言表達而返回到事情那裡」〔註642〕。何爲「事情」？「事情」一詞是現象學的語彙。海德格爾在《存在與時間》中說：「隨著存在的意義這一主導問題，探索就站到了一般哲學的基本問題上。處理這一問題的方式是現象學的方式。……『現象學』這個詞本來意味著一個方法概念。……『現象學』這個名稱表達出一條原理：這條原理可以表述爲：『走向事情本身！』」〔註643〕海德格爾還從詞源學的角度，追溯了「現

〔註641〕（德）卡西爾：《人論》，上海，上海譯文出版社，1985年版，第76頁。

〔註642〕（德）海德格爾：《時間與存在》，《海德格爾選集》孫周興選編，上海，三聯書店，1996年版，第665頁。

〔註643〕（德）海德格爾著，陳嘉映、王慶節譯：《存在與時間》，北京，三聯書店，1987年版，第35頁。

象」一詞的希臘語語義及其演變，認爲：「『現象』一詞的意義就可以確定爲：就其自身顯示自身者，公開者。」〔註644〕「遮蔽狀態是『現象』的對應概念。」〔註645〕所以，「現象學是説：讓人從顯現的東西本身那裡，如它從其本身所顯現的那樣來看它。這就是取名爲現象學的那門研究的形式上的意義。然而，這裡表達出來的東西無非就是前面曾表述過的座右銘：『走向事情本身！』」〔註646〕可見，海德格爾用現象學的方法探討人的存在，所以，在海德格爾而言，「存在論與現象學不是兩門不同的哲學學科而並列於其他屬於哲學的學科。這兩個名稱從對象與處理方式兩個方面描述哲學本身。」〔註647〕「存在論只有作爲現象學才是可能的。」〔註648〕總之，在海德格爾那裡，「『事情』，『一個事情』，這個詞現在對我們來説應該指的是：就其中隱蔽著某種不可忽視的東西而言，它是在一種決定性的意義上所關涉的東西。存在——一個事情，也許是思的根本事情（die Sache des Denkens）。」〔註649〕我們迫切需要「思」或「領悟」的事情，即存在。「返回到事情那裡」即用一個「去死」的存在者的存在體驗説明存在，而不是以一個旁觀者用各種概念説明存在，也即用此在的體驗爲「存在」「去蔽」，讓人的生命存在自己「清清楚楚」地顯示出自己，使人的本己、本眞的存在得以「澄明」。很顯然，無論從方法還是內涵，海德格爾的哲學更重體驗，充滿感性和溫度，而不是乾巴巴的、冷冰冰的抽象概念壘砌起來的哲學。在這個意義上，海德格爾的存在哲學與中國傳統文化便有了一種天然的親近感。

「事情」即存在，海德格爾用「回到事情本身」的現象學方法給我們揭示了存在是什麼：「存在地地道道是超越」〔註650〕。我們借鑒海德格爾的存在

〔註644〕（德）海德格爾著，陳嘉映、王慶節譯：《存在與時間》，北京，三聯書店，1987年版，第36頁。

〔註645〕（德）海德格爾著，陳嘉映、王慶節譯：《存在與時間》，北京，三聯書店，1987年版，第45頁。

〔註646〕（德）海德格爾著，陳嘉映、王慶節譯：《存在與時間》，北京，三聯書店，1987年版，第43頁。

〔註647〕（德）海德格爾著，陳嘉映、王慶節譯：《存在與時間》，北京，三聯書店，1987年版，第47頁。

〔註648〕（德）海德格爾著，陳嘉映、王慶節譯：《存在與時間》，北京，三聯書店，1987年版，第45頁。

〔註649〕（德）海德格爾：《時間與存在》，《海德格爾選集》孫周興選編，上海，三聯書店，1996年版，第665頁。

〔註650〕（德）海德格爾著，陳嘉映、王慶節譯：《存在與時間》，北京，三聯書店，1987年版，第47頁。

論內涵和現象學方法，把志怪故事和玄學均視爲對存在這一「事情」的體驗和對體驗的描述，也即它們都是在「敘事」。玄學和志怪故事的「敘事」無疑也「敞開」著存在的超越本質。前文在探討玄學與志怪故事的關繫時，即從存在的角度把二者界定爲超越的生存智慧。今天的我們從中領悟到的，就是如何超越時空、超越生死，如何在世界中更有意義地存在。玄學與志怪故事在時空上的不謀而合的超越，體現了同一種對生命存在的關懷。然而，使超越本身得以完成的，應該是一種自身具有時空超越性的、更具本源性的東西。所以，最終的超越並不是前文所論述的玄學理論與志怪故事體現出來的空間的放大或縮小或任何他向的擴張，更不是時間在過去和現在、將來之間的超出常規的穿梭交叉，眞正超越時空的是使上述時空超越得以完成的一種基本的程序，這個基本的程序就是原始思維本身。玄學和志怪故事的根本相似之處，恰恰在於其中未脫掉也永遠不會脫掉的原始思維的痕跡。按照瑞士心理學家榮格的「集體無意識」的觀點可以推知，每個人的潛意識中，不僅蘊藏著他的個體從胎兒、幼兒到童年時期的記憶，而且還包含著他的種族發生和演化的心理文化歷程。在這個漫長的歷程中，「從祖先遺傳下來的生命和行爲的全部模式」〔註651〕沉澱在一代又一代人的心靈底層，「組成了一種超個性的心理基礎，並且普遍地存在於我們每一個人身上。」〔註652〕這個超個性的心理基礎即集體無意識，它是「生活在原始暗夜中的那個更普遍、更眞實、更永恒的人的共性」〔註653〕，是人類意識深層的終極秘密，既能解釋個體的心理和行爲現象，也向我們暗示著社會文化現象形成的深層動因。越是活躍在某個時代舞臺上並成爲此時代之標誌的文化現象，就越是深刻地反映著人類的原始共性。在構成集體無意識的「全部模式」中，原始思維是人類最初的也是本源性的思維模式。當歷史的腳步來到了魏晉南北朝，原始思維必然地傳承、體現在此時期兩大突出的文化現象——玄學與志怪故事中，更準確地說，原始思維作爲思維程序建構著玄學與志怪故事，是兩大文化現象形成的眞正根源。也正是這種同源性，決定了玄學與志怪故事的「互文」性質和超越本質。如果說

〔註651〕 （瑞士）榮格著，李德榮編譯：《榮格性格哲學》，北京，九州出版社，2003年版，第15～16頁。

〔註652〕 （瑞士）榮格：《集體無意識的原型》，《心理學與文學》（榮格著，馮川、蘇克譯），北京，生活・讀書・新知三聯書店，1987年版，第53頁。

〔註653〕 （瑞士）榮格：，《心理學的現代意義》，《榮格文集》（榮格著，馮川譯），北京，改革出版社，1997年版，第140頁。

志怪故事借助充滿神秘感的形象、情節、場景等「顯示、公開」存在的超越本質，玄學則以充滿感性和想像的理性思維「顯示、公開」存在的超越本質。如果把志怪故事作為一種「神道敘事」，那麼，玄學則為一種「哲學敘事」。嚴格講，在中國傳統文化中，「神道」與「哲學」兩件東西並不截然對立，而是互相滲透的。本書「神道敘事」與「哲學敘事」兩個詞語中，「敘事」意為「敘說、闡釋存在此一事情」，「神道」一詞側重其字面義，為「鬼神之道」意，指通過鬼神之事與鬼神觀念完成對存在的解釋與建構，與《易傳》中「聖人以神道設教」之「神道」含義不盡相同。「哲學」即指一般意義的哲學，包含其思維方式與表達方式。總之，在本節中，「神道敘事」一詞，指中國文化傳統中的鬼神信仰及在其基礎上形成的各種神學觀念、宗教觀念以及諸觀念的各種表現形式，比如鬼神故事、巫術儀式、宗教祭祀及其禮儀並相關文字記述等等。「哲學敘事」一詞，則指主要由理性的邏輯思維形成的較為抽象的對包括人在內的宇宙、世界的理解以及作為其表現形式的諸思想學說的文本。前文曾提及余英時先生在《新春談「心」》一文中談到中國的「心學」，認為「心學」其實是從「巫」文化中奮鬥出來的，是將作為精神實體的「道」代替了「神」的位置，以「心」代替了「巫」的功能。余先生所謂的這種由「神」而「道」的置換，可以說即一種由「神道敘事」向「哲學敘事」的置換。原始思維是人類童年時期的主要思維方式，而這種以互滲為運行規則的原邏輯的思維方式無疑是宗教形成的原發因素，構成了從各種具體宗教中抽象出來的元宗教精神——對無限本體的敬畏和信仰，並成為種族發生和演化的「集體無意識」，延留在「神道敘事」和「哲學敘事」的雙重文本中。

　　2、志怪之「神道敘事」——以《搜神記》中的「青」為例

　　固然，在「神道敘事」中，並沒有所謂的抽象的「本體」，更多的是表象以及與表象融為一體的情感。此處的「表象」，源自列維·布留爾的《原始思維》，儘管魏晉南北朝時期的人們的思維早已經走過了原始的「童年時代」，有了發達的理性邏輯思維，但是，誠如列維·布留爾所言：「邏輯思維永遠也不能繼承原邏輯思維的全部遺產。那些表現著被強烈感覺和體驗的互滲、永遠阻礙著揭露邏輯矛盾和實際的不可能性的集體表象，將永遠保存下來，甚至在極多的場合中，它們仍將保留下來，而且有的還十分長久地無視這種揭露。……在我們已知的一切社會中，作為許多制度的基礎的集體表象，尤其是其中包含了我們的信仰和我們的道德與宗教習慣的那許多集體表象，就是

這樣的集體表象。」〔註654〕魏晉南北朝志怪故事中，便充滿了這樣的表象。
這些在邏輯思維看來極其簡單、稚拙又神秘、荒誕的表象中，充滿的是毫無
理由卻堅不可摧的敬畏和信仰，這些敬畏和信仰由融於表象之中與表象成爲
一體的不可離析的情感表達出來，也就是說，在「神道敘事」中，情感是解
釋一切的鑰匙。而所謂生命的存在，就由許多充滿情感的簡單的表象連綴而
成。試以《搜神記》志怪故事中的一個簡單表象「青」——一種顏色爲例，
來論證魏晉南北朝志怪書的「神道敘事」。之所以選擇《搜神記》，是因爲《搜
神記》爲六朝志怪小說的代表作品，是漢代以降各種志怪故事的集大成者。
正如干寶在《搜神記》自序中所言：「考先志於載籍，收遺逸於當時」，既有
「承於前載者」，亦有「採訪近世之事」，既有文字記載之百家群言，又有「訪
行事於故老」而得的民間口耳相傳的口頭故事。〔註655〕其用力之勤，搜集之
廣，使得本書在最大範圍、最大程度上保留了帶有原始思維痕迹的表象。「青」
便是其中之一。

在《搜神記》中，「青」字出現的頻率頗高，在涉及道術、神仙、人鬼、
精怪的故事中，都可見到「青」字散玉般鑲嵌在字裏行間。《搜神記》中出現
的「青」字如下：

1、卷一第 15 則：淮南王劉安好道術，盛宴饗八公，並作歌云：「升騰
   青雲，蹈梁甫兮。」

2、卷一第 21 則：記述左慈之事。文中雖然沒有出現「青」字，但是，
   左慈事亦載於晉葛洪所撰之《神仙傳》中，其中言左慈於市中「著青
   葛巾，青單衣」。

3、卷一第 26 則：吳猛會道術，嘗見大風。書符擲屋上，有「青鳥」銜
   去，風即止。

4、卷一第 30 則：杜蘭香「數詣張傳」，乘「鈿車青牛」。

5、卷一第 31 則：成公知瓊駕車來從弦超，車上有「青白琉璃」。

6、卷二第 32 則：壽光侯能駭鬼魅。漢章帝試之，便以「青符」擲之，
   見數鬼傾地。

〔註654〕（法）列維・布留爾（Lucien Lévy-Brühl）著，丁由譯：《原始思維》（Primitive
　　　　Mentality），北京，商務印書館，1981 年版，第 449 頁。

〔註655〕（晉）干寶：《搜神記序》，《搜神記》，汪紹楹校注，北京，中華書局，1979
　　　　年版，第 2 頁。

7、卷二第 37 則：陳節拜訪諸神，東海君送陳節「青襦」一領。

8、卷二第 47 則：爲尋得孫權女兒朱主墓，兩巫施術，見女鬼朱主「青錦束頭」。

9、卷二第 48 則：夏侯弘能見鬼。曾見鬼「著青絲布袍」。

10、卷三第 51 則：臧仲英家有「老青狗物」。

11、卷三第 66 則：隗炤生前暗中以「青甖」盛金，亡後使使者以著筮告其妻。

12、卷四第 74 則：胡母班應泰山府君之託，爲河伯傳書，於舟中呼「青衣」，見河伯，河伯以「青絲履」贈之。

13、卷四第 76 則：河伯婿受河伯所贈「青衣」數十人。

14、卷四第 83 則：廬陵歐明常以物投湖中，受「青洪君」所賜如願。

15、卷五第 92 則：蔣子文「常謂自己骨清，死當爲神」。這則故事亦見於《列異傳・蔣子文》，云：蔣子文常自謂「青骨」。可見，干寶之謂「骨清」即指「青骨」；蘇軾後來曾有「青骨凝綠髓，丹田發幽光」的詩句。

16、卷五第 97 則：丁姑冤死，後發言於巫祝，並現形，戴「青蓋」。

17、卷六第 103 則：交州脆州山移至「青州」。

18、卷七第 138 則：有木材生枝如人形，「身青黃色」，面白，頭有髭髮。

19、卷七第 170 則：「青龍」中，明帝建淩霄閣，剛開始建構，有鵲巢其上。

20、卷八第 235 則：熒惑星化作小兒，衣「青衣」。

21、卷十第 257 則：劉雅夢「青刺蝎」（即蜥蝎）落入腹中，患腹痛病。

22、卷十一第 270 則：漢武帝遇患，「青眼而曜睛」，東方朔以酒消之。

23、卷十一第 282 則：顏含嫂疾，一「青衣童子」授含「青囊」，後化作「青鳥」飛去。

24、卷十一第 290 則：周青冤屈致死，行刑時，血「青黃」，緣幡而上下。

25、卷十二第 310 則：越地深山中有鳥，「青色」，爲越祝之祖。

26、卷十二第 312 則：廬江兩縣境上，有「大青小青黑居」，山野之中，時聞哭聲。

27、卷十三第 332 則：南方有蟲，名爲「青蚨」，母子分後即合，不以遠近。

28、卷十六第 384 則：女鬼蘇娥尋人報仇，告之屍著「青絲履」，掘之果然。

29、卷十六第 395 則：辛道度游學途中，見一大宅，求食於門前「青衣」女子，得遇冢中秦女而成「駙馬」；泣別之時，秦女亦「遣青衣送出門外」。

30、卷十六第 397 則：盧充入崔少府墓，與崔氏女幽婚生子，後乘墓中所備「青牛」車還家。子孫冠蓋。

31、卷十七第 404 則：蟬化作小兒，衣「青衿袖，青幧頭」，惑朱誕給使之妻。

32、卷十八第 414 則：金、銀、錢分別化作黃衣、白衣、「青衣」，於宅中作怪。

33、卷十八第 415 則：秦文公 27 年，伐怒特祠上之梓樹，樹斷，有「青牛」出。

34、卷十八第 421 則：燕昭王墓前千年華表木化作「青衣小兒」，與張華所遣之人對話，印證自己的預言。

35、卷十八第 436 則：蒼獺化爲婦人，衣「青衣」，戴「青纚」，媚年少者。

36、卷二十第 455 則：古巢城陷爲湖，龍子化作「青衣童子」，引領老姥登山，以報不食之恩。〔註 656〕

這些有「青」字出現的故事，大約可分爲以下幾類：第一，道術故事：第 1、2、3、6、11 條。其中，第 6 條雖然也有人鬼，但「青符」是作爲道士的「道具」出現的，所以歸爲道術故事類。第 11 條中，隗炤本人「善《易》」，臨終以預言囑告其妻，後同樣「善《易》」的龔姓使者果以筮驗之。此處的巫筮即爲道教方術之一種。第二，道教神、仙、靈故事：第 4、5、7、12、13、15、19、20、23、36 條。其中，第 4、5 條故事中女主人公明顯爲道仙。第 7 條東海君即道教供奉的五帝之一東方蒼帝。據道教類書《雲笈七籤》卷十八《老子中經（上一名《珠宮玉曆》)》記載：道教供奉的五帝分別爲：東方蒼帝，東海君也；南方赤帝，南海君也；西方白帝，西海君也；北方黑帝，北海君也；中央黃帝君也。〔註 657〕《說文》釋「蒼」曰：「蒼，草色也。引申爲

〔註 656〕以上諸條例證均據（晉）干寶撰，汪紹楹校注：《搜神記》，北京，中華書局，1979 年版。
〔註 657〕蔣力生等校注：《雲笈七籤》，北京，華夏出版社，1996 年版，第 100～101 頁。

凡青黑色之稱。」〔註658〕《周禮·天官·掌次》有「朝日祀五帝」句,「疏」引漢代經學家鄭眾「五帝,五色之帝」之言,並引《春秋緯·文耀鈎》言五色之帝爲:「東方青帝靈威仰,南方赤帝赤熛怒,中央黃帝含樞紐,西方白帝白招拒,北方黑帝汁光紀。」〔註659〕則東方蒼帝也即東方青帝。第12、13條泰山府君、河伯均爲道教神。第15條文中雖然有「議者以爲鬼有所歸,乃不爲厲,宜有以撫之」的句子,似乎是作爲人鬼故事敘述的,但是,主人公——秣陵尉蔣子文死後「侍從如平生」,且執「白羽」。此故事在《太平寰宇記》、《藝文類聚》中均有收錄,但「白羽」均爲「白羽扇」。《太平寰宇記》卷九十載蔣子文故事曰:「……後漢末,蔣子文爲秣陵尉,逐盜鍾山北,傷額而死,嘗自謂青骨,死當爲神。至吳帝卜都,子文乘白馬搔頭,執白羽扇見形,故史令白吳主:爲立廟,不爾,當百姓大疫。……」〔註660〕《藝文類聚》卷七十九載:「《搜神記》曰:蔣子文者,廣陵人也……及吳先主之初,其吏見文於道,乘白馬,執白羽扇,侍從如平生。」〔註661〕《道藏提要》載錄《白羽黑翮靈飛玉符》一卷,曰:「《通志·藝文略》道家符籙類著錄《白羽黑翮靈飛玉符》一卷。是書又名《白羽黑翮飛行羽經》,一稱《白羽黑翮經》。本書述元始垂降,乘白鸞之車,有黑翮之鳳口唧素章飛行羽經授於太真丈人等神君。故本經名『白羽黑翮』。……蓋此書爲六朝早期上清道經,即《上清大洞真經目》著錄之《上清白羽黑翮飛行羽經》一卷。」〔註662〕又載《上清瓊宮靈飛六甲左右上符》一卷,此符「一名《玉精真訣》,一名《景中之道》,一名《白羽黑翮隱遊上經》。……是書蓋爲六朝古上清經之一。」〔註663〕據此推斷,「白羽」本爲借代用法,代指白鸞,後單指字面義「白色羽毛」,又引申爲白色羽毛製作的扇子即白羽扇,蓋又取「羽化登仙」之意。故白羽扇應

〔註658〕 （漢）許慎撰,（清）段玉裁注:《說文解字注》,上海,上海古籍出版社,1981年版,第40頁。

〔註659〕 （漢）鄭玄注,（唐）賈公彥疏:《周禮注疏》,北京,北京大學出版社,1999年版,第150~151頁。

〔註660〕 （宋）樂史撰:《宋本太平寰宇記》（影印本）,北京,中華書局,2000年版,第96~97頁。

〔註661〕 （唐）歐陽詢撰,汪紹楹校:《藝文類聚》,上海,上海古籍出版社,1982年版,第1348頁。

〔註662〕 任繼愈主編:《道藏提要》,北京,中國社會科學出版社,1991年版,第62~63頁。

〔註663〕 任繼愈主編:《道藏提要》,北京,中國社會科學出版社,1991年版,第63頁。

爲道教神仙或道士之用具。道教「三清」中的太清太上老君（道德天尊）的形象即白鬚白髮、手持羽扇的老翁。《搜神記》卷一第 26 則中，道士吳猛「將弟子回豫章，江水大急，人不得渡。猛乃以手中白羽扇畫江水，橫流，遂成陸路，徐行而過。」〔註664〕所以，蔣子文死後的形象更類似於道教的「仙」，其自謂「骨清」或者「青骨」而「當爲神」，表達了他「成仙」的願望。後來蘇軾《戲作種松》詩中有「青骨凝綠髓，丹田發幽光。白髮何足道，要使雙瞳方。却後五百年，騎鶴還故鄉」〔註665〕的句子，亦以「青骨」形容道教仙家的仙態。因此，此則故事歸爲道教神、仙、靈類。第 19 條中「青龍」是魏明帝年號。《三國志・魏書・明帝紀》中載：「青龍元年春正月甲申，青龍現郟（古代地名）之摩陂井中。二月丁酉，幸摩陂觀龍，於是改年。」〔註666〕「青龍」原是古代的「青龍、白虎、朱雀、玄武」四方位神之一，也是五方龍之東方龍。「青龍」被視爲一種吉祥瑞獸，所以魏明帝以「青龍」爲年號。魏晉南北朝時道教興起，將之吸收爲自己的神靈。《抱朴子・雜應篇》描述「老君真形」時曰：「身長九尺，黃色，⋯⋯左有十二青龍，右有二十六白虎，前有二十四朱雀，後有七十二玄武。」〔註667〕第 20 條中的「熒惑星」本屬古代的星辰崇拜，兩漢時讖緯之學多以星象占驗人事吉凶。如《漢書・天文志》曰：「熒惑曰南方夏火，禮也，視也。禮虧視失，逆夏令，傷火氣，罰見熒惑。⋯⋯熒惑爲亂爲賊，爲疾爲喪，爲飢爲兵，所居之宿國受殃。」〔註668〕王充《論衡・訂鬼》也載：「世謂童謠，熒惑使之，彼言有所見也。熒惑火星，火有毒熒，故當熒惑守宿，國有禍敗。」〔註669〕早期道教把民間俗信中的星神加以吸收並與五行結合，形成道教的「五星」：歲星（木星）、熒惑星（火星）、太白星（金星）、辰星（水星）、鎮星（土星）。道教類書《雲笈七籤》卷二十四「日月星辰部」「總說星」部分云：「五星者，是日月之靈根，天胎之五藏。天地賴以綜氣，日月繫之而明。東方歲星真皇君，名澄瀾，字清凝。⋯⋯南方熒惑真皇君，姓皓空，諱維淳散融。⋯⋯（西方）太白真皇君，姓皓空，

〔註664〕（晉）干寶撰，汪紹楹校注：《搜神記》，北京，中華書局，1979 年版，第 13 頁。

〔註665〕（清）王文誥輯注，孔凡禮點校：《蘇軾詩集》，北京，中華書局，1982 年版，第 1028 頁。

〔註666〕（晉）陳壽撰，（南朝・宋）裴松之注：《三國志》，北京，中華書局，1982 年版，第 99 頁。

〔註667〕王明著：《抱朴子內篇校釋》，北京，中華書局，1985 年版，第 273 頁。

〔註668〕（漢）班固撰：《漢書》，北京，中華書局，1962 年版，第 1281 頁。

〔註669〕黃暉撰：《論衡校釋》，北京，中華書局，1990 年版，第 941～942 頁。

名德標。……（北方）辰星眞皇君，名啓咺，字積原。……（中央）鎭星眞皇君，名藏睦，字耽延。」〔註670〕故此條故事亦爲道教類。第23條中，「青鳥」爲道教神仙西王母的使者，「青囊」曾是巫醫盛放書及用具的口袋，後來或稱道家書籍，或指道人裝煉丹秘方和經書的袋子。如《晉書・郭璞傳》載：郭璞「好經術……好古文奇字，妙於陰陽算曆。有郭公者，客居河東，精於卜筮，璞從之受業。公以《青囊中書》九卷與之，由是遂洞五行、天文、卜筮之術，攘災轉禍，通致無方，雖京房、管輅不能過也。璞門人趙載嘗竊《青囊書》，未及讀，而爲火所焚。」〔註671〕《清規玄妙全眞參訪外集》曰：「凡全眞雲遊有隨身七寶物件」，第六件即爲「青囊秘藏丹經」。〔註672〕「青鳥」所化之「青衣童子」，實爲「青童」之更爲通俗的變稱，「青童」即指仙童或者道觀的道童，而其職責的性質與西王母之「青鳥」的職責相差無幾。任昉《述異記》卷上曰：「洞庭山有宮五門。……昔有青童，乘燭颷飛輪之車至此，其跡存焉。」〔註673〕《太平廣記》卷十一載神仙「大茅君」條曰：「大茅君盈。……漢元壽二年，八月己酉，南嶽眞人赤君、西城王君及諸青童並從王母降於盈室。」〔註674〕第36條中的「龍」應該是道教的龍神，而不是佛教的護法神。民間有盛極一時的「陷巢州，長廬州」的傳說，而且，傳說是玉皇大帝准奏陷巢州，傾天下之河水滌蕩巢州的污泥濁水，除盡其腥穢之氣。玉皇大帝即爲道教神。另據考古發現證實，2003年安徽巢湖水位下降現出的古城遺址，即本條故事中所說陷入湖中的「古巢」，大概於公元240年陷落。〔註675〕巢湖位置居於東部，東方色爲「青」，龍子所化「青衣童子」暗含了道教神靈「青龍」的稱謂。第三，人鬼故事：第8、9、16、22、24、26、28、29、30條。其中，第8、9條雖然表現的是道術，但「青」字是用來形容鬼的容貌的，所以歸爲人鬼故事。第22條所謂「患」實爲苦於刑罰的冤鬼冤氣集結所致，所

〔註670〕蔣力生等校注：《雲笈七籤》，北京，華夏出版社，1996年版，第137頁。

〔註671〕（唐）房玄齡等撰：《晉書》（卷七十二），北京，中華書局，1974年版，第1899頁。

〔註672〕《藏外道書》（第10冊），成都，巴蜀書社，1992年版，第598頁。

〔註673〕（南朝・梁）任昉撰：《述異記》，《叢書集成初編》第2704冊，北京，中華書局，1991年版，第11頁。

〔註674〕（宋）李昉等編：《太平廣記》，北京，中華書局，1961年版，第78頁。

〔註675〕可參考新華網（2003-01-10消息）、人民網（2003年1月22日消息）《合肥晚報》（2012年11月23日，第B04版）以及《江淮晨報》（2014年11月19日，第B06版）

以亦歸爲人鬼故事一類。第 24 條周青血色變爲「青黃」，儘管不是純「青」色，但是一種接近「青」的顏色，故亦列入此類。第 26 條文中言「哭地必有死喪」，所以亦爲人鬼故事。第四，民間自然崇拜故事：第 10、14、17、18、21、25、27、31、32、33、34、35 條。

那麼，「青」字的含義究竟是什麼呢？

中國古代有以陰陽五行爲核心的「五」元組合的宇宙圖式。《周易·繫辭上》曰：「天數五，地數五，五位相得而各有合，天數二十有五，地數三十，凡天地之數五十有五，此所以成變化而行鬼神也。」〔註 676〕天地陰陽之數相合，從而生成物質的五種基本形態：金、木、水、火、土，即五行。五行之間相互作用，又衍生出五方、五帝、五佐、五音、五味、五色等與五行相配的組合，說明宇宙萬物的無窮變化及彼此間複雜而有規律的聯繫。在這些配伍組合中，每一種元素都分別與五行中之「一行」相配，由此又構成配伍組合中元素的兩兩相配。比如：五行與五方、五色的相配，分別爲：木—青—東、火—赤—南、土—黃—中、金—白—西、水 黑—北。其中，青色與木、東相配。在字源解釋上，「青」字意爲：（1）東方之色。《說文解字》釋曰：「青，東方色也。」段注：「《考工記》曰東方謂之青。」〔註 677〕（2）草木出生之色。〔註 678〕（3）物生之色。漢代王充《論衡·論死篇》中有「物生以青爲色」、「物死青者去」的說法。〔註 679〕「東」字意爲：（1）《說文解字》釋曰：「東，動也……從日在木中。」〔註 680〕（2）日出的方向。〔註 681〕「木」字意爲：《說文解字》曰：「木，冒也，冒地而生，東方之行。」〔註 682〕可見，在字義上，三字彼此形成互文，展現著陽光照耀下草木的無限生

〔註 676〕（魏）王弼注，（唐）孔穎達疏：《周易正義》，北京，北京大學出版社，1999年版，第 281 頁。

〔註 677〕（漢）許慎撰，（清）段玉裁注：《說文解字注》，上海，上海古籍出版社，1981年版，第 215 頁。

〔註 678〕達世平、沈光海編著：《古漢語常用字字源字典》，上海，上海書店出版社，1989 年版，第 315 頁。

〔註 679〕黃暉撰：《論衡校釋》，北京，中華書局，1990 年版，第 879 頁。

〔註 680〕（漢）許慎撰，（清）段玉裁注：《說文解字注》，上海，上海古籍出版社，1981年版，第 271 頁。

〔註 681〕羅竹風主編：《漢語大詞典》，上海，漢語大詞典出版社，1991 年版，第 822頁。

〔註 682〕（漢）許慎撰，（清）段玉裁注：《說文解字注》，上海，上海古籍出版社，1981年版，第 238 頁。

機。再看「生」的字源解釋，《說文解字》釋爲：「生：進也，象草木生出土上。」〔註683〕這裡，「青」、「木」、「東」三個字又同時與「生」形成互文，整個大自然的生機躍然紙上，字義中充實洋溢的生命內涵更爲彰顯。另外，人們還常常將「青」與「春」相聯。如王逸注《楚辭·離騷》中「溘吾遊此春宮兮」之「春宮」曰：「東方青帝宮。」〔註684〕《後漢書·祭祀志》載：「立春之日，迎春於東郊，祭青帝句芒，車旗服飾皆青，歌《青陽》，八佾舞《雲翹》之舞。」〔註685〕可見，「青」與「木」、「東」、「生」、「春」互文見義，闡釋著宇宙間萬物充滿活力的生命存在，表達著古代人們心中永遠如草木出生般昂揚勃發的生命意識。

　　「青」在志怪故事中的出現當然也離不開其最基本的生命內涵。在上述人鬼故事中，從鬼的裝束（如「青錦束頭」等）、相貌（如「青眼而曜睛」等）到鬼的交通用具（如「青牛」車等），無處不見「青」字。這些故事中，人與鬼的交通、交織、交感很容易讓人看到原始思維的「互滲律」的影子。此類故事中，較常見的主題是人鬼婚戀。人，多爲男性，鬼，多爲女鬼。故事終局多爲人的喜劇結局：或平步青雲、官運亨通，或家族子孫繁衍、人丁興旺。這類故事的情節及結局仍不出人世的生活和情感，鬼的一切在與人的接觸中得以「復活」，人的一切則因爲鬼的參與而充滿希望，得到滿足。在故事中，我們感受到的不是死神掌控下的陰森恐怖，而是鮮活的生命交響。除了人鬼婚戀主題，在第16、24、28 條的故事中，主題則爲「復仇」。丁姑不堪婆母虐待，自縊而死；周青被小姑子陷害入監，又被官吏屈打成招，終成冤魂；蘇娥父母早亡，亦無兄弟，又逢夫死，孤窮至極，遂賣繒自給，卻於途中被人劫殺。三人死後分別以不同的方式達到了「復仇」目的。故事中，「復仇」的主題極其突出、鮮明，而隨著情節的展開、主題的彰顯，「善惡終有報應」的道德內涵也呼之欲出。然而，善惡報應只是文本的表層敘事，潛藏在文本深處的，是復仇的「內驅力」——冤死的鬼魂對生命以及生命尊嚴的訴求。生命被無端扼殺，尤其是被以違反道義的方式扼殺，勢必會反向刺激生命主體迸發一種超乎尋常的強烈的生存欲望，這種欲望以一種超強的反彈力，或者擊向行惡的一方，使對方付出同樣超乎尋

〔註683〕（漢）許慎撰，（清）段玉裁注：《說文解字注》，上海，上海古籍出版社，1981年版，第274頁。

〔註684〕湯炳正等注：《楚辭今注》，上海，上海古籍出版社，1995年版，第30頁。

〔註685〕（南朝·宋）范曄撰，（唐）李賢等注：《後漢書》，北京，中華書局，1965年版，第3181頁。

常的代價；或者以一種加倍的方式，補償冤死者生前所受的冤苦，實現生前未了的心願。丁姑故事中，丁姑生前勞頓不已卻挨打受氣，死後爲鬼，便以「靈響」傳於各家：「念人家婦女，作息不倦，使避九月九日，勿用做事。」〔註686〕不但給生前勞苦不堪的自己以極大的補償，而且對所有象丁姑婆母的人表示反抗，維護了所有象自己一樣受苦的婦女的尊嚴。而丁姑求渡時對兩個輕薄男子的懲罰以及對善良助人的老翁的報答，則是丁姑對包括自己婆母在內的、欺壓善良婦女的所有惡人的更進一步頗具威力的警告。東海孝婦故事中，周青被冤屈致死，死後三年郡中枯旱無雨。而其行刑之時，本當是紅色的血變爲「青黃」，而且緣幡竹逆流而上，「還我生命」的吶喊亦隨之衝破雲霄！蘇娥故事中，蘇娥被害死後，以鬼魂顯靈告官，殘忍的歹徒終被繩之以法，而且被懲以超出「常律」的族誅。這些讓人心快的結局不僅滿足了讀者的閱讀期待，更以一種穿越時空的本能的對生命及其尊嚴的欲求，震撼著我們的心靈。

第26條是一個沒有故事的故事：「盧江耽，樅楊二縣境上，有大青『小青黑居』山野之中，時聞哭聲，多者至數十人，男女大小，如始喪者。鄰人驚駭，至彼奔赴，常不見人。然於哭地必有死喪。率聲若多則爲大家，聲若小則爲小家。」〔註687〕文中「大青小青黑居」一句尤其簡練傳神。「青」象徵活著的生命，然而「黑居」〔註688〕。《周易·說卦》曰：「坤爲地……其於地也爲黑。」孔穎達疏曰：「其於地也爲黑，取其極陰之色也。」〔註689〕《禮記·祭義》曰：「眾生必死，死必歸土，此之謂鬼。骨肉斃於下，陰爲野土。」〔註690〕可見，「黑居」即指人死後居於冥界。作者不直接言「鬼」，而是言「活著的生命在冥界」，曲筆生花，波瀾自起，並爲後文埋下伏筆。而且，兩種生命存在的狀態以「青」、「黑」兩種顏色表現出來，使得簡單的行文尤顯生動有致、意味深長。之後，「時聞哭聲」一句，由前文單純的顏色過渡到後文的生死——「如始喪者」。但「至彼奔赴，常不見人」一句又起轉折，之後「然

〔註686〕（晉）干寶撰，汪紹楹校注：《搜神記》，北京，中華書局，1979年版，第61頁。
〔註687〕（晉）干寶撰，汪紹楹校注：《搜神記》，北京，中華書局，1979年版，第154～155頁。
〔註688〕汪紹楹先生校注的《搜神記》中，認爲「青」字是「黑」的譌字，而「黑」則是後人附注時「誤入正文」（見第155頁）。本文不從此觀點。
〔註689〕（魏）王弼注，（唐）孔穎達疏：《周易正義》，北京大學出版社，1999年版，第331頁。
〔註690〕（漢）鄭玄注，（唐）孔穎達疏：《禮記正義》，北京，北京大學出版社，1999年版，第1325頁。

於哭地必有死喪」再次轉折，並最終揭開謎底。然而這遠遠不只是一則文字謎語。死後的人生命仍然在繼續，仍然以人的方式「居」住在天地之間。文中「青」、「黑」相連並舉，在強烈的對比中形成一種張力，這種張力把生與死的距離盡力拉開，又盡力地收縮，使人們對生命的崇拜及信仰最大限度地滲透進每一個字符，然後，濃縮在簡短的文字裏。如此簡短的一段文字，既形象生動，又懸念迭生，且主題鮮明，意蘊深遠。如果說魏晉南北朝志怪書作爲現代小說體裁的雛形，有一種毫無技巧可言的粗糙，那麼，恰恰是這種直接源自生命存在的「粗糙」，才是藝術境界的極致。因爲，和現代時期的小說比較，它更直接地源自生命不待雕飾的本然狀態，它對生命「表象」眞誠而充滿敬畏的白描，直接呈現出「表象」中的活力與情感。這些「無意爲之」、「粗陳梗概」的文字，之所以能打動今天的我們的原因，與其說是其藝術感染力，不如說是其生命感染力。魏晉南北朝志怪故事所呈現的這種無技巧的技巧，正如《老子》所言：「見素抱樸」，「大巧若拙」。〔註691〕

在民間自然崇拜故事中，涉及對動植物、山川、日月星辰甚至家居生活用品的崇拜。比如：臧仲英家作祟的「老青狗物」，生爲人形而「身青黃色」的木材，落入人腹使人腹痛的「青刺蝟」，還有可化作人形至澗中取石蟹的、青色的越地山鳥，母子不以遠近分後即合的「青蚨」，化作小兒衣「青衿袖，青幧頭」與婦女調笑並偷人膏藥以療箭傷的蟬，還有化作長丈餘、著高冠青衣的人與衣白衣的銀、衣黃衣的金一起偷人錢財的錢，化作青牛的怒特祠上之梓樹，化作「青衣小兒」的千年神木——華表，衣「青衣」、戴「青幧」化爲婦人「數媚年少者」的蒼獺……這些怪異卻充滿靈性之物，或以其特異功能進入、影響人的生活，或直接化爲人形參與到人的生活，或與人生情，或使人生病，或助人撈回錢財，或竊取人的錢財，或給人的生活帶來各種麻煩，或被人砍伐、驅逐甚至被烹殺。在故事中，這些靈異之物雖然有些讓人生厭，但大都並不兇惡、兇殘，沒有危及人的生命，也沒有給人的生活造成太大的危害，反而在其言行中透出些許頑皮之態，或者於愚笨中透著些許憨實之氣而讓人啼笑皆非，有的甚至因爲運氣太壞而讓人同情。比如那隻「總角風流，潔白如玉，舉動容止，顧盼生姿」的千年老狐，不過是喜歡賣弄才華，不過是才華果眞超過了張華，就被張華「烹之」；而那個化作青衣小兒的睿智的千

〔註691〕《老子》第十九章、四十五章，見陳鼓應著：《老子注譯及評介》，北京，中華書局，1984 年版，第 136、241 頁。

年華表木，知道自己被老狐牽連而在劫難逃時，竟然沒有表現出千年枯木應有的超人本領進行反抗甚至反擊，而只是「發聲而泣」，被伐後也只是流血不止，著實讓人憐惜。這些靈異之物不過是複雜人性的某些側面以及人的某些欲求的形象化再現，人和這些靈異之物的交接，也不過是再現了日常生活中人和人的交際以及人對物的需求。人與人的交際並非總是和諧融洽，人們的日常生活也並非總是物資充裕甚至會極度貧乏──尤其是亂世。當人的生活中出現了各種各樣不能解釋的困惑或無法解決的問題，原始思維模式便自動開啓程序，人們一代代承傳下來的祖先的經驗遺存被喚醒、激活，原始宗教信仰再度成爲人們的精神支柱。在「原始遺存」這塊人類永遠的「根據地」上，人們摒棄了所有的理性，卻傾注了全部的感情，他們把個人的貧窮、富裕、順利、坎坷、病痛、健康以及喜悅、滿足、感激、煩惱、憤怒甚至種種願望、理想，還有社會世道的更替變化都與自然物──他們的另一部分聯繫在一起，形成一種新時代的「原始表象」，爲自己充滿兇險和災難的生活找到能夠說服自己的解釋，也找到繼續生活下去的理由和動力。

和前兩類故事相比，道教故事（包括道術故事和道教神、仙、靈故事）則把「青」字的生命內涵運用、發揮到了極致。道教的核心內容是神仙信仰，神仙的不死的生命是道教不滅的理想。道教以重生思想爲核心，建構了一套完整的生命學說體系。道教認爲，生命在「道」裏誕生，道化生宇宙萬物。《老子》第四十二章曰：「道生一，一生二，二生三，三生萬物。」第五十一章曰：「道生之。」那麼，什麼是「道」呢？《老子》第二十一章曰：「道之爲物，惟恍惟惚。惚兮恍兮，其中有象，恍兮惚兮，其中有物。」《老子》第三十五章曰：「『道』之出口，淡乎其無味，視之不足見，聽之不足聞，用之不足既。」〔註692〕「道」無名無形無味，卻存在、充實於天地之間，給萬物以有形的、多姿多彩的生命。道教吸收《老子》的「道」建立自己的宇宙生成學說。《雲笈七籤》卷二引《太眞科》曰：「混洞之前，道氣未顯。於恍莽之中，有無形象天尊，謂無象可察也。後經一劫，乃有無名天尊，謂有質可睹，不可名也。又經一劫，乃生元始天尊，謂有名有質，爲萬物之初始也。極道之宗元，挺生乎自然。壽無億之數，不始不終，永存綿綿。消則爲氣，息則爲人，不無不有，非色非空。居上境爲萬天之元，居中境爲萬化之

〔註692〕以上《老子》例句均見陳鼓應著：《老子注譯及評介》，北京，中華書局，1984年版。

根，居下境為萬帝之尊。無名可宗，強名曰『道』。」〔註693〕《雲笈七籤》
卷三「道教三洞宗元」還闡述了「道」化生萬物的神秘過程：「原夫道家由
肇，起自無先。垂迹應感，生乎妙一。從乎妙一，分為三元，又從三元變成
三氣，又從三氣變生三才。三才既滋，萬物斯備。其三元者，第一混洞太無
元，第二赤混太無元，第三冥寂玄通元。從混洞太無元化生天寶君；從赤混
太無元化生靈寶君；從冥寂玄通元化生神寶君。」〔註694〕道教吸收道家「道
生一，一生二，二生三，三生萬物」的生成機制並加以改造、發揮，認為既
然「道」化生萬物，有形的神仙當然也由「道」化生，也是「道」的體現，
於是便有「一氣化三清」之說。「三清」即玉清元始天尊、上清靈寶天尊、
太清道德天尊，是道教的最高神。「三清」居住在「三清仙境」，又稱「三清
天」。《雲笈七籤》卷三「道教三洞宗元」曰：「大洞之迹，別出為化主，治
在三清境。其三清境者，玉清、上清、太清是也。亦名三天。其三天者，清
微天、禹餘天、大赤天是也。天寶君治在玉清境，即清微天也。其氣始青。
靈寶君治在上清境，即禹餘天也。其氣元黃。神寶君治在太清境，即大赤天
也。其氣玄白。」〔註695〕玉清境清微之天，其氣始青，象徵混沌之時，陰
陽未判；上清境禹餘之天，其氣元黃，象徵混沌始清、陰陽初判；太清境大
赤之天，其氣白色，象徵陰陽分明天地形成、萬物滋潤生長。可見，道教把
玉清境天寶君作為「三清」之中的最高神，也是道教神系中的第一位神，就
是因為其稟混沌自然「始青」之氣，為萬物之始，最完美地體現了「道」的
存在，而「青色」也相應地成為生命之最初的顏色，成為象徵無限生機的最
初原型。遵循著這種萬物遞進化生的基本思維模式，重生思想自然成為道教
思想的核心內容。南朝劉宋天師道士徐氏所撰《三天內解經》曰：「長生者，
道也，死壞者，非道也。死王乃不如生鼠。」〔註696〕《太平經》卷九十三
稱：「春也青帝神氣太平，夏也赤帝神氣太平，六月也黃帝神氣太平，秋也
白帝神氣太平，冬也黑帝神氣太平。」〔註697〕何謂「太平」？「太平者，
乃無一傷物。為太平氣之為言也。凡事無一傷病者，悉得其處，故為平也。

〔註693〕蔣力生等校注：《雲笈七籤》，北京，華夏出版社，1996年版，第7頁。
〔註694〕蔣力生等校注：《雲笈七籤》，北京，華夏出版社，1996年版，第12頁。
〔註695〕蔣力生等校注：《雲笈七籤》，北京，華夏出版社，1996年版，第12頁。
〔註696〕《道藏》·北京：文物出版社、上海：上海書店、天津：天津古籍出版社，1988
　　　　年版，第28冊，第416頁。
〔註697〕王明編：《太平經合校》，北京，中華書局，1960年版，第398頁。

若有一物傷，輒爲不平也。」〔註698〕所以，「春物悉生，無一傷者，爲青帝太平也。」〔註699〕不傷生、不殺生，即爲太平。生命的意義超過一切，而象徵生命的顏色——青色，也成爲道教崇奉的顏色。葛洪《神仙傳》「彭祖」條載採女向彭祖請教長生之術，彭祖答曰：「今大宛山中，有青精先生者，傳言千歲，色如童子，行步一日三百里，能終歲不食，亦能一日九餐，眞可問也。」採女曰：「敢問青精先生所謂何仙人也？」彭祖曰：「得道者耳，非仙人也。……（得道者）耳目聰明，骨節堅強，顏色和澤，老而不衰，延年久視，長在人間。寒溫風濕不能傷，鬼神眾精莫敢犯，五兵百蟲不能近，憂喜毀譽不爲累，乃可貴耳。」〔註700〕得道而能長生、能不爲物所傷，則謂之「青精」。在《搜神記》中的道教故事裏，「青龍」、「青鳥」、「青衣童子」、「青骨」、「青符」、「青囊」、「青罌」、「青襦」、「青葛巾」、「青單衣」……可謂「青」色滿眼。其中，「青囊」即蘊含了「始青之下，囊萬象」的意義〔註701〕。「青符」是道士施展道術時，寫在青藤紙上的符籙。與「青符」相聯，道士齋醮祈天時用的「青詞」也是因用青藤紙書寫而得名。而在早期正一道的上章儀式中，章文就是用青紙書寫。南朝梁陶弘景編撰的《登眞隱訣》卷下曰：「若欲上治邪病章，當用青紙。三官主邪君吏，貴青色也。」〔註702〕道教經典《上清靈寶濟度大成金書》卷三十五中亦曰：「青者，東方之色，始生之炁，㤥所以用青也。」〔註703〕這些說法顯然是承繼玉清境之「始青之氣」的思想。至於服飾裝束，道教也同樣主「青」，「青」是道教法服的三大顏色之一。尤其是主張修眞養性，提倡內丹修煉、苦行隱忍的全眞派，服飾更是以「青」爲主，而且不斷發揚。《清規玄妙全眞參訪外集》中記述了清代全眞派的服飾：「凡全眞服色，惟青爲主。青爲東方甲乙木，泰卦之位，又爲青龍生旺之氣，是以東華帝君之後脈，有木青泰之喻言，隱藏全眞性命雙修之義也。」〔註704〕從學說思想

〔註698〕王明編：《太平經合校》，北京，中華書局，1960年版，第398頁。

〔註699〕王明編：《太平經合校》，北京，中華書局，1960年版，第399頁。

〔註700〕滕修展等編著：《列仙傳神仙傳注譯》，天津，百花文藝出版社，1996年版，第164～165頁。

〔註701〕《九天玄女青囊海角經》序文曰：「青囊內傳，海角秘文，浮黎正統，鎮世籲極，八卦八門，六甲天書。始青之下，囊萬象。」此說有爭議，但從字面意義引申出來，亦有其道理。

〔註702〕王家葵：《登眞隱訣輯校》，北京，中華書局，2011年版，第75頁。

〔註703〕《藏外道書》（第17冊），成都，巴蜀書社，1992年版，第459頁。

〔註704〕《藏外道書》（第10冊），成都，巴蜀書社，1992年版，第599頁。

的內涵到表達的手段或方式，再到隨身的用具、日常的服飾，「青」色幾乎滲透進道教的每一個組成細胞，而「青」字中的生命內涵也因爲道教更加生動、眞切地滲透進人們的日常生活，成爲人們心中的一盞生命之燈。

其實，在現實社會生活中，道教與包括自然崇拜和鬼神崇拜在內的民間俗信之間，並不是截然分明的，二者彼此互滲，彼此充實，也彼此互相闡釋。而二者這種彼此之間的聯繫，恰恰是因爲有著共同的生命情結。這種聯繫和情結，在《搜神記》中的故事裏，同樣得到了充分體現。比如卷十三第 332則「青蚨」：「南方有蟲，名蟨蝸，一名蜩蠋，又名青蚨。形似蟬而稍大。味辛美，可食。生子必依草葉，大如蠶子。取其子，母即飛來，不以遠近。雖潛取其子，母必知處。以母血塗錢八十一文，以子血塗錢八十一文，每市物。或先用母錢，或先用子錢，皆復飛歸，輪轉無已。故《淮南子術》以之還錢，名曰『青蚨』。」〔註705〕「青蚨」是一種昆蟲，但具有人們無法解釋的神異特性，顯然屬於民間動物崇拜範圍，而不是道教的神靈。但是，人們把青蚨母子分後「皆復飛歸」的特點，用在日常的買賣交易上，實現了錢財的「輪轉無已」。這種追求錢財的用之不竭，與道教神仙信仰追求長生不死，在思維模式上如出一轍。而且，這兩種欲望之間有著具體的現實生活的邏輯關係：不盡的錢財要由不盡的生命來使用和支配，不死的生命需要不竭的錢財來維持。而在對錢財的需求欲望背後，是更爲根本的對生命的欲求。這種強烈的生命意識在道教教義中，表現爲較爲抽象的思想、明確的準則和具體的規定，在民間則更多地表現爲一種世世代代的心理積澱和深入人心的潛意識，在感性具體的方方面面的生活中不經意地流露出來。可見，無論是道教或民間俗信，都體現著最基本的生命欲求，這一欲求凝聚在「青」這一表象之中，在道教的清規戒律和百姓的世俗生活中展現出來。

總之，古代人們的生命意識因爲信仰而強烈、眞誠，因爲和自然、生活融爲一體而感性、生動。所以，在《搜神記》簡樸無華的文字裏，我們傾聽到的，是平靜而激動、快樂而感傷、神秘而親切的生命律動。因此，《搜神記》「無意爲小說」的筆觸，於樸實之中反而接近了「神道敘事」的本源和本質，即用「原始表象」顯示生命的意義和生存的本質。換言之，魏晉南北朝志怪作爲一種「語言」，一種書寫筆法，一種表達行爲，比被強行納入文學體裁的局域，作爲今天所謂的

〔註705〕（晉）干寶撰，汪紹楹校注：《搜神記》，北京，中華書局，1979 年版，第 164 頁。

小說的雛形或者萌芽，具有著更大更重要的文化意義，而這也是將其還原到其本來的「生活形式」的必要之所在。當然，筆者並不否認在小說作爲文類或者體裁的發展史上，魏晉南北朝志怪是不可迴避、不可忽視的一環，但是，將這一環放置到其本身得以可能的「原始語境」，挖掘其眞正的文化內蘊，也許才能眞正理解此時期的志怪書——這一作爲小說體裁發展雛形的「有意味的形式」。

3、玄學之「哲學敘事」及其與「神道敘事」的關聯

再看玄學之「哲學敘事」。「哲學敘事」並非憑空立說，而是在悠久的「神道敘事」的傳統文化中演變而來。魏晉玄學有一個從言意之辨生發出來的標誌性論題，即名教與自然之辯。那麼，這裡的「名教」，不僅僅指所謂的禮樂教化的內容，更是玄學背後的一種更爲闊大的思想文化背景，儘管這一背景在魏晉南北朝時期的文化舞臺上一度顯得有些黯淡，但仍然是不可或缺、無可替代的文化主元素。而這一背景的生成，便是中國文化生命從「神道敘事」向「哲學敘事」轉換的關鍵環節。牟宗三先生將魏晉南北朝時期的文化視爲中國文化大生命的一段「歧出」，而此「歧出」不離儒家思想的「正宗」。在這個意義上，我們可以把魏晉南北朝時期的文人士子仍然看作「儒」，儘管有些魏晉名士的言行舉止表面上並不合乎「儒」之禮教，但是，恰如魯迅先生所言：「表面上毀壞禮教者，實則倒是承認禮教，太相信禮教……至於他們的本心，恐怕倒是相信禮教，當做寶貝，比曹操、司馬懿們要迂執得多。」〔註706〕所以，從「儒」的角度切入，並不違背玄學的根本思想。那麼，作爲「正宗」的儒家思想，其核心又是什麼呢？錢穆先生在《國史大綱》第六章《民間自由學術之興起》中指出：「大抵古代學術，只有一個『禮』。……禮本爲祭儀，推廣而爲古代貴族階級間許多種生活的方式和習慣。此種生活，皆帶有宗教的意味與政治的效用。宗教、政治、學術三者，還保著最親密的聯絡。祭禮的搖動，即表示著封建制度之崩潰。……於是王官之學漸漸流散到民間來，成爲新興的百家。……百家的開先爲儒家。儒家的創始爲孔子。……孔子不僅懂得當時現行的一切禮，孔子還注意到禮的沿革和其本源。」〔註707〕儒家思想所源出者爲禮，主要內容亦禮。「禮本爲祭儀」，禮與鬼神、祭祀關係之密切，《禮記》中明言之、極言之，試舉例如下：

〔註706〕魯迅：《魏晉風度及文章與藥及酒之關係》，《魯迅全集》（第三卷），北京，人民文學出版社，1973版，第502頁。

〔註707〕錢穆：《國史大綱》，北京，商務印書館，1996年版，第94～98頁。

《禮記・禮運》：（孔子曰）「夫禮之初，始諸飲食，其燔黍捭豚，污尊而抔飲，蕢桴而土鼓，猶若可以致其敬於鬼神。」〔註708〕

《禮記・禮運》：（孔子曰）「飲食男女，人之大欲存焉。死亡貧苦，人之大惡存焉。故欲惡者，心之大端也。人藏其心，不可測度也。美惡皆在其心，不見其色也。欲一以窮之，舍禮何以哉！」〔註709〕

《禮記・禮運》：（孔子曰）「故先王秉蓍龜，列祭祀，瘞繒，宣祝嘏辭說，設制度。故國有禮，官有御，事有職，禮有序。故先王患禮之不達於下，故祭帝於郊，所以定天位也；祀社於國，所以列地利也；祖廟，所以本仁也；山川，所以儐鬼神也；五祀，所以本事也。」〔註710〕

以上言禮教、祭祀之本根與目的。

《禮記・祭統》曰：「凡治人之道，莫急於禮。禮有五經，莫重於祭。」〔註711〕

《禮記・祭義》曰：「祭日於壇，祭月於坎，以別幽明，以制上下。祭日於東，祭月於西，以別外內，以端其位。日出於東，月生於西。陰陽長短，終始相巡，以致天下之和。天下之禮，致反始也，致鬼神也，致和用也，致義也，致讓也。」疏曰：「『致鬼神也』者，言禮之至極至於鬼神，謂祭宗廟之等。」〔註712〕

《禮記・祭義》載：「宰我曰：『吾聞鬼神之名，不知其所謂。』子曰：『氣也者，神之盛也。魄也者，鬼之盛也。合鬼與神，教之至也。』」〔註713〕

以上言祭祀之意義。

《禮記・祭統》曰：「夫祭者，非物自外至者也，自中出生於心也。心怵而奉之以禮，是故唯賢者能盡祭之義。賢者之祭也，必受其福，非世所謂福

〔註708〕（漢）鄭玄注，（唐）孔穎達疏：《禮記正義》，北京，北京大學出版社，1999年版，第666頁。

〔註709〕（漢）鄭玄注，（唐）孔穎達疏：《禮記正義》，北京，北京大學出版社，1999年版，第689頁。

〔註710〕（漢）鄭玄注，（唐）孔穎達疏：《禮記正義》，北京，北京大學出版社，1999年版，第704～705頁。

〔註711〕（漢）鄭玄注，（唐）孔穎達疏：《禮記正義》，北京，北京大學出版社，1999年版，第1345頁。

〔註712〕（漢）鄭玄注，（唐）孔穎達疏：《禮記正義》，北京，北京大學出版社，1999年版，第1322～1324頁。

〔註713〕（漢）鄭玄注，（唐）孔穎達疏：《禮記正義》，北京，北京大學出版社，1999年版，第1324頁。

也。福者，備也，備者，百順之名也，無所不順者謂之備。……上則順於鬼神，外則順於君長，內則以孝於親，如此之謂備。唯賢者能備，能備然後能祭。是故賢者之祭也致其誠信，與其忠敬，奉之以物，道之以禮，安之以樂，參之以時，明薦之而已矣，不求其爲。此孝子之心也。」〔註714〕

《禮記・祭統》曰：「身致其誠信，誠信之謂盡，盡之謂敬，敬盡然後可以事神明，此祭之道也。」〔註715〕

《禮記・祭統》曰：「夫祭之爲物大矣，其興物備矣。順以備者也，其教之本與！是故君子之教也，外則教之以尊其君長，內則教之以孝於其親。是故明君在上，則諸臣服從。崇事宗廟社稷，則子孫順孝。盡其道，端其義，而教生焉。……故曰『祭者，教之本也已』。」〔註716〕

以上言祭祀須誠敬。

此皆是聖人以「鬼神之道」設教之顯證。誠如錢穆先生在《國史大綱》第六章《民間自由學術之興起》中所言：「禮之最重大者惟祭，孔子推原祭之心理根據曰『報本反始』。此即源於人類之孝悌心。孝悌心之推廣口『仁』，曰『忠恕』。……如此則生死、羣己、天人諸大問題，在孔子哲學中均已全部化成一片。……故孔子思想實縮合已往政治、歷史、宗教各方面而成，實切合於將來中國搏成一和平的大一統的國家，以綿延其悠久的文化之國民性。」〔註717〕錢穆先生認爲儒家思想「縮合已往政治、歷史、宗教各方面而成」，點明儒家思想的宗教成分，此即指出儒家思想的神道內涵。蒙培元先生在《如何理解儒學的宗教性》中也指出：「就哲學層面而言，它並不是認識論知識學的系統，不是將自然界視爲對象去認識、去主宰，而是將自然界視爲生命和價值的根源去理解、去對待，因而有很深的敬畏之心。這正是一種宗教情感。哲學與宗教是相通的。正是從這個意義上說，儒學也可以說是一種自然宗教。」〔註718〕可見，儒家思想中有鬼神信仰、原始宗教的基因，毋庸置疑。所以，儒家思想之正宗正是以「神道敘事」起家，而就中國文化之大生命而言，「神

〔註714〕（漢）鄭玄注，（唐）孔穎達疏：《禮記正義》，北京，北京大學出版社，1999年版，第1345～1346頁。

〔註715〕（漢）鄭玄注，（唐）孔穎達疏：《禮記正義》，北京，北京大學出版社，1999年版，第1348頁。

〔註716〕（漢）鄭玄注，（唐）孔穎達疏：《禮記正義》，北京，北京大學出版社，1999年版，第1353～1354頁。

〔註717〕錢穆：《國史大綱》，北京，商務印書館，1996年版，第98～99頁。

〔註718〕蒙培元：《如何理解儒學的宗教性》，《中國哲學史》2002年第2期。

道敘事」本來就是「哲學敘事」的「前身」。

那麼,「神道敘事」向「哲學敘事」的轉變是如何發生的呢?

從現有的古代文獻典籍來看,所謂「神道敘事」,最早體現在記錄卜筮的文獻,主要是《尚書》、《禮記》以及《易經》和甲骨卜辭之中,而這些文獻,則是儒家思想的主要來源。《禮記·表記》中載孔子之言曰:「夏道尊命,事鬼敬神而遠之,近人而忠焉。先祿而後威,先賞而後罰,親而不尊。其民之敝,蠢而愚,喬而野,樸而不文。殷人尊神,率民以事神,先鬼而後禮,先罰而後賞,尊而不親。其民之敝,蕩而不靜,勝而無恥。周人尊禮尚施,事鬼敬神而遠之,近人而忠焉。其賞罰用爵列,親而不尊。其民之敝,利而巧,文而不慚,賊而蔽。」〔註719〕孔子整理文獻典籍,瞭解夏商周三代禮治之損益:「殷因於夏禮,所損益,可知也;周因於殷禮,所損益,可知也;其或繼周者,雖百世可知也。」〔註720〕朱熹注引胡氏曰:「夫自修身以至於為天下,不可一日而無禮。天敘天秩,人所共由,禮之本也。商不能改乎夏,周不能改乎商,所謂天地之常經也。若乃制度文為,或太過則當損,或不足則當益。益之損之,與時宜之,而所因者不壞,是古今之通義也。因往推來,雖百世之遠,不過如此而已矣。」〔註721〕可見,周代對夏商文化的「損益」主要在於形式層面的制度文章,而禮作為文化基因的價值觀念被一脈相傳,同時承傳下來的當然還有作為禮的核心內容的「鬼神」觀念。黃玉順先生在《中西之間:軸心時代文化轉型的比較——以〈周易〉為透視文本》一文中認為:中西文化發展的歷史都可以劃分為五個階段,五個階段中經歷了兩次大轉型,即:前軸心期,軸心期(第一次大轉型),中古時代,轉型期(第二次大轉型),現代。中國文化軸心期大轉型的一個重要表現,就是神的地位的降低、人的地位的提高。第一次大轉型不是突然發生的,它實際上經歷了三個階段:西周、春秋、戰國。這三個階段的發展,恰好與《周易》文本對應:西周時期為《易》筮的解釋化,體現在《易經》中的觀念;春秋時期為《易》筮的人謀化,體現在《左傳》筮例;戰國時期為《易》筮的哲學化,體現在《易

<hr>

〔註719〕（漢）鄭玄注,（唐）孔穎達疏:《禮記正義》,北京,北京大學出版社,1999年版,第1484～1486頁。

〔註720〕《論語·為政》,見（宋）朱熹撰:《四書章句集注》,北京,中華書局,1983年版,第59頁。

〔註721〕《論語·為政》,見（宋）朱熹撰:《四書章句集注》,北京,中華書局,1983年版,第60頁。

傳》中的思想。周代蓍筮取代商代的甲骨龜卜。龜卜之神是具象的，而蓍筮之神是抽象的。越是抽象的，越需要人的解釋，遂有《易》筮的解釋化。由此，人對神意的理解，乃至神意本身，在相當程度上取決於人意。同時，對象數的解釋，開闢了義理闡釋的空間，開啓哲學化的轉變。此外，因爲神的抽象性、不確定性，意味著神性的減弱，也導致之後《周易》觀念進一步世俗化、哲學化。〔註 722〕由此，中國文化由「神道敘事」向「哲學敘事」的轉化，可以《周易》爲文本，由不同時代人們對《易》的運用、解讀體現出來。由龜卜到蓍筮，由象到數，由數到義理，因闡釋義理而形成概念並進行邏輯推理，漸漸完成《周易》的哲學化，最終成就《易傳》的思想體系。《周易》分爲《經》、《傳》兩部分，其中，《經》中的卜筮保留了古代「神道敘事」的文化內容，《傳》則是對《經》的哲學性轉化。《周易》的「觀」卦「彖辭」曰：「中正以觀天下，觀。『盥而不薦，有孚顒若』，下觀而化也。觀天之神道，而四時不忒。聖人以神道設教，而天下服矣。」〔註 723〕這裡的「神道」指什麼呢？關於「神」，《周易・繫辭上》明確說：「陰陽不測謂之神。」〔註 724〕又曰：「利用出入，民咸用之謂之神。」〔註 725〕《說卦》小云：「神也者，妙萬物而爲言者也。」〔註 726〕所以，此處的用以「設教」的「神道」已經不再是殷商文化中用以崇拜和祭祀的具體的神的形象及關於神的簡單觀念，而是從夏殷文化中的有形的神抽象出來的「陰陽之道」，也即「天道」、「天行」。《周易》「剝」卦「彖辭」曰：「君子尙消息盈虛，天行也。」正義曰：「『天行』謂逐時消息盈虛，乃天道之所行也。」「君子通達物理，貴尙消息盈虛，道消之時，行消道也，道息之時，行息道也；在盈之時，行盈道也；在虛之時，行虛道也。」〔註 727〕「復」卦「彖辭」曰：「『反覆其道，七日來復』，天行也。」

〔註 722〕 黃玉順：《中西之間：軸心時代文化轉型的比較──以〈周易〉爲透視文本》，《四川大學學報》（哲學社會科學版）2003 年第 3 期。

〔註 723〕 （魏）王弼注，（唐）孔穎達疏：《周易正義》，北京大學出版社，1999 年版，第 97 頁。

〔註 724〕 （魏）王弼注，（唐）孔穎達疏：《周易正義》，北京大學出版社，1999 年版，第 272 頁。

〔註 725〕 （魏）王弼注，（唐）孔穎達疏：《周易正義》，北京大學出版社，1999 年版，第 288 頁。

〔註 726〕 （魏）王弼注，（唐）孔穎達疏：《周易正義》，北京大學出版社，1999 年版，第 328 頁。

〔註 727〕 （魏）王弼注，（唐）孔穎達疏：《周易正義》，北京大學出版社，1999 年版，第 108 頁。

〔註728〕正義曰：「天之陽氣絕滅之後，不過七日，陽氣復生，此乃天之自然之理，故曰『天行』也。」〔註729〕《繫辭上》曰：「是以明於天之道，而察於民之故，是興神物以前民用。」正義曰：「『是以明於天之道』者，言聖人能明天道也。『而察於民之故』者，故，事也。易窮變化而察知民之事也。『是興神物以前民用』者，謂易道興起神理事物，豫爲法象，以示於人，以前民之所用。定吉凶於前，民乃法之所用，故云『以前民用』也。」〔註730〕總而言之，「《易》之爲書也，廣大悉備，有天道焉，有人道焉，有地道焉。兼三材而兩之，故六。六者非它也，三材之道也。」〔註731〕這樣，《周易》的卜筮經過人文解釋由「神道敘事」進入「天人之際」的學術層面，進行理性抽象，形成形上性質的概念，繼而進行歸納、演繹的邏輯推理，建構起哲學層面的天人合一的學說體系，由此界定並規劃、規範人的存在。這個過程即黃玉順先生所謂的「《易》筮的哲學化」，也即「神道敘事」由具象的「鬼神之道」演化爲抽象的「神道」（陰陽之道）從而向「哲學敘事」轉型的過程。《周易》哲學化的目的就是脫離神的管理從而實現「人」的自治。因此，《周易》哲學化的過程，就是聖人以《周易》「設教」的過程，所「設」之「教」即「禮」教。這個過程將人神關係漸漸拉遠，把人由與神共存的存在變爲充滿理性的、社會化的存在，也變爲禮制化、宗法化、群體化的存在。

　　但是，由「神道敘事」向「哲學敘事」的轉換的完成，並不意味著「哲學敘事」與「神道敘事」截然脫離爲二，而只是把「神道敘事」中體現的人生智慧和內在理念抽象化並系統化地運用於人事的過程，也即「設教」的過程。《周易·繫辭上》曰：「日新之謂盛德，生生之謂易。」〔註732〕《繫辭下》又曰：「天地之大德曰生」〔註733〕，就是在強調自然界是有生命的、活生生的生命體，而

〔註728〕（魏）王弼注，（唐）孔穎達疏：《周易正義》，北京大學出版社，1999年版，第111～112頁。

〔註729〕（魏）王弼注，（唐）孔穎達疏：《周易正義》，北京大學出版社，1999年版，第111頁。

〔註730〕（魏）王弼注，（唐）孔穎達疏：《周易正義》，北京大學出版社，1999年版，第288頁。

〔註731〕《周易·繫辭下》，見（魏）王弼注，（唐）孔穎達疏：《周易正義》，北京大學出版社，1999年版，第318頁。

〔註732〕（魏）王弼注，（唐）孔穎達疏：《周易正義》，北京大學出版社，1999年版，第271頁。

〔註733〕（魏）王弼注，（唐）孔穎達疏：《周易正義》，北京大學出版社，1999年版，第297頁。

且，自然界不斷地以「陰陽不測」之道創造生命，使包括人在內的自然界的生命流行不息。自然界不再是神，但是仍然存留著實實在在的神性。儒家思想就這樣以「天地生生」之大德爲至高無上的價值理念，自然不僅僅給人以生命，同時賦予人以德行。天地之「日新」、「生生」的德行體現於人便是「仁」。何爲「仁」？「樊遲問仁。子曰：『愛人。』」〔註734〕「子曰：『夫仁者，己欲立而立人，己欲達而達人。』」〔註735〕《周易》中《乾・文言》曰：「君子體仁足以長人。」〔註736〕正義曰：「君子之人，體包仁道，泛愛施生，足以尊長於人也。仁則善也，謂行仁德，法天之『元』德也。」〔註737〕《繫辭上》曰：「安土敦乎仁，故能愛。」王弼注曰：「安土敦仁者，萬物之情也。物順其情，則仁功贍矣。」正義曰：「言萬物之性，皆欲安靜於土，敦厚於仁。聖人能行此安土敦仁之化，故能愛養萬物也。」〔註738〕朱熹《周易本義》注此句曰：「隨處皆安而無一息之不仁，故能不忘其濟物之心，而仁益篤。蓋仁者愛之理，愛者仁之用，故其相爲表裏如此。」〔註739〕《周易・說卦》曰：「立天之道曰陰與陽，立地之道曰柔與剛，立人之道曰仁與義。」〔註740〕可見，仁即愛人濟物之理，是人稟受天地「生生」之大德而具有的天性。「仁」又與禮關係密切。子曰：「克己復禮爲仁。一日克己復禮，天下歸仁焉。」〔註741〕朱熹注曰：「仁者，本心之全德。……禮者，天理之節文也。爲仁者，所以全其心之德也。蓋心之全德，莫非天理，而亦不能不壞於人欲。故爲仁者必有以勝私欲而復於禮，則事皆天理，而本心之德復全於我矣。……又言一日克己復禮，則天下之人皆與其仁，

〔註734〕 《論語・顏淵》，見（宋）朱熹撰：《四書章句集注》，北京，中華書局，1983年版，第139頁。

〔註735〕 《論語・雍也》，見（宋）朱熹撰：《四書章句集注》，北京，中華書局，1983年版，第92頁。

〔註736〕 （魏）王弼注，（唐）孔穎達疏：《周易正義》，北京，北京大學出版社，1999年版，第12頁。

〔註737〕 （魏）王弼注，（唐）孔穎達疏：《周易正義》，北京，北京大學出版社，1999年版，第13頁。

〔註738〕 （魏）王弼注，（唐）孔穎達疏：《周易正義》，北京，北京大學出版社，1999年版，第267惡。

〔註739〕 （宋）朱熹撰：《朱子全書》（第1冊），上海，上海古籍出版社；合肥，安徽教育出版社，2002年版，第126頁。

〔註740〕 （魏）王弼注，（唐）孔穎達疏：《周易正義》，北京，北京大學出版社，1999年版，第326頁。

〔註741〕 《論語・顏淵》，見（宋）朱熹撰：《四書章句集注》，北京，中華書局，1983年版，第131頁。

極言其效之甚速而至大也。……日日克之，不以爲難，則私欲淨盡，天理流行，而仁不可勝用矣。」〔註 742〕孔子又曰：「人而不仁，如禮何？人而不仁，如樂何？」〔註 743〕朱熹注引游氏曰：「人而不仁，則人心亡矣，其如禮樂何哉？言雖欲用之，而禮樂不爲之用也。」〔註744〕「禮」作爲成就「仁」的手段，成爲與「仁」互爲表裏的儒學的核心內容，成爲知識分子的核心價值觀，「禮教」也進而成爲官方意識形態。但是，至魏晉南北朝，又值「禮崩樂壞」，「名教」也即「禮教」成爲無用的擺設甚至成爲行「不仁」之事的「遮羞布」，其「失眞」的虛僞面目爲文人士子所不齒，繼而導致對儒教的叛離，儒家思想遂出現玄學之「歧出」。玄學是儒學的「哲學敘事」的發展，對傳統的儒學既有繼承又有批判和發揮。玄學一以貫之地秉承著古代先民與先賢對生命的無限的敬畏與信仰，但是由於時代環境的影響，較儒學更加凸顯個體生命的存在及其價值與意義的實現，遂轉而親近老莊，創立一無限之本體，將天地自然之神性和對自然生命的信仰與敬畏轉移到無限之本體中，從無限之本體中尋找生命存在的終極根由，爲當下個體的生命尋找存在之最終合理性，爲心靈尋找永恒而可靠的歸宿。這種本體的建立使得玄學更具備哲學的形而上學性質，成爲一種比傳統儒家思想更爲成熟的「哲學敘事」。

但是，這種成熟的「哲學敘事」仍然不可避免地烙印著「神道敘事」的非理性的痕迹。蒙培元先生在《郭象的「玄冥之境」》中說：「所謂『玄冥之境』，就是『玄同彼我』、『與物冥合』的精神境界或心靈境界，其根本特點就是取消物我內外的區別和界限，取消主觀同客觀的界限，實現二者的合一。所謂『玄同』，就是完全的直接的同一，沒有什麼中間環節或中介，不是經過某種對象認識，然後取得統一，而是存在意義上的合一或同一。這一點是符合中國哲學基本精神的，只是郭象的『玄冥之境』更具有存在哲學的特徵。如何實現這種境界？這也是郭象著重討論的問題。在他看來，這種境界是『自得』的，不是從其它地方獲得的，換句話說，這種境界是心靈自身的創造，與認識的問題無關。」〔註745〕郭象在《莊子・知北遊注》中云：「凡得之不由

〔註 742〕《論語・顏淵》，見（宋）朱熹撰：《四書章句集注》，北京，中華書局，1983
　　　　年版，第 131～132 頁。
〔註 743〕《論語・八佾》，見（宋）朱熹撰：《四書章句集注》，北京，中華書局，1983
　　　　年版，第 61 頁。
〔註 744〕《論語・八佾》，見（宋）朱熹撰：《四書章句集注》，北京，中華書局，1983
　　　　年版，第 61～62 頁。
〔註 745〕蒙培元：《心靈超越與境界》，北京，人民出版社，1998 年版，第 266 頁。

於知，乃冥也。」〔註746〕郭象的這種「玄冥之境」的神秘性以及其致知的方式，與原始思維的神秘性質及其「互滲」原則，二者儘管有原邏輯和邏輯的分別，但是「遊戲方法」極爲相似。蒙培元先生在該文末尾總結到：「『玄冥之境，是不是神秘主義？……如果從超越認識理性、主張直覺體驗的意義上去理解，那麼它確實是一種神秘主義，因爲這種境界是與通常所謂『理性』相對立的。他認爲，理性認識並不能解決精神境界的問題，生命存在的意義在於獲得一種境界，而這種境界的獲得只能靠知覺體驗，即『無知之知』，它是超理性的，並且具有某種宗教精神。」〔註747〕可見，非理性的因素仍然在郭象的理性思維背後起著極具支配性的作用。王弼的「貴無」論同樣具有這種特性。蒙培元先生在《言意之辨與境界問題》中論及王弼的「得意忘言」，說到：「在王弼看來，理有兩種，一是事物之理，一是『宗極之理』。事物之理屬於『有』的範疇，言、象可以把握；『宗極之理』屬於『無』的範疇，則是超言絕象的。前者用一般方法即可認識，後者用一般方法則不能認識。」〔註748〕事物之理，即「所以然之理」，是可以認識的。王弼注《周易·乾卦》曰：「夫識物之動，則其所以然之理，皆可知也。」〔註749〕但是，王弼最終的目的是要認識「宗極之理」，即本體的「無」，這既不是感性認識的對象，也不是理性認識的對象，要認識這種超言絕象的「物之宗」，就要運用「得意忘言」的方法。王弼在《論語釋疑》中解釋「志於道」之「道」說：「道者，無之稱也，無不通也，無不由也。況之曰道，寂然無體，不可爲象。是道不可體，故但志慕而已。」〔註750〕排除理性的認知方式，但用心靈的「志慕」，充滿情感和想像。在這裡，我們似乎又看到了「互滲」的影子。所以，王弼「貴無」哲學與郭象的「玄冥之境」同樣帶有明顯的非理性的基因。「哲學敘事」——這種極其發達的理性思辨的產物，在此與「神道敘事」又「狹路相逢」。這種「相逢」並不是偶然，而是由其發展過程決定的。列維·布留爾在《原始思維》中已經深刻地指出：「概念彷彿是它的的先行者——集體表象的『沉

〔註746〕（清）郭慶藩撰，王孝魚點校：《莊子集釋》，北京，中華書局，1961年版，第757頁。
〔註747〕蒙培元：《心靈超越與境界》，北京，人民出版社，1998年版，第275頁。
〔註748〕蒙培元：《心靈超越與境界》，北京，人民出版社，1998年版，第250～251頁。
〔註749〕（魏）王弼注，（唐）孔穎達疏：《周易正義》，北京大學出版社，1999年版，第19頁。
〔註750〕（魏）王弼著，樓宇烈校釋：《王弼集校釋》，北京：中華書局，1980年，第624頁。

澱』，它差不多經常帶著或多或少的神秘因素的殘餘」〔註751〕，「邏輯思維直到現在還在繼續進步，它的概念仍然是可塑的並能夠在經驗的影響下不斷地變化。即使在這種情形下，邏輯思維也不完全排除原邏輯思維。……我們最熟悉的那些概念，則差不多永遠保持著符合於原邏輯思維中的集體表象的那種東西的某些痕迹。比如說，假定我們在分析靈魂、生命、死亡、社會、秩序、父權、美的概念或者其他隨便什麼概念，假如分析得很充分，無疑會發現這種概念包含著若干取決於尚未完全消失的互滲律的關係。……即使假定神秘的和原邏輯的因素終於從大多數概念中排除出去了，這也不意味著神秘的和原邏輯的思維必然隨之而絕迹。」〔註752〕

由以上論證可知，魏晉南北朝時期志怪故事作爲一種「神道敘事」與玄學這樣一種「哲學敘事」有著「混沌一體」的淵源，二者無論作爲整個中國文化生命體的有機組成部分，還是作爲此一段時期的文化亮點，不論從當時的環境還是從發展的由來，無論從其中的義理、情感還是挖掘內在的思維方式，都會發現其間的深邃的關聯。也正是因爲這種內在的有機關聯，魏晉南北朝志怪書才能夠在把志怪故事從口頭形式轉換成文字，進行書面的「神道敘事」的同時，自然而然地穿插進「哲學敘事」。比如在《搜神記》中，卷六記述的多爲妖怪災異之事，在卷首，干寶沒有接續卷五「桑中生李」、「亭中新井」的神靈感應之事而直接繼續「大龜生毛，兔生角」、「有馬化爲狐」、「鄭人入王府，多脫化爲蛓，射人」等的「神道敘事」，而是插入「氣」論的「哲學敘事」：「妖怪者，蓋精氣之依物者也。氣亂於中，物變於外。形神氣質，表裏之用也。本於五行，通於五事。雖消息升降，化動萬端，其於休咎之徵，皆可得域而論矣。」〔註753〕在接下來的「山徙」一則中，更是「神道敘事」與「哲學敘事」交叉進行，先言「山徙」事之原委：「夏桀之時，厲山亡。秦始皇之時，三山亡。周顯王三十二年，宋大邱社亡。漢昭帝之末，陳留昌邑社亡。」然後引京房易：「京房《易傳》曰：『山默然自移，天下兵亂，社稷亡也。』」緊接著又是「神道敘事」：「故會稽山陰瑯邪中有怪山，世傳本瑯邪東武海中山也。時天夜，風雨晦冥，且而見武山在焉。百姓怪之，因名曰怪

〔註751〕（法）列維·布留爾（Lucien Lévy-Brühl）著，丁由譯：《原始思維》（Primitive Mentality），北京，商務印書館，1981年版，第446頁。

〔註752〕（法）列維·布留爾（Lucien Lévy-Brühl）著，丁由譯：《原始思維》（Primitive Mentality），北京，商務印書館，1981年版，第448頁。

〔註753〕（晉）干寶撰，汪紹楹校注：《搜神記》，北京，中華書局，1979年版，第67頁。

山。時東武縣山，亦一夕自亡去。識其形者，乃知其移來。今怪山下見有東武里，蓋記山所自來，以爲名也。又交州脆州山移至青州。凡山徙，皆不極之異也。此二事未詳其世。」一個「故」字，承上啓下，銜接自然。之後再引《尚書》之言，進入「哲學敘事」：「《尚書·金縢》曰：『山徙者，人君不用道士，賢者不興。或祿去公室，賞罰不由君，私門成羣，不救；當爲易世變號。』說曰：『善言天者，必質於人；善言人者，必本於天。』故天有四時，日月相推，寒暑迭代。其轉運也。和而爲雨，怒而爲風，散而爲露，亂而爲霧，凝而爲霜雪，立而爲蚳蝚。此天之常數也。人有四肢五臟，一覺一寐，呼吸吐納，精氣往來；流而爲榮衛，彰而爲氣色，發而爲聲音。此亦人之常數也。若四時失運，寒暑乖違，則五緯盈縮，星辰錯行，日月薄蝕，彗孛流飛，此天地之危診也；寒暑不時，此天地之蒸否也。石立土踊，此天地之瘤贅也。山崩地陷，此天地之癰疽也。衝風暴雨，此天地之奔氣也。雨澤不降，川瀆涸竭，此天地之焦枯也。」〔註754〕這兩種「敘事」的自然交叉，一是緣於干寶作爲「良史之才」的博學多識和文字功夫，更多的應該是緣於「神道」和「哲學」兩種「敘事」本身的「近親」淵源，「事情」本身的相通，才使「敘事」得以彼此發明。《搜神記》卷十二，多記物怪變化之事，干寶亦於卷首先行「哲學敘事」，以「五氣變化」之「道」總領卷中之「神道敘事」：

> 天有五氣，萬物化成。木清則仁，火清則禮，金清則義，水清則智，土清則思，五氣盡純，聖德備也。木濁則弱，火濁則淫，金濁則暴，水濁則貪，土濁則頑，五氣盡濁，民之下也。中土多聖人，和氣所交也；絕域多怪物，異氣所產也。苟稟此氣，必有此形；苟有此形，必生此性。故食穀者智慧而文，食草者多力而愚，食桑者有絲而蛾，食肉者勇憨而悍，食土者無心而不息，食氣者神明而長壽，不食者不死而神。大腰無雄，細腰無雌。無雄外接，無雌外育。三化之蟲，先孕後交；兼愛之獸，自爲牝牡。寄生因夫高木，女蘿托乎茯苓。木株於土，萍植於水。鳥排虛而飛，獸蹠實而走，蟲土閉而蟄，魚淵潛而處。本乎天者親上，本乎地者親下，本乎時者親旁：各從其類也。千歲之雉，入海爲蜃；百年之雀，入海爲蛤；千歲龜黿，能與人語；千歲之狐，起爲美女；千歲之蛇，斷而復續；

〔註754〕（晉）干寶撰，汪紹楹校注：《搜神記》，北京，中華書局，1979年版，第67〜68頁。

百年之鼠，而能相卜：數之至也。春分之日，鷹變爲鳩；秋分之日，鳩變爲鷹：時之化也。故腐草之爲螢也，朽葦之爲蛬也，稻之爲蛬也，麥之爲蝴蝶也，羽翼生焉，眼目成焉，心智在焉，此自無知化爲有知而氣易也。雀之爲蛤也，蛬之爲蝦也，不失其血氣而形性變也。若此之類，不可勝論。應變而動，是爲順常；苟錯其方，則爲妖眚。故下體生於上，上體生於下，氣之反者也；人生獸，獸生人，氣之亂者也；男化爲女，女化爲男，氣之貿者也。魯牛哀得疾，七日化而爲虎，形體變易，爪牙施張。其兄啟戶而入，搏而食之。方其爲人，不知其將爲虎也；方有爲虎，不知其常爲人也。故晉太康中，陳留阮士瑀傷於虺，不忍其痛，數嗅其瘡，已而雙虺成於鼻中。元康中，歷陽紀元載，客食道龜，已而成瘕，醫以藥攻之，下龜子數升，大如小錢，頭足殼備，文甲皆具，惟中藥已死。夫妻非化育之氣，鼻非胎孕之所，享道非下物之具。從此觀之，萬物之生死也，與其變化也，非通神之思，雖求諸己，惡識所自來。然朽草之爲螢，由乎腐也；麥之爲蝴蝶，由乎濕也。爾則萬物之變，皆有由也。農夫止麥之化者，漚之以灰；聖人理萬物之化者，濟之以道。其與，不然乎？〔註755〕

這一段文字中，干寶同樣展示了其不凡的文字功底，語句流暢，一氣呵成，最後一句畫龍點睛，由萬物之變落實到人的存在問題。「哲學敘事」與「神道敘事」穿插進行的技巧也更爲嫻熟，具體的物化現象與儒家、道家、陰陽家等各家思想鎔鑄其中，而洋洋幾百字的篇幅，雜於近五百則「殘叢小語」的故事中更是「鶴立雞群」。

又如卷七「婦人兵飾」與「任喬妻」兩段文字：

晉惠帝元康中，婦人之飾有五佩兵。又以金、銀、象角、瑇瑁之屬，爲斧、鉞、戈、戟而載之，以當笄。男女之別，國之大節，故服食異等。今婦人而以兵器爲飾，蓋妖之甚者也。於是遂有賈后之事。〔註756〕

晉愍帝建興四年，西都傾覆，元皇帝始爲晉王，四海宅心。其年十月二十二日，新蔡縣吏任喬妻胡氏，年二十五，產二女，相向，

〔註755〕（晉）干寶撰，汪紹楹校注：《搜神記》，北京，中華書局，1979年版，第146～147頁。

〔註756〕（晉）干寶撰，汪紹楹校注：《搜神記》，北京，中華書局，1979年版，第97頁。

腹心合，自腰以上，臍以下，各分。此蓋天下未一之妖也。時內史呂會上言：「按《瑞應圖》云：『異根同體，謂之連理；異畝同穎，謂之嘉禾。』草木之屬，猶以爲瑞，今二人同心，天垂靈象，故《易》云：『二人同心，其利斷金。』休顯見生於陳東之國，蓋四海同心之瑞。不勝喜躍。謹畫圖上。」時有識者哂之。君子曰：「知之難也。以臧文仲之才，猶祀爰居焉。布在方冊，千載不忘。故士不可以不學。古人有言：『木無枝謂之瘣，人不學謂之瞽。』當其所蔽，蓋闕如也。可不勉乎！」〔註757〕

《晉書・韓友傳》：韓友「爲書生，受《易》於會稽伍振，善占卜，能圖宅相冢，亦行京、費厭勝之術。……友占卜神效甚多，而消殃轉禍，無不皆驗。干寶問其故，友曰：『筮卦用五行相生殺，如案方投藥治病，以冷熱相救。』」〔註758〕干寶追問韓友占卜神傚之原因，可見干寶對複雜難解之事的好奇以及其一問究竟的求知欲。干寶眞正的興奮點，不在於韓友占卜之神奇，而在於占卜之所以神奇的原因，而韓友以「五行相生殺」的占卜原理予以回答，其神怪與哲學雜糅的思維特點，也勢必對干寶的思想產生啓發或影響。干寶之作《搜神記》，亦可視爲其求知欲的一種滿足，其於簡短、瑣碎的物怪的「神道敘事」之中，自覺地印證、檢驗著自己對自然、社會的認識和理解。這種自覺的意識不僅說明干寶對生命存在的終極追問，也反映了魏晉南北朝時期文人士子「上下而求索」的執著，同時，也是《搜神記》「發明神道之不誣」之「神道敘事」與「足以演八略之旨」之「哲學敘事」的雙重「敘事」的文本見證。干寶儘管不是何晏、王弼、郭象之流的玄學大家，但亦是玄學的接受者與受益者，其學術中的玄學意味前文已經加以論述。干寶《搜神記》中的「哲學敘事」，雖然沒有呈現爲系統的哲學思想，但其哲學思維及其哲學修養顯而易見，其「哲學敘事」中既關涉玄學，又關涉傳統的易學以及道家思想，故其在本書中作爲「哲學敘事」之例證，應該更爲「稱職」。

海德格爾在《什麼召喚思》中談到荷爾德林的頌詩《摩涅莫緒涅》。「摩涅莫緒涅」是一個希臘詞，意爲「記憶、回憶」。荷爾德林把這個詞作爲希臘

〔註757〕（晉）干寶撰，汪紹楹校注：《搜神記》，北京，中華書局，1979 年版，第105 頁。

〔註758〕（唐）房玄齡等：《晉書》（卷九十五），北京，中華書局，1974 年版，第 2476～2477 頁。

神話中的女神「天地之女」的名字，海德格爾稱之為「回憶女神」，而「回憶是回過頭來思已思過的東西」。海德格爾說：「神話是告人之言。在希臘人看來，告知就是去敞開什麼，使什麼顯現出來，也就是外顯，神的顯靈，在場。『神話』就是告知在場者，呼喚無蔽中的顯現者。神話最至徹、最深切地關照人的本性，它使人從根本上去思顯現者、在場者。邏各斯也是說的同樣的東西。神話與邏各斯並非像當今的哲學史家們所宣稱的那樣，在哲學中是對立的東西。恰恰相反，早期希臘思想家（巴門尼德，殘篇第八）就是在同一種意思上使用神話和邏各斯。神話和邏各斯只是在它們各自都不能保持住它們本初的本質時，才變得分裂和互相對立起來。」〔註 759〕「宗教從未敗北於邏輯」〔註 760〕，神話思維與邏輯思維並不矛盾、對立，而是共同敘述人的存在此一「事情」，共同探索存在的本質和依據，共同幫助人們尋找精神的故鄉。比如在古希臘哲學家赫拉克利特那裡，火是世界的本源，邏各斯是世界的主宰，而火與邏各斯並不是矛盾的、分裂的。作為世界的本源，作為一個意象，這一團「永恒的活火」〔註 761〕就是邏各斯的隱喻，它們一起「照亮」、「澄明」世界和存在的本質。在赫拉克利特那裡，火與邏各斯同樣既充滿神性又充滿理性。而在中國的中古時期，志怪故事與玄學也都同時散發著神性和理性的光輝，滲透了神話思維的志怪故事同樣可視為哲學本體「道」的隱喻，在隱喻和被隱喻中，哲學與神話，玄學與志怪，彼此互相「反串」，互相發明，「聯袂」向今天的我們「顯現」那個時期的「生活形式」，也盡情顯現著它們自己的形式及其意味。在那個充滿危險、充滿不測的年代，人們心中除了對生命的渴望，只剩下了一種非理性的近乎狂熱的信仰，而信仰的對象，無論鬼神仙怪還是所謂本體，都仍然只是一種幻影。魏晉南北朝時期的的生活，就被這樣一種幻影籠罩著，幻影裏的人們或祭祀祈禱，或服藥求仙，或醉酒清談，

〔註 759〕（德）海德格爾：《什麼召喚思》，《海德格爾選集》（孫周興選編），上海，三聯書店，1996 年版，第 1213 頁。

〔註 760〕（德）海德格爾：《什麼召喚思》，《海德格爾選集》（孫周興選編），上海，三聯書店，1996 年版，第 1213 頁。

〔註 761〕赫拉克利特著作殘篇第 30 篇，可參考屈萬山主編：《赫拉克利特著作殘篇評注》，西安，陝西師範大學出版社，1987 年版，第 44 頁。另外，廣西師範大學出版社 2007 年版、由（加）羅賓森英譯、楚荷中譯的《赫拉克利特著作殘篇：希臘語、英、漢對照》第 41 頁，譯為「它（世界）過去一直是、現在是、將來也是一團持續燃燒的火。」但「永恒的活火」比「一團持續燃燒的火」更生動、更意味深長。）

都仍然是痛苦而迷惘的。但是，痛苦中還有一種對生命的不懈的追問，有一種對現實的充滿熱情與智慧的超越，這追問和超越讓生命於痛苦中不斷成長，不斷昇華。